《典当》系列第三部

网络原名《重生之极品收藏家》

收藏 2

首云树◎著

台海出版社

图书在版编目（CIP）数据

收藏.2 / 首云树著. –北京：台海出版社，2013.7

ISBN 978 – 7 –5168 –0225 – 0

Ⅰ.①收… Ⅱ.①首… Ⅲ.①长篇小说—中国—当代

Ⅳ.①I247.5

中国版本图书馆 CIP 数据核字（2013）第 149020 号

收藏.2

著　　者：首云树

责任编辑：戴　晨　　　　　装帧设计：青华视觉

版式设计：刘　栓　　　　　责任印制：蔡　旭

出版发行：台海出版社

地　　址：北京市朝阳区劲松南路 1 号　邮政编码：100021

电　　话：010 –64041652（发行，邮购）

传　　真：010 –84045799（总编室）

网　　址：www. taimeng. org. cn/thcbs/default. htm

E – mail：thcbs@ 126. com

经　　销：全国各地新华书店

印　　刷：北京柯蓝博泰印务有限公司

本书如有破损、缺页、装订错误，请与本社联系调换

开　　本：787 × 1092　　　1/16

字　　数：400 千字　　　　印　　张：23

版　　次：2013 年 9 月第 1 版　　印　　次：2013 年 9 月第 1 次印刷

书　　号：ISBN 978 – 7 – 5168 – 0225 – 0

定　　价：39. 80 元

目　录

　　打开保险箱，宋毅将全套"金玉良缘"翡翠饰品拿出来，周围的人立刻被震惊了。象征着富贵的金黄色、清新怡人的翠绿色完美地结合在一起，华贵典雅。其中最耀眼的六十六颗翡翠珠项链，不但珠子大小一样，色彩也一样浓郁均匀，与去年拍卖出四千万的翡翠项链相比，更加精致，更加完美。这套"金玉良缘"能卖出怎样的天价，让在场众人充满了期待。

　　黄得宜的珠宝店就是父亲赌石赚钱建立起来的，这次珠宝店遇到了困难，黄得宜也来到缅甸赌石，却在一夜之间输光了全部身家，连回家的钱都没了。此时的黄得宜已经赌红了眼，竟然把香港的珠宝店抵押了一百八十万，却在转眼间又输掉了一百二十万，真可谓成也赌石，败也赌石。作为抵押权人的宋毅，此时却乐开了花，真是瞌睡来了有人送枕头，他刚想杀入香港市场，就有人上赶着给他送来了店铺。

　　宋毅的目光瞬间就挪不开了，牢牢地定在了那窝青铜器上。这窝青铜器共有六件，个头都不算大，而且外部色彩斑驳，像极了伪劣的赝品。但细细看来，六件青铜器却各有特色，尤其是那两个爵杯，高十五六厘米，爵杯的外面和其他几件青铜器一样，斑驳不堪，但依稀能看出上面文着兽面龙眉，还刻着铭文，爵杯的腿比较宽，呈卵形，正是商代晚期爵杯的典型特征。宋毅不由感叹，真是让他撞到宝贝了。

第四章

失之交臂《皇清职贡图》，痛定思痛宋毅要建博物馆 / 91

　　《皇清职贡图》现身后，上午的拍卖会的气氛立即达到了顶点。这是一幅手卷设色纸本的画，用工笔彩绘关东、福建、台湾、湖南、广东、贵州、广西各省少数民族生活、生产的场景形象，共有男女人物一百二十八个，并配有满汉文字说明。这样的藏品自然是绝无仅有的好东西，但宋毅却只能干着急，因为这件藏品极其珍贵，国家规定只能由境内的博物馆、图书馆或者国有企业竞拍。宋毅暗暗捏紧了拳头，一定要尽快建立自己的博物馆。

第五章

张大千《花卉图》流传有序，宋毅为竞真迹不惜与富人比拼 / 122

　　错失《皇清职贡图》，让宋毅五内郁结，而张大千的《花卉图》又让宋毅热血沸腾。这幅《花卉图》作于1945年，无论从技法纸张，还是从钤印、款书、著录上都找不出任何破绽，确实是张大千流传有序的真品。张大千的作品一贯受人追捧，这四屏《花卉图》又是张大千作品中的精品，数量上也占了优势，价格想低都不可能，因此拍卖会就成了富人们比拼财力的战场。

第六章

普洱老茶成藏品囤积居奇，引领饮茶新风潮高价出售 / 150

　　普洱茶在港台乃至南洋一带并不是什么稀罕物，比起性寒的绿茶来，老普洱茶性温暖胃，不伤身，早在二十世纪五十年代，香港茶楼就兴起过喝普洱茶的热潮。早年因为交通的缘故，香港人一般很难喝到新鲜茶叶，饮用的大都是这样的老茶、陈茶。尤其是普洱茶这种越陈越香，被人称为可以"饮用的古董"。所以，宋毅想在香港引领起另一波普洱茶热，高价售出他收购来的百吨普洱，也许是轻而易举的。

第七章

品香茗闻古香看美人识珠宝，开业庆典宴会恍如蓬莱仙境 / 181

　　香港金玉珠宝分店开业庆典的宴会上，供客人饮用的茶是普洱茶，席间还焚起了造型各异的上品沉香，青烟缭绕，摇荡游移，时有时无，众人在这如梦似幻的茶香、沉香中，在轻歌阵阵中，观看着曼妙的模特们佩戴着价值连城的珠宝走秀。炫目的七彩翡翠项链、动人的紫眼睛耳坠、鲜翠欲滴的蜻蜓胸针、硕大的祖母绿戒指，令人目

不暇接。珠宝美人、香气氤氲，无处不是珍宝，无处不是精华。

第八章
雄心勃勃深海打捞千年宝藏，价廉物美海捞瓷成为海捞首选 / 209

第九章
鹬蚌相争渔翁得利，天下没有免费的午餐 / 245

第十章
大气商尊精美无比骗过众专家，修补处理弄巧成拙害人又害己 / 273

宋毅带着考察团的一众专家教授远赴缅甸考察。老专家们历尽艰辛终于得偿所愿，铆足了劲儿要出版几本关于翡翠鉴定标准的好书。这正是宋毅此行的目的，给他们提供最好的考察环境，充足的翡翠原石，翔实的第一手资料，再加以适当的引导……宋毅希望借助专家们建立一套规范化的翡翠鉴定标准，防止坏人利用翡翠市场没有具体标准而浑水摸鱼，以假乱真，鱼目混珠，欺骗消费者，进而搅乱整个翡翠市场。

进了品香俱乐部的大门，仿佛穿越到了古代，古典、幽静、优雅的氛围，就像到了一座奇特的博物馆：古香古色的红木家具，高贵典雅的宋代瓷器，精妙绝伦的香具、茶具，处处是名家字画真迹，红袖添香神态隽永，氤氲香气馥郁芬芳，暗香袭人若有若无，让人陷入空灵缥缈之中，感觉自己的灵魂都像被洗涤了一番。大家终于悟到，宋毅所做的一切，并不是仅仅是做生意那样简单，而是把品香俱乐部当成事业来做，是为了弘扬中华民族的传统文化。

第一章 "金玉良缘"饰品闪亮登场，
翡翠项链天价拍卖值得期待

打开保险箱，宋毅将全套"金玉良缘"翡翠饰品拿出来，周围的人立刻被震惊了。象征着富贵的金黄色、清新怡人的翠绿色完美地结合在一起，华贵典雅。其中最耀眼的六十六颗翡翠珠项链，不但珠子大小一样，色彩也一样浓郁均匀，与去年拍卖出四千万的翡翠项链相比，更加精致，更加完美。这套"金玉良缘"能卖出怎样的天价，让在场众人充满了期待。

宋毅回到家，家里还是只有奶奶何玉芬在，见宋毅回来，心疼得不行，连忙拉着他嘘寒问暖，奶奶的关怀让宋毅感到特别温暖。

宋明杰和苏雅兰两人并没有因为宋毅回来而提前回家，金玉珠宝堆积的事情特别多，为两个分店的营业，两人更是忙得团团转。宋世博就更不用说了，博物馆繁琐的事情很多。

宋毅回房间洗了个澡，休息了一会儿之后，家人陆续回来了。

苏雅兰还把苏眉也叫过来一起吃饭。又是半个多月不见，彼此要说的话也多，宋毅在电话里也只简单讲了一下缅甸那边的事情，苏雅兰和宋明杰他们都想知道缅甸那边矿场的具体情况。

"对了，你们认识一个叫成明的胖子不？长得很猥琐。"宋毅问道。

宋毅虽然在飞机上将成明狠狠挤对了一番，认为他也没什么特别深厚的背景，但还是觉得把他的来历弄清楚比较妥当。

1

"成明？是不是四十来岁，大胖子，很爱炫耀的家伙？"苏雅兰问道。

宋毅嘿嘿笑了起来。

"应该就是他。老妈你认识他，他什么来头？"

宋明杰一看宋毅的样子，就知道他在外面没干什么好事，当即问他："你不是又在外面闯祸了吧？"

苏雅兰还是护着宋毅的。

"那死胖子啊，是原来泰昌珠宝的人，现在好像负责原材料的采购吧，小毅你和他闹什么矛盾了？"

"也没什么矛盾，我也就是和他打了个赌，他赌输了而已。"宋毅笑道。

苏雅兰的八卦之火顿时熊熊燃烧起来，连忙追问他怎么回事，宋毅便对他们绘声绘色地讲了成明那胖子在飞机上炫耀，最后被他弄得丢脸的事情。

"是吗？那死胖子竟然在你面前装？"

苏雅兰呵呵笑了起来，宋毅的描述很生动，她能想象得到当时那胖子的窘态。

宋毅道："主要是他吵得我心烦，要不然我才懒得理会他呢。"

苏雅兰和苏眉听了都呵呵笑了起来，她们两人在经营金玉珠宝的时候，没少和成明这样的人打交道，她们往往都是采取无视的态度。

宋明杰却是一本正经地教训宋毅，让他不要得意忘形，说得罪人没什么好处。

苏雅兰却力挺宋毅："像他那样不讲公德的人就该好好教训一顿，得罪他也没什么，反正现在大家是竞争对手，终是走不到一条路上的。"

宋毅的心也放了下来，那胖子的背景不深，就算很深，宋毅也有的是办法对付，只是他不想弄得太麻烦罢了。当然，这事还是不要再提的好，要不然宋明杰又要啰啰唆唆说个不停了，宋毅便换了一个话题。

"这么说我们东海市珠宝行业的格局真要变一变了？"

苏雅兰笑道："小毅你之前不是早就预料到了吗？其实他们之前也有

经营珠宝，但不过是小打小闹，上不得台面。这次，他们下定决心整合资源，可能真的打算大干一场了。"

苏眉也插话说道："就这段时间的情况来看，这次他们整合的决心非常大，联合了好几家有实力的商户。因为参与的股东多，所以，原来泰昌珠宝的名字也不用了，新组建的珠宝公司，好像是叫城隍珠宝来着。"

"看起来大家都看上这块蛋糕了。"

宋毅笑着说道："群雄逐鹿的时代就要来临了。"

"看你一点也不担心的样子。"

苏雅兰可没他那份悠闲的心情，神情陡然间凝重起来。

"还有啊，我们刚得到消息，原来的国营金店已经改制成股份公司，正月十五正式挂牌营业，他们一旦加入这场角逐，那场面就更好看了。不过我奇怪的是，他们的保密功夫做得还真是不错。"

宋毅脸上还是那副淡定的笑容。

"老妈你们不用太担心，换个角度看吧。严格说来，我们金玉珠宝只是后进者，不管是福祥银楼还是泰昌珠宝，或者是之前的国营金店，现在叫什么来着？"

"老庙黄金。"苏眉补充道。

宋毅解释道："这几家珠宝店都有上百年的历史，之前一直是福祥银楼一家独大，现在最该担心的是他们福祥银楼才对。我们金玉珠宝做为后进者，目标就是抢占他们原本占有的市场，从去年到现在的经营情况来看，我们的成绩做得非常不错。我们从一穷二白做起来，根本没什么好损失的，对不对？"

苏雅兰却说："我们不是已经做出一定的成绩来了，等他们一发力，我们面临的压力将会更大。"

宋毅笑道："不管外部环境怎样，练好内功才是最关键的。老爸、老妈、眉姐，你们这方面已经做得非常好了，根本没什么好担心的。我们现在需要做的就是按照原定计划，继续扩张开分店。我们抢在城隍珠宝和老庙黄金发力之前抢占了一部分市场，已经在消费者心中打出了我们金玉珠

宝的名气，这就占据了很大的优势，也有了足够的资本，哪怕将来的竞争再激烈，我们也能始终立于不败之地，这点我深信不疑。"

"小毅说得很对，何况我们金玉珠宝拥有的渠道是他们拍马也赶不上的，尤其现在还是销售大头，特别是翡翠饰品这一块。我仔细调查过他们几家珠宝店的翡翠饰品，品质普遍都不高，而且他们的款式都很陈旧，风格也很落伍，我们金玉珠宝的珠宝首饰比起他们的，可以说是新中国与旧社会的差距。他们唯一能指望的，就是过去的关系，以及打百年老字号这张人情牌，但在现在这社会，消费者更看重的还是品质和服务，我们这段时间积累的口碑非常不错，真竞争起来，至少不会落下风。"

苏眉第一个对宋毅的看法表示赞同。苏眉年轻有冲劲，敢于蔑视并打破一切成规。

宋毅笑望了苏眉一眼，接着说道："这点是可以肯定的，从成明拿着糯种翡翠硬要冒充是玻璃种就可以看得出来。我们金玉珠宝占据的优势是非常明显的，至少，高端翡翠市场是他们没办法比的。"

苏雅兰和宋明杰都被他逗笑了，想来，那死胖子成明也是拿着城隍珠宝进货的翡翠戒指在那里装，却不想遇到宋毅，大大地丢了一回脸。

宋明杰也发话了："小毅说得对，我们现在控制着几个翡翠毛料矿场的开采，最起码，这几个矿场生产的高端翡翠将被我们控制。他们想搞到高档翡翠，难度很大，中低端翡翠的市场大可不必担心，那和普通的黄金钻石等首饰差不太多，正常的商业竞争中，我们金玉珠宝的胜算非常大。"

"确实，自我们金玉珠宝开始营业以来，最大的利润来源就是高端翡翠。"苏雅兰也点了点头。

宋毅也点头表示赞同，心底没说出来的话却是，中低端翡翠差距也非常大，现在自己大肆囤积便宜的中低档翡翠毛料，就是等着将来急速升值的那天。

苏眉很早以前就听宋毅讲过，将来珠宝市场将烽烟四起，因此，对现在的状况早就有了心理准备，这时看问题特别淡然，对未来也更加有信心。

宋毅也很开心，现在金玉珠宝的高层都是宋毅的家人，统一了思想和认识，对未来的形势发展有了充分的了解，金玉珠宝的未来就会光明得多。

但对宋毅来说，这还远远不够，因为他的目标和野心都不仅仅限于东海一地，金玉珠宝在东海市的激烈竞争中脱颖而出是必须的。因此，在苏雅兰和宋明杰对金玉珠宝在东海的发展持乐观态度之后，宋毅又抛出了一个新的目标。

"我对我们金玉珠宝在东海的发展充满信心，但是，我们金玉珠宝的发展不能仅仅局限于东海，想要获得长久的发展，树立自己的品牌，我们必须走出去。"

"那我们金玉珠宝该到哪儿去发展？"

苏眉见他看向自己，连忙配合地问。

"像福祥银楼一样，将分店扩张到全国各大城市。"

苏雅兰和宋明杰顿时吸了一口冷气，宋毅的口气还真不小，现在金玉珠宝才开第一家店呢。可宋毅接下来的话让他们更加精神紧张。

"这还不能算是真正意义上的走出去，将金玉珠宝的分店开到香港，开到到国外，那才算是真正走出去，也才算是真正有了自己的品牌。"宋毅侃侃而谈。

苏雅兰有些犹豫，看了宋明杰一眼，又看了看苏眉，迟疑了一阵，最后才对宋毅说："小毅，这目标是不是有点好高骛远？"

宋毅笑了，"老妈，目标定高一点没什么坏处。只要肯努力，奇迹随时都会发生。半年之前，你能想象得到现在的情景吗？"

苏雅兰顿时愣住了，是啊，半年前，她根本就没想过未来会是怎样的，那时候对她来说，宋毅能如愿考上东海大学，家里人都平平安安，她自己不再被刁难，就是她最大的奢望。

宋明杰也陷入了思考，半年前，他还是文物局的主任，生活如同一潭死水，没什么值得炫耀的成绩，更让他觉得愧疚的是，看着父亲忧心忡忡却无能为力。

苏眉望着宋毅，倒是很平静，那是因为她从宋毅身上，体会到很多别人不能了解的东西，这些东西，哪怕是宋毅的父母也不能完全清楚。她对宋毅的信心，也是从他取得的成绩中一点一滴积累起来的。

当初被他"骗"下海，亲眼目睹他一次次将奇迹上演，苏眉看得已经有些适应了，宋毅身上发生再大的奇迹，她现在也能坦然接受。

而且，宋毅想要走出东海，朝香港、朝国外发展的目标，很早以前就对她讲了，她当初也觉得不可思议，可现在，目标正在一点点实现，她还有什么信不过宋毅的呢。

"当然啦，内地的市场我们也不能丢，事实上，将来内地的珠宝市场争夺恐怕会更加白热化，港台的珠宝企业、国际的大型珠宝企业，都会加入进来。如果我们不提早做准备，将来只怕会更措手不及。"

宋毅看父母消化完刚刚的信息之后，这才继续说道。

"所以，我决定了，无论如何，今年之内一定要在香港开一家分店。一来证明我们金玉珠宝有这个实力在香港立足；二来，如果我们返身再从香港杀回来，收到的效果也许会更好。"宋毅笑着说出了他的打算。

苏眉也跟着笑了起来，"小毅的主意倒是打得好，现在内地对香港以及国外的大品牌的信任程度比较高，如果我们在香港站稳脚跟，再回来在内地各大城市开分店，绝对会收到事半功倍的效果。"

"这样也行？"

苏雅兰很佩服宋毅的异想天开，可她冷静下来，仔细想想，宋毅这样的做法确实有他的道理。

宋明杰听了宋毅的话之后，低头仔细思量了一阵，拍板支持他的决定，并难得地夸奖了宋毅一次。

"小毅的办法我觉得行，现在是解放思想的年代，从不同的角度看问题，得出的结论就不一样，可行的办法也增加了许多。我们的思维是僵化了，小毅你们年轻人思想没被束缚，多想想这样的办法是非常有益的。福祥银楼虽然厉害，可也没在香港那边开分店，我们金玉珠宝这次要拔头筹了。"

宋毅心说，得到老爸的夸奖真不容易啊，他也美滋滋地接受了宋明杰的夸奖。

当天晚上，宋毅又讲了一些他对金玉珠宝将来发展的看法，风格统一是必需的，就像深入人心的肯德基一样，看到标志就能想得起企业的形象。

具体的事务宋毅插手得不多，宋明杰和苏雅兰他们都能处理。但对于宋毅的新目标，将分店开到香港去，苏雅兰和宋明杰还是有保留意见。其实两人倒是不介意去香港，主要是内地的市场也非常重要，而且，家人都在东海啊。

这时，苏眉主动站出来，毛遂自荐。

"要去香港开分店的话，只要姑姑你们信得过我，就全权交给我处理好了，我可是非常想到香港去的。"

苏雅兰笑着说道："你这孩子，我们怎么会信不过你呢。只是，让你一个女孩子孤身漂泊在外，我们怎么过意得去。"

苏眉还没说话，宋毅就抢着说道："苏眉姐又不是去了香港就不回东海了，现在交通这么方便，几个小时就到了，要是苏眉姐乐意，将叔叔阿姨都接到香港去也可以啊。"

"小毅你这孩子。"苏雅兰斥责道，还给了他脑袋上一下。

"就不会说些好话，苏眉可是你姐姐，你就这么狠心将她赶到香港去？"

"哪有赶她走，我自己也想到香港去呢。"宋毅很委屈的样子。

苏眉笑着说道："小毅你还是安心念你的书吧，香港是个好地方，也是个国际化的大都市，买东西还超级便宜，别人想去都没机会呢。把我爸妈接过去也算是尽尽孝道，就怕他们住不惯。"

苏雅兰还是觉得有些委屈苏眉，看苏眉自己都不介意，她也就不多说什么，但回头，却又把始作俑者宋毅给收拾了一顿。

宋毅摆出一副很委屈的样子，苏雅兰也就同意了将来派苏眉去香港的事情。

只是这样一来，东海乃至内地金玉珠宝的事情，都得重新做调整，苏雅兰和宋明杰得承担起更多的责任。但宋毅不希望他们太辛苦，便建议招募职业经理人来管理，并渐渐放权下去，以苏雅兰和宋明杰的性子，哪会同意，对他们来说，将公司抓在自己手上才是最好的。

宋毅一时半会儿无法说服他们，只好将这件事暂时搁置下来。

金玉珠宝公司内部的工作调整，这是宋毅今天将这事情提出来的原因所在。要不然，到时候苏眉贸然去了香港，内地的事情出现纰漏，那可是他不愿意见到的。

在宋毅的计划中，香港是非常重要的一个环节，只有让苏眉去，他才放心。换了苏雅兰和宋明杰去，他想办的那些事情做起来可就没那么方便了。而且，宋毅要做的事情，都事先给苏眉透了底，相信她也做好了足够的心理准备。

开学的日子总是很热闹，宋毅和林宝卿一起漫步在久违的校园中，感慨原本宁静的校园又恢复了往日的生机和活力。

两人在校园里转了会儿，正打算去小饭店吃晚饭，宋毅接到个电话，约他晚上一起吃饭。

打电话的是王名扬，背景深厚、身家不菲，是金玉珠宝高端翡翠的固定客户之一，所以，宋毅没多想就答应了下来。

林宝卿问他怎么回事，宋毅对她说："一个生意上的合作伙伴，约我晚上一起吃饭，就不能陪你了，我先送你回家吧。"

"嗯，那你晚上不许多喝，记得早点儿回去。"

林宝卿是个识大体的人，没吵着要一起去，却叮嘱了他一番。

"好，好，好!"宋毅笑着回答道，"跟个管家婆似的。"

林宝卿眉目一转，小嘴一噘，"怎么了，你不乐意吗?"

"乐意，当然乐意，宝卿这么关心我，换了别人，宝卿可是多看一眼的兴趣都没有。"

宋毅的嘴巴跟抹了糖似的，甜得不行。

林宝卿嘻嘻笑了起来，将他的手臂挽得更紧了，"你知道我对你好就行。"

"最难消受美人恩啊。"

宋毅摇头晃脑地叹道，结果又惹来林宝卿一阵娇嗔。

东海大饭店豪华包间环境非常不错，宋毅到了没一会儿，王名扬就和一个三十来岁的女人一起进来了，那女人长得不算漂亮，盘着头发，带着珍珠耳钉，雍容大气，气质非常不错。

宋毅见两人到了，连忙站了起来，王名扬非常郑重地向宋毅介绍了跟他一起来的女人王蓓，是北京一家著名拍卖公司的经理。

宋毅客气地和她打招呼："欢迎王经理光临我们东海。"

王蓓却很平易近人，微笑着对宋毅说道："别那么客气，我痴长你几岁，你跟名扬一样叫我王姐就行。"

"行，王姐。"

"这就是我经常对你提的宋毅了。"

王名扬笑着向王蓓介绍宋毅时，明显要随意得多。

"王姐叫我小宋就可以了。"宋毅笑着对她说道。

"那我可就不客气了。"王蓓呵呵笑了起来。

"我和王大哥之间从来都不客气的。"

宋毅的话惹得几个人都开心地笑了。

落座之后，王名扬拿了菜单，按着王蓓的喜好点了菜。

知道王蓓的背景之后，宋毅就在猜测她来的原因，无非是两个，一是让自己参加拍卖会；二就是为春季拍卖会征集拍品，这两个可能性都有，具体还要看她怎么说。

"小宋你也知道，我这人比较喜欢玩收藏，并因此认识了王姐，托王姐的福，在拍卖会上，我可是见识了不少好东西。"王名扬先开口说道。

宋毅笑道："王大哥这就不厚道了，有这样的好事怎么就不叫上我，我还想去北京逛逛呢。"

王名扬笑骂道："你小子，成天忙得跟什么似的，自己家珠宝公司开业都不在家，还能指望你来看拍卖会？"

"那时候是比较忙，要不然，我也不会错过的。"宋毅笑着解释道。

王蓓调侃道："小宋可是个大忙人啊。"

"瞎忙活罢了，我的主要任务还是上学。"

宋毅忙转移话题。

"要说还是王姐这边忙得有价值，我也听说了去年你们公司的秋拍会，办得非常成功，不管是拍品数量还是最后拍出去的金额，都居国内之首。"

王蓓谦虚道："我们公司的拍卖会精品数量还是太少，流拍的藏品也不少，关键那时候没联系上小宋，要不然秋拍会会更热闹。"

宋毅笑道："错过一次我可不想错过第二次，春拍会我一定会去给王姐捧场的，到时候少不得叨扰你们。"

"小宋还真是会说话。"

王蓓呵呵笑道："这次我和名扬来东海，主要是想请小宋帮个忙。"

"跟我还这么客气干吗，有什么需要帮忙的，王姐王哥你们尽管说，只要我能办到，我一定办。"

宋毅拍拍胸脯说道，心底却在暗自祈祷，千万别让自己做什么出格的事情。

王蓓也就没再和他绕圈子，笑着对他说道："是这样的，我们的春拍会正在征集藏品，可到现在征集到的藏品中，精品还没多少，我听名扬说小宋你收集了很多藏品。不知道小宋愿不愿意割爱几件，交给我们来运作。"

"我倒是收藏了一些东西，可就怕入不了王姐的法眼。"宋毅回答说，"要不，王姐明后天陪我一起去看看？"

"我可是非常信得过小宋的眼光的。"王名扬在一旁笑着说道。

王蓓也笑着说道："我也相信小宋的眼光，我在这里先谢过小宋了。"

"王姐太客气了，该我谢你才对，说不定我能大赚一笔呢。"宋毅笑道。

"虽然我知道小宋你收藏的目的不是赚钱，可是能赚的还是要赚，对不对，就当帮我们一个忙。"

王名扬也是非常会说话的主。

宋毅连忙称不敢。

王蓓说道："我给小宋办个会员，小宋到时候可得来我们拍卖会看看，兴许还能选到中意的宝贝呢。"

"行，我肯定到场。"

宋毅笑着接受了她的好意，对他来说，拍卖会的交流也是一个途径，宋毅并不排斥拍卖会，事实上，他的很多东西都要通过拍卖会流出去。而拍卖会也是个捡漏的地方，虽然不如其他地方捡漏来得便宜。但只要有眼光，第一，看得出要买的东西是不是真品；第二，知道这东西以后会不会升值，不管在什么地方，都可以淘到宝贝。

偏偏这两样本事宋毅都有，所以他没什么好担心的。

宾主尽欢，酒没喝多少，话倒是说了一大箩子，最后宋毅送王名扬和王蓓回酒店，并约好第二天一起去挑选拍品。

宋毅回家的路上打了个电话给林宝卿，说明天带人到她家去取两件东西。

第二天一大早，宋毅就来到了聚宝斋。

聚宝斋还没开门，宋毅却不管三七二十一，敲开了店门。

"你爸妈不在?"

"我爸妈一大早就出门了，就剩我一个人在家，都是你害的。"宝卿半带埋怨地解释说。

宋毅昨天晚上就通知了她，林宝卿在家看店，给老爹林方军逮着机会，跑出去淘东西去了，她老妈也出去活动了。

"我这不是过来陪你了吗?"

宋毅心说，他们不在最好，平时他来聚宝斋，总是规规矩矩不能逾越半分，今天也算是给他逮住了机会。

"就没想好事。"

林宝卿一下就看穿了他的用心。

“你那朋友什么时候来看东西?”

宋毅笑道:“我们忙自己的,不用管,等他给我打电话就好。”

林宝卿却没上他的当。

“等他们到了之后就来不及了,你准备把什么东西送去拍卖?”

“现在拍卖的主流还是瓷器,随便选两件明清的瓷器就好,反正这东西多。”宋毅回答道。

“那还差不多。”

林宝卿噘着小嘴,瞪大眼睛对他说:“高古瓷器就免谈,那宋官窑和兔毫盏,就算你想拿去拍卖,我也不会帮你拿出来。”

宋毅笑道:“行,你的地盘你做主。”

宋毅这样好说话,林宝卿倒是觉得有些奇怪,马上就追问他:“你不是还拿了其他东西去拍卖吧?”

“宝卿你也知道的,我们金玉珠宝别的没有,就是翡翠多。他们既然开口了,我也不好意思藏着,勉强凑了一套出来,也不知道他们看不看得上眼。”

宋毅嘴上说得开心,脸上却有掩饰不住的骄傲与得意。

“瞎子才会看不上,等下带我去看看,也替你把把关。”林宝卿嘿嘿笑着,还拿她那双会说话的眸子望着他,那神情仿佛在说,我可是知道你的。

宋毅点头答应下来。当务之急,还是赶紧把两件瓷器拿出来准备好。

林宝卿也不和他闹,帮着他选了两件瓷器。一件是明永乐的青花双鱼壶,一件是清雍正的粉彩双龙捧寿盘,这两件瓷器说稀有也算稀有,同类的数目虽然不少,可像这两件瓷器这样精致的还不多。

“兴许还真能拍出好价格来。”

宋毅再仔细看过这两件瓷器之后,忽然说了句。

“难说!”

林宝卿却有些不以为然,拍卖行里的水也很深,在内地可以算是刚复

兴的行业，这也是她开古玩店的立场决定的。

　　林宝卿怕惹祸上身，万一宋毅的朋友打自己家古玩的主意，那可就大大不妙了，于是，她就让宋毅把两件瓷器带走。

　　事实上，宋毅对拍卖也没什么把握，也很理解林宝卿的担心。因为里面的变数实在太大，他现在能做的，就是尽量给自己安排好退路。

　　快到十点，王名扬给宋毅打电话过来，宋毅说去接他，王名扬当即就笑着说不用，东海这地方他还是非常熟悉的，金玉珠宝旗舰店的位置他也知道，他直接和王蓓过去就成。

　　宋毅也没跟他多客气，让他们直接过来。

　　林宝卿关了店门，跟宋毅一起去金玉珠宝旗舰店，从聚宝斋走过去，也就一两百米。但宋毅不在的时候，林宝卿一般都不怎么过去，她可没宋毅那样厚的脸皮，他这家伙能每天到聚宝斋来。

　　今天有宋毅在，她又想去看宋毅那套"金玉良缘"的翡翠套装，林宝卿这才去了金玉珠宝旗舰店。

　　宋毅带着林宝卿和两件瓷器去了旗舰店的保险库。

　　打开保险箱，将几件翡翠饰品拿了出来，独具风格的设计一下就闪花了林宝卿的眼，这和她之间见过的翡翠饰品大不一样，象征着富贵权势的金黄色、清新怡人的翠绿，两者完美地结合在一起，彰显出华贵典雅的气质。

　　宋毅自然看得出林宝卿的心思，便在旁边微笑着鼓励她戴上试试看。

　　"还是不要了吧，等下苏眉姐进来看到可不好。"林宝卿心动了。

　　宋毅说："有什么不好的，我设计这样的珠宝出来，可不是为了放在保险柜里的，只有戴在宝卿这样的美女身上，才能显示出它真正的价值。"

　　"可我觉得这样的翡翠，更适合戴在苏眉姐那样成熟有气质的女人身上。"

　　林宝卿还是有些自知之明的，若说青春无敌，她可以数一数二，可要说成熟妖娆，她是万万比不过苏眉的。

　　"话可不能这么说。我觉得这样华贵大气的翡翠最适合宝卿，来，我

帮你戴上，你看看就知道了。"

宋毅说着，就动手帮林宝卿往身上戴。

半推半就之下，林宝卿勉为其难地接受了宋毅的建议，她甚至不敢多动，她心里清楚得很，这可是价值千万的东西。

宋毅心底也在暗笑，这种讨好女人的招式可谓屡试不爽。

翡翠戒指、翡翠手镯、翡翠耳钉、翡翠胸花，这几样翡翠饰品一一戴在林宝卿身上之后，没把她本身的气质比下去，相反，却抬高了她富贵大方的形象。

这时，苏眉在外面通知两人，说是王名扬和王蓓到了。

林宝卿这下慌了，忙叫宋毅，让他将自己身上的翡翠摘下来，她自己不敢乱动，生怕一个不小心，摔坏了这价值千万的东西。

宋毅却在这时使坏，笑着对她说道："宝卿，既然已经戴了，你就勉为其难地当一回模特吧。"

林宝卿瞪了他一眼，冲他娇声嚷道："快帮我摘下来，丑死了。"

"不会啊，我觉得宝卿蛮适合佩戴这样的翡翠饰品的。"宋毅心说女孩子就是奇怪。

"这样吧，我先把苏眉姐叫进来，让她评价一下。"

宋毅说完就自顾自地叫了苏眉进来，可怜的林宝卿气得直瞪眼。

苏眉还以为出什么事了呢，她让王名扬和王蓓先在办公室等下，她去将东西取出来。

苏眉急急赶了进来，却看见这样一幅让她啼笑皆非的场景。不待两人开口，苏眉便知道两人在做什么，她当即笑着打量了林宝卿一阵，然后夸奖说："这套'金玉良缘'的翡翠首饰典雅大气，正适合宝卿的气质，换了别人，人的气质可是会被翡翠所遮掩的。"

"看我说得没错吧，我印象中的宝卿，可不是那么没自信的人。"宋毅在一旁笑着补充道。

林宝卿恨恨地瞪了他一眼，苏眉一到，她的自信心就更脆弱了，宋毅这坏家伙还提这茬儿。

苏眉摆出一副大姐姐的模样来，"小毅赶快出去吧，王名扬和王蓓在外面等着你，宝卿这边就交给我好了。"

宋毅却道："哪用得着那么麻烦，一起出去不就得了。走吧，宝卿，让他们见识见识这套'金玉良缘'到底美在什么地方。"

林宝卿气鼓鼓地哼了一声，不理会他。

"看着我的眼睛。"

宋毅使出最后一招，林宝卿不自觉地被他的话语吸引。

宋毅正色而真诚地说道："宝卿，你难道还信不过我的眼光？你真觉得我舍得让你出丑？"

"宝卿现在这样子真的很漂亮，姐姐都有些嫉妒呢，我们去外面的镜子看看吧。"苏眉也在旁边说好话，也是她的真心话。

林宝卿这才露出微笑，她可不傻，只是先前有些不自信，这回看宋毅和苏眉都很真诚，这才决定信她们一回，也给她自己一次表现的机会。

林宝卿任由苏眉牵着她的手出去，宋毅则拎着林宝卿的大衣，屁颠屁颠地跟在她们身后。

一旦恢复了自信，林宝卿身上散发出来的气质就无人能敌了，说不清楚是珠宝借了她的灵气，还是她沾了珠宝的光彩。

王蓓和王名扬见到林宝卿时，目光就再也挪不开了。

惊艳！

这是两人见到林宝卿的第一感觉。

林宝卿本来就是那种人见人爱的阳光美少女，自信满满的她此刻更是清丽照人。

而她身上这套翡翠饰品，更是他们从未见过的，大胆的金黄色和绿色翡翠搭配，却不显得突兀反而有种和谐自然的美。

这翡翠的用材就更不用说了，灯光下的翡翠绿得像要滴出来一样，王名扬和王蓓都是对翡翠有研究的人，自然知道这种翡翠的珍贵之处。

愣了一会儿之后，王蓓这才轻笑着对林宝卿说道："这出场实在太惊艳了！小宋你还真会给我们惊喜啊，这位美女是？"

宋毅介绍说："这是我女朋友林宝卿。宝卿，来见过王姐。"

"王姐过奖了。"

林宝卿显得很开心，她从两人的表情就可以看出来，至少，她不用担心自己戴着珠宝会很难看。

"好你个小宋，怎么骗到这么漂亮的女朋友的，也不带出来给我们瞧瞧。"王名扬和他开玩笑说道。

"王哥，不容易啊。我都追了她将近二十年了，最近她才答应我呢。"宋毅笑着回答说。

"王姐你们可别听他乱说。"

林宝卿当即横了他一眼，宋毅却嬉皮笑脸的。

笑声中，几人之间的关系也拉近了不少。

倒是王蓓更职业一点，笑着问宋毅说："这就是小宋讲的那套翡翠饰品吧？"

宋毅点头说："嗯，我刚刚拉着宝卿当了免费模特，怎么样，效果还不错吧？"

"何止不错啊。"王名扬大声笑道，"小宋你这是赤裸裸地炫耀。"

宋毅嘿嘿笑了起来，"要的就是这样的效果。"

王蓓也呵呵笑了起来，心说这宋毅还真是幽默。

饶是林宝卿大方，此刻也觉得有些羞涩，这两个家伙脸皮可都是一等一的厚。好在旁边的苏眉替她解了围，陪着她去外面照镜子，让她自己也亲自感受一下那让人惊艳的效果。

林宝卿进了旗舰店，一下又吸引了众人的目光，这并不稀奇，珠宝店内大家欣赏美的眼光都差不多，就算是瞎子，也看得出林宝卿和她身上那些贵重的翡翠的美。

林宝卿虽然胆大，可此刻，还是觉得有些怯场，她不是专业的模特。先前宋毅的朋友看看还好，此刻被这么多人关注，林宝卿的脸顿时就泛起了红霞，对着镜子照了照之后，又小心翼翼地进去了。

"发什么呆，做好自己的事情。"

等林宝卿进去之后，外面的店长才想起招呼店内的服务员。

办公室内，宋毅还在和王蓓聊天，宋毅笑道："怎么样，王姐，这套'金玉良缘'够格参加拍卖会吧。"

"瞧小宋这话说的，我还怕小宋舍不得交给我们来运作呢。"王蓓笑着说道。

宋毅回答说："王姐亲自出马，我哪还敢藏着掖着。"

"我看这套'金玉良缘'的翡翠比之前香港拍卖的那个翡翠项链好多了，小宋你想定什么价位，直接对我讲就好，我们会尽最大的努力帮你办到的。"王蓓马上就将皮球踢给了宋毅。

宋毅也回她一记，"去年秋拍会那翡翠项链能拍出四千多万，有非常大的偶然性。国内的翡翠市场和香港的市场不大一样，我们也没有把握。而且我们金玉珠宝一直在东海发展，对北京那边的市场不熟悉，要不，王姐帮我拿个主意？"

"北京那边的翡翠市场有些复杂，拍卖会的情况和市场又不一样。换了别人，我肯定对他讲估价越高越好，免得自己吃亏。小宋，我们就不说那些虚的。"

王蓓一副和他交心的模样，她话中的意思不言而喻，拍卖会征集藏品的时候，会叫卖家尽量把价格定高，他们也能收取更多的费用。

宋毅很感激，"有王姐这话我就放心多了。那我也就按照东海的市场价格来定，'金玉良缘'这套翡翠饰品大概能卖到两千万左右，估价就给个两千五百万吧。王姐你看如何？"

"行！"王蓓干脆利落地回答道。

对她来讲，来东海这趟收获非常大，要知道，去年他们公司拍卖的总额还没过亿，这次宋毅一个人就搞出两千五百万，如果真拍卖出去的话，拍卖总额过亿绝对不成问题。

王名扬对此也非常了解，在一旁插话说："这下王姐公司春拍会的拍卖总额可以破亿了，小宋你可是居功至伟啊。"

宋毅笑着回答道："我们公司也就这东西值钱一点儿。"

王蓓何等老练，自然不会上他的当，笑着对他讲："小宋这话可就太谦虚了，谁不知道，你们宋家可是著名的收藏世家。"

宋毅忙正色道："我们家可没这荣耀，也就小打小闹，有几件藏品罢了，什么收藏世家，别人听了可不得笑话死。"

王名扬见缝插针的本领可不是一般的强，闻言马上说道："小宋也太谦虚了，小宋手里不入流的东西，放我们身上，可都是一等一的宝贝呢。"

"王哥你可别寒碜我了，你们先看这套翡翠饰品吧，我进去将两件瓷器拿出来。"

宋毅看苏眉帮着林宝卿将翡翠饰品取了下来，便招呼苏眉先陪一下王名扬他们。

王蓓和王名扬自然没意见，他们现在可以近距离观摩这难得一见的"金玉良缘"，可不是谁都有这样的机会的。

而且远观和近距离观看是完全不同的两回事，远观就让他们觉得惊艳无比的"金玉良缘"，近看又会带给他们怎样的感觉？两人心底都很期待。

近距离观看时，王蓓和王名扬的心底更觉得震撼，这翡翠品质自然不用多说，全是世界上最顶尖的，而这样的镶嵌和搭配，更是绝无仅有的。

出于职业性，王蓓最关心的还是那条六十六颗的翡翠项链，她想看看，和别人拍卖的四千万的翡翠项链相比。这套"金玉良缘"的翡翠有什么特别，细看之下，更让她觉得惊讶。这些翡翠珠子不但大小一样，色彩也是一样的，浓郁均匀，她仔细看了看，简直找不出任何两颗翡翠珠之间有什么区别。

王蓓轻叹了一口气，这样一套翡翠饰品，感觉真不像是人间能有的。

王名扬更关心的则是那个翡翠戒指，硕大的翡翠戒面，让他觉得特别过瘾。那翡翠手镯，也很对他的胃口，他喜欢翡翠那晶莹剔透的感觉。

两人还沉浸在这套"金玉良缘"带给他们的震撼之中，宋毅已经将两件瓷器拿了出来。

王蓓和王名扬只得收起对"金玉良缘"的兴趣，转而看起瓷器来。

王蓓对瓷器有一定的研究，王名扬只是略知一二，但宋毅拿出来的这两件瓷器，一看就是难得一见的精品。

王蓓更看好明永乐的青花双鱼壶，胎薄质硬，小巧精致。

王名扬则喜欢那清雍正的粉彩双龙捧寿大盘，大气磅礴，又是难得一见的双龙捧寿。

宋毅和王蓓谈妥两件瓷器的价格，永乐青花双鱼壶六十万，雍正粉彩盘则是五十万，反正只是个参考，真正能拍出多少来，还得看当时的情况。

卸下了"金玉良缘"的林宝卿现在一身轻松，任谁带着价值几千万的珠宝，心情也不会轻松起来。她脑子里故事多，宋毅也懒得编故事，便由林宝卿给他们讲了关于这两件瓷器的故事。

这故事王蓓不会信，王名扬不会信，宋毅和林宝卿更不会信，但只要别人肯信就成，这也算是古玩行里的潜规则。

林宝卿讲故事的水准可是一等一的强，在古玩店，几乎每个拿东西来卖的人，都会讲出一段惊天地泣鬼神的收藏故事来，她耳熟能详，随便组合一段就行。

王蓓听过后记了下来，王蓓的古玩鉴定水平并不特别强，她是半路出家，她看了看觉得没什么问题，就将这两件瓷器收了下来。

这并不要紧，一般而言，拍卖会的拍品虽然都会经过专家鉴定，但专家都有打眼的时候。而在实际操作的过程中，里面的情况非常复杂，拍卖会上的拍品有赝品也不奇怪。

这时的拍卖会还好，赝品并不特别多，后来全国各地都涌现出一大批拍卖公司的时候，那情形更乱。有的拍卖公司根本没拍卖的权力，但胆子却大得很，什么东西都敢拿上拍卖会去拍卖，然后一大堆人自拍自卖，搞笑得很。

最荒谬的事情莫过于，有画家亲自去拍卖公司，要求他们撤掉根本不是他画的，但却以他的名字发表的画，却被拍卖公司拒绝了，还发表了免责声明，这其中的混乱由此可见。

也正是因为如此，宋毅每次参加拍卖会看上眼的东西，他都要亲自看

过亲自上手摸过之后，才决定要不要买。

　　事情谈妥之后，也差不多到了吃午饭的时候，宋毅就近请王蓓和王名扬在老城隍庙吃饭。老城隍庙这里玩的地方多，有特色的饭店也不少。林宝卿也跟着去蹭饭吃。

　　席间，几人的话题还是落在拍卖会的事情上，林宝卿也向王蓓问起今年拍卖的主流是什么，她想从中得到一些信号，也好作为将来收东西的参考。

　　通过先前的介绍，王蓓也知道了林宝卿的背景：宋毅的青梅竹马，也是玩收藏的，这样的人正是值得她大力结交的，拍卖公司想要开张做生意，就必须和这些有资本的藏家打好关系。而且，林宝卿和宋毅关系非常密切，王蓓也就没对她隐瞒什么。

　　"我看未来相当长的一段时间内，瓷器还是挑大梁的，还有就是字画，最近也屡屡创出新高，很得大家的追捧和喜欢。当然了，翡翠珠宝也是非常不错的。还有，我们公司正在酝酿开专场拍卖会，宝卿有什么好东西，也可以送过来，算是照顾一下你王姐的生意。"

　　林宝卿笑着回答她说："我和宋毅经常一起去淘东西，像今天拿出来的这两件精品瓷器真的不多。而这段时间，我们基本没收到像样的字画，我有心想帮王姐，也是有心无力啊。"

　　王名扬在旁插话说："小宋不是搞艺术，学画画的吗？对字画的鉴赏水平应该更高才对呀？"

　　宋毅的目光从林宝卿身上挪到王名扬身上，微笑着解释道："我确实是学画画的，不过我这些日子都在到处瞎忙，能见到的字画精品少得可怜，要真有什么好东西，我肯定一早就拿下了。不过想要字画也简单，等过些时日闲了，我画几幅出来就好，就怕王哥王姐你们看不上眼。"

　　"你要敢送，我就敢收。"王名扬嘿嘿笑着，如是说道。

　　"我可是非常看好小宋你的实力的，名扬一直对你赞不绝口。"

　　王蓓微笑着望了王名扬一眼，接着又说道："小宋你设计的这套'金玉良缘'，真让人大开眼界。我相信假以时日，小宋必定会成为闻名遐迩的大画家。"

宋毅笑道："王姐过奖了，如果真有那天的话，还得请王姐多帮忙照顾。"

"小宋说笑了，那时候得请小宋多多关照我们公司才好。"王蓓呵呵笑道，心底也对宋毅有了另一番评价。

在她眼前的宋毅是自信的，他也确实有这个自信的资本。一个画家想要成名，并能成功将画卖出去，可不是件简单的事情。

首先得有实力，其次，还得有良好的社会关系。宋毅两者都占全了，成名只是迟早的事情。这时候和他打好关系是非常有必要的，他要成名，一方面会借助拍卖公司的力量，另一方面，拍卖公司也可以从捧起的画家中获益，这是双赢的结果，但一般的画家可不能享受这样的待遇。

"王姐，我看国内近现代画家的作品最近好像拍得也比较好吧?"林宝卿问道。

王蓓解释说："这也是大势所趋，古字画的数量是有限的，价值珍贵自不用多说，将来会持续升温那是铁定的事情。这近现代画家的作品数量不像古字画那样固定，也就给了人们可利用的空间。就一个画家而言，大可以通过控制作品的数量和质量，来提高这些画的价格。"

王蓓这话就说得很明白了，林宝卿也若有所悟地点了点头，说到底，还是炒作的手段。

"据我估计，今年又将迎来一个字画热潮。不光是我们公司，其他几个拍卖公司也都和我们一样，做着同样的事情。小宋如果再收到什么精品字画，千万可别忘了你王姐哦。"

王蓓还是一贯平易近人的样子，和宋毅交心打商量似的。

"有钱大家一起赚嘛，我又怎么会拒绝呢。"宋毅微笑着说道，他对王蓓这人还算满意。

当然，宋毅也非常清楚，王蓓以及其所在的拍卖公司弄出这些来的原因。尽管炒作起来就会有泡沫，最明显的便是楼市，但这书画的市场和楼市其实也差不了多少。

在宋毅的印象中，未来几年内，书画市场会被抬得非常高，然后随着经济的降温，又忽然冷了下来。等 2000 年到 2006 年之后，字画市场又有新一波的高潮，会接连拍出了上亿的天价来，最后字画的价格，已经超过了瓷器，收藏者也因此趋之如鹜。

这一高一低之间，正好给了有眼光有胆识，还得有实力的人可操作的空间。

说起来，跟股市、做生意其实也差不多，就是低买高卖罢了。

宋毅之前对此的把握并不怎么准，毕竟，已经过了这么多年，这时王蓓的一席话，也让他认清楚了当前的局势。这一波字画的热潮，正是由她们这样的拍卖公司引领的，这一来，可以圈更多的人进来。

这样的做法说不上好或者坏，只能算是一种策略罢了。等过个十来年，全民玩收藏的时候，那时的情形更加狂热，这时候玩收藏的，大都是有钱人。

既然看清楚了形势，宋毅决定跟紧时代的浪潮，借此机会，狠狠赚上一笔。

当然，有人发财就有人埋单，可宋毅从来都不是什么道德标兵，他只要自己和身边的家人朋友过得好就行。至于那些爱显摆，拿着钱到处乱买乱砸的暴发户，他才懒得管。

这其中，和王蓓的关系得打好才行，现在的发展已经很顺利。但正如宋毅之前所言，这是大家互惠互利的结果。宋毅相信，只有永恒的利益，没有永恒的朋友。要真没有共同的利益关系，还能和王蓓这样的人交上朋友，那才真是天方夜谭。

因此，这时候，宋毅倒是为这段时间的疏忽而有些遗憾，因为这段时间以来，他确实没有收到什么像样的字画。

但这并不要紧，他还有充分的时间来收集字画。只要能赚钱，宋毅就不会错过，不管是古字画还是当代的字画。

宋毅的想法其实很简单，自己真正喜欢的字画就自己好好收藏着，别人出再多的价也不卖；不喜欢的嘛，就寻着合适的时机卖掉。通过拍卖会

卖掉是一个非常好的途径，也是拉近人际关系的好方法。

和王蓓的一席话，让宋毅更近距离地接触到拍卖会运作的内幕，而有了王蓓在，他以后办一些事情就会方便很多。

吃过饭之后，宋毅又陪着王蓓和王名扬聊了好一阵子。

王蓓征集藏品的任务比较重，她又一心想在业绩上有所突破，好在即将到来的春季拍卖会上独占鳌头。不管在什么时候，拍卖会真正吸引大家，并让大家舍得掏钱买的，还是精品。赝品虽然也存在，并能为公司带来利益，但就长远的角度来看，拍卖会上真品数量多，才是硬道理。

王蓓和王名扬很快便提出要返回北京去了，并叫宋毅有空去北京转转，她好尽地主之谊。王蓓还让他春拍会巡展到东海的时候，去看看有没有什么中意的东西，还说看上了对她讲一声就是。

宋毅自是答应下来，王蓓公司的春季拍卖会他肯定是要去的，到时候，说不定还得他自己亲自出手呢。当然，要是拍卖会上有什么好东西，宋毅也会酌情拿下。

天色有些阴沉，聚宝斋的生意很清冷，和金玉珠宝店的热闹完全没法比。

宋毅送王蓓他们还没回来，林宝卿显得有些寂寥，不过，她倒不愁没事情可做，调香是她最爱的事情。在这样昏沉的天气，焚上一炷按古方调配的醒神香，轻烟伴着香气袅袅散开，林宝卿感觉整个人又恢复了活力。

林宝卿品完香，像往常一样，提笔在纸上写了品香时的心情，同时，也记下了这种配方的醒神香给她的感受。

这醒神香是制香厂那边新弄出来的测试品，但凡新出的香，都得通过林宝卿检验之后，才会正式投入生产。

这并不是一件客观的事情，也没有什么标准答案。正是因为每个人的感受不同，品香也被文人骚客们所钟爱，称之为雅事。

林宝卿心里清楚，她得习惯没有宋毅在身边的日子，他是很爱护她，可毕竟，他不可能随时陪在她身边。

宋毅到店里时，已经快到吃晚饭的时间了，恰巧赶上林宝卿母亲回来，留宋毅在家吃饭，宋毅也不客气，答应下来。

　　对他的厚脸皮，林宝卿也没什么办法。

　　林妈妈是过来人，宋毅的表现倒是对了她的脾气，让他们自己先玩会儿，她做好饭就叫他们。

　　林妈妈前脚一走，林宝卿就冲他笑道："你的脸皮还真是厚呢。"

　　宋毅嬉笑着，丝毫不以为意。

　　"我这叫主动，要不然，哪来的饭吃。对了，我今天的任务还没完成，宝卿可得帮我的忙。"

　　"什么任务？我能帮你做什么。"林宝卿好奇地问道。

　　宋毅笑望着她说："我被蒋老师狠狠地教训了一顿，要求我每天都要画画。今天被我赶上了好时机，宝卿给我当模特好了。"

　　"大画家，你要画多久，不会让我坐着不动吧？"

　　林宝卿倒是很欣赏他这份坚持，天道酬勤，即便再有天赋，没有自己的努力，能取得的成绩也是非常有限的。要真让她一动不动坐个半天，为了宋毅，她也是能坚持下来的。

　　"瞧你说的，我怎么舍得呢。兼职模特，不必要求那么高。"宋毅笑道。

　　林宝卿闻言瞪了他一眼，她也知道画家聘请的那些专职模特的不易，一动不动要站上半天，往往站下来，都会脚麻腿软，一般人可不愿吃那苦，为艺术献身的女孩子就另当别论了。

　　宋毅却温柔地对她说："你就摆弄你的香好了，稍微笑笑，对了，就这样，自然点就行。我们家宝卿很有古典的韵味。要说这红袖添香，可是非常浪漫隽永的事情。"

　　"好吧，如你所愿，我们未来的大画家。"林宝卿浅笑着回答道。

　　调香品香是林宝卿最爱的事情，做起来也是轻车熟路。

　　宋毅摆好画板画了起来，每天坚持作画，光是题材的选择，就足以让人头疼。好在身边有这么多朋友在，宋毅阅历又丰富，不愁找不到题材，

只要将他自己的思想融入身边的风景中就可以。

林妈妈做好饭时，宋毅也完成了这幅绝美的红袖添香图。

毫无意外，这幅签着宋毅名字的画又被林宝卿给收藏了，她还笑着对宋毅说："等将来你成了知名的画家，这幅画就老值钱了，这是我今天当模特应得的。妈妈，你看看，画得不错吧?"

"非常不错。宝卿你这小财迷在画里的表现可不是这样的……"林妈妈笑着责备了林宝卿几句。

林宝卿当即便在母亲面前撒起娇来，宋毅笑看这其乐融融的两母女，欢乐的气氛感染了他。

林方军在吃晚饭前赶了回来，吃晚饭的时候，宋毅对林方军说起这天和王蓓的谈话。林方军和林宝卿一样，对将东西拿到拍卖会拍卖并不感冒，但他们对市场形势的走向却非常关注。拍卖公司的运作内幕，对他们这类开古玩店的老板来说，是非常有用的，因为他们的影响力没有拍卖公司那么大，也不会有媒体连篇累牍地报道。

知道了未来的形势变化，林方军便可以提前做出决策，收入有升值潜力的东西。

对宋毅成为艺术家的目标，林方军和林妈妈一点都不觉得奇怪，事实上，这也是长辈们共同的意见。在他们看来，会赚钱只是其次，最重要的还是名声，成为艺术家，才是宋毅首要的事情。

和林方军说过之后，宋毅也放下心来，以林方军和林宝卿的精明，不会看不到其中蕴含的商机。

由于第二天要上学，宋毅也就没在林家多停留，而是回自己家过夜。

宋毅现在要做的事情很多，但事情总得一件一件来办，收藏也不是一两天就可以办到的，收集精品，靠的是机缘，不是你想就可以的。

宋毅回家后，也要和宋明杰商量事情。

这段时间，特古尔和宋毅的联系也越发紧密起来，宋毅和他要谈的，是俄罗斯白玉的事情。

年前，特古尔就和宋毅提过这件事。特古尔当中间人，负责联络俄罗

斯那边的俄罗斯白玉采掘和运输的人。

特古尔对这事很上心，他也确实有这本领，短时间内，他调集的人手就筹集到五百多吨俄罗斯白玉，这速度可谓非常快了。这五百吨俄罗斯白玉，几乎将俄罗斯这些年开采出来的白玉一网打尽，在高额利润的诱惑下，不管是特古尔，还是俄罗斯白玉的开采商们，都非常尽心。

五百吨的俄罗斯白玉，总价值五百来万，也就是每公斤十块钱的样子，价格非常便宜。这么多数量的俄罗斯白玉，装载很成问题，即便用火车运输，也要运十来个火车皮。

宋毅也不得不为这批货物付出巨额的运费，外加给特古尔的好处费，入关的关税等等，一共花了宋毅差不多七百五十万的样子。但对宋毅来说，这一切都是值得的，这时候的俄罗斯白玉可以说是价格最低的。

宋明杰眼光也是非常不错的，他说服苏雅兰，同意了宋毅关于这十来个火车皮的买卖。

这批俄罗斯白玉能给公司带来的好处也是非常明显的。宋明杰虽然不屑用俄罗斯白玉去冒充和田玉，可直接抛售俄罗斯白玉所能得到的利润就是一笔庞大的数值，有的人贪图便宜，有的人出于别的目的，宁可多加点钱，也指明要俄罗斯白玉，这样的情况不少见。

宋明杰非常清楚现在金玉珠宝的情况，收入来源太过单一，需要花钱的地方又多。尤其是宋毅，赚钱的本领天下一流，花钱的本领也可谓是举世无双，只要钱一到了他手里，就不愁没地方花，偏偏这些地方还都值得下重注投资。

因此，不想办法解决收入来源，是无法彻底解决问题的。在商言商，宋明杰也没什么心理负担。

苏雅兰知道后，却担心这批货能否运过来，毕竟，这批货是要从俄罗斯弄回来的。

宋毅让她不必担心。

"我们只付了一半的钱，另外一半等到这批俄罗斯白玉运到东海再付，出不了什么问题，他们这时候反悔没什么意义，我们就等着他们运到东海

就是了。"

宋明杰也点头表示同意宋毅的看法，除非他们不想要余款了，这俄罗斯白玉对他们来说是不值钱的东西，能卖得出去就该谢天谢地了。

"这十来火车皮的俄罗斯白玉，是个什么概念，想想都觉得壮观。"

苏雅兰放下心底的担忧，呵呵笑了起来。

"小毅你每次出手都是这么大手笔，再有下次，我的心脏都受不了了。"

宋明杰却笑着道："这有什么好稀奇的，煤炭不也是这样运的，那数量还要多呢。"

"这俄罗斯白玉可比煤炭值钱多了。"苏雅兰笑着回答道。

宋明杰也趁机教训宋毅："等这段时间忙完以后，小毅还是安心学习去，别再搞那么多乱七八糟的事情。学好你自己的专业才是最重要的。"

宋毅点头答应下来，他不点头也没办法，这是父辈们对他的期望。不管是宋世博还是宋明杰，在文化艺术界都算是小有名气，宋毅这个接班人要是不能闯出什么名头来，丢了长辈的脸，可是会被人鄙视的。

而宋明杰说归说，宋毅学艺术的事情，他也帮不上特别的忙，顶多为他提供需要的条件罢了。

一家子人聚在一起，讨论得最多的还是金玉珠宝的事情。

宋毅也把参加拍卖的事情对他们讲了，对能提高公司知名度，甚至打开北京市场，苏雅兰和宋明杰都没什么意见，至于宋毅拿去拍卖的另外两件瓷器，他们只需要知道，那不是从宋世博收藏的宝贝中拿出去的就行。

宋毅这半年一直表现得很成熟，宋明杰和苏雅兰也就不担心他会犯傻。

宋毅的日子过得很宁静也很悠闲，每天都是固定的程序，上课下课，看书画画，陪着林宝卿逛街。商业上的事情大部分都是通过电话处理的。

缅甸矿场那边一切正常，随着机械化开采的加速，开采出来的翡翠毛料也越来越多，当然，好的翡翠毛料宋毅通通都囤积起来，准备留着自己

切了赚钱。

丁英也乐得看到宋毅一次性付款，他对宋毅选剩下的翡翠毛料越来越感到厌烦，因为按照约定，那还得他自己派人去处理。虽然不用丁英自己动手，可他还是觉得麻烦，他是地方的头头，操心的事情很多。

周益均和赵飞扬的护矿队已经在缅北打出了名气。

见到机械化开采的好处之后，很多人不是思考着也投资搞机械化开采玉石，而是想直接摘桃子。这就造成了彼此之间接连不断的冲突。可周益均去缅北的目的就是要站住脚跟，真打起来，他率领的护矿队可不是吃素的。

护矿队的装备精良，训练多，那些被强抓的士兵，拿着破旧的武器，又怎么会是护矿队的对手。很快，护矿队就打得前来找麻烦的各个势力屁滚尿流。

断了凭空夺取的念想之后，大家这才开始正视现实，想学着宋毅和丁英，也搞机械化开采。因为大家心里都很清楚，这时候的局势就像逆水行舟，不进则退。

丁英有钱了，日子好过了，手下士兵的装备好了，说话做事腰杆也更直了，这让很多人心里特别不爽。尽快实现翡翠矿区的机械化开采，也是势在必行的事情。

采购机械很简单，宋毅的矿场用什么，他们也用什么机械就好，反正大家地盘里的地形都差不了太多。宋毅他们开采用什么样的机械，是瞒不住他们的，毕竟人多嘴杂。

但涉及大笔投资的时候可就没那么干脆了，他们手里钱不多，真要拿还是拿得出来的，但他们就不愿意出。解决的办法自然是有的，宋毅和丁英合作的前例就在那里，照葫芦画瓢就是。

谁都知道，丁英可不是傻子，这宋毅更是个人精，这机械化开采的风潮是他带动起来的，让一众人眼红不已。他们之间的分成模式，也被大家熟知，借用一下，准没错，谁也不会吃亏。

在这股筹募资金的风潮中，有洽谈意向的，以华人富商居多，也有不

少缅甸人和泰国人凑份子，想要参与翡翠矿场的开发。

愿望是美好的，做起来可就不那么容易了，光是机械的采购和培训就要花上不少时间，在运用机械化开采之前，他们也只能看着宋毅和丁英的翡翠矿场日产斗金而干流口水。

这边，丁英打电话给宋毅的时候还骂了娘，说这伙人别的什么都不会，搞剽窃还真在行！

言语中，丁英有掩饰不住的得意之色，毕竟他领先了别人一步。在以往的较量中，丁英可是一直处于下风的。

丁英也佩服起自己的高明眼光来，要不是他当初慧眼如炬，选择和宋毅合作开发翡翠矿场，现在哪轮得到他如此风光，成为众人竞相模仿的对象。

宋毅早料到会是这样的局面，每个地方的人都有这样的从众性格，看见有什么好，就一窝蜂地涌上去。而在这头，丁英的表现也在宋毅的预料之内，这时候，他正享受着被人艳羡和嫉妒的快感吧。

对他这样成不了大器的人，宋毅能敷衍就敷衍，装出和他一样高兴的样子来。

缅甸那边的事情暂时不用宋毅担心，隔个一两天就有人向他汇报情况，宋毅也会根据实际情况作出调整。

这样一来，最直接的后果就是，宋毅为电信的发展贡献了不少话费。

王蓓给宋毅来了电话，宋毅送拍的"金玉良缘"和两件瓷器获得了拍卖公司鉴定师们的一致认可。事实上，他们更多的还是震惊，像"金玉良缘"那般洁净无瑕的翡翠可谓举世罕见。

王蓓也笑着对宋毅讲："我们公司全体上下看过之后，有十足的信心将这套'金玉良缘'拍出新的高价，创造新的历史。不过我们得多为这套'金玉良缘'做宣传，这点还希望小宋你不要介意。"

宋毅心说我介意就见鬼了，我巴不得你们多宣传一下，哪怕将来拍卖会上拍不出去，也能留给众人一个好印象，让别人多了解金玉珠宝，对提

升金玉珠宝的形象可是一个非常大的助力。

当然，仅仅这样还是不够的，宋毅鼓动苏眉和老爸老妈，趁着现在各大电视台、广播、报纸等媒体广告收费低，大批量投放广告。

因为两家分店开业在即，这时候大批量投放广告可谓是最佳时机，几乎马上就可以看到效果。

苏眉和宋明杰夫妇没理由不同意，于是，这边又联系了广告公司，宋毅又去找了王蓓，把"金玉良缘"那套翡翠饰品拿了回来拍广告。

王蓓自是喜不自胜，现在他们公司筹办的春季拍卖会仍在征集藏品，距离全国巡回展出还有一段时间，"金玉良缘"这套翡翠饰品名气越大，对拍卖越是有利，这样一来，双方都可以借势。王蓓也答应宋毅，将抽调公司最大的资源来拍卖这套"金玉良缘"。

"爱她，就送她'金玉良缘'。"

"金玉珠宝，成就你的'金玉良缘'！"

广告片里的女人，戴着那套绿光和金光相互辉映的"金玉良缘"接受求婚后，与男人幸福地拥抱在一起。

林宝卿看了之后，批评电视上正在播出的金玉珠宝的广告，嗤笑宋毅没创意，这样烂俗的广告词也拿得出来。

不过，林宝卿虽然嘴上嚷得厉害，可要她自己想个更好的广告词出来时，她顿时又没了想法，只横了宋毅几眼了事。她其实更讨厌的还是宋毅这家伙将"金玉良缘"给别人戴，还做成广告片到处给人观赏，要知道，当初林宝卿佩藏这套"金玉良缘"的时候，宋毅可是把她夸到天上去了。

在东海，不管你是在电视上，还是广播里，或者在报纸上，甚至走在路边，都会看到、听到金玉珠宝的广告。

"爱她，就送她'金玉良缘'"也成了时下东海最流行的话。

第二章　赌石赌红眼黄得宜为之倾家荡产，
　　　　瞌睡有枕头宋毅得便宜进军香港

　　黄得宜的珠宝店就是父亲赌石赚钱建立起来的，这次珠宝店遇到了困难，黄得宜也来到缅甸赌石，却在一夜之间输光了全部身家，连回家的钱都没了。此时的黄得宜已经赌红了眼，竟然把香港的珠宝店抵押了一百八十万，却在转眼间又输掉了一百二十万，真可谓成也赌石，败也赌石。作为抵押权人的宋毅，此时却乐开了花，真是瞌睡来了有人送枕头，他刚想杀入香港市场，就有人上赶着给他送来了店铺。

　　课余时间，林宝卿最爱做的事情就是拉着宋毅在东海的大街小巷转。

　　一方面寻觅些宝贝，另一方面，也为品香俱乐部寻找地点。

　　因为这两件事情都不能急于一时，所以，两人的日子过得倒也悠闲，一次次的寻宝之旅，谈情说爱的时间更多。

　　这天，宋毅和林宝卿去多伦路闲逛，这是东海一条小有名气的古玩街，也是著名的文化名人一条街。

　　旧民国牌坊，沿街的洋房公馆，挂着左翼作家联盟名牌的小别墅，这一切的一切组合在一起，怀旧的气息扑面而来。二十世纪三十年代，一大批著名的文学名人就住在多伦路，也使这里成为中国现代文学的重要据点。这条街，也因此成为一道富于人文气息的独特风景。

　　和往常一样，宋毅来之前就专门带上了相机，走几步便从不同的角度拍上几张照片。这条绿荫清幽的安静小街带给他的不仅仅是视觉上的享

受，更是一种心灵和文化的熏陶，让他梦回从前，追忆先贤们的风云往事。

除了咖啡馆外，多伦路上最多的就是古玩店和画廊了。

这样的地方是宋毅和林宝卿的最爱，大大小小的古玩店，只要你眼光够好，就有机会淘到上好的宝贝。

但这天，似乎好运并不在两人这边，宋毅和林宝卿转了好几家古玩店，也没看见有什么值得出手的东西。但林宝卿依旧兴致勃勃，拉着宋毅又去逛一家叫江山多娇的画廊。

见宋毅随身带着相机，那位三十多岁、长相斯文的男店主就提前给他打招呼。

"欢迎光临！不过本店不允许拍照，这点还望两位谅解。"

林宝卿笑着说道："老板你就放心好了，我们拿相机是想拍外面的风景，不是想刺探别人的商业机密。"

那店主赔着笑脸，连声说不好意思，但却没有放松警惕。他见过的客人多了去，即便贴了不许拍照的牌子，也对他们口头上讲过，可还是有很多人前仆后继地想要偷拍。

宋毅和林宝卿却没怎么介意，事实上，林宝卿家的古玩店，以及宋毅家的金玉珠宝店，也都是不允许拍照的，他们两人自然深知这些带着相机的客人的手段，没想到，这回角色互换，被当成贼一样防范的人变成他们两人。

宋毅专心看画，这家画廊收集的画还真不少，有名家的画作，也有未成名画家的画作，质量数量不一，但就整体而言，真正有收藏价值的画没几幅。

但当宋毅的目光沿着画廊里挂着的画逐一扫过去的时候，目光一下被角落里的一幅画所吸引。

那是一幅布上油画，画的内容也和画廊的其他风景人物油画不大一样，画的内容很独特。

宋毅认得这幅画，因为他在书上看见过，也曾经在 2006 年的拍卖会上亲眼见到过。只是他没想到，这幅画这时候竟然在这家画廊里出现。但宋毅转念又想了想，其实说起来也不奇怪，因为这幅画的作者，正是东海的著名艺术家。

宋毅将这幅画仔仔细细看了一遍，并最终确认，这幅画的确是原作。

一则，这油画的布料年头很久，而且材质和现代的都不一样；二来，这样的风格确实是当时那年代的风格，朝气蓬勃。

自1993年中国的拍卖公司盛行之后，这类红色收藏也成了人们怀旧追逐的目标，市场价值也日益提升。

宋毅记得这幅画当初拍卖的时候估价不过九到十五万左右，成交价则在十六万左右。

林宝卿对鉴赏油画的兴趣并不是特别大，她的艺术欣赏水平还没能达到宋毅那样的程度。但两人心有灵犀，看宋毅目光一直落在那幅画上，就知道宋毅怕是对这幅画有兴趣。

对这幅油画，林宝卿看不出什么特别的来，她的阅历还是浅，林方军又不是这方面的专家，也不可能教给她很多东西。

但林宝卿有个最大的优点，那就是她有着孜孜不倦的学习态度，这些年来，她从宋毅身上学到的东西，甚至比她父亲林方军教给她的还要多。

这时，林宝卿也不例外，悄声问宋毅这画的来历，宋毅这家伙也乐得卖弄他的知识。

"这幅油画作于1954年。在共和国诞生的初期，整个国家一片欣欣向荣，亿万人民意气风发斗志昂扬，在毛主席的领导下，正热火朝天地进行着社会主义建设。画家们在时代精神的感召下，用手中的画笔表达对党、对祖国、对领袖的由衷的热爱之情，精心创作了一大批脍炙人口的优秀作品，这幅画就是其中之一。"

宋毅介绍这幅画的背景时可以说是倒背如流，没办法，见多识广就是有这样的好处，说起来也可以侃侃而谈。

"像这类画作，还是非常有收藏价值的，不在于它们的艺术价值有多高，它们身上所蕴含的历史价值才是真正值得收藏的。就拿这幅画来说

吧，单论艺术水平，其实并不特别出众，那时作者不过是个二十四岁的年轻小伙子，不管是技法还是创作水准，和现在的水平比起来，那是天差地远。但他创作于五十年代，作为那个时代人们精神风貌和思想感情的一个象征，却非常有收藏意义。"

林宝卿能感觉到，这幅画正如宋毅所说的那样，历史价值大于艺术价值，但这也正是这类红色收藏的意义所在。这几乎是所有文物古玩的意义所在，因为这些文物古玩都是在特定的时代背景下产生的，除了其自身精美的艺术价值之外，还有他们所承载的历史文化。

"我对这类收藏不熟，这幅画也是第一次见到。"林宝卿看了会儿，对宋毅说道。在宋毅面前，林宝卿都是有一说一，有二说二，她知道，认识到不足，才能有所进步，要是连承认的勇气都没有，那就更别谈什么进步了。

这幅画不甚出名，但却有一定的历史价值。

宋毅便问那店主这幅画的价格。

那店主早就在旁边仔细观察着两人，这时，他对着宋毅竖起了大拇指，赞他是懂行的人，同时，他也给宋毅报了个实在价：八千块。

宋毅没有还价就将其拿了下来。

出了画廊之后，宋毅叮嘱林宝卿说："以后遇见这类的画，你也可以帮我收下。像张大千、齐白石、徐悲鸿这些大师的画就不用多说了，只要是真迹，收藏价值都是有的，如果不想收藏，买来转给人家也是可以的。如果有什么拿不定主意的，就打电话找我好了。"

"你又要上哪去？"这些林宝卿自然知道那些人的画应该收藏，可她最关心的，还是宋毅话语里隐含的意思，莫非他又要外出？

"真是瞒不过你。"

宋毅笑道："过几天我得去缅甸那边一趟，又到了鉴定翡翠毛料的时候，很多人可是指望着我发奖金呢。"

"知道了，你是大英雄，救国救民嘛。"林宝卿开玩笑地说道。

"哎，就知道宝卿疼我，要别人，不知道怎么骂我呢，说我是破坏环境，滥采资源的罪人的可不在少数。"宋毅叹道。

他在缅甸干的事情也得罪了不少的势力，对他这样引进机械化开采玉石的恶劣行径，也给予了严厉的批评。

林宝卿旗帜鲜明地站在宋毅一边。

"你管别人怎么说，做自己决定做的事情就好。"

"听君一席话，胜读十年书。"宋毅笑道。

"没个正经，你这一去又得多久？"

"来回都要个三四天，一起的话，差不多要十来天的样子吧。不过，宝卿别担心，到了那里我会第一时间打电话给你，为了你，我也会尽快赶回来。"宋毅笑望着她说道。

"算你识相！"

林宝卿娇笑着仰起头来，给了他一个蜻蜓点水的轻吻做奖励。

宋毅乐得享受她的温存，故意吊她的胃口。

"临走之前，我还有一个好消息要告诉你。"

"现在可以讲吗？"林宝卿问道。

宋毅却很可恶的说道："过几天吧，现在还不能完全确定下来。"

林宝卿盯着他那俊朗的脸庞，灵动的眼珠一转，似乎猜出了什么，但她并没有追问下去，到时候，她自然会知道的。

林宝卿这几天忍得很辛苦，眼瞧着时间一天天过去，宋毅还没给她什么消息。终于，这天下午放学后，宋毅出现在她面前，神神秘秘地对她说，要带她去一个非常特别的地方。林宝卿当即就明白了，她的猜测应该是没有错的。

跟着宋毅上了他的奔驰，香车美人的组合引来一片侧目，但这时的林宝卿已经顾不得这些了，她看着宋毅驱车在东海的道路上奔驰如飞。

这次的方向却让她觉得有些疑惑，这不是回家的路吗？宋毅该不会是把他自己家弄来做品香俱乐部的地点吧，林宝卿立刻摇摇头，想想都觉得不大可能。

快到城隍庙时，宋毅这才拐了个弯，去了附近的乔家路。

　　乔家路和城隍庙近在咫尺，林宝卿对这里自然不陌生，乔家路保存完整的明清民国时期的大宅院颇多，各式的洋楼、商铺、民宅，保存得非常完整，可以说是保留了原汁原味的老东海风格。她完全没想到，宋毅竟然在这样的地方找到了合适的地点。

　　没容她多想，宋毅便带着她到了一栋爬满青藤的明清青砖大宅院前面。停了车，林宝卿自己打开车门下去，宋毅将一串钥匙交到她手里。

　　"进去瞧瞧吧。以后这里就是我们的根据地了。"

　　林宝卿欣喜万分，却并有没多说什么，只用行动表达了她心底的欢喜。宋毅抹抹嘴唇，意犹未尽。

　　"反正被人看见了，不如再来一次如何？"

　　"流氓！"

　　林宝卿横了他一眼，这才去开门。

　　推开院门，一种历史的气息就扑面而来，大宅院里面的东西都保存得非常完整，六扇花窗的厢房，几进的院落，宁静幽雅的气氛便出来了。

　　林宝卿没来得及细看，就对这环境满意得不得了，想要品香，在这种清幽的环境之中是最合适不过的了。这条街道与繁华热闹无缘，现在的东海，喧嚣热闹的地方太多，这样宁静的地方，才是有品位的人们的最爱。

　　"以后这里就交给你来打理了，该添置的东西就放心去添置，不要想着替我省钱。"

　　宋毅也看得出来，林宝卿很满意这地方。

　　"花了不少钱吧？"林宝卿问道。

　　"也不多，也就一千来万。"

　　宋毅说得轻巧，但事情的经过可不是这么简单的，幸亏这里的主人要出国，要不然，这点钱还拿不下来。也是宋毅有个好出身，父辈都是文化人，换了是别人，这宅子的主人也不会将宅子卖给他。

　　"还是你厉害！"

　　对一掷千金的宋毅，除了感激和佩服，林宝卿已经没了别的想法，在她听过宋毅讲先买房再抵押贷款的时候，她就有了这样的觉悟。

关于这买房一事，林宝卿也回去问过她父亲林方军，可他们家能拿出的钱实在不多，用自己的房子抵押，林方军也没那样的气魄。因此，就由宋毅独自拿了下来，宋毅不害怕收不回成本，过几年，你想买公寓房容易，想在这地段买这样一栋大宅子，那根本是不可能的事情。

林宝卿朝思暮想，就是想有个事业的起点，而且在她的潜意识里，也把这地方当成了她和宋毅的私密空间。此刻梦想实现，更是满脑子想着该如何做设计，怎样布局，怎样装修，该用什么样的器具。

宋毅也提醒她，对这类房屋的装修，最主要的还是要保持原有的古韵，当然，也不是说里面的设备不能先进化，而是要保持一个和谐的度在里面。

林宝卿点头答应下来，笑着对他说道："这个你就放心好了，我打算请最好的设计师来设计，到时候让你过目了我再动手如何？"

宋毅笑道："我倒是很想亲自做设计，可惜没那么多的时间弄，明天一早，就得动身去缅甸那边了。这边宝卿你看着办就好，我相信你的眼光。要用什么家具，可以从家具厂那边拿，你和何建商量着办。那些珍贵的黄花梨我们现在不卖，但做成家具给自己享受却是可以的，这也叫充分利用。"

"嗯，我会和他说的，话说何建那家伙，现在可是一副大老板的派头呢。"

想起何建现在的模样，林宝卿就忍不住笑出声来。

宋毅也笑着说道："他倒是勤勉，比我三天打鱼两天晒网的好多了。"

"你才是大忙人，大老板嘛。"林宝卿嘿嘿笑道。

说完，她又拉着宋毅在大院子里转了起来。

林宝卿不时发表着她的意见，并征求宋毅的看法，这墙壁上该挂什么样的字画，那里该放什么样的家具，地板该用什么样的木材，门窗要不要重新修茸……

看得累了，林宝卿这才和宋毅并肩坐了下来，倚在他身上，说些悄悄话，做点亲密的事儿。

　　在两人的私密世界里，林宝卿放开自己，全心接受宋毅的爱。

　　宋毅很疼爱她，嘴上情话连篇，但往往都是隔着衣服点到为止。大冷的天，他可不想林宝卿受冻，再说了，又不能真的销魂，做得太过火只会让他自己难受。

　　即便如此，宋毅也能玩出很多花样来，虽然没能亲眼见到厚厚衣衫下她最真实的一面，宋毅却可以感受她结合着火热激情与脉脉柔情的完美身躯，他相信，他离那一天并不遥远。

　　林宝卿非常享受这种被人珍惜，受人呵护疼爱的感觉，宋毅为她一掷千金不说，单是他对她的这种态度，就足以令她死心塌地，也让她今天格外动情。

　　两人在这宅院里流连了好久，直到天色完全黑下来，林妈妈打电话问她要不要回去吃饭的时候，两人这才恋恋不舍地离开。

　　因为宋毅第二天就要离开东海，要安排的事情也多，识大体的林宝卿没多纠缠他，今天的收获足以让她开开心心地过上好一段日子了。

　　宋毅帮助她搞品香俱乐部，也是为了帮她找点事情做，免得她成天胡思乱想，看起来，这效果还是非常不错的。最关键的一点在于，林宝卿确实喜欢做这件事。

　　送林宝卿回家后，宋毅也回家吃饭，并把苏眉也叫到家里来，东海珠宝界的局势日益紧张，他不在东海的时候，得多嘱咐她几句才行。

　　苏雅兰和宋明杰自然没什么好说，只是宋毅这一去又要花钱，这让主要负责掌管财务的苏雅兰有些愁苦，她也知道，这些钱花得值，带来的回报更多。

　　虽然心疼宝贝儿子每次都花钱如流水，苏雅兰还是不忘嘱咐他："多带点钱过去，可别亏待人家，人家背井离乡的，也都不容易。"

　　"就知道老妈心地最好了。"宋毅点头称是，接着又说道，"不过老妈你就放心好了，那边我选剩下那些翡翠毛料品质也还不错，能卖不少钱，那些钱都充抵给丁司令了，倒是能省下不少。"

　　"那就行，自己过去一定要小心。"

苏雅兰千叮咛万嘱咐，连宋明杰都跟着变得啰唆起来。

宋毅一一答应下来，等父母把该说的话都说完后，这才拽过苏眉，对她交代了一些公司的事情，然后又把手机交给她，让她帮忙看着。

苏雅兰和宋明杰都没说些什么，他们每天的应酬就够多了，宋毅这小子那边的事情，有苏眉帮着处理，他们也都很放心。

第二天，林宝卿开车送宋毅去机场，还不忘嘱咐他早点回来，末了，又是一顿吻别。

宋毅到了缅甸，一如往常先去见丁英。

和丁英一见面，丁英就开始抱怨，还是别人都准备搞机械化的事情，甚至还跟他们的合作模式一模一样。

宋毅笑着宽慰了他一番："一步领先就步步领先，他们羡慕并完全照搬，说明现在丁司令已经有了足够的实力。不管怎么说，丁司令做出的决定，我都全力支持。"

丁英听了这个提议也很心动，可他思前想后，还是不敢轻启战端。

宋毅也不以为意，反正这并不是他此行的目的，他说这话，只是先表个态，免得丁英又拿这说事。

抛开这些乱七八糟的事情，丁英也知道宋毅这次来的目的，他知道，宋毅又给他带来了收入。毫不夸张地说，宋毅就是他的财神爷。

两人说话时，丁英也谈起一件事，说有个香港的年轻小伙子叫黄得宜，听别人说赌石能发大财，也想着发大财，就来到这边买赌石，结果带来的全部身家都输光了。

"赌石就是这样，有输有赢，像他这样的并不稀奇啊！"宋毅回答说。

他知道丁英讲这事肯定不会这么简单，但他还是耐着性子故作姿态，给丁英讲下去的空间。花花轿子人抬人，这也是照顾他丁大司令的面子。

丁英笑道："好笑的还在后面呢，他输得连回家的钱都没了，只得先在这边住下。可他还想赌，还说要拿他的店铺做抵押，你见过这样的人没有？"

"那是他自己的选择，怪不得别人，愿赌服输嘛。丁司令你有没有调查过，他是不是真有自己的店铺。"

丁英回答说："应该错不了的，他们看人还是蛮准的。"

宋毅心说还好不是你绑架别人。

"他有没有说他家店铺是做什么的?"

提到这家伙在香港有自己的店铺，宋毅倒是灵机一动，他一直想找机会朝香港那边发展，可惜东海这边一直忙不过来，香港那边也没什么机会。

现在，东海这边的事情基本已经稳定下来，因为对准的是中高端市场，场面不用铺得太开，三四家分店足够了。现在完全可以腾出手来，去香港那边开拓市场。说不定，这倒是个好机会。

"怎么，小宋有意接这个单?"

丁英可是个老狐狸，听宋毅问这话，就知道他心底有了想法。丁英对这个并不感兴趣，他要的是真金白银，而不是远在香港的，虚无缥缈的东西。宋毅喜欢，就让他自己去，反正以宋毅一贯的处事风格，落不了他丁大司令的好处。

宋毅也不加掩饰地笑着说道："顾客就是上帝。我倒是觉得，我们做生意应该灵活一点，允许手头暂时不宽裕的参与进来，等他们赌石发财了，不就可以还清债务了。"

"那要是他赌输了呢。"

丁英也在心底暗笑，宋毅这小狐狸说得比唱得还好听，估计他是惦记上人家的产业了。

宋毅笑道："不是有抵押吗? 虽然麻烦了一点，但顾客为大嘛。我们辛苦一点也没什么。"

"小宋说得没错，我听他们讲，他好像说他家里是开珠宝店的。"

丁英越发觉得宋毅这家伙很虚伪，不过话又说回来，没这点本领的话，怎么能在这里立足呢。

宋毅心说：这还真是瞌睡来了有人送枕头。

"那这事倒是可以考虑一下，这黄得宜现在在什么地方来着？"

"在帕敢那边有好些天了。"

"那我这趟过去顺便看看他，看有没有机会帮得上他，兴许，他能成为新一代的赌石大王，引领新一轮的风潮呢。"宋毅笑着说道。

"但愿如此吧。"丁英笑道。

这个不用宋毅说丁英也知道，造神运动其实早就开始了，吹得越厉害，来赌石的人就越多，赌石的人越多，他们这些翡翠毛料的开采商的收入也就越多。有钱可以赚，谁又会嫌多呢。

宋毅和丁英胡吹乱侃了一通，便起身前往翡翠矿场，丁英自然不会陪着他一起去，却派了得力的助手保护宋毅过去。

宋毅一路上就在琢磨，能不能好好利用这个机会杀入香港市场，原来的珠宝店改装一下就可以投入使用。

当然，也不是非要他这珠宝店不可，做其他行业的商铺买来照样可以投入使用，只是改装起来会比较麻烦而已。

不管这次的结果如何，宋毅进军香港的心思是不会变的。

一路胡思乱想着，宋毅还是打算到了那边见了黄得宜，问清楚情况再做打算，能卖人情就卖人情，要是他眼光差，赌运不好，那也怪不得宋毅。

宋毅先到了摩西砂矿场，这边负责的是赵飞扬和程大军，宋毅在这边花了一天时间，挑选这段时间开采出来的翡翠毛料，让人估算了价格之后，先统计出来，共有一千万左右。

再让人把这段时间矿场翡翠毛料的销售数据拿来，看起来业绩还不错，有两百多万人民币。这批钱宋毅没动，他打算全部抵给丁英，当然，他自己还得额外掏出一部分钱来才够。

除此之外，经营矿场所需的成本也得由宋毅自己承担，主要是柴油的花销，缅甸的人力成本倒是很便宜。管理层和护矿队的待遇比普通工人不知道高多少倍。

忙完这些事情之后，宋毅也看了赵飞扬率领的护矿队，清一色的铁血汉子，尽管有很大一部分是刚刚补充进来的，可受到熏陶和感染，对待工作都很尽心尽责。而且相对而言，摩西砂这边的任务要轻松一些。

事后，宋毅也找赵飞扬谈话，先是赞扬了一番护矿队的能力，随后又问他说："赵大哥，你看这边能不能找出顶替你的人来？"

赵飞扬一听就兴奋起来，他可不认为宋毅是想把他开除，马上就讲道："有啊，副队长陈玉就很不错，纪律性强，处事干练果断，又是第一批跟着我们过来的兄弟，人品方面完全可以放心。"

"小宋，是不是把我调去新矿区那边，听说他们在那边威风得紧呢。"赵飞扬不待宋毅回答，急着问道。

宋毅笑道："周大哥那边可不缺人手，我是有其他的打算。"

"什么打算？"

赵飞扬有些失落，可一听说有机会，又马上问宋毅。

宋毅沉吟了一下，这才对他说道："那我就先对你讲了吧，我们金玉珠宝有去香港那边发展的打算，可香港那地方，你也知道的……"

"香港，我去过好几次，其实也没什么，我可以搞定。"赵飞扬有些失望，在香港哪有在缅北来得爽。

"赵大哥要是不愿意去的话，我再找周大哥商量别的人选好了。"宋毅也不勉强他。

"瞧你说的，既然你都开口来，我哪能不愿意呢。"

赵飞扬心说聊胜于无，他现在待的这地方才是无聊透顶，这里是丁英的势力范围的腹地，寻常势力可不敢到这里找麻烦。他们要防范的是丁英的部队。

可丁英胆子小，又拿了宋毅的好处，基本不会干这杀鸡取卵的事情。他们也就闲了下来，又去不得新矿区，这样下去，还不如去香港来得快活呢。

宋毅笑道："那好，你马上将手里的工作和陈玉交接一下。这一两天就带两个得力的兄弟过去，帮我查一个人的底细。"

"查谁的底细？"赵飞扬又兴奋起来。

宋毅说："黄得宜，就是在新矿区那边赌输了的那个香港人，听说他家里开着一家珠宝店。"

"我听过那小子，现在矿区里都在传呢。他的眼光不咋地，难道他真想把珠宝店抵押出来？"

赵飞扬倒是听说过这个愣头青。这时，赵飞扬也感觉到黄得宜和宋毅之间的差距，大家都是年轻人，怎么就一个天上一个地下呢。

"所以就得赵大哥你去看看究竟有没有这回事，真有珠宝店的话，看看店面是不是真像他说的那样。不管怎样，你们都先在香港那边安顿下来，反正我们迟早要到香港去的。你们这趟过去，就权当是公费旅游好了，这些日子都没给你们放假，也辛苦你们了。"宋毅笑着对他说道。

"行！"赵飞扬嘿嘿笑了起来，有这样的好事，他岂有不去的道理。

"别得意得太早，你去把陈玉叫过来，这边的事情得弄妥当了才能去。"

赵飞扬正色道："小宋你就放心好了，这点职业操守我还是有的。你先等等，我这就把他叫过来。"

赵飞扬刚要出门，宋毅又把他叫了回来，赵飞扬有些不解，宋毅对他说道："给我选两个身手好，稳重一点的兄弟带过来，我才放心让你去香港。"

"成！"赵飞扬嘿嘿笑着，领命去了。

他倒是一点都不介意宋毅这样说他，因为他本来就是这样的性格。

没过一会儿，赵飞扬就把陈玉和另外两个人带了过来。

陈玉也是护矿队的老人了，为人稳重做事有条理。赵飞扬这人性子有些急躁，还有些大大咧咧的，但他是个真性情的人，也是宋毅最早招到的人，周益均调到新矿区那边，宋毅也不好让他当副的。但表面上赵飞扬是正的，其实现在管事最多的还是副队长陈玉。

把陈玉叫过来之后，宋毅宣布了要调赵飞扬去香港那边的决定，同时，也正式将护矿队队长的职责交给陈玉。

陈玉点头答应下来，他知道宋毅办事的风格，不会亏待任何对他好的

人，也不会放过任何胆敢背叛公司利益的人。像宋毅这样赏罚分明的老板，正是陈玉喜欢的。

赵飞扬倒是很会挑人，选的两个兄弟身手都很出众，平素口碑也不错，性子跟赵飞扬也相补。一个叫宋建华，跟宋毅同姓，另一个叫方国栋，都是三十来岁的汉子。

宋毅对他们讲了去香港那边的注意事项，主要还是让宋建华和方国栋照看着赵飞扬一点，两人都很有默契地点头笑了笑。

至于陈玉的护矿队这边，宋毅让他和周益均商量一下，再多招募一批人手进来，并抓紧时间训练一下。

这又给了赵飞扬一些信息，笑着问宋毅："小宋，你是不是还有别的打算啊？"

"将来有你们的用武之地。"宋毅笑道。

"能不能提前透露一下？"

赵飞扬性子跳脱脸皮也厚，跟宋毅说话也没什么拘束。

宋毅也实话实说："等过段时间你们自然会知道，说得太多万一我做不到的话，那不是会很丢脸。"

赵飞扬陈玉等人哈哈笑了起来，赵飞扬也笑着说道："这世上还有小宋你办不到的事情？"

宋毅笑道："我办不到的事情可多了，比如维护世界和平。"

"世界要和平了，我们这些人就该失业了。"赵飞扬、陈玉等人笑得更开心了。

宋毅第二天就启程前往新矿区，同时，也把赵飞扬几个人派到香港去了，正如他所言，不管这边黄得宜的事情成与不成，他都是铁了心要去香港那边发展的。

这时候去还有一个好处，这时是1995年，香港再过两年就要回归，受各方的影响，回归之前的香港有些动荡，很多人都想移民。现在已经有了端倪，这时候去香港接收一些准备移民的富豪的产业可以捡到一定的便宜。

宋毅一路颠簸到了新矿区，照旧是先找那边的负责人周益均等人了解情况，然后下到矿区亲自看个究竟，这样才不至于被人蒙蔽。这也是宋毅一贯做事的风格，他没把人性想得太过高尚或者太过难堪，宋毅知道，太过相信别人的人都无一例外地遭遇了失败，人都有自己的性格，只有合适的制度，才能最大限度地保证不出大的纰漏。

　　至于那黄得宜，宋毅一开始并没有去见他。

　　黄得宜也不知道，他现在已经受了宋毅的恩惠，因为有了宋毅公司护矿队的存在，原来绑架中国玉石商人的情况少了很多。最起码，在丁英管辖的势力范围内，这样的情形几乎见不到了。丁英见不绑票也能赚到钱，何必冒着得罪财神爷宋毅的危险，去干那绑票的龌龊事情。

　　因为丁英势力范围内的治安环境比另外两个地方好得多，从香港广东过来的玉石商人更愿意选择他们矿区的翡翠毛料。

　　黄得宜正是这群冒险的玉石商人中的一员，他听说翡翠矿区的毛料品质更高，更容易赌涨，就跟着来了。

　　宋毅暗自觉得有些惭愧，他可是把好东西都先挑了一遍的。不过他很快就想通了，这也怪不得他，赌石本就是考究眼力的事情。而且，神仙难断方寸玉，不是说他宋毅不选的石头就不出翡翠，真那样的话，宋毅可是比神仙都厉害了。说到底，只是概率大小罢了。

　　宋毅把黄得宜晾了好一阵子，等处理完矿区的事务，把新一批挖出来的翡翠毛料都挑过一遍之后，这才去见他。

　　黄得宜是个二十四五岁的年轻小伙子，前些日子赌石赌输了，身上没钱，便留在矿区，因得到周益均他们的护矿队的特殊照顾，才没沦落到去做苦力的地步。

　　说起来，这黄得宜还是个很好学的孩子，对赌石也有些经验，在矿区还抱着他切垮的翡翠毛料，自个琢磨着赌石的门道。当然，从另一个角度看，黄得宜就像是一个赌徒，输红了眼，急切想要找到窍门，好再捞回本钱。

　　宋毅估摸着他是跟着他的长辈学过，或者见过别人赌石，这才会来到缅甸赌石的。

　　宋毅和黄得宜见面的时候，并没有透露自己的身份，只说也是过来赌石的。

　　而在问过黄得宜之后，宋毅也知道，他正委托别人，想把他死了的老爹留给他的珠宝店抵押给银行。

　　"你做珠宝店做得好好的，干吗跑这边来赌石？"宋毅有些不解地问他。

　　"香港的珠宝行业竞争很激烈，我家的珠宝店规模又不大，我老爸在的时候，都快经营不下去了。我接手之后，就越发不好经营了。我老爸以前跟着别人赌石赌涨过，我们家的珠宝店也是因为赌石赚的钱所以才建立起来的。这次珠宝店遇到了困难，我就想着过来赌石看看，赌涨了话，兴许还能挽救珠宝店。"黄得宜回答说。

　　年轻人心中多少都有一夜暴富的梦想，不管是冲进股市拼杀，还是来这边赌石，又或者是去赌场赌博，其实都是差不多的道理。

　　这个宋毅倒是能理解，香港房价高，珠宝行业竞争激烈，小珠宝店想要生存下来并不是那么容易的事情。

　　宋毅问他："那你把珠宝店抵押出去，万一又赌垮了怎么办？"

　　"你这说的什么话。"

　　黄得宜有些不满地瞪着宋毅，"这珠宝店是我老爸赌石赚回来的，我这次为了家里的珠宝店来赌石，肯定会赌涨的。"

　　宋毅大窘，这一根筋的家伙也太迷信了吧。

　　或者说，他还存着一丝赌涨的念想？

　　可宋毅只看了几眼他赌的那几块翡翠毛料，只有些许的松花，蟒带都没有，他都敢赌，切石的时候，也全然没个章法。宋毅马上断定，这家伙是个只会纸上谈兵的菜鸟，像他这样子，不赌垮才怪呢！

　　宋毅对他有些无语，却还是劝他说："我看还是算了吧，你啊，也别想着靠赌石发财了，珠宝店真经营不下去了的话，不如卖了，留点钱自己用也比赌输掉好啊。"

"你这乌鸦嘴，怎么就一直认定我会赌垮啊，真是晦气。"

黄得宜气得转过身去，不想再理这个自来熟，但却是来打击他信心的家伙。

"别人只看见赌石风光的一面，却没多少人看到赌石残酷一面。你已经赌垮一回了，现在连家都回不去了，你还要执迷不悟？"

宋毅的话让黄得宜火上浇油，冲他嚷道："你给我滚远些，我爱怎么着就怎么着。"

"疯子！那你是真打算一条路走到黑了。"宋毅叹道。

这黄得宜还真是走火入魔了。

宋毅对待赌石的态度很理智，那就是绝对不把自己的身家全部压上去，总要为自己留条后路，这黄得宜倒好，一股脑全压上了。不过对宋毅这个矿场老板来说，可不是什么坏事，没有这样的疯子，矿场能赚的钱可就少了很多。

黄得宜干脆不搭理宋毅，他心中的苦恼只有他自己知道，因为他现在已经没有退路，珠宝店能挪用的二十多万资金全都被他赌石输掉了。如今之计，只有破釜沉舟，要么上天堂，要么下地狱。

"你家那珠宝店能值多少钱？"宋毅又问他。

黄得宜用怀疑的眼神望着他，"你问这个干什么？"

"你不能一直在这里住下去吧，这可不是你黄大少爷该待的地方。"

"我乐意，怎么着？"

宋毅嘿嘿笑道："要是你那边资金迟迟没弄过来，你猜他们会不会把你派去挖矿？"

"大概两百来万的样子吧。"

黄得宜还是一副天不怕地不怕的样子，但嘴上已经服了软。

"那你可得想好了，这两百来万还是可以供你过上一阵好日子的，但在这边赌石，几块赌石就值那个价。"

黄得宜也对宋毅没辙，"你这人怎么这么啰唆。"

"我是想弄清楚，你到底还要不要你那珠宝店了。"

黄得宜回答说："怎么不要？我还等着赌赢回去好好经营呢。"

宋毅笑道："既然你铁了心要赌，我就成全你。这样吧，干脆把你的珠宝店抵押给我好了，你赌石赌赢了的话自然可以拿回去。赌输了的话，这个可能性比较大……那珠宝店可就归我了，当然，余额什么的我自然会补给你的。"

黄得宜愣了愣，半天之后才说道："搞了半天，你就是为这个？"

"我只是劝你想清楚再做决定，免得到时候追悔莫及。"宋毅却道，"还有啊，在这里吃住也都是要花钱的，我可不希望别人欠我钱太久。"

"欠你钱？"黄得宜有些晕，半晌才反应过来，"莫非这矿是你开的？"

宋毅笑道："正是。怎么，不相信？"

黄得宜马上回答说："我一直听他们讲，他们的老板很年轻，可没想到竟然这么年轻。"

宋毅道："这些马屁话就不用多说了，我只问你一句，你还要不要赌，要不要接受我的建议？"

"怎么不赌。你的提议非常不错，比抵押给银行爽快多了。"黄得宜还是那句话。

"这就好，你可以打电话给香港那边，等我们核实之后，我们的交易就可以进行了。"

黄得宜自然没不答应的道理，既然下定决心要大干一场，他也就豁出去了，他在这地方也待得厌烦了。他只想早点赌涨，好早日返回香港。

矿区就有电话，但给香港那边打电话的话，话费可不便宜。宋毅可不会让黄得宜白打电话，叫人把账记下来，他可不是开慈善堂的，来到这里就得有这个觉悟才行。

黄得宜在电话里对珠宝店那边的负责人讲明这边的状况，害得他们还以为黄得宜被绑架了，让他小心别被骗了。黄得宜哪里听得进去，再说，他觉得他在没钱的这段时间，矿区的人对他还是蛮好的。黄得宜是老板，即便做得不对，别人也只有听着的份。

而香港那边，赵飞扬几个人已经到了，宋毅也和他们取得了联系，让他们找家专业的公司对黄得宜的珠宝店进行评估。

结果比黄得宜自己的估价少了一些，也就一百八十万左右的样子。

宋毅把这个评估结果告诉了黄得宜，黄得宜二话没说就答应下来，并委托公证机关做了公证。

宋毅只得暗自摇头叹息，真不知道他是真傻还是怎样。不管怎样，既然他都不后悔，宋毅自然也不会再阻拦，也不会良心不安。

翡翠毛料这东西，矿区多的是，但他带黄得宜去看的翡翠毛料，都是被他粗选过后剩下的。

不管是黄得宜还是别人来矿区赌石，也都是这些石头，就看他眼光怎样，能不能选中好的翡翠毛料。

宋毅还特别给了黄得宜优待，打开库房让他自己去挑选。一般人可不会有这待遇，都是给你看的石头你才能看，不想给你看的，你想看也看不着，不看就拉倒。这也算是宋毅为黄得宜开的后门。

对黄得宜选中的毛料，宋毅也按照惯例，让矿上的老师傅进行评价，该怎么砍价就怎么砍价。

黄得宜也没有傻到不可救药的地步，他先前吃过一回亏，这之后，选石头就小心翼翼的。加上矿区开采出来的翡翠毛料着实不少，黄得宜差点挑花了眼。

宋毅交代过，只管让他挑，不把毛料带出库房就好。黄得宜挑中的翡翠毛料，都要登记，然后从他账目上扣就行，反正香港那边的珠宝店已经抵押给了宋毅。

宋毅自己并没有在矿区久留，也不想和黄得宜过多地纠缠，他只需要知道结果就行。而香港的赵飞扬那边，宋毅也没忘记让他们多出去走走看看，找找有没有更合适的地方可以作金玉珠宝的店铺。

说起来，位于中环的黄得宜的那个珠宝店还是非常不错的，这也是宋毅之前听过之后动了心思的原因所在。

处理完这些事情之后，宋毅马不停蹄地赶回东海。

当然，也少不了要周益均派几个得力的助手将新选出来的翡翠毛料送往东海，宋毅还是觉得东西放在东海的玉器厂，让他更放心。

回到东海之后，宋毅的日子终于开始忙碌起来，一边等矿区那边的消息，一边筹备去香港的事宜。

这一来，连和林宝卿在一起的时间都少了很多，好在品香俱乐部那边的事情也多，林宝卿自己也忙得不行，和宋毅见面都是在品香阁。

金玉珠宝想向香港发展，自然得派出得力的干将过去，这个人选早就落实下来，那就是苏眉。

前期的各项事宜也得准备妥当才行，宋毅早就思量过，不管那边黄得宜的珠宝店能不能拿下来，上半年都要杀到香港去，他叫人收购的几百吨普洱茶，还想通过香港卖到台湾去，发上一笔小财呢。

这天晚上，宋毅正和苏眉在别墅商量该抽调哪些人手去香港，矿区那边的周益均给他打电话过来，第一句就说："小宋，告诉你一个好消息。"

宋毅笑道："那家伙赌输了，输了多少?"

"黄得宜这些天几乎每天都在选石切石。他赌涨了两块石头，其中一块三万的涨了二十来倍，一块五万的涨了两倍。但后面却接连赌垮了十六块石头，其中价值十万以上的就好几块。把赌涨的石头抵消掉的话，他一共花掉了一百二十万，然后就说什么也不肯再赌了。"周益均笑着回答。

这样的事情他在缅甸矿区看得多了，自然不会有什么心理负担。

"是我们没能很好地完成任务。"

"十解九抛，他的运气其实算是不错的了。他也不算特别笨，总算知道及时回头。这不关你们的事，反正他整体是赌输了，想要回珠宝店也是不可能的。我们把剩余的六十万给他就是了。"宋毅笑着对他说道，并让他托人把黄得宜安全送出缅甸。

周益均答应下来。

宋毅又向周益均交代了一些矿区的事情，因为金玉珠宝要向香港进军，赵飞扬和另外两人已经去了香港，让他注意和陈玉一起，补充护矿队的力量。

周益均一一答应下来，然后挂了电话。

苏眉等他打过电话之后，这才对他说道："那我们什么时候去香港?"

宋毅说："等你把这边的事情办妥，把手头的工作都交接给我爸妈他们再说吧。现在赵大哥他们在香港打前站，我让他们先把周围的情况熟悉了。到时候我和你一起去香港，等我们熬过最初这段艰难的日子就好了。"

苏眉娇笑道："我可没你想象中那么娇弱。"

"苏眉姐你就当我好玩，去香港玩耍不行啊。"宋毅笑道。

"再说了，香港那地方可不比东海，你一个人在那边我也不放心。"

苏眉脸上现出温暖的笑容，说："好，那我们就一起去吧。"

"到时候我给你配俩保镖。"宋毅说道。

在东海，苏眉可没享受过这么高级别的待遇，下意识地反对说："我说，不用搞得那么夸张吧？"

宋毅却道："有备无患啊，你要真出了什么事，我会被骂死的。"

"可是……"苏眉犹豫。

"没什么可是的，要不然，我给你弄两个女保镖如何？"

"随你的便吧。"

苏眉也懒得跟他说了，再说宋毅也是一片好意，她们到香港做珠宝生意，涉及大笔金钱交易，人生地不熟的，有保镖也安全些。

苏眉转移话题，问起那边珠宝店的事情。

宋毅回答说："我也还没过去看过，赵大哥他们去看过，在中环，位置还不错，因为原来就是珠宝店，所以，需要做的改动应该不会特别大。但过去之后，珠宝店的设计和装修还是要坚持我们金玉珠宝的风格。"

苏眉点了点头，随即又担心地问道："黄得宜那边不会有什么问题吧，他该不会认为你是故意设计他吧？"

"他要真有那样的想法我也没办法。"宋毅说道。

"毕竟，我没办法控制别人的思想，可那之前我已经提醒过他了，反正我是不会良心不安的。"

苏眉闻言呵呵笑了起来，她没想到，宋毅这家伙竟然也会讲良心不安这样的话。在商战上，比这更激烈的事情多得是，现在的苏眉已经历练出来了。

黄得宜在矿场输掉了一百二十万，他的珠宝店一共抵押了一百八十万，财产缩水到只剩六十万。他想起宋毅之前的劝告，终究不敢再赌下去。他也知道，倘若他继续赌下去，笑得最开心的肯定是他们这些开矿的

老板，因为不管你赌输还是赌赢，都是从他们手里买石头，他们都能赚钱。

一线天堂，一线地狱。

成也赌石，败也赌石。

黄得宜深深体会到了其中的滋味，下决心不赌石之后，黄得宜便在护矿队的关照下从缅甸返回香港。对护矿队这些人，黄得宜还是非常感激的，他们很照顾这些不远万里去缅甸赌石的同胞，总能给他们帮助，去其他矿区可就没这么好的待遇了。

这也不难理解，为什么宋毅从最初赌石，到现在却成了翡翠矿区的大老板，只有开发翡翠毛料才是稳赚不赔的。

愿赌服输！黄得宜打算回香港后，就正式将珠宝店交给宋毅，不过他也很好奇，这个年轻人究竟能在香港弄出什么样的动静来。

此刻的宋毅收到消息之后，并没有即刻动身去香港，他得把自己的大后方稳固下来。

东海珠宝市场的格局基本已经定下来了，福祥银楼依旧是龙头老大，市场占有率还是第一的，他们在东海各大商业街区的珠宝分店带给了他们巨大的利润。更别提福祥银楼在全国各大城市加盟店占据的市场。

位于第二位的便是新近崛起的金玉珠宝，虽然只有三家店面，但是他们的销售的都是高档珠宝，销量也非常喜人，稳居第二把交椅。

占据东海珠宝市场第三的便是改制的老庙黄金，因为是从国营金店改制过来的，还是很多人认可国营老字号，认为有保障，在黄金方面也相当专业。

由泰昌珠宝组建的城隍珠宝，因为只在城隍庙一个地方销售，虽然之前也有自己的客户群，但毕竟是小众，其所占的市场也是份额最小的。

其他小型的金店分散在东海各个角落，占有大概百分之一的份额。

虽然大致格局已经定了下来，但几家珠宝公司彼此之间的竞争依旧十分激烈。无论是福祥银楼还是城隍珠宝，都跟在金玉珠宝后面亦步亦趋，因为明眼人都看得出来，金玉珠宝的营销方式还是非常有效果的，但想要完全复制他们的策略却不大可能。光是大手笔做广告这一项，金玉珠宝就

占了先机，并获得了众人的认可。再想通过广告吸引人们的眼球，可就不是那么容易了。

因为黄得宜已经准备将珠宝店交给宋毅，为了不浪费时间，苏眉和宋毅马上要赶到香港那边做交接。

东海这边，苏雅兰和宋明杰第二天得到消息，得力干将苏眉一走，两人肩上的压力陡然间增大许多。

宋毅让他们不用担心，并给他们分析了现状。现在金玉珠宝在东海市的主要任务就是巩固市场，而不是继续扩张开分店。现在金玉珠宝已经在东海市最繁华的几个地段扎下根了，并有了非常不错的口碑，只要不出什么昏招，将市场占有率稳定下来并不是什么难事。

"你的意思就是不求有功但求无过？"

苏雅兰听宋毅讲明白之后，有些不满，当即便瞪了他一眼。

宋毅一听坏了，现在的苏雅兰完全成了女强人，现在正值金玉珠宝高速发展的时期，看到了光明前景的苏雅兰自然信心满满，有信心，也有决心将金玉珠宝做强做大。这时听了宋毅这近乎保守的计划之后，难免觉得有些不爽。

于是，宋毅连忙解释道："老妈误会我了，我这不是怕你们累着了嘛。从公司开业起，老妈老爸你们就没怎么好好休息，我心底可是非常过意不去的。"

苏雅兰却道："我乐意！"

"等我们到香港安顿好之后，就接老爸老妈去香港那边好好玩上一段时间。"宋毅讨好地说道。

"我可不稀罕。"

坐在苏雅兰旁边的宋明杰说道："公司的发展可不能停滞下来。"

宋毅对他解释说："我也是这个意思。所以说，现在最要紧的，是尽力消化现有的成果，将我们金玉珠宝的品牌深入人心，千万不能让之前那么多的心血都白费了。"

"再说了，我们现在想要迅速扩张也没那么多的资金对不对。等苏眉姐在香港站住脚跟，我们再从香港杀回来，再进行扩张，那样扩张起来会

53

更加容易。"

"你的如意算盘倒是打得不错。"苏雅兰笑骂道，"可惜不知道到时候有没有人会买账。"

宋毅笑道："现在外面的牌子比本地的牌子好使，这跟招商引资的政策不无关系，外资港资总是比较受欢迎的。珠宝品牌其实也差不多。"

苏雅兰就问他："就算到香港站稳了脚跟，我们公司还不是内地的企业，难不成你想另起炉灶？那样一来，我们辛苦努力打造起来的品牌可就浪费了。"

宋毅却嘿嘿笑着说："我可没那么傻，当然不会重新来过。不管什么时候，东海这边都是总公司，香港那边只能算是分公司。我们将分公司开到香港去，这可算是大步走出去，为内地企业增光，何等的荣耀！就跟当年在香港上市的青岛啤酒一样，只要我们善于宣传自己，就能成功激发起消费者的自豪感和优越感。我敢说，我们金玉珠宝取得的成绩会比纯粹的港资企业更加辉煌。"

"那得建立在一个前提下，那就是你们必须得在香港取得相当优异的成绩才行。"

宋明杰没有被他的话所蛊惑，面色也比较凝重。

"那你们这次去香港面临的压力可就大了，香港那边珠宝行业竞争的激烈程度比东海可是有过之而无不及，而且都是老牌的珠宝企业，想要杀出重围，可不是件容易的事情。"

"嗯，去那边还得注意安全才行。香港可不比东海，在东海，我们家里的关系还能帮衬着点，到香港那边可就完全靠你们自己了，我们想帮忙也是有心无力。"苏雅兰担心地说道。

宋毅虽然很早以前就说过要去香港，但苏雅兰以前认为那是很久以后的事情，也就没认真去想。现在，宋毅和苏眉就要出发去香港了，想起这方方面面的细节，苏雅兰也越发担心起来。

宋毅笑着对他们说道："俗话说得好，在家靠父母，出门靠朋友。到香港结交朋友其实也是件容易的事情，缅甸那边我都去得，若说不敢去香港发展，那就贻笑大方了。"

临行前，宋毅挨个给认识的朋友打了电话，说他要到香港一段时间。

王名扬听宋毅说要去香港开店，先是恭喜了他一番，然后就说他最近也要去香港那边一趟，约他到时候在香港会面。

宋毅自是笑着称好。

王蓓那边则告诉他，现在拍卖公司的全国各大城市巡回展已经开幕，金玉珠宝贡献的那套"金玉良缘"也被作为重头戏到处展览，并说马上就要到东海进行展览了。

宋毅也只得轻叹着说："那可真是遗憾。不过，我虽然不在，我爸妈和宝卿到时候一定会去给王姐捧场，相关的宣传活动王姐直接找他们商量就是，我先跟他们打好招呼。"

王蓓在电话那头笑着说道："那我就先谢过小宋了。小宋你自己的事业要紧，香港那边的人消费水平也比较高，做珠宝这行，还是非常有市场前景的。"

宋毅夸她有眼光，两人聊了一阵，王蓓最后让他五月到北京看预展并参加春季拍卖会。

这时国内几个大型拍卖公司拍卖的东西都很不错，宋毅自是点头答应下来，说到时候一定会过去给她捧场。

处理完这些乱七八糟的事情之后，宋毅才把手机给苏雅兰保管，心底也在抱怨着这该死的异地漫游什么时候才能开通，对早习惯了一部手机全球漫游的宋毅来说，折腾这样的事情实在让他有些不爽。

林宝卿最近还是忙着搞品香俱乐部那边的事情，但每周的鬼市她都没有错过，宋毅在东海的时候，她就经常拉着宋毅一起去鬼市看能不能淘到什么宝贝。宋毅不在东海的时候，她就跟着林方军一起去，这是她从小到大就习惯了的，也是他们古玩店重要的货源之一。

这次，林宝卿本来没抱什么希望，她甚至没和宋毅提一起去鬼市的事情，因为宋毅一早就要和苏眉一起飞往香港筹建香港分公司的事情。

但出乎她意料的是，宋毅竟然主动提出和她一起去鬼市淘宝，并说这是他为数不多的乐趣之一。这话虽然肉麻了一点的，林宝卿却依然欢欣愉

悦，但当她想到宋毅马上就要舟车劳顿时，又连忙收起心底的那份喜悦，对电话那边的宋毅说道："你明儿个一早不是就要去香港的吗？怎么还有精力来陪我？"

"我可得郑重声明，我去鬼市可不仅仅是为了陪你……"宋毅笑着哄她。

"其次，我现在就去睡觉，明天也可以在飞机上睡觉。"

林宝卿很是感动，但却笑着说道："这才几点钟啊。"

"瞧瞧你，刚刚还担心我精力不够呢。"宋毅笑着逗她。

"那不跟你说了，明天记得早点过来叫我。"

"再聊会吧……"宋毅却没话找话，两人痴缠了好一阵子，这才挂了电话。

宋毅去香港其实并没什么东西要带，但苏雅兰和何玉芬硬是帮他收拾了一堆出来，最后在宋毅的强烈抗议下，才删删减减，丢掉一些。然后早早地把宋毅赶回房间休息去了，宋毅闲着无聊，给林宝卿打了电话后，又给苏眉打电话过去。

苏眉接电话的时候正在家里收拾东西，她和宋毅不一样，女人出门要带的东西自然多，何况，苏眉这次过去要在香港长住，收拾的东西自然就更多了。

和苏眉聊了会儿，约好第二天过去找她一起去机场。

第二天凌晨三点，宋毅就穿衣起身，先把林宝卿给骚扰起来，然后在宋世博还没起来之前悄悄溜出家门，过去找林宝卿。

林宝卿接到电话后就迅速起身洗漱，宋毅这还要赶飞机的家伙都能起得来，她有什么起不来的。等她洗漱完后，宋毅已经到了她家外面。

林方军感觉到动静起来看，发现原来是两个小家伙在约会，也就没去打扰他们，只让他们注意安全。

林宝卿笑着答应下来，宋毅也挺直胸膛说，他会对林宝卿负责的，结果只惹来林宝卿的嗔骂，还拉着他落荒而逃。

出了门之后，两人便朝鬼市而去，宋毅打着手电，林宝卿则挽着他的手臂，不时伸过手去捣乱，将他左手晃了又晃，他手里的手电便也跟着晃

了又晃。

宋毅只得说道："要掉臭水沟里去了你可别怪我啊。"

"那你得在下面垫着。"

"行！"

因为宋毅这一去估计十天半个月之内回不来，所以林宝卿格外珍惜和他在一起的时间。一路嬉笑，到了鬼市，两人已经算早的了，可这时候，鬼市却早有古玩商人摆好了摊，等着顾客上门。这些摆摊的人来自全国各地，或许今天在东海，明天又跑到北京去了，大后天又去了广州。

林宝卿这天逛鬼市，完全没了平时那样的心情，看东西也只是走马观花，她把心思全放在了宋毅身上，似乎他的一言一行，都是那么特别。

当然，还有一个原因，之前两周的鬼市，林宝卿都来过，但却没淘到什么好东西，在鬼市淘宝，除了眼光之外，也是需要运气的。

宋毅和她一样，同样有些心不在焉，把眼前摊位上的东西一扫而过，然后就和林宝卿继续往前走。

感受到宋毅和自己的心情一致，林宝卿非常开心，此刻对她来说，淘宝已经不是最重要的了。

宋毅走马观花，甚至根本没蹲下细看，林宝卿也开始在心底琢磨，宋毅是不是想快速看过一遍之后，就带她去别的地方，有了这样的想法之后，林宝卿的脸顿时热了起来，好在黑灯瞎火的，即便是最近的宋毅也看不见，倒是免了她继续胡思乱想的念头。

宋毅这家伙也确实存了这样的想法，任你眼前珍宝无数，哪抵得上和美人销魂一刻。

两人浏览的速度也变得飞快，眼瞧着就要将鬼市摊位上的东西都看完了，人们才陆陆续续赶来。

第三章 鬼市偶遇盗墓贼销赃文物，
抬头撞宝青铜器货真价实

宋毅的目光瞬间就挪不开了，牢牢地定在了那窝青铜器上。这窝青铜器共有六件，个头都不算大，而且外部色彩斑驳，像极了伪劣的赝品。但细细看来，六件青铜器却各有特色，尤其是那两个爵杯，高十五六厘米，爵杯的外面和其他几件青铜器一样，斑驳不堪，但依稀能看出上面文着兽面龙眉，还刻着铭文，爵杯的腿比较宽，呈卵形，正是商代晚期爵杯的典型特征。宋毅不由感叹，真是让他撞到宝贝了。

最后一个，看完就闪人。

宋毅如是想，飞快地扫着摊位上的东西，可很快，宋毅的目光就挪不开了，被牢牢地定在有着斑驳痕迹的青铜器上。

尤其让他觉得震撼的是，这里不只一件，而是一窝的青铜器。

林宝卿目光也扫过那一窝青铜器，但她却没有别的想法，心中还在想宋毅等下会带她去哪儿，她琢磨着要不要建议去品香俱乐部，顺便还可以让他给新装修的地方提提意见。

可林宝卿马上就感觉到不对劲了，因为宋毅不往前走了，随后他非但不走，反而还蹲了下来，这让她的期望落了空。目光也落在这一窝青铜器上，想看看到底是什么物件，值得他如此重视。

这一窝青铜器共有六件，个头都不算大，而且外表斑驳，像极了那些伪劣的赝品。

但细细看来，这六件青铜器却各有特色。

首先是那三足两耳的圆鼎，这个东西林宝卿非常熟悉。

鼎是青铜器中最重要的种类之一，是用以烹煮和盛贮肉类的器具。夏商周三代及秦汉延续两千多年，鼎一直是最常见最神秘的礼器。

鼎也往往被视为传国重器，国家和权力的象征，问鼎天下、一言九鼎、大名鼎鼎、鼎盛时期等一系成语，就很好地说明了这个问题。

除了这个三足两耳的圆鼎之外，还有觯。

这觯，是古代饮酒用的器具，或为葫芦形，或为圆形，林宝卿看到的这个觯，则是圆形的，像这样的觯，盛行于商代晚期和西周初期。

还有两个觚，这觚也是一种古代酒器，盛行于中国商代和西周初期，喇叭形口，细腰，高圈足。形象绝对算不得好看，但想到那个年代的技术水平，能做出这样的东西来，林宝卿觉得也可以接受，青铜器是否美观固然重要，但更重要的在于它的历史价值。

除此之外，还有两个爵杯，这爵杯的造型更符合人们印象中的饮酒器具。

林宝卿眼前这两个爵杯也有着爵的一般形状，前有流，后有尖锐状尾，中为杯，一侧有鋬，下有三足，流与杯口之际有柱。

在古代，这爵代表的含义自然也和权势富贵相关，像爵位，爵爷，加官晋爵，都非常直观地表达了这爵杯在人们生活中的象征意义。

最让林宝卿费解的是，这造假者费尽心思弄这么多的花样出来干什么，偏生还弄得这么难看，当真是吃饱了撑的不成。

但她仔细又想了想，造假者可都是聪明人，怎么会干这种赔本的买卖呢。

莫非这真的是几千年之前青铜器？

林宝卿的一贯原则就是，想不明白的，问问宋毅就清楚了。

此刻宋毅已经抓住了那鼎，正仔细看呢，对熟悉他行事风格的林宝卿来说，这就说明他相当看好这青铜器。

林宝卿试着从另一个角度观察这批青铜器，她便拿起那青铜的爵杯，爵杯的鉴赏可以说是青铜器中最简单的，林方军也曾教过她鉴定各个时代

爵杯的技巧。

这爵杯并不大，高也就十五六厘米的样子，爵杯的外面和其他几件青铜器一样，都显得斑驳不堪，林宝卿用手摸了摸，有些扎手，确实是岁月的痕迹。

她又仔细看了看，依稀能从那些被没腐蚀的地方看出，上面文着兽面和龙眉，而且还刻着铭文。

而且这爵杯的三角腿比较宽，样子呈卵形，正是商代晚期的爵杯的典型特征。

林宝卿心底也觉得奇怪，就算是商代晚期的青铜器，也不值钱啊，怎么就被宋毅看中了呢？

但林宝卿把这个问题憋在心里了，没问出来。

她仔细对比了两个爵杯，发现它们身上的特征都是一模一样，没有半点伪造的痕迹，青铜斑驳处痕迹也都差不多。

这下，她可以确定，这并不是能仿制出来的，先前她只顾着看那不好看的斑驳痕迹，倒是看走眼了。

见宋毅仍在专心看那圆鼎，林宝卿便不去打扰他，而是将几件青铜器都护在身前，然后又拿起那青铜瓿。

初看时，林宝卿并不觉得这花瓿好看，看多了现代的艺术品和精美的瓷器，林宝卿的审美观自然提升得很高。

但这时，她却强迫自己从研究青铜器的角度去看这些青铜器，时代不同，也造就了技术的精湛和审美观的大大不同。

这一来，林宝卿再看的时候，立刻发现这两个花瓿的不凡之处。

这花瓿开口适中，身细长，中腰更细，口沿和圈足外撇很多。而且这花瓿胎体厚重，两个花瓿器身上都刻着芭蕉叶的形状，明显看得出来，这对花瓿和那兽面爵杯一样，都是成对的。

而这样的特征，也正是商代晚期和西周前期瓿的标准特征。

这些知识，林宝卿是听宋毅讲的，据宋毅讲，这又是他爷爷宋世博告诉他的。

这时，林宝卿已经基本可以断定，这一窝青铜器是出自同一个坑。无非是无意挖出和盗墓两种，看起来后一种可能性比较大，但这不是问题，每年的古玩市场上，相当大一部分都是盗墓流出来的。

林宝卿看过这花觚之后，宋毅那边也做出了最终的鉴定，这批青铜器确实是商代晚期的，而且是大开门。

宋毅暗自庆幸，幸亏他和林宝卿两人都像赶路一样浏览摊位上的东西，要不然，这东西很可能会被人给抢了。

商代晚期的青铜器其实并不稀罕，但是，像这样一整套的青铜器可就十分罕见了。

看见林宝卿疑惑的目光，宋毅陡然想起来，这时候商代青铜器的价值还没被人们认识到，这不就给了他机会狠狠杀价吗？宋毅在心中暗自得意。

林宝卿果然和宋毅有默契，宋毅看上东西，她就在旁边打掩护，防止被别人抢了先。

鉴定完之后，宋毅便问那摊主这东西从哪弄来的。

那摊主也如实相告，说是有人盗墓挖出来的，看着卖相不好，就低价甩给了他，让他拿到东海来看看。

"这个卖相确实寒碜了一点，上面的纹饰都被腐蚀了，都快看不清楚了。"宋毅点头道。

那摊主忙说道："我敢保证，这绝对是从地底下挖出来的东西，二牛专做这生意，断然没有骗我的道理。"

宋毅欺他不懂行，便摇摇头说："这几件青铜器各种造型都齐了，但都太小了，你瞧瞧，你瞧瞧，我用最短的食指和拇指都能量出高度。"

"你要是喜欢的话，价格我们好商量。"那胖墩墩的摊主对他讲道。

"要是够便宜的话，我就考虑全部买回去做标本，虽然品相都不怎么样，但好歹是青铜器，也有个吹嘘的资本。"宋毅说道，一副随时要走的样子，但却没放松警惕，仍旧和林宝卿两人蹲在一起，护住这一窝青铜器。

那摊主两眼放光，笑着对他说道："六千块，全部拿走。"

"六千！"宋毅轻嚷道，"你这是存心敲我竹杠，我看一千五就顶

天了。"

"一千五也太少了，这大老远的，我运过来也不容易啊。"

"一千五已经不少了，要不再加三百，你看这六件东西，每件三百块，可不算低了。你要是扔别的地方也就是破铜烂铁而已，现在这一件的价格都够买几十口大锅了。"

"五千，少于五千就不行了。"

"大叔，你这刚开张的生意，就便宜一些吧，也来个开门红不是。"

"四千块，不能再少了。"那摊主一口咬定。

宋毅却道："我说大叔，你觉得我们身上能带那么多钱吗？我身上也就两千块不到的样子。"

"不是我说你啊，小兄弟，我也得养家糊口，这两千块也实在……"

"我也知道生活不容易。"宋毅便又问林宝卿说，"宝卿，你那儿有多少。"

林宝卿估算着太低的价格应该是拿不下来的，太高的话也没买的必要，她的心理价位是三千块，一共六个青铜器，相当于五百块钱一个，应该还是划算的。

见宋毅问她，她就说只有一千块。

宋毅一张嘴说得天花乱坠，仿佛他买下这青铜器简直是帮了摊主的大忙，替他免去了劳碌奔波的辛苦，也给了他一个开门红的生意。

没几分钟，大部分人还没来，宋毅两人就从那摊主手里将这几件商代末期的青铜器搞到手了。

两人付了钱，林宝卿帮宋毅收拾青铜器，这时她也才有机会悄声问他："我说你买品相这么差的青铜器干什么，这可不像你的风格啊。"

"你就当我善心大发，做好人好事吧。"宋毅笑着回答道。

"才不信你呢！"林宝卿哪还不知道他的花花心思，在这儿做好人好事，绝对不可能。

宋毅也贴着她的耳边说道："实话告诉你吧，我觉得现在商代末期的青铜器价格远远低于它们的价值，总有一天，人们会认识到它的真正价值，价格也会跟着水涨船高的。卖相好，保存完整的青铜器固然受欢迎，像这种斑驳的青铜器其实也很有味道，宝卿难道不觉得吗？我觉得这几件青铜器放在我们品香俱乐部就很合适，可以营造出一种苍郁、幽远的意境来，因为这斑驳的痕迹，正是岁月留痕。"

"你怎么说都有理。"林宝卿嗔道。

"我可是以理服人……"

宋毅嘿嘿笑道："其实这青铜器更重要的意义在于它们的历史意义。你也知道我玩收藏的风格，我就是个贪多的人。看到这里有一窝青铜器，哪儿能不动心思将其一窝端。"

林宝卿道："就知道没你说得那么冠冕堂皇。"

"我这可是实话实说啊。"

宋毅和林宝卿说笑间将几件青铜器都收好。

正准备离开，旁边霍地蹿出来一个瘦瘦的家伙，宋毅一瞧，笑了，这不是活脱脱一个大马猴吗？

林宝卿却认得他，这是同在老城隍庙开古玩店的郑大宇，专业水平不差，眼光也颇为犀利。

郑大宇在宋毅和那摊主砍价时，就瞥见两人，也看清了他们要买的东西。造型各异的青铜器让他动了心，但鉴于古玩这行的规矩，别人谈买卖的时候不能横插一脚，要不然就坏了规矩，会被整个行业的人鄙视的。

所以，郑大宇只能等着他们讨价还价，也暗自祈祷不成交，可宋毅这小子牙尖嘴利，做起事情也非常有一套，硬是被他把这几件东西低价弄到手了。

郑大宇也在心里琢磨着，宋毅这小家伙可不好对付，但林宝卿是个女孩子，倒是可以从她那里突破。于是，等他们一站起来，郑大宇就窜了出来，笑着对他们说："宝卿，我看你们买的这几件青铜器很不错啊，能不能让我也开开眼界啊。"

林宝卿没解释这并不是她买的，只回答说："我们眼拙，不会挑东西，怕是污了郑大叔的眼。"

"怎么会呢，青出于蓝胜于蓝，林兄有你这样的女儿，我们这些老家伙可是赶不上你们了。"

63

林宝卿很谦虚地说道:"真没什么好看的,就捡了几个破烂而已。"

"年纪轻轻就懂得不骄不躁,我倒是越发佩服你父亲了,怎么就培养出这么优秀的接班人来。你们瞧上的东西还能错得了,我更要瞧瞧了。"

那郑大宇脸皮厚得很,为了能看上几眼心仪的东西,死缠烂打,死皮赖脸的事情他可没少干。

林宝卿颇为无语,宋毅笑着对他说道:"我们站这儿影响人家生意也不好,要不这样,今儿白天,郑大叔去宝卿家里看如何?"

郑大宇干笑着说道:"这样也好……"

"我们还有事,就不打扰郑大叔淘东西了。郑大叔想看的话,记得来宝卿家看就是了。"

宋毅不待郑大宇这只大马猴说完,就拉着林宝卿打算开溜。

郑大宇却没有放弃,因为他知道,一旦这东西被两个小家伙拿到店里,即便他们愿意转让,林方军这老狐狸也会从中多赚一些,还不如趁现在就把它拿下。

"不知道你们有没有打算转让,我对青铜器一向很感兴趣。"

宋毅只说:"我们向来都是把垃圾都当宝,相信郑大叔你没兴趣知道的。"

"没事,小宋你只管说来听听。"郑大宇心说就怕你不肯开价呢。

宋毅朝他伸出两根指头。

郑大宇便开始摇摆起来。

"两万?也太贵了吧!"

郑大宇心说,宋毅刚刚才出三千块钱,倒手就卖两万,这家伙也太会赚钱了吧。

不过作为懂行的郑大宇,觉得两万块其实也不是不能接受。只是这宋毅从买到卖,这中间才几分钟啊,利润就多了好几倍,这让他心理不平衡了。

宋毅却摇摇头,还是伸出两根手指,说道:"错了!"

"二十万?"郑大宇不敢想了,反正宋毅肯定不会是说两千,他可不是傻子。

但是二十万，宋毅是不是疯了，还在存心给自己添堵。

宋毅笑了笑，还是只说了两个字："少了。"

"两百万！"

郑大宇感觉快晕过去了。

他完全可以确定，宋毅是在逗他玩呢，心说这东西要是能卖两百万，那他郑大宇就可以去跳海了。

宋毅笑道："郑大叔，我们先走了，你可别怪我们没给你机会哦。"

郑大宇这下连多看他们一眼的心思都没了，心想，这小家伙肯定是疯了。

再看那摊主的表情，和他一模一样，两人的眼神交流也仿佛在说，你说这好好的人，咋忽然就疯了呢。

对宋毅来说，时间宝贵得很，他才不愿意浪费在和郑大宇这样的人闲扯上，非但不能带给他好处，反而还要牺牲他和林宝卿在一起的时间，这可不是他愿意看到的。

和宋毅一起去乔家路的品香俱乐部时，林宝卿也问他："我看你说两万块的时候，郑大宇似乎是想买下来的，你干吗不卖呢？"

宋毅笑道："他们肯定以为我疯了，其实真正疯狂的是这市场。我敢断言，在不久的将来，这堆青铜器，绝对能值两百万以上。"

"我相信你。"林宝卿斩钉截铁地说道。

摆脱郑大宇之后，宋毅和林宝卿没在鬼市多待，而是径直去了乔家路的大宅院。能收到这一窝青铜器，对两人来说就是这天最大的惊喜。

在两人抵达大宅院，开门进去，在古香古色的屋子里放好这几件青铜器，宋毅笑着夸林宝卿说："幸好今天有宝卿在，不然我们说不定就没有机会抢到这一窝罕见的青铜器。"

"是我们运气好罢了。"

林宝卿闻言浅浅地笑了起来，娇俏的脸蛋上也染上了红霞，她的心思本不在淘宝上，宋毅也是如此。正是因为这样，让两人迅速扫过其他东西，转而相中了这难得一见的商代晚期青铜器。

"说明宝卿魅力大，要知道，运气也是实力的一部分。别人怎么就没我这么好的运气，既能获得美人的青睐，又能淘得宝贝呢。"宋毅的神色中满是得意。

林宝卿羞道："你还真得意了啊你。"

"我得意地笑，我得意地笑……"

宋毅嘿嘿笑着唱了出来，然后摆出一副志得意满的模样来，一把搂住了身边的林宝卿，大有江山我有美人在手踌躇满志的架势。

"美得你了……"林宝卿嘴上嗔着，却任宋毅胡作非为，很快，她就又迷失在他热切而深情的吻中。

但宋毅明显不满足于只亲亲小嘴，趁着林宝卿喘息不过来的机会，一双作怪的手也在她敏感部位游走。青春美少女林宝卿的身材自然没话说，前凸后翘，每个地方都深深地吸引着宋毅。

最初，林宝卿的身子还有些僵硬，但在宋毅那双仿佛充满了魔力的双手的轻抚下，她也渐渐放松下来，慢慢回应着宋毅。

一番亲热，虽未能真个销魂，却也让两人得到了极大的满足，缠绵悱恻的时光总是过得飞快，热烈而激情的亲吻更是将林宝卿的力气消耗得干干净净，最后依偎在宋毅怀里，听着他那渐渐平静下来的心跳。

"记得早点回来啊。"

送林宝卿回家，两人临别前，满眼眷恋的林宝卿仍旧不忘嘱咐他。

"我每天都会给你电话的。"

宋毅点点头，趁着天没大亮，还来了个吻别，然后才返身回家。

宋毅在家门外就看到屋子里有灯光透出来，他本想可能是爷爷宋世博从鬼市回家了，可推开门一看，却发现爷爷、奶奶、父母都起来了。宋毅还没开口，快嘴的苏雅兰就冲他说道："小毅你可算回来了，你爷爷在鬼市没看到你，害我们还以为你失踪了呢。"

宋毅笑道："哪能呢。今天有鬼市，我就约着宝卿一起去鬼市淘点东西，鬼市人多，倒也没看见爷爷。"

"你不是马上就要赶飞机去香港，还有心思出去约会，真是服了你，精力就那么充沛。也不知道爱惜自己的身体。"

苏雅兰又是好气又是好笑。

宋世博这时却说："我听说你们很早就收了几件青铜器，然后就离开鬼市了。"

宋毅忙回答说："那是我们运气好，刚好碰见那人刚来，我看那一窝青铜器确实像是商代晚期的，就拿下来了。但那东西笨重拿着不方便，我和宝卿就先把青铜器收起来了。赶明儿个我让宝卿拿过来，让爷爷帮着鉴定一下。"

"行！"宋世博自是满口答应。

宋毅这家伙现在淘到什么好东西也不拿回家，而是爱放在林方军的聚宝斋里。

宋世博对此也没什么好办法，因为早在很久以前，宋毅就旗帜鲜明地表明过他的态度，说什么都不肯捐给博物馆。

现在这臭小子手上有了可以挥霍的资本，去鬼市淘到的好东西也越发多了起来，他还野心勃勃地说要建立自己的私人博物馆，这让宋世博有些遗憾，但更多的还是庆幸。因为以宋毅这样的性子，宋世博也不担心宋毅会把这些难得一见的东西卖给别人。

搞定宋世博之后，苏雅兰就把宋毅拉到一边，很八卦地问他和林宝卿的关系进展到什么程度了。遇上这么开明的母亲，宋毅也只能实话实说，这时，苏雅兰又不免开始教导起他来，让他自己拿捏分寸，不要做对不起人家的事情。

宋毅自是满口答应下来，末了，脸皮厚度堪比城墙的他还没忘记拜托苏雅兰帮忙照顾一下乔雨柔，因为做珠宝设计的缘故，乔雨柔需要经常出入金玉珠宝。

苏雅兰真是拿他没办法，笑骂他说："你这臭小子真是天生的桃花运，走到哪儿都会惹上一堆美女，我看你将来怎么收场。"

宋毅却道："老妈，这话可不能乱讲。我和小柔之间可是最清白不过的了，你有这样的心态可不好，到时候大家见面会尴尬的。"

"哟，还教训起你老妈来了。别以为你那点花花心思能瞒得过我。"苏雅兰满是不屑地对他说道。

"我能有什么心思，助人为快乐之本。"宋毅显得非常无辜。

　　"何况，小柔在珠宝设计方面确实有天赋，等我们在香港站稳脚跟，需要大量的原创珠宝设计作品。"

　　"你看人的眼光倒是不错。但是，不许你去祸害人家小姑娘。"苏雅兰立刻警告他。

　　宋毅愤愤地说："瞧老妈你说的，好像你儿子是十恶不赦的坏人一样。"

　　苏雅兰准备亲自送宋毅和苏眉两人去机场，因为苏眉的东西多一些，还得提前到机场去。

　　在家里吃了早餐后，苏雅兰就载着宋毅去接苏眉，苏眉早就准备好了，宋毅下车帮苏眉把行李弄上车，然后直奔东海国际机场而去。

　　一路上，苏雅兰还不忘叮嘱两人注意事项，以往苏雅兰总是嘱咐苏眉照看好宋毅，但现在，由于不知不觉中对宋毅的印象和本领有了质的改观，反而要宋毅好好照顾苏眉了。

　　宋毅自是笑着点头答应下来，结果只惹来苏眉弱弱的抗议声，但在苏雅兰的坚持下，她的抗议宣告无效。

　　离别多少总是有些伤感的，尤其对女人们来说，宋毅这家伙是没心没肺地向往新生活，苏雅兰和苏眉却是暗自伤怀，好在两人性子都算坚强，眼泪没掉出来。

　　两人上了飞机，苏眉的情绪依然不是特别高，宋毅就在旁边逗她开心，苏眉却横了他一眼说："把我支走了，你得意了吧。"

　　宋毅当即正色道："眉姐这话怎么说的，香港那边换了别人去我可不放心，在我心中，只有苏眉姐最合适。"

　　苏眉离开家乡，独自一人去外面打拼，心里难免有点忐忑和不舍，可是听宋毅如此说，又觉得自己的确非常重要，心情又慢慢地好了起来。

　　两人下了飞机，赵飞扬就笑着迎了上来。

　　赵飞扬和另外两个兄弟被宋毅派到香港之后，一直在香港住着，并负责为他打探消息，基本摸熟了周围的环境。

　　黄得宜抵押给宋毅的珠宝店位于香港中环的一个珠宝店聚集区，皇后大道中。

载着两人去酒店的路上，赵飞扬也对宋毅说起这些时日在香港的见闻，香港的房价，香港人的工资、生活水平等各方面。

赵飞扬是跟在宋毅身边的老人，当初在腾冲的时候就和苏眉认识了，加上他又是个大大咧咧的性子，在苏眉面前说话也没什么顾忌。宋毅很欣赏他这种个性，相处起来也很轻松。

出于民众对香港即将回归后的经济形势普遍看好，香港的房价一路飙升，这时候已经涨到了五万多一平方米，这是一个非常危险的数字。

宋毅听了赵飞扬打听来的房价之后直咂舌。

在他所知的历史中，这个价格还没到顶，到九七年香港回归时，香港的房价曾攀到最高，差不多八万一平方米。而香港回归之后，香港政府出台了一系列政策调控房价，房价才慢慢趋于合理，最终稳定下来。

苏眉就更不用说了，东海的房价比香港便宜一二十倍，对现在要不要买房，她也有些拿不准主意。因为不管是自住房还是炒房，风险都非常高，尤其是对那些根本不清楚形势的人来说。

但宋毅却做出了买房的决定，他甚至在想要不要跟着炒一把，但他很快就放弃了，这才能赚多少钱啊。就算他买了房子并且能在房价最高时脱手，投入的资金要是放在其他地方，早不知道赚多少钱了。

但买房自住却是必需的，苏眉要长期在这里驻扎，总不能长期住酒店，贵不说，做起事情来也非常不方便。

宋毅原本打算去买套别墅，但他刚对苏眉提出来，就被苏眉劝住了。

苏眉知道现在金玉珠宝的现状，手里可以周转的资金并不多，销售珠宝的收入远远赶不上花销。尤其宋毅这家伙花钱速度跟流水似的，可偏偏又是必须囤积的物资，苏眉也挑不出什么毛病来。

现在金玉珠宝基本就是用银行贷款的钱撑着，宋毅倒是大大咧咧地不担心，苏眉却成天提心吊胆的。

"要不租套房子，或者买个小公寓就好，只要有个地方落脚就行，我又不是没住过小房子，在这上面多花冤枉钱可不明智。"苏眉表明了自己的态度。

宋毅却摇头说："那可不行，怎么说也不能委屈了眉姐。"

苏眉笑道："没什么委屈的，我的性子你难道还不了解？"

"就是因为了解，所以才更不愿意让眉姐受委屈。"宋毅对她解释说。

"再说了，现在普通公寓的价格都这么贵，还不如去买套别墅，将来升值也快。不过香港地少人多，太豪华的别墅我们是买不起的，他们所谓的别墅其实就和公寓差不多，只不过面积大些罢了。这样不管是接待客人还是怎样，都会方便一些。说来说去，还是要委屈眉姐一阵子，等将来赚了大钱，再给眉姐买更好的房子。"

苏眉对此并不是特别了解，也只能听宋毅的，他这解释还算合理。再者，珠宝公司也是要面子和形象的，苏眉打算先去看看再说。不过她还真没好好了解这边的房价，只顾着看珠宝店的情况去了。

找房子的事情，宋毅提了要求之后，就交给赵飞扬他们去办，他和苏眉在酒店安顿下来之后，就去看了黄得宜抵押给他们的珠宝店。

宋毅和苏眉两人上次来香港的时候纯粹是闲逛，放松心情的，也没特别在意周边的环境。

这时从酒店一路走过去，两人认真观察才发现，香港中环皇后大道中这地方当真热闹非凡，人来人往。这里珠宝店林立，一家接一家，多得人眼花缭乱，目不暇接。

这些珠宝店里既有周大福、周生生、谢瑞麟、英皇等等老牌的、实力雄厚的珠宝公司，也有以经营国际品牌为主的公司，诸如景福珠宝等等。但是更多的，还是一些实力一般的小珠宝公司，或者是像黄得宜这样的单家独户的小珠宝店。

做珠宝的，想要在香港这种竞争激烈的地方生存，确实很不容易。

宋毅也就不奇怪，为什么黄得宜家的珠宝店会干不下去，还欠了一屁股债，逼得他只有去缅甸赌石，想要大发一笔挽救珠宝店。

同行激烈的竞争，高涨的房价，加上员工的工资，一家珠宝店如果没有真正能拿得出手的东西，是很难在这地方生存下去的。

但这不能构成宋毅想要在香港扎根的阻碍，在他看来，金玉珠宝完全有实力在香港立足。

苏眉也亲自感受了压力，可她和宋毅一样，对金玉珠宝在香港的发展充满了信心。尤其是看到黄得宜的珠宝店位置不错，客流量很大，地方也非常宽敞，只要帮黄得宜将他的债务处理掉之后，就可以开始装修了。

　　苏眉很快就干劲十足地计划该如何操作了。

　　黄得宜赶回香港后，第一时间就是回来处理珠宝店的事情。他倒没存着什么赖账的心思。在缅甸，黄得宜就见识过护矿队的强悍，得罪宋毅这样的人可不是什么明智的事情。

　　黄得宜很配合，宋毅也少了很多麻烦，尽管他讨厌麻烦，但麻烦找上门的时候，宋毅还是会想尽一切办法，用一切手段去解决麻烦的，也不怕黄得宜反悔。

　　这几天，宋毅就和苏眉忙着处理珠宝店的事情。

　　两人首先把金玉珠宝的招牌做了出来，然后挂了上去。这之后才开始弄珠宝店内部的装修。都说有钱好办事，搞装修也不例外，请来装修公司，拿出原来在东海做好的设计图，讨论一下就开始装修了，省钱省时。

　　装修的事情苏眉非常熟悉，甚至比当甩手掌柜的宋毅更精通，毕竟，东海金玉珠宝几家店都是在她的亲自监管下装修好的。

　　宋毅自然也有事情做，他要去给苏眉挑选住的地方。

　　香港分店位于香港中环的皇后大道中，住的地方当然不能离得太远，住得太差也不行，面子上过不去，要是让别人知道堂堂金玉珠宝的总经理住在一二十平方米的地方，那不得被笑掉大牙啊。

　　香港半山就是个不错的选择，风景不错，离中环上班也近。香港可谓是寸土千金，半山的地理位置决定了半山区的地位。这里是老牌富豪名流居住地，工作在中环，居住在半山，这是很多人心中的"香港梦"。

　　要到半山区买房，宋毅的第一考虑自然是由新鸿基地产开发的最负盛名的豪宅名苑——帝景园，许多名人高官居住于此，对金玉珠宝的业务开展也非常有利。

　　宋毅对这时的香港并不算特别熟悉，前世也仅仅是来过而已，根本没想过到香港置业，香港的房价是全世界出了名的高，他那时才不会把钱浪费在这里。至于现在，这不是没办法吗。

赵飞扬来到香港已经有一段时间了，按宋毅的吩咐一直在中环附近乱逛，这时候倒是可以做宋毅的向导，带他去帝景园看房。

帝景园的房价可不便宜，而且大都是两千到两千六七平方英尺左右面积，也就是差不多两百到两百五十平方米左右。这样一套房子，这时候售价约在一千五百万到两千万港币不等。

宋毅怀念起东海的房价来，他给苏眉买的别墅，给林宝卿买的大宅院，不管是面积还是环境，都比这里好得多，可两套房子加起来还没这一套房子花的钱多。但宋毅也没办法，这里是香港，不能以东海的眼光来看。

宋毅在心里想，是不是该把珠宝首饰的价格也提高一个档次呢。要不然，说不定不能适应这边的环境。

宋毅本来是叫苏眉一起过去看房的，可她忙着装修珠宝店，根本不为所动，只说了句你选的我都满意，然后就把宋毅给打发走了。为此，宋毅也颇为纠结，他真心喜欢苏眉这样的性格，不为利所动，但隐隐又觉得没了炫耀的机会，甩了甩脑袋，宋毅将这些乱七八糟的想法抛之脑后。

两人到了帝景园，和先前约好的售楼小姐见了个面，宋毅的粤语不怎样，就用普通话加流利的英语和她对话。至于赵飞扬，这时候跟在宋毅屁股后面一言不发，装酷，尽显保镖本色，很是懂得衬托宋毅。

这让那长相尚可的售楼小姐不由得对两人另眼相看。不管怎么说，能请得起保镖的，可都是非富即贵的主儿，看两人的气质也都不凡，倒省了她担心两人是不是买得起房子。好在售楼小姐的普通话不差，交流起来没什么问题，在她的带领下，宋毅和赵飞扬两人也看到了帝景园的独特风景。

宋毅发现这儿的环境确实不错，各种设施都很齐全，有公用的游泳池、餐厅、会所，铺陈奢华，都快赶得上五星级酒店的服务了。不过话又说回来，没这样的设施，这两千多万花得可是很不值的。

"不知道宋先生是做什么生意的，打算长期住在香港吗?"售楼小姐一边引领两人参观，一边打听。

"我们金玉珠宝这次来香港开分店，就是打算长久扎根香港，所以才来你们帝景园买房。看我这么照顾你们生意，黄小姐可得给我介绍点大客户啊。"宋毅最会攀交情拉关系了，这时候也不例外。

"宋先生太客气了，只要我能帮得上忙，我一定会尽量帮忙的。"售楼小姐立刻回答道。

她虽然没听说过金玉珠宝，但这不打紧，只要宋毅把房子买下来一切都好说。黄英明白宋毅的意思，这帝景园里住的客户都是名流富豪，历来便是珠宝公司重点争取的对象。

宋毅笑道："那我就先谢过黄小姐了。我看黄小姐不仅人长得漂亮，皮肤也特别好，佩戴珍珠项链最合适，回头我带给你啊。"

黄英点头笑着谢过他，两人一番客气，黄英这才带着两人上楼去看房。

都是两百平方米左右的大房间，装潢设施非常奢华，只需要根据自己的需要添置一些东西，马上就可以住进来。

但说是豪宅还是有些过了，宋毅觉得应该叫豪华公寓还差不多，真正的豪宅别墅在山顶，每栋都是过亿的价格。

黄英带着宋毅看了好几套房子，宋毅经过权衡后，最后选择了位于1座26楼的那间。据黄英讲，房间对面的是香港环球船业董事长千金郭倩仪的住所，宋毅对环球船业的资源很是看重，心想有接近的机会也不错。

至于宋毅选的这间房，大概有两千六百平方英尺，折算过来有两百四十多平方米。这样的豪宅售价自然不会便宜，即便在1995年，房价还没到顶的时候，也需要将近两千万才能拿下来。

黄英还告诉宋毅，如果他选择全额支付的话，还能有稍许折扣。但这些折扣的价格算下来，也就刚够每年需要缴纳的物业管理费。

聊胜于无，宋毅选择的是全额支付。

这几天，宋毅就在忙活着将豪宅的事情搞定。黄英也没辜负宋毅，给了他一长串有钱客户的名单，尤其是住在帝景园里的。

这边珠宝店装修没搞好，各项保安措施也没做好，东海那边的珠宝暂时没运过来，宋毅就从原来黄得宜珠宝店里挑了几件珠宝首饰给她，这一

来可乐坏了黄英，和宋毅说话的时候也越发亲切。

宋毅本来就是个自来熟的人，这些天进进出出帝景园时，只要有机会，就会不时和身边遇见的人攀谈交流，也为金玉珠宝争取了几个潜在顾客。

苏眉有样学样，因为要在香港长久居住，和邻里关系非常重要，她就借着乔迁新居的机会，认识了居住在帝景园的一大批富豪名流。苏眉和住在对面的郭倩仪的关系相处得非常不错，两人年龄差不多，郭倩仪也是个追逐时尚潮流的，两人的共同语言很多。

说起金玉珠宝，现在也算是小有名气了，消息灵通的人自然听说过，尤其是那些关注内地拍卖市场的收藏家。

金玉珠宝在东海各式媒体投放的巨额广告是一方面因素；另一方面，王蓓的拍卖公司在全国各大城市巡展的时候，不遗余力地展开对"金玉良缘"的宣传，王蓓倒是策划宣传的高手，不仅拿"金玉良缘"来说事，而且拿去年香港拍卖的那串四千多万的翡翠项链和"金玉良缘"做比较。比较的结果自然不言而喻，明眼人都看得出来，"金玉良缘"中的这串翡翠项链就不比那四千万的项链差，加上其他几件奢华的翡翠，价值自然越发高了。

翡翠并不是拍卖的主流。

原因很多，一来翡翠的鉴定相对古玩来说还是比较容易的，并不需要特别多的历史文化背景知识；二来，翡翠的价格相对比较透明，上拍卖会购买有些不划算。正是因为鉴定翡翠的门槛低、价格透明，收藏这行，说到底，玩的就是信息不对称，像翡翠玉石这类东西，因为信息相对比较透明，火上一把可以，但不利于持续炒作。

但王蓓的拍卖公司的这次春季拍卖会并没有征集到特别有噱头的拍卖品，加上去年香港的翡翠项链拍卖很成功，有意借着这股东风，反正宣传了又不会损失什么，先把拍卖公司的名气打上去再说。

现在内地的几家拍卖公司的竞争非常激烈，王蓓心底打的什么主意宋毅一清二楚，这套"金玉良缘"一旦成交，其金额巨大，不仅有了单项交易额第一的噱头，王蓓的拍卖公司少不得又有首家拍卖额破亿的宣传材

料了。

这时香港和台湾的大收藏家基本都是成功的企业家，身价都是几十亿上百亿的，要不然也没实力玩收藏。他们不仅关心香港的拍卖市场，也对内地的拍卖十分重视，而且一些大收藏家，往往都有专门的人员替他们收集鉴定藏品，去内地竞拍的情况也不少。

宋毅对这样的结果自然很满意，特别是从这些名流富豪嘴里听到金玉珠宝小有名气的时候。

宋毅又给苏眉买了部奔驰，方便她上下班，现在珠宝店还在装修，一旦开业，忙起来之后没车会很不方便。

与此同时，赵飞扬帮苏眉找的女保镖也到位了，名叫周琳，生得很斯文，但身手却不弱。宋毅和她见了面，对赵飞扬他们找来的人，宋毅自然是信得过的，便把周琳安排在苏眉身边，和苏眉一起住在帝景园，给了个助理的身份。

这期间王名扬来香港公干，听说宋毅在香港扎下根来，就嚷着要去参观新居。宋毅便带他去了刚置下的豪宅，还没进门，王名扬就笑着骂他太奢侈，还悄声说他这是金屋藏娇。

宋毅只得苦笑以对，说在香港没办法，即便在北京，房价也没这么离谱的。

王名扬也越发佩服起宋毅来，这才多长时间啊，竟然把生意做到香港来了，而且还有声有色的。

宋毅却心里清楚得很，他可是欠着银行一屁股债呢。重生到他这地步，也算一绝了。

王名扬和王蓓关系一向很好，到了香港后，也没忘记提醒宋毅回内地参加王蓓公司的拍卖会。

宋毅自然笑着说好，并对这段时间王蓓的大肆宣传表示非常满意。

"现在我们金玉珠宝在香港也算小有名气了，这可都是王姐的功劳。拍卖会那边，我说什么都要去给王姐捧场，到时候还得劳烦王大哥给我当导游，带我转转北京城。"

王名扬哈哈笑着答应下来，他还让宋毅和他一起回去。

把香港的一些杂事安排妥当，让赵飞扬和周琳好好保护苏眉，宋毅就和王名扬一道起程回东海。

宋毅回到东海后，生活并没有因此而平静下来，要忙碌的事情越发多了起来。

苏眉在香港奋战，东海这边得做好后勤保障支持工作，开业之初，该选哪些珠宝过去都得预先定下来，该加工的还得重新加工镶嵌，免得到时候乱了阵脚。

要说到加工翡翠和镶嵌翡翠的手艺，当然要数宋毅最厉害，能者多劳，他也就只好辛苦一点。他得先做出样品来，香港人的口味和内地人还是有很大差别的，要求也更高。玉器厂的老师傅们仿制的水平非常高，只要把样品做出来，其他的倒不用宋毅操太多的心。

再说，珠宝公司还有乔雨柔这个生力军，她的想象力没有被禁锢，天马行空的设计思想往往能让人耳目一新。乔雨柔那纤柔的小模样特别招人怜爱，她又是个谦和温柔的性子，加入金玉珠宝这段时间以来，和公司的老师傅关系相处得非常不错。

乔雨柔牢牢记得宋毅的话，她的设计做得再好，也要做得出来成品才行，让她自己动手肯定不现实，和公司的师傅打好关系也就势在必行。

其实宋毅这话有些不尽实，主要是想乔雨柔能融入公司，只要她做得出来的设计，再精巧的，金玉珠宝的师傅们都能做得出来。

金玉珠宝公司还有苏雅兰和宋明杰两人挑大梁，宋毅至少不用操心管理上的事情。

反观林宝卿的品香会所这边，人手就显得非常紧张了。

基本上就林宝卿一个人瞎忙活，倒不是她找不到人帮忙，只是林宝卿很享受自己设计创造的过程。

宋毅回来后，一有时间，林宝卿就把他叫过去，让他帮着出谋划策。

宋毅在这方面的经验可比林宝卿丰富多了，莫说国内的顶级会所，便是几个国际顶级会所，他也曾是其中的会员，见得多了，对会所的布置装修一类的自然有心得。

林宝卿已经让临海村的家具厂订制了一批古香古色的红木家具，部分已经运送过来，在她的规划中，这只是很少的一部分。

她决心把这边打造成一个奢华但却不张扬的顶级品香会所，因此，选料用的是最上乘的海南黄花梨，工人选的是东海技艺最精湛的师傅。总之，一切都追求极致。

"按你的规划，这些家具的价值都比这大宅子高出十几倍。"宋毅笑道。

林宝卿挽着他的手臂笑，还理直气壮地对他说："我可是按照你的吩咐办的，全部用最上乘的材料，相当于变相替我们的红木家具厂做广告。别人来到我们品香会所，亲自感受到这些红木家具的高贵格调，总是会心动的吧。这一来，既不会放着它们在家具厂浪费，还可以为我们家具厂带来一大笔生意，何乐而不为呢。"

"还是宝卿有生意头脑，果然是我们东海大学管理学院的优等生。"宋毅感受着她温软而富弹性的身体，大肆夸奖了她一番。

林宝卿忍住笑说："你这是在变相地夸你自己吧，这主意可是你出的。"

宋毅道："是你把它发扬光大的，夸你是应该的啊。"

"你说这话让别人听见会不会笑我们没羞没臊？"林宝卿调皮地说道。

"谁敢笑，我揍他。"

宋毅放完狠话，两人相视大笑。

"可惜家具的加工速度不快，照目前这进度来看，暑假之前能不能开业都是个问题。"林宝卿忽然叹道。

宋毅搂着她柔若无骨的柳腰，说："要做的准备工作还很多，也不急于一时。就拿香料来说吧，我们可不能一直焚沉香，焚香的时候不方便而且成本很高，味道也比较单一。制作各种类型的香品，比如线香、盘香、佛香、塔香等等，是非常有意义也有前景的。但这些上等香品的制作也是需要时间的，宝卿你手头的香料配方很多，但光有配方是不够的，在制作上面，还得你多监督一下。不管是香料的浸泡处理，晾晒等等工序都要按规定来，要不然香味就不纯正了。我们要做的是高品质的香，在质量上，

一定要把好关。"

"我明白，我会把好这道关的。"林宝卿点头道，"以前还觉得这些香品怎么就那么贵，现在自己做起来才发现，这里面的工序复杂，如果真按工序一步步走下来的话，还真值那个价。"

"焚香本来就是一种奢侈的活动。想节约的话其实也很简单，自己动手制作就成了，就看你有没有那样的创造力。"

宋毅说话间，人也不老实，魔掌顺着她的细腰往下滑，抚上林宝卿紧翘的臀部轻轻摩挲着。

林宝卿顿时觉得身子一紧，连忙反手按住他作怪的手，轻哼了声，"大色狼，跟你说正事呢，我觉得我们现在生产的香料品种还远远不够，我在考虑，要不要增加香的品种。"

宋毅手上动作暂停下来但却没收回去，只说道："这方面宝卿看着办就行。但我有一个建议，你可以试着自己调香，反正现在你对每种香料的特性都掌握得一清二楚。该怎样扬长避短，怎样搭配，加工的时候用什么工序，这都得你自己去琢磨，这可是一门深奥的学问。"

"嗯，有空的话我会去试着调香的，这是一项很有挑战的工作。"

林宝卿娇俏的脸颊红红的，神情很兴奋，她是个闲不住的人，对她来说，有挑战的事情做起来才有意思。

宋毅接着说道："我还有一个建议，我们可以留意一下香学研讨会的会员中，有没有对香料特别敏感的会员。调香是一门学问，但也需要天赋，让没天赋的人来调香可不是什么明智之举。宝卿你不是还想向更广阔的化学香料以及香水市场进军吗？人才储备是最关键的，现在就可以开始留意，免得将来手下无可用之兵。"

林宝卿点头答应下来，不自觉地松开了手。

"还有，宝卿你有没有想过我们会所的服务员该怎么解决？"宋毅这会儿倒是显得很规矩，没有动手动脚，但手还是没挪开。

"早想好啦！"林宝卿仰头望着他，神情中带着一丝期盼。

宋毅明白她的心思，当即笑着说："说来听听，我帮你参谋参谋……"

林宝卿满心欢喜，将她的想法一一道来："我的打算是先从香学研讨会招一批人过来帮忙，再从外面招聘一些人进来，用研讨会的会员带这些没有任何香学基础的人，没有香学知识的话在这里当服务员可不行。如果我们学校的会员愿意的话，可以在课余时间到我们会所来打工，暑假都可以不回家，这也算是勤工俭学吧。"

"这主意不错，充分利用资源，还能帮助有需要的同学。我也在想，下学期我们研讨会招新人的时候，只要宣传可以提供勤工俭学的机会这一条，那香学研讨会就不愁没会员了，到时候光收会费就能让你乐死。"

"十块钱的会员费哪里够用啊，人越多贴出去的越多，上学期研讨会就财政赤字了，又不能像其他协会、学会一样，可以拉赞助。"林宝卿笑着说道，脸上却没有丝毫的不乐意。

"不过研讨会人多一些，影响力大一些总是好的。至于我们研讨会的赞助，哼哼，反正我就赖上你了。"

宋毅笑道："哟，我们香料女王的架势这就出来了。"

林宝卿撇撇小嘴。

"太难听了。"

"那叫香料公主好了，到时候公主一统香料市场，麾下香料品牌无数，可别忘了我这鞍前马后忙来忙去的小卒子啊。"宋毅笑着说道。

"那得看你的表现如何。"林宝卿笑靥如花，"眼下就有一个机会给你表现，你觉得我们还可以增加什么品种的香？"

宋毅贴近她的脸颊，嗅着她身上清新的幽香，悄声说道："不管什么香都没我家宝卿香。"

林宝卿顿时觉得脸上一热，她知道宋毅说的是她清新的体香，看得出来，他很迷恋。随后，她的身子也跟着热了起来，因为宋毅这家伙不但一口咬住了她敏感的耳垂，一双魔手也开始作怪。

四月的天已经渐渐热了起来，人们也不用像冬天一样裹得像个粽子，林宝卿身上那薄薄的春衫怎么挡得住一心想要作恶的宋毅，少女的体香此时已让他热血沸腾。

宋毅双管齐下，林宝卿的呼吸很快就变得急促起来，很快就宣告全线失守。

　　宋毅总算抽出时间上课了，可是一到周末或者假期，林宝卿就会拉上宋毅和乔雨柔，去改作会所的大宅院帮忙，美其名曰：熟悉环境。因为装修工作还没完成，举办活动大都在学校，让所有会员都去会所太远了。

　　林宝卿也没忘对香料原材料的收集，不过这轮不到她出马，何建对这事异常热心，这不，五一假期就要再去海南收集沉香、黄花梨等等珍贵的原材料。

　　宋毅打电话给他，把他叫过来一起吃饭，何建很快就赶了过来。他那粗犷的外表把温温柔柔的乔雨柔给吓了一跳。

　　"要是去黎山那边的话，记得帮我们带点米酒回来。"

　　"宋毅你什么时候变得这么馋嘴了，都不说关心一下那边生意好不好做。"何建半真半假地抱怨着。

　　林宝卿在旁边笑道："他一直都很馋好不好。"

　　"是啊！宝卿最清楚不过了。"宋毅嘴巴吧唧了几下，林宝卿自然明白他是什么意思，当下恨不得把他嘴巴给堵上，和他斗嘴可不是什么明智的选择。

　　"如果可以的话，尽量垄断那边的原材料市场，尤其是沉香和海南黄花梨，不要怕花钱，不够的话打电话给我。"宋毅显得很豪气。

　　何建就笑了，"这你就不用担心了，花钱谁不会啊。"

　　"也要用在刀刃上才是。"林宝卿立刻在旁边补充道。

　　"知道了，宝卿你还没过门，就成了他们宋家标准的管家婆了。"何建打趣道。

　　林宝卿伸手拧了他一把，"我叫你嚼舌，公司还有我的一份呢。"

　　何建只得讨饶："你说得都对，我按你的吩咐去办，行了吧。"

　　宋毅又说道："条件也不要太苛刻，和他们打好关系是关键，尤其是沉香这块儿，很多野生的沉香只有他们才能找到，相信以后我们也会有不少的竞争者。如何在有竞争者的情况下，还能把沉香买到手，何建你可得多琢磨琢磨，不是光签了合同就行的。"

　　"这可有些为难我了。"何建挠了挠脑袋，"我说你别故作高深好不好，直接说明白不就成了。"

"你笨啊，他都说了，叫你多和他们打好关系，将来即便大家出同样的价格，他们也会优先考虑和他们关系好的收购者，对不对？"林宝卿说着望向宋毅，得到他赞许的目光。

"还是宝卿你聪明。"何建立刻拍马屁，"不就是交朋友嘛，这个我最拿手了。"

宋毅提醒他说："别想得那么简单，反正这任务就交给你了，以后每年我们都需要固定数量的沉香，少了可唯你是问。"

何建立刻拍着胸脯答应下来，心说要是和别人出同样的价格还搞不定的话，他就去跳海得了。

宋毅的决心让林宝卿欢喜异常，她自然希望手里的沉香越多越好，最好全世界的上品沉香都集中在她手里才好。

只有乔雨柔闹不明白，轻声问道："用得了那么多的沉香吗？"

林宝卿觉得好笑，对她说道："小柔你真糊涂啊，好东西当然越多越好啦。你也知道，这沉香的用处多着呢，品香、制香、制造香水、治病，怎么都嫌不够用，怎么还会嫌多啊。"

乔雨柔讪讪地笑笑，她不懂竞争的残酷，也不足为怪。

一顿饭吃下来，就相当于给何建钱行，林宝卿则说是收买了何建。

何建还开玩笑地说宋毅这家伙太吝啬，简简单单一顿饭就把他给打发了。

送走何建，又把乔雨柔送到学校门口，便又成了宋毅和林宝卿的二人世界，宋毅带着她去会所那边，那是两人幽会的最佳场所。

路上，林宝卿问起宋毅，拿这么多的上品沉香怎么处理？

"宝卿，你知道现在沉香消费最多的地区是哪儿吧？"

"中东和日本，怎么了？"林宝卿问道。

宋毅笑着说道："中东人富得流油，日本那边就更不用提了，赚他们的钱我可不会有丝毫的愧疚感。"

"可以不卖给他们吗？"林宝卿有些舍不得。

宋毅看得远些，对她说道："最好的东西我们自然得给自己留着，首先满足我们自己的需要，但也不能完全不卖啊。除了海南之外，越南的沉香也很多，顶多翻上几倍的价格卖给他们。我们加把劲，做出来之后卖成品给他们。"

林宝卿顿时喜上眉梢，"卖成品给他们，这倒是个好主意。"

宋毅嘿嘿笑了起来，"不管怎么说，原材料的价格是最低的，我们的香厂就可以做加工，以后还要做深加工，这样利润才能更多。"

林宝卿深以为然，两人凑在一起，一路叽里咕噜商量个不停，不一会儿，就到了正在装修的会所。

会所自然有住的地方，因为宋毅马上又要去香港，两人又面临着分离，渐渐喜欢上了和宋毅卿卿我我的林宝卿显得格外热情。住的地方也被她布置得异常温馨，用的家具也都是上等的材料，都自家家具厂生产的。

进了卧室之后，宋毅顺手把门关起来，林宝卿正和他亲亲，也没去管那么多。

到了林宝卿这年纪，对两性知识也有了一定的了解，尽管有些羞怯，可还是忍不住心底的好奇，想要探索彼此的身体。

当然，宋毅对她的身体更为好奇，两人坐在床边玩亲亲的时候，宋毅的手就没安分过，陷入情迷中的林宝卿脸飞红霞，嘴里哼哼着，也没怎么反对，这无疑鼓励了色狼继续行凶。或许林宝卿自己都没意识到，亲亲摸摸已经不足以平息她心底的火焰。

宋毅既是善解人意的高手，又是善解人衣的高手，对付林宝卿这样的青涩少女自然是手到擒来，先是隔着薄薄的衣衫轻轻揉捏她胸前的一对小兔子，见她没反对，很快就得寸进尺，撩起她的衣服伸手进去。

一路往上，林宝卿嘤咛两声，扭了扭身子，宋毅自然不会就此罢手，继续攀援高峰，魔手也和她的小兔子做了最亲密的接触。

娇腻滑润而富于弹性，林宝卿身子一阵轻颤。但是小兔子有保护，宋毅继续努力，在她意乱情迷的时候解除了她的武装。

又是一番缠绵，两人虽未真个销魂，却比过去突破了太多，也让林宝卿的脸颊一直染满红霞。

都说羞怯的女人最漂亮，此刻的林宝卿在宋毅眼里就是最漂亮的。

林宝卿也有同样的感觉，她素来大方，却还是忍不住心底的羞涩，那是从小根深蒂固的教育带给她的，毕竟这时的思想还不算开放。

"我们算不算做了坏事？我是不是变坏了？"

宋毅连忙搂住她，安慰她说："才没有呢，我觉得这时候的宝卿是最美的，以后，我们还会做我们更喜欢的事情。"

林宝卿一指他说："都是你个大色狼的错。"

宋毅点头认错，就差没说，如果这也是错的话，我情愿再错一万次。他更明白心动不如行动的道理，很快便又对林宝卿发起新一轮的进攻，情人间的那些缠绵自不用多说。

良久，直到两人都没多少力气之后，这才停歇下来。

林宝卿依在他怀里，轻声问他："明天你还和我一起去鬼市吗？"

"宝卿去我就去。"

反正他精力充沛，与其一个人躺着睡觉，还不如陪着林宝卿，去鬼市还有机会淘到宝贝，这样的好事情哪里去找。

林宝卿嘻嘻笑了起来，她就知道宋毅疼她。

翌日清晨，宋毅陪着林宝卿去鬼市，不过，这次却没淘到什么宝贝。

回家之后，宋毅把需要收藏的物件品种都对林宝卿和林方军说了，让他们帮着留意，有中意的就买下来，钱不够找他拿就是。林宝卿就笑着说他是暴发户，宋毅却乐得当暴发户。

要知道，在收藏界，最主要的是人际关系，通过熟悉的人拿东西是非常重要的途径，光靠自己碰运气的几率实在太低。有了本来就是从事这行业的林方军和林宝卿帮忙，宋毅可以腾出时间来做其他事情。

当前最重要的就是筹办香港分店，宋毅这趟去香港，带过去不少翡翠，一部分是应苏眉的要求带过去的，另一部分则是根据宋毅自己的经验带过去的，准备卖给那些富人的。

苏眉做珠宝销售确实有她独到的地方，这段时间她忙得脚不沾地，一方面兼顾着香港分店装修工作；另一方面，她也结识了不少香港富豪名媛。这些人都腰缠万贯，对珠宝也非常挑剔，一般的东西根本入不了他们

的法眼，但金玉珠宝的珠宝占据了源头的优势，经过老师傅的精心加工，又都是精挑细选出来的，可以毫不夸张地说，每件都是精品。

俗话说，不怕不识货，就怕货比货。

只要将金玉珠宝的珠宝首饰和他们原来佩戴的一对比，差距立马就出来了。

香港珠宝素来以设计新颖独特，造型优雅，制作精良而闻名，可见过金玉珠宝的珠宝首饰后，他们的感觉就像是刘姥姥进了大观园，老农民进了皇城，金玉珠宝的精美超乎他们的想象，也打破了他们引以为傲的心理。

有了对比，大家接受起来快了很多。

先是苏眉戴着璀璨耀眼的珠宝出席各项活动，惊艳全场，她人漂亮，会打扮，又佩戴着价值成百上千万的珠宝，想不吸引人的目光都难。

接着，和苏眉走得近的郭家大小姐郭倩仪，也佩戴着金玉珠宝出席各种酒会，随后，很多富豪名媛竞相效仿。

慢慢有了成绩，苏眉也有了担心，这些款式别人很快就能仿制出来，到时候，金玉珠宝可就没多少优势了。

"光脚的不怕穿鞋的，我们可是什么都没有，该担心的是他们才对。他们要是模仿我们的，说明我们已经取得了成功。"

宋毅倒不在乎，只要有了名气，仿制的事情倒是好说，以后的事情他还有对策。

苏眉这才安下心来，在香港打拼不同于东海，这里的竞争更加激烈，单从大街小巷的珠宝店就可以看得出来，值得庆幸的是，金玉珠宝在这里开了一个不错的头。

在她看来，一切都是宋毅的英明决定。这套两千多万的帝景园房子买得绝对值得，要不然，想找机会认识这些富人名媛还真是件不容易的事。

当然，苏眉现在的主要精力还是用在分店的建设上，宋毅也嘱咐保镖周琳和赵飞扬他们注意保护苏眉的安全。对他来说，公司没了还可以重新开，苏眉要是有事，他可就后悔莫及了。

周琳这个助理很称职，她文化水平很高，除了保护苏眉的安全外，还能帮着处理公司的事情。

宋毅和苏眉一起请她吃了饭，还给她开了双份工资，当然，这么做都是为了笼络她。

这批珠宝送过来之后，他们身上的责任也更重了，赵飞扬就说，这里的责任一点也不比在缅甸轻。

宋毅当即便笑着说："这不是正是赵大哥追求的吗，以后还有更刺激的，反正不用愁英雄无用武之地就是了。"

至于赵飞扬怀念的缅甸矿场那边，一切运作得井井有条，反正都按照宋毅当初制定的规章制度来办就是。宋毅每天听听电话汇报，远程遥控着最重要的翡翠原石资源。

在香港待了几天之后，宋毅又飞回东海去。

按照和苏眉商量好的，抽调了一些老员工过去帮她，主要是帮着培训在香港招的新员工，还调了一个副店长过去帮着分店装修，减轻苏眉的压力。

东海这边的销售业绩持续上扬，经历过广告轰炸的东海人为金玉珠宝的销售做着贡献。

现在的东海的富人，要没一件金玉珠宝的珠宝首饰，都不好意思出去见人。

别问为什么，宋毅在为金玉珠宝的广告里打出的就是这个意思，挑起这些富人的攀比之心，就成功了。

回东海之后，宋毅也把这段时间金玉珠宝的销售额统计了一下，每个月都有近两千万的销售额。这样的成绩放在别人身上，绝对是了不起的成绩，但对宋毅来说，这还不够，要知道，宋毅家的珠宝都是几万几十万起跳的。店面里那些价格低的珠宝，宋毅根本就没放在心上。

"在这样的广告轰炸之下，销售额也才这么一点，看来东海市的潜力已经到了极限。"宋毅如是说道。

可苏雅兰和宋明杰对这成绩还算满意，要知道，即便是行业巨头福祥银楼，也没办法做到这么高的销售额。

宋毅知道他们的心思，可见过大世面的他却不能仅仅满足于此。

"如此看来，我当初决定去香港开拓市场的决定是正确的。"

"这自然是的。"

苏雅兰也收到了香港那边反馈回来的消息，虽然宋毅在那边花了几千万，光买房就花了两千万，可取得的成绩也是相当喜人的，苏眉又很争气，成功将金玉珠宝打入香港市场。

"但这还不够，我们得更多地挖掘内地市场的潜力，北京那边的潜力不小，毕竟是天子脚下，富人云集。"

"那边的生意可不比东海这边……"宋明杰有些担心地说道。

北京那边的形势比香港还要复杂。

宋毅笑道："眼下就有一个很好的契机啊，王蓓拍卖公司的春季拍卖会马上就要举办了，这拍卖会在圈子内的影响可不小，我们那套'金玉良缘'也参加了拍卖，如果有必要的话，我会亲自出手，将其推到一个新的高度去，也好扩大我们金玉珠宝的影响力。"

"说到底就是要钱对吧。"

苏雅兰哪会不知道她的宝贝儿子的心思。

"推高价格我没什么意见，你不是还要去买其他东西吧？"

"有收藏价值的东西还是要买的，但是在拍卖会上买，似乎有点不划算。"

宋明杰也提出了他的看法，有些朴素，但却是大部分人的看法。尤其是宋明杰这样的圈内人，拿货的途径很多，拍卖会只是最后的选择。

可宋毅只说了四个字，就让宋明杰和苏雅兰转而支持起他的决定来。

"合理避税。"

合理避税，这是一门很深奥的学问，说来容易，做起来却不那么容易。

但从拍卖会上买东西，就是其中一个很好的途径。其中的操作有些复杂，宋毅对父母解释了好一阵子，才让他们弄明白，原来可以这样合理避税的，还可以拿去银行做抵押，怪不得拍卖会的价格会一再飙升。

宋明杰和苏雅兰没了反对的理由，拿出大部分资金交给宋毅，让他去捧王蓓的场。一来是给王蓓面子，二来，也是为了抵消公司高额销售所带来的巨额税款，说实话，这税缴得他们心疼。

而现在，他们只需要把钱给宋毅，反正后面具体的操作就交给宋毅做就是了。

春季拍卖会之前，宋毅收到了来自王蓓和王名扬的电话，让他务必腾出时间，先去北京参加春季拍卖会的预展，然后参加春季拍卖会。

说实话，王蓓还真少不了宋毅这样一个重要的角色。

他的"金玉良缘"在巡展时就引起了轰动，如此精美稀罕的翡翠套装，牢牢吸引了众人的眼球，也是当之无愧的拍卖会价格最昂贵的拍品。

除此之外，宋毅贡献的另外两件瓷器也都有着很好的口碑，尤其知道这是东海博物馆馆长宋世博家的收藏品之后，没有了真假的后顾之忧，希望夺得宝贝而归的人可不在少数。

宋毅正是承载着这样的期盼，启程去了北京。

同行的还有林宝卿。林宝卿本来不想这么早就抛头露面，又怕父母不同意，就婉言拒绝了他的好意，可在宋毅的一再坚持下，又取得了林方军两夫妻的默许，林宝卿也就跟着他一起去了北京。

临行前，机场送行的阵容非常强大，宋明杰夫妇，林方军夫妇都到机场来送行了，这让林宝卿有些羞怯，又有些兴奋，她也觉得，这代表了她正式得到家长的认可。

"你爸妈可是把你交给我了哦。"

飞机上，宋毅对身边明显还有些兴奋的林宝卿说道。

"他们对你说什么了？"林宝卿好奇地问他。

"叫我好好照顾你，说你脾气不好，要是欺负我的话，让我告诉他们一声。"宋毅嬉笑着说道。

"切！"

林宝卿笑着捏着拳头捶了他几下，她也猜得到，她父母是极有可能说这话的，父母大都这样。

宋毅笑着说道："我就说宝卿脾气好得不得了，疼我还来不及呢，怎么会欺负我。"

"臭美吧你！"林宝卿又被他给逗笑了。

"想不想听听你爸妈都怎么说的?"

"也是你爸妈啊。"

林宝卿横了他一眼，"他们夸我呢，说我漂亮懂事，还让我好好照顾自己，别被你欺负了。"

"我爸妈他们也真是的，我怎么会欺负你呢。"宋毅摇头叹道。

"那可说不准，你干的坏事多了去了，要不要我一一数出来啊?"

"行啊，我先说一件好了，这次到北京，我只定了一间房。"

林宝卿马上就嗔道："色狼!让我爸妈知道了，不打死我才怪呢。"

"你不说就好啦。"

宋毅看出她的担心，接着又说道："宝卿你放心好了，我不会勉强你的。"

林宝卿瞥了他一眼，"切，你有那胆子吗?"

"可别小看人哦。"宋毅嘿嘿笑道。

有些期盼，又有些犹豫，这就是林宝卿此时心情的写照，这也是她和宋毅第一次两人一起旅行。

而她，也没有真正做好心理准备。

两人到机场的时候，王名扬来接机，还笑着对宋毅两人说抱歉。

"王姐忙着拍卖会的事情，抽不出时间过来接你们，就由我代劳了。小毅，宝卿，你们不会介意吧?"

宋毅呵呵笑道："劳动王哥屈尊来接机，我们已经很过意不去了，拍卖会马上就要举行了，王姐不忙才怪呢。"

"你小子!"

王名扬拍了拍他的肩膀，"王姐说晚上请你们吃饭，可要赏脸哦，要不然，我也不好意思蹭饭吃了。"

"到了北京就由王哥做主好了。"

王名扬呵呵笑了起来，这么久的相处，他很欣赏宋毅的脾气，很随和，他也没冷落林宝卿，问她："宝卿喜欢吃什么?"

林宝卿很礼貌地说：都行。

于是便由王名扬做主，先开车送两人去国际大酒店，王名扬帮宋毅预

定的房间在那里，拍卖会的预展和正式拍卖都是在那个酒店举行。一般人可预订不到这样的地方。

　　房间只有一个，五星级的酒店，豪华自然不用说，里面是张双人床，林宝卿尽管有些羞涩，却也不好多开一间房。

　　在房间休息了一会儿，在酒店吃过午餐，王名扬便带着两人在北京逛。

　　林宝卿最想去的地方是故宫博物院，那里收藏着很多她想观看的珍品，王名扬便领着两人去了那里。

　　整整一个下午，几个人玩得非常开心。

　　林宝卿嘴馋，宋毅给她买了不少零食，还有不少特色食品。

　　晚上，王名扬载着宋毅和林宝卿去了一家私人会所，从外面看和普通的四合院没什么区别，但进去之后则别有洞天，大气、开阔、富丽堂皇。

　　宋毅悄悄提醒林宝卿："宝卿你仔细看看这会所的风格和装修，将来可以用到我们自己的会所里。"

　　林宝卿点了点头，这可是顶级的私人会所，可以从中吸取不少经验，增长见识也是一个方面。

　　王蓓还没到，几人在雅间里等她，王名扬对宋毅说道："这家会所很不错，圈内人加入的也很多，小宋你们要是有意加入的话，我可以做你的介绍人。"

　　"那就麻烦王哥了，一般人想进来都进不来呢。"

　　宋毅一副受宠若惊的样子，几万块的会费他倒是不放在眼里，进这样的会所最大的好处是能结识很多人，对未来的事业发展很有帮助。

　　王名扬笑道："你就别跟我装了，其实也没那么神秘，就是圈子里的人聊天的场所罢了。听说宝卿也准备搞个这样的会所对不对？"

　　林宝卿忙回答道："王哥的消息果然很灵通，我们是准备搞一个品香的会所，就小圈子内的人，估计没多少人会来参加。现在刚把场所定下来，等正式开业不知道得多久呢。"

　　王名扬呵呵笑道："宝卿这就谦虚了，有小毅这个大能人帮你，你还怕搞不起来吗？品香，很文雅，到时候可得算我一个。"

　　"宝卿你可真是好运气，还没开业就有了第一个会员。还不快谢过王哥。"宋毅呵呵笑着提醒林宝卿说。

　　林宝卿是何等聪明的人，自然知道这是王名扬给面子捧场，当即谢过他，并说回头送他几盒上等香。

　　王名扬一听来了兴致，立刻向林宝卿请教起来。

　　他虽然出身于大院，但和那些真正高高在上的人是没法比的，要不然，也不会和宋毅打得火热了。他懂得生活情趣，也不过是后来有钱之后的事情，顶多也就品品茶而已，品香对他来说，还是神秘和遥远的事情。

　　林宝卿对品香早有心得，此刻侃侃而谈。

　　"品香分很多种，最简单的就是盘香，只需要点上，然后静坐下来，沉下心，慢慢品味就行。复杂一点的品香方法用的香具很多，和茶道一样，有完整的流程，也有特殊香具。这样吧，王大哥到东海的时候，可以来我们会所看看，只要别嫌会所简陋就成。"

　　王名扬点头称好，反正他经常出差到东海，多一种陶冶情操的生活方式也是非常不错的。

第四章　失之交臂《皇清职贡图》，
　　　　痛定思痛宋毅要建博物馆

《皇清职贡图》现身后，上午的拍卖会的气氛立即达到了顶点。这是一幅手卷设色纸本的画，用工笔彩绘关东、福建、台湾、湖南、广东、贵州、广西各省少数民族生活、生产的场景形象，共有男女人物一百二十八个，并配有满汉文字说明。这样的藏品自然是绝无仅有的好东西，但宋毅却只能干着急，因为这件藏品极其珍贵，国家规定只能由境内的博物馆、图书馆或者国有企业竞拍。宋毅暗暗捏紧了拳头，一定要尽快建立自己的博物馆。

聊了没一会儿，穿一身黑色职业装的王蓓就到了，一进来就对宋毅说抱歉。

"不好意思来晚了，我这做地主的没能尽到责任，希望小毅和宝卿你们不要介意才好。"

"怎么会，我可是指望王姐请客呢，再说有王大哥当壮丁，我们折腾他就是了。"宋毅和她开玩笑说。

王蓓的表情顿时显得轻松起来，很快就亲切地和林宝卿说着话，欢迎他们到北京来。

坐定后，闲聊了几句之后，宋毅便问王蓓："王姐，你估计这次拍卖会的成交率能有多少？"

王蓓还以为他担心他的几件拍品，但她也不好说谎话骗他，"这个我

91

也说不准，从以往的情况来看，古画和近现代画都是成交率较高的，瓷器杂项一直很坚挺，珠宝首饰的成交率要低一些。可小毅你也不用担心，只要是精品，就不愁没人竞拍。何况，这次我们对那套'金玉良缘'进行了大量的宣传，加上你们金玉珠宝固有的影响力，不愁卖不出去。"

王名扬在旁边插话说："我也看好小毅拿出的那套'金玉良缘'，光这一项的拍卖我估计都抵得上其他所有的拍卖总额。"

王名扬说的倒是大实话，现在国内的拍卖才刚刚起步，据宋毅估计，如果没有他横插一脚的话，王蓓拍卖公司的总体拍卖额估计不会超过五千万。

宋毅笑笑说："那就承王姐王哥吉言了。对了，其他类的精品应该不少吧？"

王蓓笑着说道："我就不王婆卖瓜自卖自夸了，明天小毅亲自去预展厅看看，一共有三天的预展期，看上什么可以先记下来。"

王蓓顿了顿又说道："预展之后便是为期两天的拍卖，我们是这样安排的，上午十点开始古画和古籍善本的拍卖，下午三点开始油画雕塑拍卖，晚上八点开始珠宝首饰的拍卖。这天估计大家会很辛苦，瓷器杂项的拍卖就安排在第二天下午两点。"

"多谢王姐提醒。"

宋毅点头表示听明白了他们的安排，他倒是知道拍卖时间安排得如此紧凑的原因，给人压力和紧迫感，好刺激消费。

拍卖会上的精品大家都想抢，普品却没多少人愿意去竞争，紧张刺激的环境下，人们更容易做出冲动的决定，相互攀比之下，飙出天价也不是什么稀罕事。

珠宝首饰安排在晚上进行拍卖已经成了惯例，一则珠宝首饰在夜晚的灯光下显得更璀璨夺目；二来，人们佩戴珠宝首饰主要出席的场合还是晚上的宴会、酒席等，加上晚上人们心情比较放松，珠宝首饰的鉴定相对比较简单，不用费什么脑子。

在一般的拍卖会上，瓷器基本都是作为压轴戏放在最后面的，只要有

一定数量的精品瓷器，成交额突破千万并不是什么难事。

国内的拍卖虽然才刚起步不久，但国人都聪明得很，这些规则自然学得飞快。

席间，王名扬也开玩笑般地问起宋毅这次来拍卖会力挺王蓓，准备的预算是多少。

王蓓也看着他，林宝卿也把目光落在宋毅身上，她其实也很好奇，不知道宋毅打算在这上面花多少钱，买多少东西回去。

宋毅只伸出一根手指晃了晃。

王名扬呵呵笑着说道："小毅你也太小气了吧，一百万也就买两件一般的瓷器，这可和你大老板的身份不符哦。"

王蓓也笑着说道："这次我们准备的书画里可是有好几件精品呢。"

宋毅笑笑说道："我这人最好书画，可惜平时大家都藏得严严实实的，王姐组织这拍卖会既然有精品，我又怎么会错过呢。"

"一千万？"王名扬一副恍然大悟的样子。

"我就说嘛，这才像小毅的行事风格啊。"

"小毅果然好气魄，明后天去书画区多转转吧，可得多关照你王姐一下。"

王蓓也放下心里来，她很清楚宋毅这样血气方刚的小伙子的行事风格。有了宋毅这一千万助力，即便他不买多少东西，也可以帮着把价格抬上去，尤其在书画这一项上。

宋毅本身就是学艺术的，对书画非常有造诣，鉴赏书画来自然不是什么问题，看到有合适的，自然会出手拍下来。而这期拍卖会，王蓓最引以为傲的就是，他们征集到了相当数量的精品书画，王蓓敢确定，里面肯定有宋毅喜欢的。

"王姐的面子我还能不给？"宋毅呵呵笑道。

林宝卿望了他一眼，非常佩服他的魄力，要知道，在平时林宝卿和林方军收东西一年也不会超过一千万，宋毅这下倒好，一下就打算弄个一千万出去。要不是看着王蓓年岁已大，林宝卿几乎以为他是中了美人计。也

许他有自己的打算吧，林宝卿想不通其中的道理，只好如此理解了。

至于宋毅拿出去拍卖的那套"金玉良缘"，林宝卿知道它的品质非常不错，但却担心没人肯接手，这可不是小数目，以"金玉良缘"的价值，真要有人敢拍，绝对会打破纪录，但关键是，谁会这么舍得。但这想法林宝卿只能埋在心底，要问，也要等两个人的时候再问宋毅。

林宝卿不提这些，王蓓和王名扬也是一等一的精明人，只捡好话说，当晚，宾主尽欢不提。

宋毅有他自己的打算，既能帮王蓓的忙，又不会让自己吃亏，损人利己的事情宋毅是不会干的，损己利人的事情宋毅更加不会干。

酒到酣处，王蓓的话也渐渐多了起来，最近她面临的压力不小。

关于这点，关注拍卖市场的人都该略知一二，宋毅和林宝卿都是圈内人，自然也有所耳闻。

北京另外一家拍卖公司在四月份举办了一场春季拍卖会，效果非常好，并连续创下了好几个纪录。一是单件瓷器价格上千万；二是成交额超过亿元；三是成交率高达百分之九十以上。

这样的成绩，在这个年代，可以算是非常了不起的了。那家拍卖公司当家人很厉害，是业内的翘楚，不管是人际关系还是业务水平，都是王蓓没办法比的。

在这样的成绩面前，王蓓的压力自然不小，她也听说了那场拍卖会，精品数量不少，人们也很踊跃。

她还有一个担心，人们在那里已经消耗了足够多的精力和金钱，对他们公司拍卖会的期待自然就少了。他们的拍卖会落在后面，这也是没办法的事情。

宋毅几人就安慰她，说王蓓公司选的这些拍品质量也很好，到时候拍卖成绩应该会非常不错的。

宋毅自然不会打自己的脸，承认自己的东西差。先不说他那独一无二的"金玉良缘"，光是那两件瓷器，拍出来的价格都不会少于五百万。

也不知道王蓓听进去没，不过她向来是有决断的人，也不会被这些情绪所左右，一番话说出来之后，心里就好受多了。加上王名扬几个人给她打气，王蓓便又打起精神来，准备最后几天的决战。

"到时候王大哥也会去拍卖会凑热闹的吧？"

宋毅感觉要想在成交率上比上瀚海，还是有些难度的，因为它们的拍卖会在前面举办，时间上占了优势。但是，也不能差得太多，要不然，王蓓面子上可不怎么好看。他想了想之后，便问了王名扬这样一个问题。

"当然要去，王姐的面子我还能不给？小毅你这么问是什么意思？"

王名扬心底虽然有些疑惑，但说得却是理直气壮，不带丝毫犹豫。有人的地方就有江湖，想要在这江湖上混，就得有所选择，而王名扬选择的是王蓓，自然毫不动摇地站在她这边。

宋毅呵呵笑道："那就行，明后天看过拍品，我再找王大哥商量。"

"小毅有什么需要，只管说便是，我赴汤蹈火在所不辞啊。"王名扬嘿嘿笑了起来。

他有点明白宋毅的意思了。对结识宋毅这个够义气的朋友，王名扬也觉得非常值得。

"王哥真是豪爽。"宋毅笑道。

"到时候少不得要麻烦王哥，等事情结束之后，我再请王哥吃饭。"

"来到这边就该我们尽地主之谊，小毅你可别和我抢啊。"

宋毅帮了这么大的忙，王名扬哪会让他请客。

这一来一往，王蓓也明白了宋毅的想法，当下又要敬酒，却被宋毅和林宝卿给劝住了。

"大家在一起图个高兴，酒喝多少倒没什么关系。"

王蓓还有什么好说的呢，几个人聚到很晚，这才由王名扬开车送宋毅和林宝卿回酒店。

下车的时候，王名扬还朝宋毅暧昧地笑了笑，让他晚上好好休息，有事打他电话。

宋毅笑着回答："王大哥你也快回去吧，要不然嫂子等急了找我

算账。"

"你这小子。"王名扬笑笑，开车回去了。

王名扬一走，林宝卿便挽着宋毅的手，悄声问他说："你这回真打算花一千万帮助他们，值得吗？"

宋毅回答说："投资嘛，这是必需的支出。"

"那也不用投资这么多啊，拍卖会上的东西价格可比我们平时拿的价格高多了，我们又不是没有途径，何必花这冤枉钱呢？"林宝卿半带埋怨地说道。从小到大的环境造就了她这样的想法，也不足为怪。

宋毅笑道："目光得放长远一点啊，王哥王姐的面子我总是要给的，再说了，拍卖会上的东西是贵了一点，但东西多，不见得比自己收的东西差到哪里去。放心好了，赔本的生意我是不会做的。"

林宝卿并不知道王蓓和王名扬的背景，总觉得离她的生活太遥远。但见到他主意已定，知道劝说也没什么效果，就只好尽量帮助他处理后边的事情。

"明后天我们得仔细看看，虽然王姐的面子要给，可也不能买些赝品回去啊。"

"都听宝卿你的，行了吧，管家婆。"宋毅搂着她纤细的柳腰，笑嘻嘻地说道。

"真难听，以后不许这么叫。"林宝卿笑着捏拳威胁他。

宋毅连声称好，改口叫公主，这下林宝卿眉开眼笑，满意了。

两人回到房间，林宝卿就嚷着一身的酒气难受，要先去沐浴。

宋毅厚着脸皮问可以让他帮忙代劳不，林宝卿给了他一个白眼，看他还不死心的样子，又勒令他半个小时之内不许进浴室。

宋毅一声哀叹，却也没办法，林宝卿便又给他找了事情做。

"你不是说每天都要坚持作画的吗？今天可不许荒废了，你的画具都带来了，趁着这段时间，好好练习吧。"

"那我就画美人出浴图吧，你把浴室门打开，我保证不进去如何？"宋毅眼珠一转，便又想出了花招来。

"色狼，你想得美。"

林宝卿羞红了脸，"我以前怎么就没发现你这么好色呢。"

"这是艺术，对美的追求是没有极限的，不是好色好不好。"宋毅辩解着说。

"反正你不许进来就对了。"林宝卿才懒得理会他，收拾衣衫进浴室去了。

宋毅虽然心痒痒的，可到底还是没有去骚扰她，只拿出以前的照片，对比着画画。

只要沉浸在一件事情里面之后，时间流逝得就特别快。

林宝卿披着浴巾出来的时候，宋毅还在专心致志地作画，林宝卿走到他跟前，宋毅这才停笔。

灯下看美人，尤其是出浴美人，当真别有一番风味。林宝卿青春靓丽，沐浴后只披了一条浴巾，遮住了身体最重要的部位，但那诱人的锁骨香肩，以及她身上散发着的淡淡清香，更让人沉醉。

瞧他看直了眼睛，林宝卿心底也有几分得意，挥着小手在他眼前晃了晃，"傻了啊你！"

"浴巾掉了。"宋毅猛地咋呼道。

林宝卿连忙伸手去掩，可低头才发现，宋毅这家伙在骗人，哪有这回事啊。

"我觉得这样子的宝卿特别的美，不要动，我将你现在的样子画下来。"

"才不要。"林宝卿小嘴一撇，想也不想就拒绝了。

宋毅很委屈的样子。

"太伤心了。"

林宝卿对他的花言巧语已经有了足够的抵抗力，根本就不理会他装可怜，自己径直拿了吹风机吹头发。

"这个姿势也很不错。"

宋毅见没效果，索性也不装了，换了张画纸，刷刷刷地画了起来。

等林宝卿吹干头发，宋毅的画作已经完成了，还很得意地展示给林宝卿看。

"画得非常不错，技法日益成熟，好好努力吧，你会成为一代宗师的，这画就归我了。"

林宝卿看了宋毅为她作的画，用栩栩如生已经不足以形容了，她这番话倒不完全是调侃他，宋毅的绘画水平进步得非常快。

宋毅很谦虚地说道："想要成宗师，光靠这幅画是不行的。宝卿有没有兴趣做我的模特，我敢保证，绝对比这幅画画得更棒。"

林宝卿哪里不知道他打的什么主意，只说道："看吧，狐狸尾巴露出来了。我可不跟你玩，着凉了可不好。"

宋毅只得叹息着说道："哎，好朋友来了真是麻烦。"

林宝卿已经吹干了头发，闻言却放下手里的画，扑进了他怀里，欢喜地说道："你是怎么知道的？"

宋毅嘿嘿笑道："我能掐会算，上知五百年下通五百载，有什么事情难得到我的。"

"切！"

林宝卿轻吐香舌，娇柔的身子在他怀里依偎，很勾人的模样。

宋毅很是无语，"你这小狐狸精，这时候知道挑逗人了。"

林宝卿嘿嘿笑着，像极了奸计得逞的小狐狸。

"臭臭的，快去洗洗吧。"

很快林宝卿就发现不对劲，又马上皱起了小鼻子，离开了他，推他去洗澡。

宋毅只好起身去浴室洗澡，林宝卿还叫他洗干净一点，还说不洗干净不许上床。

"夫纲不振啊！"

宋毅叹息着，不过他洗澡的动作可比林宝卿快多了，十来分钟就全部搞定。

宋毅从浴室出来之后，林宝卿让他坐在床沿上，她自己则拿着吹风机

帮他吹头发，小手抚摸着宋毅的头发，让他感觉一阵暖意淌过心底。

收拾妥当之后，林宝卿先缩进被窝，还探出脑袋和手臂，画了一条线，说是不许宋毅过界。

林宝卿好朋友来了，宋毅也没了别的心思，就打算这样安安心心睡觉。心说这日子挑得可真好，他也估计到，这可能是林宝卿愿意跟着来的缘故。

说了些闲话，互道晚安之后，似乎这一晚上就要这么过去了。

但好朋友来了之后，林宝卿却觉得身子和平时有些不大一样，似乎比平时更有激情和欲望。她先前说过不许宋毅过界，但没有说她自己不许过界，可想了想，还是觉得有些抹不开面子，便轻声问他："睡了吗？"

"睡着了。"宋毅回答道。

"哦，那你继续睡吧。"

"傻丫头。睡不着是吧。"

宋毅呵呵笑了起来，长臂一展，就把她给揽了过来。

"你过界了。"

林宝卿愣了愣，她这时候还惦记着呢。

宋毅嘿嘿笑道："那又如何，要不要来点香艳的惩罚？"

说完，不待林宝卿反应过来，宋毅就吻上了她那清甜可人的双唇。虽然不能真正做那些，但并不妨碍两人做其他亲密的接触。

一旦吻上之后，林宝卿先是被动回应，后面就慢慢变得主动起来，心底也觉得特别刺激。这可是她真正意义上，第一次和宋毅同床共枕，会发生什么事情她并不清楚，但她清楚地知道，这正是她所渴望的。

宋毅灵活的双手很快就解除了她的武装，握住了她的柔软，一边听着她渐渐沉重的喘息声，一边让她在手里变幻着各种不同的形状。

多重袭击来得很猛烈，林宝卿完全迷失在其中，荡漾着，漂浮着，驶向欢乐的彼岸。

不知过了多久，两人这才消耗掉过剩的精力，沉沉地进入梦乡。

林宝卿醒过来时，金色的阳光已经从窗户射了进来，入目一片光亮。

宋毅已经起床，就等着她洗漱好一起吃早点。

"谢谢你！"

林宝卿心底有种说不清的感觉，她还能回忆起那时候她和他说过的话，也知道他忍得很辛苦。

"说什么傻话，快去洗漱，马上就开饭啦，等下还要看预展。"宋毅笑着对她说道。

林宝卿呵呵笑着，上前亲了亲他的脸颊，然后才去洗漱。

吃过早点之后，宋毅和林宝卿两人拿着小本子和笔，预展是不许带相机的，要记录那些拍卖品的编号、真假、预期的心理价位等等。

然后，两人便去看拍卖会的预展。

预展的地点就在国际大饭店，在这点上，王蓓和王名扬两人还是为他们考虑得很周全。

到展厅门口，宋毅和林宝卿就看到了王蓓，她身边围绕着好几个大叔级别的人物，宋毅都没见过，应当是京城古玩圈子里的。

见到两人，王蓓笑着和他们打了招呼，让他们随意看。

宋毅和林宝卿也不去打扰王蓓，谢过她的好意之后，就进了展厅。

展厅的人可不少，春季拍卖会一年一次，也可以算得上是圈内的盛事了，前来观摩的、学习的、跃跃欲试的、蠢蠢欲动的，应有尽有。

鉴定古玩文物的时候，不管是宋毅还是林宝卿，都变得认真起来，这是近距离观摩这些拍卖品的好时机，如果不能辨别出真假，就算到了拍卖会，也只是瞎忙活。

虽然宋毅和林宝卿两人之前都看过王蓓给他们的图录，对这次拍卖的全部物件都有了一点的了解。但图录和实物的差距不是一点点，宋毅向来觉得，只有亲眼见过实物，才能放心购买，照片什么的都不足信。

要在两天内看完所有的拍品，压力也是非常大的，一共有七八百件拍品，两天时间，一个上午就要看将近两百，这需要相当扎实的功底才行。所以，参加拍卖会，也是考验一个人眼光的好时机。

当然，这时候的拍卖会还不像后来那样，假货赝品满天飞，但混迹其

中的也有一些假货，只是数量不多而已，需要火眼金睛将其识别出来。

进去之后，宋毅便给林宝卿分配任务。

"这样吧，我们先看字画，你帮我参考参考。我想你也知道，这里面绝大部分都是真品，但是，我们必须得把赝品识别出来，并记录下来。"

林宝卿有些不解地问道："为什么啊？还是选择感兴趣的吧，这里这么多拍卖品，一一鉴定的话，会死人的。"

宋毅笑道："所以我才说只要鉴定赝品就行，因为只要是真品，我都要参与竞拍。"

林宝卿顿时无语，宋毅这话对她的冲击比昨天晚上说要花一千万还要震撼，可她跟宋毅在一起久了，毕竟心理素质提高了很多，很快回应他说："你是到这里捡垃圾来了吗？"

宋毅却是毫不犹豫地回答说："宝卿这话虽然说得是难听了点，但就这意思而言，其实也差不多吧。"

"真搞不懂你脑子里想的什么东西。"林宝卿摇了摇头，"你不会真把这儿的东西当你之前买的什么和田玉啊，玻璃种翡翠，俄罗斯白玉之类的来投资吧？"

"为什么不可以啊？"宋毅反问道。

"我们现在可没那么多时间一一分辨他们的价值究竟多少？只要是真品，只要有收藏价值，将来就一定会升值的，买下来怕什么。"

林宝卿也不知道找什么理由来反对他了，因为宋毅说得确实有道理，古玩市场看涨是大家的共识，可到底能涨多少，什么时候会涨，谁也说不清楚。谁会像宋毅一样疯狂，竟然想把拍卖会上的真品都给买下来。

这时候，林宝卿想到了昨天晚上，宋毅问起王蓓成交率的事情，她想宋毅不会是帮着王蓓刷成交率来的吧。

换了是别人，林宝卿肯定会吃醋的，即便是王蓓，她心底还是觉得有些酸味，真想问问宋毅，这值得吗？

当然，宋毅给出的答案肯定是值得的。

看他那高兴的样子就知道了，他悄悄对林宝卿说："瞧瞧，这拍卖会还真是不错，竟然有这么多齐白石的画作，就一般情况而言，就算是齐白石、张大千、徐悲鸿的，都不可能全部拍出去，我们倒是可以捡漏了。"

　　林宝卿更加无语了，感情他把这拍卖会当成捡漏的地方了，那么多专家学者，还有这么多行内人，宋毅都把他们当傻子吗？

　　林宝卿承认，她很欣赏宋毅的气概，但这做法……

　　在其他方面，诸如红木、沉香、翡翠原石和田玉，林宝卿并不是特别清楚，也就由着宋毅去折腾，可在古玩这行，他怎么也敢如此大胆？

　　林宝卿想破脑袋也想不明白，干脆不去想了，她现在能做的，就是尽量帮助宋毅减少损失。

　　而这减少损失的途径当然也不容易，得有过人的眼光才成。先要识别出真假来，然后要对每件古玩的价格给出最合理的评估，这是林宝卿的看家本领，她这时候也全部施展了出来。

　　林宝卿跟着宋毅一起，她感觉宋毅就像是走马观花一样，一幅画看不了一分钟，就搞定了。

　　想起他在绘画艺术上的天赋，林宝卿又觉得释然了，那不是她能比的。

　　这倒不是宋毅不想多看看，仔细鉴定总是好的，可这里有将近四百来幅画啊，就算一幅画一分钟，也得花上四百分钟，差不多是预展一天的时间了，除了这些画，还有其他的东西呢。一分钟一件，已经算是慢的了，对他来说，这拍卖会也是捡漏的好时机。

　　王蓓这拍卖公司，成交率有百分之七十就差不多了，还有百分之三十，也就是两百多件拍卖品会流拍，也就是说，宋毅只需要出最低的价格就可以将其拿下来。这些东西现在不值钱，可将来的升值潜力可是非常大的，宋毅不怕花钱，反正他有合理避税这一招，拍卖会上买的东西，算做公司成本，买得越多，冲抵掉的税收就越多，何乐而不为呢。

　　在这样的情况下，他怎么能不抓紧时间。

　　到最后，往往就是宋毅鉴定出真假，真的就不用他提醒，只有赝品，或者看着有些怀疑的，他才会提醒一下林宝卿，将其记录下来，到时候不去拍这些东西。

这样下来，林宝卿都有些叫苦不迭了，她先前还帮着宋毅认真鉴定每幅画的真假，生怕他有什么遗漏。可到最后，林宝卿已经累得不行了，干脆就不去多想了，直接选择无条件地信任宋毅，他说什么就是什么好了。

如此一来，宋毅精力充沛的优势就凸显了出来。

其实拍卖会上，并不是拍出去的就都是好东西，流拍的物品中，也是有很多好东西的。

可惜人的精力有限，财力也有限，不能将其一一鉴定出来，这一来，可就大大地便宜了宋毅这样的怪物。

预展的第一天，宋毅全副心思都放在和这些书画做斗争上。中午，匆匆吃了点东西之后，就又继续他的大业，对他而言，也是难得一见的机会。

这样一天下来，饶是他精力充沛，也有些招架不住了。

到最后，林宝卿倒是完全放轻松了下来，她可不像宋毅那样变态，只选择性地对一些书画进行了记录，至于其他的，宋毅爱怎么折腾就怎么折腾吧。

林宝卿的更多精力放在了鉴定价值最高那几幅画上面。

她一方面心疼宋毅不忍心打搅他，一方面，也存着心思考究一下宋毅，没有当场和他说。

第一天的预展结束后，两人吃过晚餐，王名扬和王蓓看他们也特别辛苦，就没多打扰两人。

两人回到房间，洗漱完，林宝卿才说起她看好的几幅画，还让宋毅猜猜究竟是哪幅画价值最高？

"宝卿你变坏了啊。"

结束了六七个小时的辛劳，现在的宋毅显得很轻松，调侃起林宝卿来。

林宝卿呵呵笑了起来。

"我看你走马观花，不知道有没有抓住其中的精髓。我也不为难你，你就随便说说吧，你觉得哪幅画的价值最高。"

　　"宝卿你先说好了。"

　　宋毅笑望着坐在他身边的林宝卿说。

　　林宝卿伸手挠他痒痒，"不许耍赖皮！"

　　"那我可就说了啊，要是不符合你的想法，宝卿可别哭鼻子。"

　　宋毅可不怕挠痒，也就有对抗她的底气。

　　林宝卿见挠痒无效，便扑住了他，压在他身上。

　　"你才哭鼻子呢，快说！"

　　宋毅道："其实我说了也不算，最后还得看拍卖会上的成交额。"

　　"别耍无赖，你只需要说出你最看好哪幅画就行了。"

　　林宝卿对他的无赖习以为常，干脆轻声说了出来。

　　宋毅笑道："那我说了啊。"

　　林宝卿作势欲打，宋毅马上说道："《皇清职贡图》吧。"

　　"说说理由……"林宝卿心下一惊，看不出来，宋毅这家伙还真有两把刷子。

　　宋毅笑着侃侃而谈："这可是真正的精品啊，工笔彩绘关东、福建、台湾、湖南、广东、贵州、广西各省少数民族生活、生产形象，一共有男女人物一百二十八个，还配有满汉文字说明。这样的手卷，放什么时候都是一等一的精品啊。"

　　林宝卿撇撇嘴说："你倒是好记性，老实交代，是不是以前见过？"

　　"典籍里有过记载。"宋毅笑着说道。

　　他博览群书可不是假的，重生后，精力充沛了许多，记忆力也增长了不少，说是过目不忘也不夸张。

　　"不过可惜啊。"

　　"可惜什么？"林宝卿好奇地问道。

　　"这东西我们不能拍。"宋毅说道。

　　林宝卿就更好奇了。

"为什么，既然都上拍卖会了，还有不能拍的说法吗?"

宋毅呵呵笑道："难道你没仔细看吗，下面小字上写着呢，此拍卖品仅限于境内博物馆、图书馆、国有企业单位竞。"

"有这样的字? 我怎么没看到呢?"

林宝卿真没注意到，居然还有这样的细节。

"你明天再去看看就知道了。"

林宝卿黑黝黝的眼珠一转。

"说不定你是在骗人呢。"

"要不要打个赌啊?"

"赌什么?"

宋毅嘿嘿笑道："我输了我主动亲你一下，你输了你主动亲我一下，怎么样?"

林宝卿笑着捏起粉拳捶他。

"死色狼，就知道你是骗我的。"

"你明天去看看就知道了。"

"算你说得对，我也相当看好这幅画，不过嘛，还得经过时间验证才行。"

林宝卿却觉得他是鸭子死了嘴硬，不去理会他，又缠着他问起他第二看好的书画是什么。

"这个虽然大家的看法不同，但我还是要说……"

宋毅嘿嘿笑着回答道，"我最看好的是张大千1945年作的花卉，四屏，水墨纸本的，我估计起码能拍个一百五十万以上。"

林宝卿上下打量着他，那感觉像看外星人一样。

"我真怀疑你是不是真的有看其他书画，怎么还能挑出其中最好的画来。"

"宝卿你也太小看我了吧，书画，这可是我的老本行，好坏真假都看不出来的话，那我该去撞墙了。"

宋毅一副含冤受屈的样子。

105

林宝卿不理他装委屈，只问道："那你有没有意思拿下这画呢？"

"看明天的情况吧。这样的画竞争者特别多，我虽然也追求质量，但这价格，哎，我穷啊！"

"你这也叫穷的话，那我算什么？"林宝卿对他的话嗤之以鼻。

"想买的东西太多，手里的钱太少，不叫穷吗？"

"那你还想着大肆收购，不需要花钱的吗？"

宋毅搂过她，耐心地解释道："我这样跟你说吧，这次拍卖会，我打算以金玉珠宝公司的名义拍下这些东西。"

林宝卿对其中的细节还不怎么理解。

"和自己买有什么不同吗？"

宋毅笑道："当然有，区别大着呢。以个人的名义买没有半点好处……"

"你还想有好处？不是喜欢就买下来吗？"

林宝卿对他的话越发疑惑起来。

"宝卿啊，你可别被其他人说的话蛊惑了。真正那样烧钱的人有几个啊！告诉你吧，像我们之前说的那件齐白石的《松鹰图》来说，我估计如果大家反应激烈一点的话，上百万应该是不成问题的。"

林宝卿摇头。

"宋毅你眼光还真是厉害，怎么就和我想得一样呢，你还花了那么多工夫在其他书画上面。"

"那是，也不看看我是谁。"宋毅很臭屁地说道。

"接着说我们刚刚提到的这个问题，齐白石的《松鹰图》，如果以金玉珠宝的名义拍下来，算一百万吧，买回去自然要挂起来撑门面，这笔账目要记在公司的固定资产里面，就像公司的厂房设备一样。"

林宝卿问道："还可以这样做账？"

宋毅笑道："对的，到时候这画和设备一样，算入固定成本里面，而且每年都会折旧的，按照每年百分之二十的折旧来算吧，再过四年，这幅画的就可以完全从账面上抹去了。"

林宝卿这才恍然大悟。

"我知道了，这样一来，公司的固定成本就会增加，就跟买车买房计入公司固定成本一样，可以合理避税对不对？"

"宝卿果然聪明。"

宋毅朝她竖起了大拇指，"孺子可教也。"

林宝卿低声抱怨道："那你不早说，还害我担心了那么久。"

"你又没问，都说叫你不用担心的啊。"

宋毅笑道："再说了，能借此机会让我知道你的心思，也不错。"

林宝卿白了他一眼，没和他多计较，马上开始计算起来，"这样说来，我们在拍卖会竞拍到越多的东西，就越划算咯。"

宋毅一副很谦虚的样子，"当然，不过我手头资金有限，只能捡一些小便宜了。"

林宝卿很鄙视他的这种谦虚，横了他一眼。

"不是还有那'金玉良缘'吗？如果真拍出去的话，就算把整个拍卖会的东西都买下来也不成问题吧？"

"事实上，我对那个能不能拍卖出去信心也不是特别足，不过就算拍卖不出去，我也不担心，花的钱就当做广告。话说，这广告效果还是不错的。"

宋毅随后又严正地纠正她的错误，"至于把拍卖会的所有东西都买下来？我们可不能这么干，做人要厚道，总得给人家一条活路吧。"

"厚道？"

林宝卿忍不住咯咯娇笑起来，这话从宋毅嘴里说出来怎么就那么搞笑呢。

林宝卿的笑声很快就遭到了惩罚，被宋毅揪着打了屁股，打得林宝卿羞红双颊，媚眼迷离，少不得又是一番不能尽兴的缠绵。但两人却是乐此不疲，尤其是林宝卿，对此兴趣很高，虽然白天消耗了不少精力，可她依旧能迸发出无穷的活力和宋毅玩亲亲。这让宋毅不由得感叹，青春就是好，让他可以尽情享受她活力四射的美好。

第二天照旧去拍卖会预展，这天的任务相对要轻松一些。

当然，也只是相对而言，因为宋毅最擅长的还是对书画的鉴赏，第一天的鉴定数目虽然多，但速度快；珠宝翡翠那项，宋毅和林宝卿不打算去看。这是明摆着的事情，家里就是开珠宝店的，自然不需要从拍卖会上竞拍珠宝翡翠回去。

但路过珠宝翡翠展区的时候，林宝卿还拉着宋毅去逛了会儿。

她喜欢听别人对这套"金玉良缘"的赞美，偏生宋毅这家伙也有这方面的恶趣味，两人便在翡翠珠宝展区站了好一会儿。

只见在这套炫目多彩的"金玉良缘"前面，一堆人围着议论纷纷，耀眼的灯光让这几件本就罕见的翡翠饰品显得格外美丽，散发着无与伦比的魅力，尤其对热爱珠宝的女人而言。旁边的珠宝首饰和它一比，差距就不用说，简直一个天上一个地下，完全不在同一个档次上。

"这套翡翠首饰的价格不便宜吧？"

"没看见吗？起拍价就是两千五百万。"

"话说这套翡翠首饰真值这么多吗？"

"这你就不知道了吧，去年香港像这样一条项链就拍出了四千多万港币，那项链总不会比这更好吧。反正我是无法想象世界上还有比这更漂亮的项链。还有这大戒面，这个头，啧啧，要知道，翡翠戒面越大越难得，像这样没有一点毛病的简直是凤毛麟角。还有这手环，最极品的艳绿玻璃种，能见到就算福气了。"

"我最喜欢这胸花，这设计真是没话说了，说是大师级的手笔也不为过。"

"是啊，这金玉珠宝还真舍得投入，我看他们送这'金玉良缘'来参加拍卖会，纯粹是为他们自己做宣传。王总手段也不错啊，竟然能把这样极品的翡翠请到拍卖会上来。"

"嘿嘿，你说要是真有人将这'金玉良缘'拍走了，金玉珠宝会不会哭啊，这可是他们的招牌啊。"

"那倒不会，到时候报道金玉珠宝的'金玉良缘'拍出了史上最高价，他们不乐死才怪。"

臭美的林宝卿和宋毅两人在旁边听了好一阵子，相视而笑，悄悄撤退，真让别人发现金玉珠宝的幕后掌控者竟然在这展台前面偷听别人的马屁，那可就糗大了。

出了珠宝翡翠展区后，林宝卿就打趣宋毅说："这就是你想要的效果对吧？"

宋毅一脸得瑟地说道："还好，还好。比我想象中只差那么一点。"

"你还一点都不知道谦虚呢。"

林宝卿噗嗤一声笑了出来，"接下来看什么？"

"去油画区看看吧。"宋毅说道。

林宝卿自然唯命是从，反正她只负责记录赝品就行。

油画和雕塑区的拍品数量并不多，也就七八十件，宋毅也让林宝卿记了一些编号下来，不过这次和之前不同，记的是哪些要拍的，他还怕林宝卿记错了，还特别嘱咐了她几声。

"知道啦。"林宝卿脆生生地回答道，心里也在胡思乱想着，宋毅这家伙是不是犯了同行相轻的毛病。

宋毅可不知道她是什么心思，他对未来的油画市场非常熟悉，哪些画家有名，画作卖得价格高，哪些一直不招人喜欢，作品也不怎么卖得出去，他都一清二楚。

真说起来，要是宋毅只当画家的话，这生活还真有些混不下去了。

除了油画之外，另外一个重头戏便是瓷器杂项。

林宝卿也来了兴致，瓷器历来便是古玩行家们的最爱，它代表着几千年的文化，更成为洋人心中中国的象征，从瓷器鉴定中，也能看出一个人的水平到底如何。

但是，在看了展厅里面展出的瓷器之后，宋毅也得出了结论，王蓓的渠道有限，的确不能和瀚海这样的顶级拍卖公司相比。

这里面的瓷器，真正的精品并不多，有收藏价值的也不多。

宋毅虽然决心帮王蓓的忙，但他绝对不会拿自己的利益来为她锦上添花。当然，现在他做的，在王蓓看来，也许就是这样的事情，但宋毅是不会去解释的。

不过，其中值得投资的瓷器还是有的，宋毅就让林宝卿帮着记录下来，比如清雍正的黄釉小碗、青玉执瓶童子，清乾隆的雕龙纹香炉、白玉龙耳香炉，这些小东西的价格不贵，也就十来万的样子，将来还是有升值空间的。

林宝卿对香炉情有独钟，也在香炉的编号前重重地抹上了一笔，宋毅不用看就知道她的心思，那意思就是，一定要拿下这香炉。

两人的预展看下来，宋毅累得不行，林宝卿也是如此。

这时，王名扬又走过来，拉着宋毅一起去吃饭，同行的还有王蓓，去的还是上次那家东城私人会所。

王蓓和王名扬的热情自然是有原因的，他们很快就问起宋毅对这次拍卖品的看法。

宋毅也就实话实说。

"我看这次拍卖会的品质想要赶上之前瀚海的那场还是有点难度，不管是书画还是瓷器，这两大项目中，真正的精品数量比起来要差上不少。"

王蓓也点头同意，她也很坦然。

"我们的渠道比他们差了不少，也亏得小毅你肯鼎力支持，要不然，我们这次肯定是输定了。"

宋毅对她倒是颇为欣赏，话锋一转。

"但是超过他们却是有可能的，关键就看我们的'金玉良缘'能否拍卖出去。"

"那这成交率怎么办呢？"王名扬担心地问道。

宋毅笑道："这个没什么问题，我看很多东西还是很有收藏价值的。这样吧，王姐你多给我几个竞拍的牌子，王哥你帮我一个忙，找几个人过来，让他们拿着这些牌子，拍一些我想要的东西。到时候我自己也会举牌拍一些想要的东西，这样下来，应该就差不多了。"

王蓓和王名扬忙谢过他，几人商定，就等着第二天的拍卖会了。

宋毅也对王蓓和王名扬直言，他这次主打就是中国书画和瓷器，其他的项目宋毅可帮不上忙。

但这足以让王蓓和王名扬感恩戴德了，他们也不能指望宋毅会去买拍卖会上的珠宝翡翠，说句不好听的，那样的东西金玉珠宝要多少有多少，根本就没必要买。

这时，林宝卿做的记录就显得非常重要了。宋毅让她把记录拿出来，记录中，那些重要的东西就由宋毅和林宝卿出面去拍，除了两人想要拍的东西之外，还有就是一些心存疑虑的，可能是赝品或者假货的，或者是没有任何升值空间的。

当然，这些是王蓓和王名扬不知情的，王名扬要做的，就是安排人手将除了记录之外的这些全部拍下来。

"那就拜托王大哥了，其实也很简单，只要他们每次出个最低价就行。"宋毅将记录的纸交给王名扬时，再三嘱咐道。

"没问题，这件事交给我去办，到时候老哥我也会赤膊上阵的。"王名扬拍着胸脯答应下来。

宋毅自是点头称好，王蓓更是迭声谢过宋毅，这一来可是帮了她大忙了。

把这件事交代妥当之后，几个人也没多停留，王蓓和王名扬让宋毅两人好好休息。他们则各自忙开了，王蓓还要张罗拍卖会的事情，王名扬则要安排两个人和他一起参与拍卖会。

宋毅和林宝卿回酒店后，照旧是爱清洁讲卫生的林宝卿先去沐浴更衣，宋毅则继续挥毫泼墨，见过其他名师的大作之后，对他的画技也有一定的启发。

好好地休息了一个晚上，翌日，兴奋的林宝卿很早就醒了过来，她醒来的时候，宋毅还没起床。但宋毅已经醒了，看林宝卿就要翻身起来，诧异地问她："咦，你今天不多睡会儿，今天可能会比较辛苦哦。"

林宝卿却揉揉眼回答说："不睡了，激动着呢。"

宋毅笑道："那到时让你举牌好了。"

林宝卿嘿嘿笑道："这活我喜欢干。"

其实王蓓给了两人两张竞拍用的牌，可林宝卿要抢着举牌，宋毅自然不会去凑热闹，除非两人联合着抬价。但那也该是在他们送拍的几件东西拍卖的时候。

林宝卿起床的时候，宋毅还逗她说走光了，岂料林宝卿被他骗得多了，根本不理睬他，依旧大大方方地穿衣服，如此一来，却是别有一番风味。

这也惹得宋毅兽性大发，笑着将她扑倒，和她亲热好了一会儿，这才放开她。

但这时林宝卿已经被宋毅这色狼弄得气喘吁吁，浑身都没力气了，不得已，又躺下去睡了会儿。

这一折腾，又等到阳光照进房间的时候，林宝卿才起身，还抱怨他说："都是你这坏蛋害的，本来人家想早点起来，以后都要变懒虫了。"

宋毅却笑道："睡眠不足可是女人最大的敌人，我这可是为了宝卿你好。"

"全世界就你有理。"

林宝卿嘻嘻笑着起身，洗漱后和宋毅一起吃早点。

看看还有时间，林宝卿又认认真真地打扮了一番。

宋毅不让她化妆，她青春靓丽，哪需要和那些上了年纪的女人一样涂脂抹粉的。林宝卿本来也没有化妆的习惯，可穿什么样的衣服，该怎么搭配，还是让她伤了一阵脑筋，最后还是宋毅帮着她出主意，帮她选了套成熟一点的黑色连衣裙换上。

宋毅自己则是一身深蓝色的西装，林宝卿看了半天，说了一句：还像个样子。

两人在镜子前折腾了一番，相互恭维，说的话肉麻得自己都不忍心听下去了，然后这才出门，下楼去国际大饭店的大宴会厅——拍卖会的举办地点。

参加这次拍卖会的人不少，王名扬和王蓓在大宴会厅的门口招待客人，见两人携手到达之后，他们也松了一口气。宋毅没一点觉悟，还和王名扬开玩笑说："今天我可就不和王大哥坐一起了，嫂子等下要过来吗？"

王名扬笑着回答说："她已经进场了，你们快进去吧。我就不当电灯泡了，自己找位置坐就好了。"

宋毅点点头，带着林宝卿进去了，他没有选择最前面，而是和林宝卿一起坐在最后排。这样的话，闲暇的时候，还可以出去透透气。真要一直坐在里面，会闷死人的，这也是两人的一致看法。

林宝卿拿的牌子是一百九十号，宋毅拿的一百二十一号，牌号倒是无所谓，林宝卿和宋毅两人更关注的是场上的竞拍者。

这次拍卖会上来的竞拍者天南海北都有，这点从他们说话的口音就可以听得出来，但因为拍卖会是在北京举行的，总体而言，还是北京人占了大部分。

整个拍卖会场热热闹闹，就像是菜市场一样，林宝卿素来喜欢热闹，也拉着宋毅说个不停。

直到王蓓和一位中年男性拍卖师上台后，下面才渐渐安静下来。

宋毅也没听那些客套话，和林宝卿小声聊着天。

十点整，拍卖会正式开始。

整场拍卖会是按照图录编号顺序进行拍卖的，排在第一位的是张大千和于非闇合作的花鸟图，立轴，设色纸本，也就是绘在宣纸上的彩色字画。

这幅画宋毅仔细看过，没什么问题，不管是钤印还是款书，都与资料相符。

钤印也就是书画完成前最后一个重要的步骤，具体而言就是盖印章。这钤印也是有讲究的，必须符合整幅画的布局章法，要不然画龙点睛不成，反倒成了画蛇添足。

而这幅画的款书也写得很清楚。

（1）此是二十年前旧作，彼时正从陈老莲，结合敦煌壁画与宋刻丝试行创作，还未能从青桐本身寻求骨法用笔。颜地同志得此画嘱题并为润色。

（2）桐实嘉木，凤凰所栖，爰伐瑟琴，八音克谐，报以永言，噰噰喈喈。大千居士补文鸟，并画郭璞梧桐赞于上。

宋毅对他自己现在的记忆力也是越来越满意了，前两天看过的还能记得一清二楚，这对于鉴定古玩文物可是非常有好处的。一个鉴定大师，首先得有丰富的阅历和知识，得熟记很多典籍资料。

整幅画的风格，款书的字体都是张大千、于非闇的风格，当初宋毅一眼扫过去，就辨别了出来。

宋毅估计，这样的一幅图，应该会有很多人喜欢，王蓓将其安排在第一位，也是个不错的选择。

很快，台上的拍卖师就喊了出来。

"张大千、于非闇花鸟立轴，起价五万八千。"

台下马上就有人举牌，价格也跟着一路飙升。

"六万！"

"六万五千！"

"七万！"

……

价格一路加了上去，看起来大家都想博个开门红，林宝卿则悄悄和宋毅说着话，静观事态发展。

虽然每次加价的幅度并不大，最高也就五千，但这价格涨起来还是很快的，不一会就超过了十万。

拍卖师在台上卖力地吆喝着，"十四万三千一次，还有没有出价的……"。

"十四万三千两次……"

先前的竞争很激烈，可上了十万之后，竞拍的人就渐渐少了，宋毅给林宝卿递了个眼色过去，林宝卿在那拍卖师将要喊出第三次的时候，马上举牌喊道："十四万八千！"

"好，现在一百九十号的小姐出价十四万八千，还有没有哪位要出价的，六十五号这先生出价十五万！"

林宝卿马上又举牌，不过她加得不多，她和宋毅商量过，按目前的行

114

价，十万就差不多了，但在拍卖会上，决定价格的因素多些，可她还是加了价，算是给王蓓面子。

"十五万三千！"

很快，六十五号的中年男人举牌。

"十五万五千！"

"十五万八千！"

林宝卿举牌，决心拿下这一城，她也极有耐心，反正不怕和别人拼，但多花钱也不是她的风格。

结果那中年男人马上就退缩了，没再举牌。

这让林宝卿一阵唏嘘，台上的拍卖师叽里呱啦说了一阵，也没能再煽动起别人的情绪来，估计大家都留着劲在后面使。

最后尘埃落定，拍卖师举锤落下。

"十五万八千第三次，成交！恭喜一百九十号的小姐，这幅画就归你了。"

林宝卿除了接受别人的注目礼之外，连坐在前排的王蓓都回过头来，不管怎样，都算是在开场掀起了一个小高潮。

林宝卿低着头，轻笑着对宋毅讲："很有趣的样子，难怪那么多人热衷于在拍卖会上一掷千金，这样的感觉真不错。"

"所以说，花钱也是一门学问。不过，这才只是个开始，好戏还在后面呢。"宋毅笑着回答。

"那我们就拭目以待吧。"

林宝卿是天生的乐观性子，有好戏瞧她自然不会错过，而且乐于投身其中推波助澜。

宋毅和林宝卿两人倒是自得其乐，王蓓的心情可就不像他们那么好了。

因为她还没从开门红中回过味来，现实马上就给了她一记闷棍。

第一件拍卖品拍卖完之后，台上的拍卖师紧接着进行下一件的拍卖，就算一件拍卖品拍卖一分钟，将近四百件作品也需要六七个小时才能拍

完，自然得抓紧时间。

原本预定一个上午的时间是肯定不够的，不过现在已经没人关注这些。拍卖公司的人心里想得是最好全部拍卖出去，而且都是高价拍卖出去；买家则希望竞争的人不要太多，以合理的价格拿下心仪的东西就好。

让王蓓很受伤的原因是，第二件拍品开拍的时候居然就冷场了，拍卖师在台上大声吆喝着："第二件拍品，齐白石的《多子图》，起拍价一万块。"

台下却没人响应，人们似乎全都忘记了有拍卖这回事，和刚才第一幅画大家热烈追捧的场景相差太大。

不知情的人还当他们还没从刚刚的拍卖中回过神来，但大家都不是傻子，早就有人忍不住嘟囔着，"什么《多子图》，不就是一只螃蟹吗？"

"虽然是齐白石的真品不错，可这幅画，也太简洁了……"那人说起来，有种闻者伤心见者掉泪的意味。

王蓓听了这话更郁闷，这才刚开场啊。同时，她也下定决心，将公司整顿一下，这样的作品怎么能放在第二位呢。

这时候，她也希望有人能挽救她于水火之中。

眼瞧着再没人举牌这件拍品就要宣告流拍了，这时候，终于有人站出来救王蓓了。

举牌的人是王名扬，除了他之外，也没人对这幅画有兴趣。

拍卖师数了几下，没人和王名扬竞拍，于是，落槌定音。

虽然是王名扬举的牌，可不管是王蓓还是王名扬，都知道，他们这是承的宋毅的人情，没开场就流拍就好。

林宝卿也在宋毅耳边悄声说："看起来这拍卖公司的人水准不怎么样啊。也亏得有你这个冤大头，要不然，他们这面子可就折了。"

宋毅笑而不语，谁说参与拍卖会的都是傻子来着，大家心底雪亮呢。而这时来参与拍卖会的，都是各行各业的精英。在1995年，还远没有达到全民收藏的程度。

但是，他们却没想到，在后面的十几年，只要是名家画作，基本没有

116

低于十万块的，哪怕是只有一只螃蟹的齐白石的作品。

因为那时候粥少僧多，好画大都被前面的人收藏起来了，流落市面的真品很少，价格嘛，自然而然也就高了上去。

"要我说这大师就是大师，随便画画都能卖钱，到时候你成名了会不会也这样？"林宝卿还在宋毅耳边轻轻嘀咕着。

宋毅笑着回答说："我倒希望如此啊，那样的话，我每天画他个十几二十幅画，我俩的儿女都不用愁了。"

"你就臭美吧你。"林宝卿欢喜地嗔道。

很快，场上情况又有了新的变化，拍卖师叫出第三幅画的名字，同样是齐白石的作品，这幅是立轴的《紫藤图》。

不用说，不管是立意还技艺、画风还是大小，都不是刚刚那幅《多子图》能比的，起价两万块，也让很多人趋之如鹜。

"两万五千！"

"三万！"

"五万！"

"……"

激烈的竞拍声此起彼伏，这让王蓓的脸色稍稍好看了一些。

最后，齐白石的这幅《紫藤图》以十万两千块的价格成交。

林宝卿也知道不可将风头出尽的道理，这次竞拍她没有参加，在她看来，这幅画的价值也就六七万的样子。

这时又不像第一幅画，和别人争夺没什么特别的意义，自然就不需要她出面。

接下来的场面有些波澜不惊，直到刘奎龄的《动物小品》扇面出现，一共六幅扇面一起拍卖，这才创出一个新的高潮，以总价二十四万的价格成交。

宋毅和林宝卿还是没出手，说起来，这扇面也是很有市场的，古代的文人雅士都爱拿个扇子显摆，这也导致了后来大家在扇面上作画写书法的爱好。甚至有拍卖公司专门做扇面的专场，据说拍卖的反响还不错。

上午，大都是张大千、齐白石、吴昌硕这类大师的画作唱主角，但真正意义上第一次激烈的竞争却在拍卖会举行一个半小时左右，出现在第六十六号拍品。

那是一副齐白石的立轴山水画，一共四幅，山水一色，茅舍隐约山水之间，碧树芳草，栩栩如生，不管是风格还是画意，都当得起大师的水准。

一直沉寂的林宝卿这时候开始发力，频频举牌。

但是，想要从众多竞争者中杀出一条血路还真不是件容易的事。

尽管林宝卿已经出到五十万的高价，可还是有好几个竞争者毫不犹豫地跟着举牌。

"五十二万，第一次，还有没出价更高的……"

林宝卿望了宋毅一眼，看他的眼里尽是鼓励和支持，当即就拿出勇气，举牌高喊道："五十五万！"

林宝卿先前一般都两千三千往上添，这回忽然添了三万，表明了她势在必得的决心，也让台上的拍卖师更加激动，声音也跟着亢奋起来。

在座懂行识货的可不少，知道齐白石这几幅山水画价值的也大有人在。但在拍卖场上，不同于平时的古玩市场，除了眼力的比拼外，还要进行财力上的比拼。

宋毅在旁边给林宝卿打气说："说不定这样一来就吓住人家了，我们也可以低于预期的价格将其拿下来，这幅画我们的预算是八十万，宝卿你看着花吧。"

林宝卿很享受这种花钱的感觉，尤其知道宋毅的财政预算之后，更是大着胆子喊价，就是不知道有没人愿意陪着她玩。

识货的人不少，即便林宝卿叫出了五十五万的高价，还是有人跟着喊价，一个是五十来岁很有文艺味道的男人，还有一个则是七十来岁的老头。

宋毅不怕花钱，林宝卿自然没有替他省着的道理，这时候的竞拍场就像战场，自然也没有什么尊老爱幼的说法。在他们一万两万加价，最后超

过六十万时，林宝卿一口气又将价格抬到了六十八万。

台上的拍卖师自然是欢喜异常，激动地报着数，同时极尽煽动之能事，可任他舌灿莲花，那中年人和老头都沉着脸，没有再加价。

不用想也知道，这价格大大超出了他们的预算，瞧林宝卿的架势，那是志在必得的。他们要拿下来的话，起码得七八十万以上了，虽然在场的大都是有钱人，但花太高的价格买这画可不是他们愿意的。何况年轻人的冲劲一旦上来，比老行家更可怕。

"六十八万成交！"

拍卖师最后落槌，同时不忘记恭喜林宝卿收获这件珍贵的藏品，这把戏拍卖师自然是做得炉火纯青。

林宝卿落落大方地接受了拍卖师的祝福，没有太多的兴奋，淡定的她表现堪称完美。

宋毅在旁边悄悄说道："宝卿真是厉害，帮我省下了十多万。这幅画我本来预算是八十万的，看来接下来的拍品都要交给宝卿了。"

"你可真会偷懒。"

林宝卿笑笑，她哪会不知道宋毅这家伙打的是什么算盘，他不喜欢出风头就把她推到前台去，不过，她喜欢这种感觉。

两个年轻人若无其事的样子也惹来不少人的关注，这年头收藏也是一个坎，能在这些老行家手里抢到好的藏品可不是件容易的事。不少人也在心底猜测，这两人来头不小。

但很快，紧张的拍卖会现场气氛就让他们忘记了这些，专注于他们自己想要的藏品，现场一般的拍卖品竞争算不得特别激烈，但好的藏品往往引得众人一拥而上，那价格也是嗖嗖地往上蹿，手头实力不够的也只能望洋兴叹。

宋毅和林宝卿也没怎么出手，他们两个倒是悠闲，说说闲话聊聊天，点评一下拍卖的藏品，时间一下就过去了。

倒是忙坏了王名扬，他现在就像是救火员，在冷场的时候举牌挽回局面，让场面不至于太过冷清。

王名扬搞得手忙脚乱，让王蓓觉得有些愧疚，心里也下定决心要在下次拍卖会时将藏品好好斟酌一下，这次有宋毅帮忙救场，下次可不能指望他能像今天一样了。王蓓心底也明镜似的，想要提高拍卖公司的影响力，必须得在藏品上下工夫。

只是，这话说来容易做起来难，王蓓在收藏这行只能算是新手，拍卖公司也刚建立不久。哪像那几个主要的竞争对手，都有响当当的收藏界大腕坐镇，货源充足人脉广，这是王蓓没办法比的。

上午的拍卖会在《皇清职贡图》出来后气氛达到了顶点。

这样的藏品自然是万中无一的好东西，但宋毅和林宝卿两人只能干看着，林宝卿还略有微词。

"可惜了这样的好东西不能拿到手，如果我猜得没错的话，这幅画应该是书画场价格最高的了。"

宋毅笑笑不语，其实不只是宋毅两人，在场的绝大部分人都只能干看着，这件藏品珍贵异常，以至于国家规定只能由境内的博物馆、图书馆或者国有企业竞拍，这就大大限制了购买者的身份。

当然，这些国有单位都是有钱的主，也舍得花钱，在这幅画的争夺上不遗余力，价格也就水涨船高，最后拍出了二百八十多万的高价。

现场气氛一片沸腾，这幅画的价格也是整场拍卖会到目前为止价格最高的。

这也创了一个新纪录，看王蓓的笑脸就知道了，不用想宋毅也知道，媒体报道这场拍卖会时，又会拿出来炫耀，诸如收藏品价格再创新高，收藏形势一片大好之类的。

只有林宝卿在旁边撇撇小嘴说："王姐最高兴不过了。"

"小心王姐听见，她也是没办法，国家有这规定，也算是对文物的保护，有一定的积极意义。"宋毅笑着说道。

其实看林宝卿撅着小嘴的样子也蛮有趣的。

"有积极意义才怪呢。"

林宝卿很不以为然，但也没有纠缠下去。

　　林宝卿盘算了一下，上午的拍卖会没有什么好藏品了，便开始思量起撤退的事情。

　　"照这样的速度来看，今天能把书画拍卖完就谢天谢地了。明天还得拍卖古籍善本，我们期待的珠宝玉石拍卖得放到明天晚上了。"

　　"拍卖品太多了的缘故。"

　　宋毅点头说道："将近四百件拍卖品，可不是三言两语就可以拍卖完的。古籍善本也可以好好淘淘，这次孤品、珍品都不少。"

　　林宝卿笑道："也是，不过珠宝首饰放在晚上拍卖最好，我可是迫不及待地想要见到'金玉良缘'在夜晚的灯光下璀璨耀眼的模样，也不知道到时候能拍出什么样的高价来。"

　　"到时候自然就知道了，没什么好东西的话就先去吃饭吧。下午张大千、徐悲鸿的几幅画都值得出手一搏，先养好精神再说。"

　　宋毅的底气其实也不是特别足，毕竟，大陆和香港的形势不一样，在香港拍出高价的在这里拍不出高价也不是稀罕事，就看王蓓能不能联系到有钱人了。

　　林宝卿点头表示同意，她早就有这样的心思，拍卖会气氛固然很热闹，但她更享受单独和宋毅相处的时光。

　　反正有王名扬帮着收东西，宋毅两人走得很潇洒，甜蜜地在酒店吃了午饭，然后回房间小睡了一会儿，三点之前两人便精神抖擞地到了拍卖会场，准备竞拍下午的藏品。

第五章　张大千《花卉图》流传有序，
　　　　宋毅为竞真迹不惜与富人比拼

　　错失《皇清职贡图》，让宋毅五内郁结，而张大千的《花卉图》又让宋毅热血沸腾。这幅《花卉图》作于 1945 年，无论从技法纸张，还是从钤印、款书、著录上都找不出任何破绽，确实是张大千流传有序的真品。张大千的作品一贯受人追捧，这四屏《花卉图》又是张大千作品中的精品，数量上也占了优势，价格想低都不可能，因此拍卖会就成了富人们比拼财力的战场。

　　与上午不温不火的拍卖不同，下午的拍卖会很快就进入了高潮。

　　开场没几分钟，就到了徐悲鸿的《双骏图》的拍卖。

　　这次拍卖会真正有收藏价值的藏品并不多，但这件，却是在场行家大佬们一致看好的藏品。

　　这幅《双骏图》创作于 1937 年，上面不仅有徐悲鸿的钤印，还有傅增湘、柳亚子题，陈帆秋、经熙渊、于右任等著名收藏大家的题印。

　　宋毅亲自看过，确实是件流传有序的真品，这样的好东西引起大家的竞争也不奇怪。

　　至于《双骏图》的价格，自然不用多说，从最初的底价二十万元一路飙升，到了七八十万元还有一群人举牌竞拍，要知道，上午最高价也就林宝卿拍下的那副六十八万元的画。

　　两人对这幅画也是志在必得，林宝卿也跟着进入状态，跟着举牌，但

这次她并没有一下抬高价格，她可不笨，这时候竞争的人有点多，得悠着点来才行。

"一百号这位先生出价九十万，还有没有更高的，九十万第一次……"

兴奋的拍卖师还没说完，下面就有人举牌叫道："九十一万！"

宋毅一直在仔细观察，对长期混迹拍卖会的他来说，这里面的门道他非常清楚。这年头的拍卖会还不像后世那么疯狂，几千万一亿随便砸，在没有看清未来的收藏形势之前，是不会有人疯狂加价的。宋毅自己则是个例外，他是重生的，自然知道后来全民皆收藏的疯狂局面，那时候，就算你再有钱，也不一定能收藏到好东西。很多爱收藏的人，都不会将收藏品轻易出手，在拍卖会上买到好东西的机会也是越来越少。

当然，举牌的很多人都会找人帮忙拍的，尤其是一些业界的资深大佬，他们出手就证明了一种风向，比如这件藏品是否值得收藏，这时候，他们为了能将藏品顺利拿到手，就会找代理帮忙竞拍。因此，谁也不知道不起眼的人是不是在帮着哪位收藏大家竞拍。

但宋毅经验何其丰富，仔细分析的话，还是可以看出一些端倪来的。

从这幅《双骏图》的拍卖价格递增幅度就可以看出来，虽然价格已经被抬到了九十多万，可都是一两万这样加上来的。

竞拍价格达到一百万的时候，还继续举牌的人已经没几个了，而林宝卿在宋毅的授意下，上了八十万之后，就再没举过牌，只是仔细观察着这些竞拍者，并随时关注着竞拍价格。

当然，林宝卿心底也有些小小的紧张，她出身于收藏世家，从小就养成了一个习惯，见到好的藏品自然想收藏起来，跟着宋毅久了，这习惯更是深入骨髓之中。极其稀罕难得的徐悲鸿的《双骏图》自然也在她的收藏范围之内，她之前虽然跟着父亲林立军去过拍卖会，但大都是去看热闹的，那时候她家本钱小，也没实力去竞争这样众人瞩目的收藏品。

现在不一样了，手里有钱底气也足了，用宋毅大言不惭的话来说，就算是国宝我们也可以争上一争。

"一百万第一次，还有没有出价更高的……"

台上的拍卖师熟练地报着价，话语速度也比较快，更加将这种紧张的气氛推向了高潮。

"一百零一万！"

"一百零一万五千！"

"一百零二万！"

林宝卿有些诧异，怎么到了这时候，这些家伙的加价幅度反而更低了呢。她有些不解地望向宋毅，宋毅告诉她说："依我看，快到顶了，宝卿准备好发力吧。"

这让林宝卿欣喜不已，不过她还是表现得很沉稳，静静地看着别人加价，虽然手里有钱，可花钱也是有讲究的，怎样花钱也是一门学问。

"一百零四万五千第一次，还有没有出价更高的。"拍卖师那略显沙哑的声音依旧亢奋。

"一百零四万五千第二次，大家抓住机会哦。"

拍卖师环顾四周，语气语调，手上的速度顿时放缓了不少，他心底也很清楚，这是整场拍卖会上为数不多的超过百万的藏品，当然是越多人竞拍越好。

不用宋毅提醒，林宝卿也知道该行动了，她立刻举牌，同时报价道："一百零六万！"

"一百九十号的小姐出价一百零六万，还有没有谁出价更高的。一百零六万第一次……"

拍卖师的声音再度兴奋起来，横空杀出的黑马也让众人精神为之一振。

"一百零八万！"

宋毅和林宝卿两人都看得分明，是先前报价最高的那个人，四十来岁的中年人，长得没什么特点，也不是他们印象中的收藏行家，应该是帮别人代理的。

"有竞争才有乐趣。"

宋毅轻声说道，他也不指望一下就把对方打趴下，那样也太没趣了。

"一百一十万！"

有了宋毅这话，林宝卿底气就更足了。

那人跟着报价，"一百一十万零五千！"

"一百一十二万！"

林宝卿波澜不惊地报价，同时却小声说道："看你还敢不敢跟着加价。"

宋毅笑笑，心道这才是她真正的小女生的模样。

台上拍卖师自然乐得不行。

"一百一十二万，还有没有出价更高的？"

可他即便放慢了语调速度，环顾了一圈之后，还是没有人举牌，他也只得继续自己的本职工作，在缓慢报过两次一百一十二万这个数字之后，还不见有人举牌，他终于落槌，同时大声说道："恭喜一百九十号的小姐拍得这件珍贵的《双骏图》！"

再次勇夺头筹，林宝卿再度吸引了全场人的瞩目，但看到她这张陌生的面孔，很多人更愿意相信她是帮某位收藏大佬竞拍的，她挑选的时机，加价的幅度把握，可谓炉火纯青。

在场的藏家，囊中羞涩的还是占了大多数，照她的竞价幅度，争得过她的人还真不多。

将这幅珍贵的《双骏图》竞拍到手，林宝卿自是喜不胜喜，根本没去关注别人怎么看怎么想，她满脸得瑟地轻叹着对宋毅道："这就投降了，真是太没趣了。我本来还做好了准备，打算和他多交手一阵呢。"

宋毅笑着握住了她柔软的小手。

"你这明显是得了便宜还卖乖。"

心底却叹道，由此看得出来，真正有超前眼光的人还是不多，肯为之下重注的就更少了。重生者的优势也被宋毅发挥得淋漓尽致，不需要记忆每件藏品的具体价值，也不可能记得起那么多，只要知道趋势，手里有足够的资本就够了。

"别把所有人都想得跟你一样。"

林宝卿杏眼流波，却没阻止宋毅的流氓行径，只说道："我估计他们的心理价位应该就在一百零四万五千块，看他们后面都跟得有些勉强。"

宋毅道："说到底，还是宝卿的时机把握得好。"

林宝卿一笑，想想又问道："你说他们是不是觉得这幅画不值这么多？"

"是他们没正确认识到这幅画的价值，也有可能是资金不足，或者那人背后的高人并没有把我们这种愣头青计算在内，导致了给的预算不够。不管怎样，我敢肯定，他们以后一定会后悔的。"

"你这么一说，也确实有这可能。"

林宝卿再次望向刚刚和她竞价的那个中年人，若有所悟地说道。

林宝卿目光一转，看到王名扬在给他们打手势，是想恭喜他们，她忙拉了宋毅一起，给了王名扬一个会心的笑容。

这次高潮之后，接下来的几件卖相一般的拍卖品又遭遇了冷场，王名扬这个救火员又得出马，以最低价拿了下来。

宋毅笑着对林宝卿说道："如此一来，倒是辛苦王大哥了。"

"这是他乐意做的事情。"林宝卿回答说。

"话又说回来，我怎么觉得拜托他买的这些书画更有赚头呢。"

"宝卿竞拍的这些才是最主要的，而且是无价的。"宋毅道。

林宝卿可不是那么容易被他忽悠的。

"这些藏品固然好，可你买来主要用于自己收藏，即便要交流出去，赚的也不会太多。这些高价格的藏品也更对王姐他们的胃口，可是他们没有想到，你看似委屈，为了帮他们保全面子的而买的这些普通藏品才是最有赚头的。这样想来，你还真坏，得了便宜还卖乖。"

"近朱者赤，这是跟你在一起时间长了的缘故。"

宋毅也不反驳，林宝卿也算是个行家，只要点透未来的收藏趋势走向，她会做得相当出色，即便她并不是清楚，未来究竟是怎样的。

两人轻松地说着闲话，林宝卿偶尔兴致来了，举牌哄抬下价格，也算是对王蓓有个交代，但她并没有真正出手。

直到竞拍张大千的《花卉图》时，两人这才打起精神面对。

竞拍的张大千的这幅《花卉图》作于 1945 年，不管从技法还是纸张，或者从钤印、款书、著录，宋毅都找不到任何破绽，他确定这是名副其实的真品，而且是流传有序的。

对大部分人来说，流传有序的才是真品的保障，因此也造就了这样的藏品大家一拥而上，价格居高不下的局面。

宋毅并不是特别在乎这些，他只相信他的眼睛，鉴定藏品真假，这也是他参加拍卖会之前必做的功课。

首先鉴定真假，确定是真品，然后才去思量价值之内的问题。宋毅在拍卖会见过太多的赝品，不得不小心一些，所幸这时候还不像后来那样人心不古。

不过真说起来的话，赝品想要瞒过宋毅的眼睛还是非常有难度的。

如果说先前徐悲鸿的《双骏图》将整场拍卖会的气氛推到了一个高潮的话，那么现在张大千的《花卉图》就是整场春季书画拍卖会的最高潮。

拍卖公司估计在两百万以上，这不是没有原因的，张大千的作品一贯受人追捧，而这四屏的《花卉图》又是张大千作品中难得的精品，四屏就是四张，数量也占优势，价格想低都不可能。

而且，这不像先前沈焕的《皇清贡职图》那样，估价只有一百多万却拍出两百多万的高价，那是国有企业财大气粗的缘故。这《花卉图》是由众多藏家竞拍，价格不会飙升得太离谱，但断然不会低到哪里去。

果然，刚一开始，对这幅画的竞争就非常激烈。

搞得台上的拍卖师都快忙不过来了。

林宝卿闲得无聊，举过几次牌，但都淹没在人潮中，掀不起一丝浪花，这让她无奈地对着宋毅笑了笑。

宋毅也在心底恶意地猜想，很多藏家只是想过一下瘾，既然都来了，总不能白跑一趟吧。这样热门的藏品价格肯定不会低，举举牌，证明自己来过也好啊。

把这想法对林宝卿说了，她乐不可支，还说宋毅这家伙想法太恶

劣了。

"不信你瞧着好了。"

宋毅便让她仔细观察，林宝卿一看，还真像他说的那样。

大浪淘沙，能笑到最后的只有一个人，其他人都是配角，但也正是有了这些配角的存在，才让竞拍者有胜利的感觉。

像宋毅委托王名扬低价收货，几乎没有任何阻挠，虽然能赚还能赚得王蓓等人的人情，但林宝卿和宋毅都感觉没什么成就感，原因就在这里。

"宝卿这样的红花也需要我这样的绿叶来衬托嘛。"宋毅如是说道，惹得林宝卿笑个不停。

两人说笑间，竞拍价格就过了一百五十万，这时候竞拍的人就不像之前那么多了，拍卖师也不再忙得晕头转向。真拍下来又拿不出钱来买的话，会被打入黑名单的，名声也会被搞臭的。

因此，到了一百多万将近两百万的时候，实力不足的就纯粹看戏了。

同时，他们也在心底有隐隐期待，不知道先前那个小姑娘，会不会再度出手搅局，到时候一番乱战，又会是怎样热闹的场景。

林宝卿先前凑了一阵子热闹后，也不怎么举牌，只看着竞拍价格一路爬升到了两百万，竞拍的人数却还有七八个。

宋毅在旁感叹："有钱人还真多啊，看来想拿下这幅画不那么容易了。"

"你就装吧，反正你出钱，我有信心将它拿下。"

林宝卿对他的话略有微词，同时又踌躇满志。

单纯以她从小经营古玩买卖的角度出发，这幅画花上两三百万是肯定值得的。这样的精品放不久，肯定会升值，现在就这么受人追捧，随着喜爱收藏人数的增加，这类精品画作以后会越来越受人喜欢。

说得更明白一点，同样一幅画，出现在拍卖会一次之后，再度出现在拍卖会上，从来没有低于之前价格的情况出现。今天就算用三百万拍下来，收藏个一两年，再委托拍卖行拍卖出去，价格绝对不会低于三百五十万。

不过她也知道，宋毅这家伙要真买下来的话，估计就一直收藏着，即便不卖出去，看着手里的东西升值的感觉也是非常不错的。更别提这家伙野心勃勃，还有开私人博物馆的打算了。

"两百一十一万！"

林宝卿在竞拍价格达到两百一十万的时候开始举牌，她现在也入乡随俗，跟着一万块一万块地往上加。大概是这幅画的价值高的缘故，倒没出现先前那样五千五千地加的情况。

见又是林宝卿出来竞拍，几个竞拍者的心底顿时一紧，这其中就包括先前和林宝卿竞拍徐悲鸿的《双骏图》的那个中年人。但到了这时候，也容不得后退，比拼的就是实力。

由于之前几幅精品书画都是被林宝卿竞拍得手的，一部分人还有侥幸心理，也许他们先前资金花得差不多了，这时候只是出来搅局的。

林宝卿没举几下牌，就被宋毅叫停手，先前那中年人更是如释重负，这时，竞拍价格已经达到两百二十万了，比先前林宝卿拍下的《双骏图》高了将近一百万。

但是，除了林宝卿之外，还有一位老者参与竞拍，那是京城著名的藏家吴明，这次他可是赤膊上阵。

当那中年人再次举牌，价格攀升到两百三十万的时候，吴明最后选择了放弃，在他看来，这幅《花卉图》虽好，可是还达不到两百三十万的高价。

"两百三十万第二次，还有没有哪位先生小姐要出价的。"拍卖师竭尽所能，在台上尽职尽责地招呼着众人。

林宝卿这时候方才举牌。

"两百三十五万！"

"好，一百九十号的小姐出价两百三十五万，这位先生要继续出价吗？"

拍卖师在台上极尽诱惑煽动之能事，蛊惑着台下的竞拍者。

"两百三十五万第一次！"

"两百三十五万第二次！"

那中年人咬咬牙，举牌报价。

"两百三十六万！"

"两百四十万！"

林宝卿当即举牌。她渐渐爱上了这种拿钱砸人的感觉，非比寻常的美妙。这也是她之前不敢想的，买件藏品都要思量半天，绞尽脑汁用最低的价格拿到手，那样方才有成就感。可到了拍卖会场，规则就完全不一样了，不是比谁出价低，而是看谁出价最高。

"两百四十一万！"

"两百四十五万！"

林宝卿的表情越来越平静，按着自己的节奏来，宋毅给了她三百万的预算，至于怎么加价怎么花就看她自己把握了。

中年人脸上汗都出来了，用手拭去汗水，听着台上拍卖师已经数到第二次的时候，这才猛然抬头举牌，大声叫道，"两百四十六万！"

林宝卿没有半分迟疑，举牌道："两百四十九万！"

"两百五十万！"那中年人举牌，却只一万一万地加。

宋毅在旁边笑道："我还以为你会叫二百五十万呢！"

"我可不像你。"

林宝卿展颜一笑，看那中年人老脸顿时红了起来。

拍卖师的声音响彻整个拍卖场。

"两百五十万第一次，两百五十万第二次，还有没有……"

林宝卿再度举牌，"两百五十五万！"

"两百五十六万！"中年人老脸通红，连忙举牌叫道。

"两百六十万！"

林宝卿的声音依旧冷静，听不出什么欣喜。

任台上拍卖师如何呼喊煽动，那中年人终于不再举牌。最后，拍卖师的语气由遗憾转为亢奋，并鼓掌欢庆。

"恭喜一百九十号的小姐竞拍得到张大千的《花卉图》，这也是本次拍卖会截至目前为止的最高价，在座诸位，我们又见证了一个历史……"

全场鼓掌，林宝卿也落落大方地含笑点头。

"干得漂亮！"

掌声中，宋毅也为林宝卿欢喜。

"我早就看出来，你这杀伐果断的气质适合在拍卖会场上发挥，好了，以后的竞拍就交给你了。"

"别说得那么恶心好不好，夸人也不是你这样的。"

林宝卿话虽然说得不太好听，可脸上却尽是掩饰不住的笑容与喜悦，向宋毅伸手过去。

"替你节省了四十万，有什么奖励没？"

宋毅握住她的小手，低头在她净白的手指上亲了一下，然后抬头笑道："这样的奖励，够不够？"

林宝卿愣了愣，察觉到不妥之后，脸色迅速变得绯红，闪电般地将手收了回去。

"要死了你，这大庭广众的……"

宋毅却笑道："那我们去无人打扰的地方如何？"

"流氓！"林宝卿笑骂道。"继续看拍卖会吧。"

宋毅嬉皮笑脸地说："哪有宝卿好看。"

"不理你了。"

林宝卿连忙扭过头去，宋毅这家伙脸皮太厚。

宋毅也只是嘴花花而已，这时候还是很守规矩的，接下来的拍卖会还有一两件不错的藏品，值得去争取。

林宝卿玩得兴起，反正两人之前看上的书画，她都想拿下来，反正宋毅放话了："不用替我省钱。"

这是女孩子最爱听的话，虽然林宝卿知道他这话里面水分很大，花钱买下来也是宋毅的，可她毕竟是个女孩子，有宋毅这句话，她就非常满足了。

林宝卿一出手，场面又热闹起来，什么傅抱石的《芭蕉双美图》，汪

131

士慎的《梅花》等等都落入她手里，看得旁人一阵艳羡，当然，更多人则把两人当成了败家子。

林宝卿可不会在意这些，在她看来，把值得收藏的藏品收入囊中才是真理。宋毅自然更不会在乎别人的眼光，他要做的就是在林宝卿可能出现失误的时候提醒她一下而已，但从今天的情况看来，用不着他太过担心。

下午的拍卖会很快就告一段落，但是书画的拍卖并没有结束，晚上八点继续后面的拍卖。

林宝卿期待的二人时光也就没有了。

下午的拍卖会结束后，王名扬过来凑热闹，林宝卿有些奇怪地问他："怎么没看见嫂子？"

王名扬笑着回答说："她在这里待不住，下午就没过来，不过她说了，明天晚上一定会去给你们捧场的。"

"那怎么好意思，我们就先谢过嫂子和王哥了。"林宝卿笑着说道。

"王大哥一起去吃饭吧。"宋毅提议，王名扬也正是为此而来，几个人一起去用餐。

"说实话，替你们竞拍这活儿还真累，你看我都这么大年纪的人了，还得仔细看着。"王名扬笑着发发牢骚。

宋毅笑着拍拍王名扬的肩膀说："能者多劳嘛。这事还真的只有王大哥能胜任，今晚就我请客了。"

"那我可就不客气了……"

王名扬开玩笑说："对了，小宋，晚上我们再聚聚，王姐说请我们吃夜宵。"

宋毅回答说："有吃的我当然不会错过。"

林宝卿也说要去凑热闹，即便她吃不了多少。

王名扬和王蓓关系好，这些天为拍卖会的事情忙得脚不沾地，安抚好宋毅这个大头也就成了王名扬的责任，好在宋毅这人比较好说话，和王名扬关系好，又讲义气，让他的安抚工作也没那么单调。

因为接着还要继续参加拍卖会，宋毅几个人就在国际饭店用餐。

晚上十点半左右，这场春季拍卖会的书画专场结束。

宋毅和林宝卿并没有立刻离场，因为王蓓和王名扬约他们一起吃夜宵。但宋毅没闲着，他也在心底估算着这次拍卖会的各项统计数字。

"让你们久等了。"

一见两人，王蓓就带着歉意说道。

宋毅笑道："王姐辛苦之余还不忘亲切接见我们，这可是我们的荣耀。"

"怪不得名扬总说小宋最会说话。"

王蓓被他逗得呵呵直笑。

王蓓在国际饭店要个了包间，几个人便去了包间里详聊，坐定之后，宋毅问道："王姐，今天拍卖会的成绩还不错吧？"

"得托小宋你们的福气，今天的拍卖会才能进展得如此顺利，没什么冷场的情况出现。"

王蓓敬了宋毅一杯，虽然大家的关系非常不错，但在这方面，王蓓一直不含糊。

宋毅笑道："王姐太客气了，我也就是尽力而为，别人想帮忙，王姐还不给他们机会呢。"

"小宋你这张嘴可真甜。"

王蓓又被他给逗笑了，"我要真有你说的那么大的面子，就不会收不到什么好东西了。"

"王姐太谦虚了，照我看，那是他们没眼光，所以都便宜我了。"宋毅嘿嘿笑着说了实话。

王名扬和王蓓都没把他的话当真，在两人看来，宋毅这次肯扫下那些普通的收藏品，纯粹是给了两人面子。

"不用安慰我了，以后有用得着你王姐的地方，尽管开口就是。"

王蓓也没跟他太客气，一饮而尽。

宋毅跟着一饮而尽，王名扬抢着来给宋毅倒酒，宋毅笑笑也不拒绝，

133

文化氛围如此，他可算是酒精考验的战士了，对此也没什么特别的想法。

王名扬问起王蓓这场书画拍卖的成交总价，王蓓微笑着说，据初步统计，有三千多万，宋毅和林宝卿立刻恭喜她，林宝卿也多嘴了一句："和宋毅预料得差不多呢。"

王蓓笑着说道："没想到小宋还有这方面的天赋。"

宋毅解释说："我是个财迷，就对钱比较敏感，几个拍卖最高的加一下，算算就知道啦。"

王名扬笑道："我倒是差点忘记了，几件好的藏品都是小宋和宝卿你们竞拍下的，得恭喜你们一下。"

"都是王姐的功劳，要不是王姐辛苦找出这些藏品来，我们也没办法拍到手。"

又是一番客气，王名扬又说起这次春季拍卖会整场拍卖会成交总价的问题，王蓓便说道："我初步估算了一下，照今天的形势来看，古籍善本和油画雕塑的情况不会特别高，能有个一千万就顶天了。瓷器方面虽然有小宋贡献的两件瓷器压阵，但想要突破两千万还是有点难度。关键得看珠宝玉器专场，小宋那套'金玉良缘'拍卖情况如何。"

几个人同时点了点头，宋毅也明白王蓓说的都是实话，如果"金玉良缘"不能拍出四千万的价格，那么整场拍卖会成交总额过亿就只是个遥不可及的幻想。

虽然这套非常难得的"金玉良缘"前期宣传做得非常成功，王蓓也尽可能联系了最有实力的买家，但最后有没有人参与竞拍，能拍出怎样的价格来还是个未知数，不只是王蓓，宋毅心底也没太大的底气。

王名扬也隐隐表达了他的担忧，其实王蓓心底又何尝不是如此。按理说，这次拍卖会的成绩已经非常不错了，成交率在百分之九十五以上，就算"金玉良缘"不参与竞拍，也能有五千万以上的收入，对刚开放没两年的拍卖市场来说，已经是非常不错的成绩了。

可人都是不满足的，尤其在拥有了"金玉良缘"这样的珍品之后。

"想那么多也没用，我们只需做好准备就好。"宋毅如是说。

王蓓便问他："小宋你看我们还该做哪方面的准备？"

宋毅笑道："还得辛苦王大哥帮忙找几个精明的人，在拍卖场上，真正的赢家只有一个，但却需要无数的绿叶衬托才行，否则，一方面是价格达不到那样的高度，另一方面，即便是竞拍成功的人也不会有成就感。"

宋毅这话一说，王名扬和王蓓顿时就明白过来，所谓的绿叶就是找托哄抬价格，这并不是什么新鲜事。

这时候，王蓓和王名扬也不会说什么道德不道德的问题，别的拍卖行同样如此，你敢保证下面举牌的人当中没有卖家的托吗？只要有人有一心要这东西，价格不是问题，只要竞拍者自己觉得值就成。

宋毅参与过太多拍卖会，卖东西的一方参与竞拍抬高价格是常事，甚至还有一些拍卖会，参与拍卖的全是卖东西的，相互帮忙竞标，演出一场场闹剧。

就拿宋毅之前参与最多的赌石公盘来说吧，卖东西的人看价格低了的话，还可以自己拦标，只要交纳一定费用就行。卖家拦下来的石头，可以留着下一场公盘再卖，道理和这是一样的。

拍卖会也是一样，一场拍卖会上自己托人拍下自己的东西，等后面的拍卖会再放上去，价格自然就上去了。

类似这样自导自演的事情绝对不在少数，宋毅不是什么清高的人，牵涉到自身利益的事情他没理由不做。

几个人商量了很久，商量妥当之后，就等第二天的拍卖会了。

林宝卿兴奋了一整天，拍卖会结束之后，又和王蓓、王名扬商议第二天"金玉良缘"的拍卖事宜，劳心费神，等几个人商量妥当之后，她就再也撑不住了，一回房间，就先去洗漱。

宋毅精力充沛，还涎着脸问她需不需要帮忙，被林宝卿笑着推开，宋毅只得去打电话回东海汇报情况。

宋明杰和苏雅兰对拍卖会的进展也很关注，第一句话就是问宋毅这个花钱如流水的家伙今天花了多少钱。

宋毅说一共花了一千来万，不过买了非常多的好东西，将来肯定会升值，起码也能赚个三四倍。

"你就吹吧。"

苏雅兰对他十分无语，"还是省着点花的好。我们那套'金玉良缘'什么时候拍卖，希望到时候除去你买的这些东西，还能有盈余。"

宋毅明白他们在想什么，当即回答说："老爸老妈你们就放心好了，珠宝翡翠的拍卖安排在明天晚上，我和王大哥他们已经做好了充分的准备，就等大鱼上钩。"

为了这次拍卖会，王蓓他们的拍卖公司也筹备了很长时间，不光他们期待着，苏雅兰一众金玉珠宝公司的人也希望这次"金玉良缘"能在拍卖会上大放异彩。

说了一阵子闲话之后，苏雅兰问起林宝卿，宋毅说她在洗漱，让她稍微等会儿，苏雅兰就说别欺负人家。宋毅嬉皮笑脸地说还以为老妈要鼓励他呢。

苏雅兰对这调皮的厚脸皮家伙也没办法，只让他好好照顾林宝卿，出了什么差错回头找他算账。

林宝卿洗漱完之后，宋毅便把电话交给了林宝卿，苏雅兰亲热地和她聊了会儿天之后这才收了电话。

宋毅等林宝卿挂了电话，笑着问她："我妈不是又让你看住我吧？"

"嘿嘿，知道就好……"

宋毅也嘿嘿笑了起来。

"我妈还让我加油呢。"

"懒得理你。"林宝卿啐道。

"快去洗漱睡觉，明天的拍卖会安排也很紧张。"

"你先睡吧，我随后就来。"

林宝卿白了他一眼，没再理会他，忙了一整天，她是真的累了。

林宝卿醒来的时候，宋毅已经把早餐准备好了，她有些迷糊，也不知

道宋毅什么时候睡觉的。不过林宝卿并没有深究，她也清楚，宋毅没有趁着睡觉占她的便宜。

吃过早餐，林宝卿便又精神抖擞，上午进行古籍善本拍卖，仔细的话也能淘到一些好东西，虽然不如昨天的书画价值高，但一些珍惜的孤本也是非常有收藏意义的。

和第一天的书画拍卖一样，古籍善本中，同样有很多东西没人竞拍，像万历年的《战国策》，唐初褚遂良的《圣教序》等等。而这些东西，通通都被宋毅以最低价格拍了下来。

在后世全民皆收藏的时候，只要是真品，价值都嗖嗖地往上蹿。但宋毅收藏这些古籍善本并不是为了它们增值，而是为他的私人博物馆筹集藏品。在他的想法里，收藏品既需要质量，也需要数量。

林宝卿兴高采烈，几度举牌，最后以十二万元竞拍得一部清乾隆的《香谱》，还大呼便宜。

宋毅便笑着说喜欢就好，林宝卿这丫头现在一门心思搞她的品香俱乐部，相关的古籍善本她自然不会错过。

随后，林宝卿又以一万三千元的价格，在几乎没有任何人竞拍的情况下，拍下一部明末才子冒襄的笔记，其中对玩香品香讲得异常透彻。

看着林宝卿灿烂的笑容，宋毅就觉得很开心，赚钱为什么，就是为了花得开心。

林宝卿自不用说，自觉收获颇丰，她还帮着宋毅拍下曾国藩、左宗棠等人的书札手迹，看着宋毅满意的表情，她也觉得心底暖暖的。

上午的古籍善本拍卖结束，宋毅又花出去一百多万，而整个古籍善本专场一共成交总额才四百多万。王名扬和王蓓都看在眼里，宋毅在其中独挑大梁。

下午举行的是油画雕塑的拍卖，这时候油画的价格比国画要低很多。在这场拍卖会上，近现代的油画中，陈逸飞的画拍出的价格最高。徐悲鸿的油画价格比起他的国画价格低出好几倍，雕塑作品中拍出高价的也没几件。

在这里，宋毅只选择性地买了几幅有潜力的画，但他从来都是唯恐天下不乱的性子，即便不买，也让林宝卿频频举牌抬高价格，也算是为油画市场做贡献。

　　林宝卿自然听他的。

　　在林宝卿看来，宋毅就是画家，他的作品迟早是要流入市场的，现在炒一炒近现代画家的油画，对将来抬高宋毅的身价可是非常有好处的。林宝卿从小受父亲以及整个收藏界的熏染，对这套手法也是熟得不能再熟，市场价格的变化因素很多，但最主要的还是诸如此类的造势，这个市场从来就不是单纯的。

　　在经历过无数风雨的宋毅眼里，这一切就更好理解了。一个画家就算最终出了名，他的作品带给他的收益也不会比带给炒画的人多，没好处的事情谁会去干，谁会帮你炒作？而且画家在未成名的时候，往往都是非常落魄的，大部分画家能糊口就不错了。

　　而在他经历过的事件当中，甚至有画家找上拍卖行，要求撤下署自己名的假画，可无赖的拍卖行百般推诿阻挠，还声称拍卖行没权力干涉之类的。先不说没有法律规范，即便法律规范了，执行也是个问题。画家最终还是无可奈何，只能眼睁睁看着自己的假画在拍卖会上拍卖，而他自己非但得不到半分好处，反而落得一肚子气。

　　林宝卿举牌竞价之余，也不忘扭头对宋毅说："你觉不觉得这一来只便宜了王姐的拍卖公司？"

　　宋毅笑着回答说："其实是多方受益的，因为大家总是希望看到盛世繁荣的景象。包装包装点缀点缀，只要买家肯掏钱，觉得值，而且有面子，卖家得到利益没什么好说的。中介乐见其成，如有必要还会推波助澜，总之，皆大欢喜。"

　　林宝卿笑笑说："也是这个道理，这市场好像历来就是这个样子的。"

　　"其他市场也差不多。"宋毅如是回答。

　　两人轻松地说说话聊聊天，林宝卿不时举牌竞价一番，下午的拍卖会就结束了。

宋毅这次花钱倒不多，也就六十来万，而整个油画雕塑的拍卖专场成交总价在四百多万。

拍卖会结束之后，王蓓也向宋毅几人表达了她心底的担心。因为今天这两场专场拍卖成交总额还不到一千万，和他们拍卖公司的预期有些差距。

这一来，不仅是宋毅和林宝卿对"金玉良缘"的拍卖格外看重，王蓓和王名扬更对晚上的珠宝玉器拍卖专场，特别是宋毅贡献出来的这套"金玉良缘"充满期待，当然，心底还有一些抹不去的担忧，毕竟，这不是他们能控制的。

带着这样复杂的心情，王蓓亲自监督，积极地准备晚上的珠宝玉器拍卖专场。

这些准备工作倒不需要宋毅操心，毕竟王蓓经历过这么多次预展，又得宋毅指导，知道如何才能让珠宝玉石更炫目多彩，对灯光摆设的布置也了然于胸。

不同于白天拍卖会萧索的场景，珠宝首饰专场还没开始，国际饭店的展厅内外就变得非常热闹。

林宝卿精心打扮一番，和宋毅一起提前入场，见到这样的场景，相视一笑，看来晚上有戏！

说来也是，像这样的视觉盛宴历来便是人们所追逐的，即便买不起，过来看看也是件非常享受的事情。

接待两人的王名扬及其夫人更是把宋毅此前说过的话挂在嘴边："看过即拥有。"

这话对王名扬两夫妻来说同样适用，他们现在的生活条件不算差，但在这里，面对着这些动辄百万千万的珠宝首饰，以王名扬的财力和实力，还是有些遥不可及的。

闲聊的时候，王名扬的夫人魏华也不时地夸宋毅的金玉珠宝首饰漂亮新颖，笑着说这是一场难得的视觉享受。她甚至还问宋毅，有没有将公司拓展到北京的打算。

宋毅便说："我当然希望全国各地都有我们金玉珠宝的分店，但是一口吃不出个胖子来，步子迈得太大也不行，等时机成熟了，北京这边肯定成立分店的，到时候还得魏姐帮忙捧场。"

魏华笑着说肯定会的，接着就和林宝卿聊起了珠宝首饰、化妆打扮之类的，林宝卿跟着宋毅在一起久了，珠宝方面的知识与日俱增，再说，她从小跟着父亲开店，对珠宝翡翠的涉猎也非常广泛。此刻在魏华面前，俨然是个十足的高手，不愁没话题说。

而魏华也是个聪明人，长相虽然很平凡，但眼光不错又有敢打敢拼的精神，是个标准的贤内助。当初她就和王名扬一起出国，夫妻俩在外面一起赚钱，回国后创建了华语公司。

魏华作为王名扬合格的贤内助，这次宋毅为王蓓的拍卖公司不惜折本帮忙，更让夫妻俩觉得宋毅这人讲义气，值得深交。

时间一晃而过，晚上八点整，嘉德珠宝首饰拍卖专场正式开始。

王蓓主办这样的珠宝首饰专场还是首次，但她得到了宋毅的大力帮助，并把宋毅宣传营销那一套成功复制过来，效果如何，很快就可以揭晓。王蓓虽然有信心，但心底还是有些紧张，尤其是第一件珠宝首饰开拍的时候，要知道，宋毅可是明确地表示，今天晚上他爱莫能助。

王蓓自然理解，要说珠宝首饰，谁能比得过以精美华贵著称的金玉珠宝。

"七千，成交！恭喜七号这位小姐，拍得这副珍贵的黑珍珠耳环。"

听到拍卖师最后落槌的声音，王蓓一颗忐忑的心这才稍微轻松了一下，至少取得了一个开门红。

接下来的黑珍珠项链拍出了一万一千元的高价，这让王蓓心情又好了一些。

接着便是白金戒指、钻石戒指、钻石手镯、红宝石戒指等等的拍卖。

第一波高潮很快来临，拍品是一枚彩钻戒指，在幽幽灯光点缀下，尤其炫目。

这是一枚稀罕的金黄色彩钻，连台下的宋毅看了也忍不住轻声赞叹："好漂亮的彩钻！"

林宝卿也点头表示赞同，但她对珠宝的态度很理性，当初那套价值千万的"金玉良缘"也曾被她戴在身上，见惯了大场面的她自然不会对这样的小儿科有什么特别的感觉，表现出来最多的还是欣赏。

彩钻并不大，难得的是稀有、少见，价格自然也就一路攀升，从底价十万一路上扬到了三十五万。

林宝卿旁边的魏华羡慕不已，是女人都爱美，即便她长得很平凡，也挡不住她对漂亮首饰的喜爱。

经常出入金玉珠宝，林宝卿见惯了各式各样精美的首饰，她此时的精力并不集中在这些珠宝首饰本身，不管是材质还是设计、外观还是质地，金玉珠宝出品的首饰都更胜一筹。

林宝卿此刻更关注的，还是整场珠宝首饰的专场的市场分析，这也是她从小到大养成的习惯。

整个拍卖会上，钻石首饰的数量最多，黄金饰品和珍珠饰品则少了很多，其中，钻石的价格比较高，珍珠和黄金饰品的价格则要低上不少。

她也看出来了，真正意义上唱主角的还是翡翠饰品。

整场拍卖会上的翡翠饰品数量可能是最少的，但拍卖的价格却是最高的。这说明，当前珠宝拍卖的主流趋势，翡翠饰品当仁不让地成为主角。

而在这些翡翠饰品里，传统主流的手镯、戒指的价格是最高的，拍卖价格最高的当属一对清代的翡翠手镯，满绿冰种，拍出了将近五十万的价格。

在金玉珠宝逛得久了，林宝卿的翡翠知识也丰富起来，不时替身边的魏华解答疑惑。

"这翡翠饰品并不像其他的拍卖品越老越好，新近制作的翡翠饰品其实更适合个人消费。"

林宝卿又对魏华说："我倒是有个建议，下次再开这样的专场拍卖时，不要叫珠宝首饰，直接改名叫珠宝翡翠专场得了。"

魏华笑着说可以给王蓓提个醒，她跟着几个人，倒是长了不少见识。

拍卖仍旧在继续，魏华也看出来了，这翡翠的价格虽然比起钻石黄金首饰高，但就目前的拍卖情况而言，最高也就五十万元不到，那他们所期待的能力挽狂澜的那套"金玉良缘"会有怎样的表现？魏华心底可拿不准。

金玉珠宝的那一整套"金玉良缘"系列的珠宝是放在最后拍卖的，这也让几个休戚相关的家伙心底忐忑不已。一方面，很高兴翡翠饰品能在珠宝首饰拍卖专场中独占鳌头；另一方面，现有的拍卖价格又让他们为"金玉良缘"能否拍出高价而担心。

"各位先生女士们，下面进行本次珠宝首饰拍卖专场最后一件拍品的拍卖。这套'金玉良缘'相信大家都不陌生，电视广告上时常可以见到，是由东海金玉珠宝提供的。这套'金玉良缘'的翡翠来自缅甸，是最纯正的老坑玻璃种，并由金玉珠宝的顶级设计师设计，并以富贵华丽的纯金做镶嵌。整套首饰华贵典雅，是难得一见的珍品。"

台上的拍卖师声情并茂，逐一介绍"金玉良缘"这套翡翠饰品，台下所有人的目光都集中在了这套装在防盗玻璃后的翡翠首饰上。

"这翡翠项链是由六十六颗大小颜色一模一样的艳绿玻璃种翡翠珠子组成，而在去年的苏富比拍卖会上，一串五十六颗翡翠珠子的项链拍出了三千万港币的高价……"

"这对满绿的玻璃种翡翠手镯，翠绿欲滴，这顶级的祖母绿，比当初宋美龄佩戴的苹果绿手镯还要耀眼得多……"

"这枚胸针，苍翠与金色齐耀，堪称天才般的搭配。"

"还有这对翡翠戒指，这样大小的戒面，即便富贵如慈禧，也没办法享受……"

"像这样的一套'金玉良缘'，说是前无古人后无来者来也不为过，心动不如行动，起拍价两千五百万。"

看得出来，老练的拍卖师煽动的效果不错，当晚绝大部分人也正是为此而来。

正如拍卖师所说的那样，这套"金玉良缘"的广告片在电视上热播，很多人都想亲眼目睹它的真面目，这时候能见到实物，这种感觉自然大不一样。

大部分人的第一眼感觉就是震撼，珍贵自然是不言而喻的，大家心底也很清楚，像这样珍稀的宝贝，大部分时间都被深锁在保险箱里，寻常人想见上一面都是奢望。

只要不是瞎眼的人，就能感受得到。

和先前最高价拍出五十来万的翡翠手镯相比，这套翡翠首饰里的一对翡翠手镯比起那清朝的翡翠手镯不知道好出多少。打个比方来说吧，如果说这"金玉良缘"是一个娉婷活泼的少女的话，先前的那对翡翠手镯就是年老色衰的老妇，黯淡无光。

当然，这套首饰价格也是天价，有香港拍卖会上的翡翠项链做参考，这样一条翡翠项链的价格自然不会低到哪里去，更何况是这样一套翡翠首饰。稍微懂点行情的人都知道，如今的翡翠卖得异常火热，如今开出底价两千五百万也是非常合理的。

当然，这也是宋毅要求的，要他做亏本生意他可不干，价格低了他情愿自己留着，这样的好东西，放个几年，价格就嗖嗖地往上涨了。

宋毅也清楚，翡翠其实并不适合在拍卖会上拍卖，其中因素很多。

一方面，私底下的翡翠大宗交易额更大，真拿出来放在拍卖会上，那价格绝对会引起轰动。就像金玉珠宝上乘的翡翠饰品，大都在百万以上，比一些珍贵的字画、瓷器都贵，真拿来在拍卖会上拍卖，破的纪录恐怕不是一项两项。

还有，翡翠的鉴定识别虽然也不简单，但比起其他古玩文物来，还是要简单很多。翡翠的价格也大都明了，有多少利润在里面，行家也都很清楚。简而言之，就是不像其他拍卖品那样，有很多回旋的余地，说难听一点，就是价格相对比较透明没那么多猫腻，不存在太多捡漏的可能。

到拍卖会上竞拍的人，选择的大部分拍品都有着保值升值的心思，捡漏之类的就更不用说了。

但"金玉良缘"这套首饰却不一样，它是宋毅应王蓓的要求制作出来的，材料的珍稀自然不用多说，最关键的是，金玉珠宝并没有私底下对外销售的打算，除了拍卖会这样的途径，别人想买也买不到。

简而言之，做到这份上，已经不是单纯的翡翠首饰，更像是艺术品。

这样精美绝伦的艺术品，说是无价之宝也不为过，但既然放在拍卖会上来拍卖，就说明还是可以商量的，就看你出的价格能不能到位。

如果别人出的价格太低的话，宋毅会毫不犹豫地加价拿下来，反正只要给王蓓撑场就好，谁买的其实都无所谓。

如果说这算是拍卖会的黑幕的话，宋毅会坦然承认。

在拍卖会进行之前，宋毅就把一切算计在内，现在检验的时候到了。

看到周围的人目眩神迷的样子，宋毅微微笑了起来，并不是单纯的炫耀，生活在社会上，获得别人的认可是件开心的事情。

林宝卿则没他那么轻松，因为她也不知道能不能钓得上大鱼来。她心里也很矛盾，这样一套风华绝代的首饰，自己收藏着价值更高，哪天她心情好了，还可以戴上炫耀一番。在林宝卿眼里，宋毅的和她的没什么分别，事实上也确实如此，以前是这样，现在是这样，将来也会是这样。

"好，这位先生出价，两千六百万！"

"两千七百万！"

"我出两千八百万！"

马上就有人叫价，并迅速转化为激烈的竞争，价格也跟着飞速往上攀升。

这样一套珍贵的，广为人知的翡翠首饰，出价太少你都不好意思叫价。此前拍卖会上的拍品，大家都是五万十万的加价，现在你再按那标准来，绝对会被人鄙视。

当然，这动辄百万千万的翡翠也不是人人都敢叫价的。

宋毅也密切关注着竞拍的人，王名扬联系的几个人宋毅都和他们一一聊过，并针对每个人做了具体的指导。此刻是不是自己人在竞拍，他自然看得一清二楚。

宋毅看得分明，除了自己人之外，还有好几个拿着手机的人在举牌竞拍。

"看来我们还是低估了北京城里的有钱人。"林宝卿在他耳边轻声说道。

宋毅微微笑着点了点头，不管是前世还是今生，他都见过不少有钱人，这北京城藏龙卧虎，有钱有势的人多了去了，舍得一掷千金的自然也不少。

林宝卿又问道："我看他们不是拿着手机就是身边的人拿着手机讲话，是不是别人的代理啊？"

"嗯。"

宋毅点头道："有钱人都知道低调，尤其在这样万人瞩目的拍卖会上，委托代理人最正常不过，不过也不排除有的人就在这里，但却让别人帮忙竞拍。"

林宝卿却嘻嘻笑着说道："看起来慈禧和宋美龄给他们的刺激不小，这可是她们那些权力滔天的人都无法享受的珠宝，一旦对比起来，这差距就出来！"

"还不是让宝卿你先给享受了。"宋毅轻握着她的小手，轻笑着说道。

"说得也是。"

林宝卿脸上的笑容甜美无比，随即又轻声嘀咕着说："不说了，还是看看这些有钱人能出到怎样的价格。"

两人说话间，在众多竞拍者激烈的竞争下，这套"金玉良缘"的价格已经从最初的两千五百万飙升到三千六百万，而且价格还在继续攀升。

当然，其中宋毅安排的几个人作用也不小，他们的参与不但将价格哄抬了上去，也将气氛烘托得越发激烈。

价格越高，宋毅一干人等就越开心，但宋毅和林宝卿都不可能亲自上阵，只紧张地观察着拍卖会上的情景。

竞拍价格到四千万时，上升势头渐渐缓了下来，这时候宋毅安排的人

陆续发力，将价格继续往上顶。

价格一路走到了四千五百万，这时，最初举牌的人只剩下两个了，看起来上升空间不是很大了。

宋毅也在猜测着这个买家的心理价位，同时也在衡量着他自己的心理价位。宋毅的想法是到了四千五百万就差不多了，毕竟这是1995年，不是人人都能随手甩出个百万千万的。

但竞拍价格还在继续攀升，台上的拍卖师精神更是高度集中，说话也更煽情。

"这位先生出价四千八百万，还有没有出价更高的?"

宋毅给他安排的人使了个眼色之后，让他们陆续退出竞争。

王名扬找来的这些个人都是些人精，察言观色的本领那是一等一的强。加上几个人在参加拍卖会之前碰过面，如今的局面已经超过了预期，也就意味着他们超额完成了任务，接下来就是如何退场。老于世故的他们自然清楚该在什么时候收手，最后顶了几下，将价格顶过五千万之后果断收手。

而这时，除了他们之外，只有一个人在竞拍。

"五千一百万，还有没有哪位先生小姐出价的。"

拍卖师声音熟练清晰又带着几丝亢奋。

"五千一百万第一次……"

拍卖师也看出了苗头，说话时也故意放慢了节奏，但这时候确实没有人再和那个三十来岁的男人竞争了。

宋毅和王名扬、王蓓几人目光交错，点头含笑，这样的结果，让各方都很满意。既不用担心拍卖不出去影响拍卖公司形象，也不会损害宋毅的利益，总之就是你好我好大家好的局面。

"五千一百万第三次! 恭喜三十六号这位先生，以五千一百万的价格拍得这套珍贵的'金玉良缘'。"

拍卖师一锤定音，尘埃落定!

"今天金玉珠宝提供的这件拍品，'金玉良缘'的拍卖创造了国内新的

拍卖纪录，拍卖价格高达五千一百万。这也预示着我们拍卖公司会越来越好!"拍卖师自然没忘为金玉珠宝做宣传，并带头鼓掌。

场下顿时响起了一阵热烈的掌声，这也是众人喜闻乐见的热闹场面。

整场珠宝首饰的拍卖专场也告一段落，在场的人却舍不得立刻离开。

大家都想再多看几眼这套价值五千一百万的天价翡翠首饰，也许以后，他们就再也没有机会见到如此华丽的首饰了。

可总有散场的时候，拍卖公司很快就组织人手清场，这样热烈的场景从此以后只能留在他们的记忆中了。

很多人更想知道拍下这套天价首饰的人究竟是什么来头，明眼人都看得出来，今天拍下它的人只是个代理，可惜拍卖公司是不会向他们公开背后竞拍者的身份的。

记者们更没办法知道竞拍者的真实身份，但"金玉良缘"这套翡翠首饰的出处他们是清楚的，估计明天出来的报道会写神秘买家拍下天价翡翠首饰，再创国内拍卖新纪录之类的报道。

宋毅心底非常清楚这点，但这时候主要是拍卖公司和记者们打交道，和媒体打好关系也是非常有必要的。不管是王蓓的拍卖公司的宣传还是金玉珠的宣传，都离不开各大媒体的配合。

比起金玉珠宝的获益来，王蓓的拍卖公司获益更大，假以时日，和瀚海拍卖公司并驾齐驱也不是什么难事。

王蓓自然明白这些，她也在百忙之余过来热切地握住宋毅的手，但感谢的话却没说出来，这时候她也不知道从何说起了，因为宋毅给予她的帮助实在太多了。

宋毅倒是懂得如何应对这场面，笑着对她说："王姐不用管我们，忙去吧，我知道拍卖会后面的事情还很多，再说，明天还有拍卖呢。"

王蓓笑着说好，并让王名扬两夫妻好好招待宋毅两人，还说回头再一起吃夜宵。

王名扬自是忙不迭地答应下来。

王蓓确实很忙，她这家拍卖公司成立的时间不长，也就比宋毅的金玉

珠宝早半年而已。最初，王蓓对拍卖公司的了解也几乎等于零，但在她的努力下，她带领下面的员工一起努力，拍卖公司如今能做到这样声势浩大的程度，非常不容易。

宋毅非常清楚这些事情，自然能体谅这一点，并诚心诚意地帮助她，同时也是帮助自己。

这套"金玉良缘"的出手，也将大大缓解他的资金压力。虽然说不上为金玉珠宝做什么贡献，但他这次来北京参加拍卖会不用再出钱，甚至还能有差不多两千万的盈余。

而他在拍卖会上低价买下的这一大批藏品，放置一段时间之后，升值是一定的。即便宋毅打算建个私人博物馆，并不准备将这些藏品出手，可看到这些藏品的价值日益增加，心情自然是非常好的。

王名扬两夫妻则拉着宋毅两人去酒店的套房，先聊天，然后等王蓓一起吃夜宵。

王名扬笑着恭喜宋毅之后，也很疑惑，到底是谁舍得花这么大的价钱买下这套翡翠首饰，那得多爱他的女人才行啊。

宋毅呵呵笑道："王大哥你这就不懂了吧。"

王名扬哈哈大笑道："那宋毅你倒是给我戴出去看看。"

宋毅回答说："手镯和戒指男人们还是可以戴的，其他的就算了。话说现在玩翡翠的还是男人居多，不管是挖矿赌石还是设计加工镶嵌，绝对都是男人占主流。"

"管你呢，你不是说，最后戴出去炫耀的还不是女人居多。"王名扬一副胜利的样子。

宋毅笑道："这也不是我能改变的事实。"

林宝卿在旁边插嘴说："其实还有另外一种可能。"

魏华笑着说："宝卿你倒是给说说，还有什么可能?"

林宝卿顿了顿，这才说道："说不定是个女人拍下来的呢?"

"宝卿果然厉害，倒不是没这可能性。"宋毅马上附和着说，"现在女人也能顶一片天，为自己买些珠宝首饰也不是什么稀奇事。"

王名扬和魏华还是觉得可能性比较小，最后魏华说："等下问问王姐不就知道了。"

宋毅和林宝卿都点头表示同意，拍卖公司肯定知道真实买家的身份，宋毅也想发展这样的客户。

但林宝卿还是悄悄拉过宋毅问他是不是觉得她是在异想天开，宋毅自然说不是，他倒是真考虑过，确实有这个可能性，这时候的女富豪虽然不如十几年后多，但在北京城这个地方，却是什么事情都有可能发生的。

当然，宋毅最后也对林宝卿说了，不管怎样，最后还不是给女人佩戴的。

结果只换来林宝卿噘着小嘴的俏模样，看着小情侣这般模样，王名扬和魏华这对老夫老妻倒是忍不住笑了起来。

在等王蓓的这段时间，宋毅给家里人打电话报喜。

苏雅兰和宋明杰自然开心，五千多万，顶得上他们辛苦两三个月了，最重要的是，不需要额外给宋毅筹钱，现在花钱的地方太多，香港分店那边的投入也不小。

宋毅随后又给苏眉打了个电话过去，说明了一下拍卖会这边的情况，并说这边忙完之后，就去香港，算算离香港分店正式营业的时间也不远了。

苏眉为他高兴的同时，也有了更多的期盼。

第六章 普洱老茶成藏品囤积居奇， 引领饮茶新风潮高价出售

普洱茶在港台乃至南洋一带并不是什么稀罕物，比起性寒的绿茶来，老普洱茶性温暖胃，不伤身，早在二十世纪五十年代，香港茶楼就兴起过喝普洱茶的热潮。早年因为交通的缘故，香港人一般很难喝到新鲜茶叶，饮用的大都是这样的老茶、陈茶。尤其是普洱茶这种越陈越香，被人称为可以"饮用的古董"。所以，宋毅想在香港引领起另一波普洱茶热，高价售出他收购来的百吨普洱，也许是轻而易举的。

几个人没聊一会儿天，王蓓就处理完后面的事情匆匆赶了过来，并吩咐酒店服务员送了酒菜上来。她是真的饿了，为了晚上的珠宝首饰拍卖专场，她连晚饭都没顾得上吃，还好一切都很顺利。

王名扬知道这点，也就劝她说："要我说啊，王姐你可得多学学宋毅，看他这甩手掌柜当得多安逸。"

王蓓浅笑，"我可没他那么命好。"

"王姐蛮幸福的啊，家庭美满事业有成。"宋毅笑着说道。

随后，宋毅也问起王蓓知道不知道是谁拍下的"金玉良缘"。

王蓓看几个人都盯着自己，觉得有些奇怪，便先卖了个关子。魏华就说了先前几个人的猜测，王蓓这才笑着说道："还是宝卿聪明，这次的买主还真是女性。"

"女人也能顶半边天。"王名扬感叹道。

"在我们这里，女人顶大半边天，三比二。"宋毅补充着说。

王蓓、魏华、林宝卿几个人都笑了起来。

这里都是自己人，王蓓当然没什么好隐瞒的，宋毅问起她自然要坦然相告，也可以让宋毅放心，因为还是存在有人拍下了最后却不付钱的情况。据王蓓所言，拍下"金玉良缘"的何玲绝对不存在赖账的情况。

王蓓怕宋毅不清楚，便对宋毅讲了，何玲在改革开放之初就成立了自己的公司，下海经商，赚了不少钱，这点钱人家还不放在眼里。

"那明天可以多挑几件瓷器了。"

宋毅自然清楚，从改革开放初期到现在有多少暴富的机会，那时候就开始经营的公司，基本都是垄断，尤其涉及进出口这块，更是赚钱。总之，听王蓓这么一说，宋毅也放下心来。

王蓓自是举双手欢迎，王名扬在旁边说："这次拍卖会成交额破亿基本没什么问题，明天再拍个一千多万就够了，瓷器可是拍卖会的大项。"

"还得多谢小宋的帮助。"

王蓓点头表示赞同，拍卖会的成交情况是摆在明处的，用心一点的人就能算出这次春季拍卖会的成交总额。

宋毅自然谦虚一番，王蓓在兴奋之余又有几分失落，"不过我们拍卖公司和人家还是有差距的。"

宋毅则笑着说："王姐想太多了，说不定人家也有人帮忙呢。"

"这个可能性非常大！"

王名扬说道："他们的拍卖会我也去看过，大部分的拍品成交价格也不高，基本没什么人竞争，就像我这两天做的一样，一个人叫价就拿下来了。"

王蓓自然清楚，不管别人怎样，自家的功夫要修炼好，才能在将来的竞争中占据更大的优势。但考虑到公司才成立没多久，取得这样的成绩也该知足了。

"现在总算可以松一口气了。"

几人心情都非常不错，宾主尽欢。但几人也没能聚在一起多久，之后

便各自回去休息备战最后一天的拍卖会了。

最后一天的拍卖会是瓷器玉器工艺品的拍卖专场，宋毅和林宝卿自然不会错过。

林宝卿对拍卖会上的几个香炉志在必得，宋毅自然全力支持她将这几个品相不错的香炉都拿下来。

办一个品香俱乐部并不是件容易的事情，单单品香用的香炉收集起来就殊为不易。

林宝卿的心很大，她并不仅仅局限于只办一个用作大家交流的品香俱乐部，她更希望将传统的香文化融入其中，使之成为有内涵，有底蕴的俱乐部。

感受香文化，最直观的就是各种香用具，尤其是涉及不同时代的品香用具，更是林林总总，数不胜数。

但这也正是乐趣所在，也让林宝卿孜孜不倦地去努力收寻。

好在这时候的香炉价格并不贵，就算是瓷香炉也一样，林宝卿在拍卖会上以十来万的价格拿下清乾隆的官窑三足双龙花纹香炉，转头就对宋毅讲非常值得。

宋毅自是让她随着性子来，反正手里有钱，就算以超出这时候的价格买下来，将来获得的回报也不只一两倍。再者，林宝卿精明得很，也不是什么乱花钱的人，宋毅对她放心得很。

宋毅自己则将更多的精力花在那些有升值潜力，但现在又不被人重视的瓷器上。没人竞争最好，直接扫货，就算有人参与竞争，他也不怕，只需要比别人多出那么一点点钱，将来获得的回报就远远大于现在付出的这点代价。

两人在拍卖会上玩得很开心，一上午，累积起来也花了有三百多万。

值得一提的是，宋毅贡献出来的明永乐青花壶在上午的拍卖会上拍出了最高价，一百零八万，其他瓷器最高也就六七十万。

"看来认识好东西的人也不少。"

林宝卿还觉得有些委屈，并给宋毅建议，说是干脆将它买回来得了。

　　但这价格在宋毅的预期范围之内，宋毅就笑着说不用了。他并不是什么守财奴，自然知道有舍有得的道理，玩收藏也是需要和别人交流的。这交流，不只是语言知识的交流，也是藏品的交流。

　　林宝卿也不多说，她竟拍到自己喜欢的藏品，心里开心得很。

　　下午和晚上依旧是瓷器、玉器、工艺品的拍卖会，宋毅和林宝卿和上午一样，蹲在拍卖会场里竞拍。

　　这一闹腾下来，两人又花了五百来万。

　　可两人还是一副意犹未尽的样子，瓷器、玉器是两人最喜欢的，再多花些钱也不心疼。更何况，用宋毅的话来说，"这时候花钱就是赚钱"，有了宋毅这样的话，林宝卿也花得心安理得。

　　倒是王名扬被两人这样花钱如流水的举动震住了，这俩家伙简直不把钱当钱，这一天又丢出去八百万，光他替两人竞拍的就超过四百万。不过他们也确实有这个资本，谁叫他们昨天晚上才刚入账五千万呢！

　　还有王蓓，巴不得他们多花钱在拍卖会上。

　　经过宋毅这样一搞，这次春季拍卖会，比起此前瀚海的春季拍卖会成交额更高，成交率也成功地被宋毅给刷了上去。反正王名扬就没见到几件拍品流拍。

　　春季拍卖会完美谢幕，林宝卿累得不行，但精神却非常不错，买下这么多好东西自然值得开心。

　　但两人并没有轻松下来，拍卖下来的东西还得自己去检查并领取，当然，得先付钱才行。宋毅来此之前就做好了准备，没有充裕的资金他也不敢去拍卖会竞拍，否则就会演变成丢人现眼。这里拍卖会一结束，他直接从银行转账给拍卖公司就行。

　　拍卖会结束第二天，林宝卿算是知道拍下这么多藏品的唯一坏处在什么地方了，在拍卖会上竞拍下来仅仅是个开始，一件件清点藏品还真不是件容易的事情。

　　虽然宋毅和林宝卿信得过王蓓，可她毕竟也是外行，尽管下了很多功

夫，对古玩藏品的知识也做了最大的努力去了解，但这远远不够。王蓓要做的事情太多，光是管理拍卖公司就耗费了她绝大部分精力，做事情不可能面面俱到。

宋毅最信得过的，还是他自己的眼睛，真金白银地花了钱，他可不想买下的藏品被人掉包。他以前在拍卖会、翡翠原石公盘的时候，就听闻过类似的事情。尽管自己没有遭遇过，但事情是说不准的，万事还是自己小心一点好。

林宝卿和宋毅抱着同样的心思，好好休息了一个晚上之后，就活力十足地投入了第二天的战斗之中。将这些藏品拿到手里时，她更觉得这几千万没有白花。

可没过一会儿，林宝卿又轻叹起来："光这些藏品的保养就是个很大的问题，你成天东奔西走的，恐怕也没多少时间来打理它们。"

宋毅笑道："没事，我爷爷在家的时候总愁闲着无聊，只要不把它们带到东海博物馆去就好。"

听他理直气壮的样子，林宝卿也觉得好笑。

"你这家伙……我倒是很佩服当初你的勇气，敢和宋爷爷顶撞。"

"这不都是为了今后的日子着想吗，要什么东西都往东海博物馆送，自己肯定留不了几件。"

宋毅一脸的坦然，手里的速度并没有丝毫减缓，检查过手里的线装书，确认是真品后，将其收了起来。

"那倒也是，话说你以后真打算自己开家博物馆？"

"差不多吧，不过得等我爷爷退休后才成。"

"你这如意算盘倒是打得好。"林宝卿嗔道，冲他无奈地摇摇头。

两人说说笑笑，林宝卿有什么不懂的地方就问宋毅，宋毅知道的就回答，在她面前，宋毅没有任何藏私的想法。

让林宝卿心里稍微有些平衡的是，宋毅也不是什么都知道，他自己也坦然承认，并说和她一起去查资料。

到现在，林宝卿也算是非常了解宋毅的风格，宁买错也不错过，是人总有打眼的时候，她和宋毅都不例外。但这并不能阻止他大肆收购的行动，那感觉怎么说呢。就像在菜市场买大白菜一样，真不知道那些真正喜欢古玩文物的藏家听闻了他的所作所为会作何感想。

林宝卿心底也很清楚，在这样的拍卖会上，就必须这样行事，因为预展只有那么点儿时间，给你考虑的时间不会太多。她毫不怀疑，即便是宋毅的爷爷宋世博和她的父亲林方军来参加这样的拍卖会，也不能取得宋毅这样丰硕的成果。

回想起预展几天的目不暇接，拍卖会时的激烈竞争，再到现在清点藏品到手软，要不是年纪轻精力充沛，像这样连续工作差不多一个星期，还真撑不过来。

这次两人一共拍下六百多件藏品，光是最后的清点两人就花上两天工夫，工作量有多大不言而喻。宋世博和林方军来了最多也就帮帮忙。

接下来的两天，宋毅和林宝卿清点完竟拍下的藏品，并委托王蓓找人运往东海。忙完这些后，林宝卿心底那根绷着的弦才松弛下来，回到酒店，躺在床上一根指头都不想动了。连王蓓亲自过来邀请她参加庆功宴她都不愿起身，但她还是催着宋毅去，多结交些人也好。

宋毅说陪她休息，林宝卿却道："去吧，有你在这捣乱我才不能好好休息。"

王蓓闻言笑了起来，也不强求林宝卿去参加晚宴，这些天的事情她都看在眼里。在她看来，林宝卿确实是个好女孩，和宋毅的感情好不说，难得的是她那大气的胸怀。

"想吃什么，我等下给你带回来。"

宋毅倒是很明白她的心思，也就不强求。林宝卿说随便，然后就挥手赶他走。

"小毅你可真幸福。"王蓓笑着说道，然后嘱咐林宝卿好好休息，之后便和宋毅一道出门。

宋毅路上问了王蓓这次拍卖的情况，这时候统计数字已经全部出来了，比起一直的竞争对手，数字上要好看一些，虽然有宋毅帮忙，总体而

言并不是特别值得骄傲的事情，可庆功宴总是要的。再者，这也是小圈子内人聚会的好机会，王蓓这次叫宋毅一起去，也有这个原因在。

而那边何玲也没有赖账，购买那套"金玉良缘"的资金全数打了过来，这也意味着宋毅这趟北京之行完美至极，说是满载而归也不为过。

庆功宴的举办地点还是在上次的俱乐部，幽静胡同里的老四合院。

除了宋毅认识的王名扬之外，王蓓又给他介绍了一些朋友。

宋毅本算不得主角，但他的年纪，以及他这次在拍卖会上出尽风头，顿时让他成为众人瞩目的焦点。纵然王蓓之前给他们打了预防针，可见到宋毅真人时，还是让这些人多观察了他一阵子。

宋毅好歹也是久经世故的人，这样的场面自然难不住他，周旋在这样的人当中也不会有什么压力，自始至终从容应对。

都说物以类聚人以群分，王蓓和王名扬本就不是张扬跋扈的人，和他们合得来的朋友自然也不例外。知道他们对宋毅很重视，加上宋毅的身份也确实不简单，当然，宋毅本身的表现也很成熟，因此，他们对待宋毅也很客气。

晚上的气氛非常不错，宋毅在最初的风头之后，自觉淡下来，主角还是王蓓，这家拍卖公司算是她新事业的起点，如今取得这样的成绩，自然值得好好庆祝一下。

看宋毅和新朋友打过招呼，聊过一阵之后，王名扬拉过宋毅，问他说："小毅明后天就要回东海去了吧？"

宋毅点头说："差不多吧，这次出来就一个多星期，学校还请着假。"

"学校的生活啊，我倒是很怀念我们那时候的时光。"王名扬感叹着。

王蓓给宋毅介绍周围的朋友，当然，她最在意的还是拍卖公司的发展。

尽管这次拍卖公司的数据很漂亮，但王蓓却很清醒，也非常深刻地认识到公司的不足。

拍卖公司想要发展壮大，最关键的因素就是得有好的拍卖品，这也是一家拍卖公司首先要解决的问题。然而，藏品的征集并不是件容易的事

情。尤其是精品拍品，想说服别人拿来拍卖，拍卖公司得有相当的信誉；其次，和藏家之间的交情也要够好才行，否则，人家不肯割爱，或者干脆就在私底下就出手，何苦搞得上拍卖会这么麻烦，还要被抽佣金。

拓展拍卖品的征集渠道，这是王蓓首先考虑的事情。

为这个，王蓓也广泛征集大家的意见，有人脉才好做事，这次能征集到这么多的竞拍品，也多靠了她的这些朋友帮忙。

但众说纷纭，却不能给出一个有建设性的意见，这时候，宋毅倒是给了她一个建议，那就是可以考虑那些深埋在海底的宝藏。

这话一出，不但王蓓凝眉，其他人也觉得这事难度不小。

抛开国家关于那些海洋宝藏开采的法律条款不说，光是寻找宝藏，难度就非常大，这里的投资同样不会小，船只、潜水设备、专业人员等等，都不是简单可以搞定的事情，光是想想就让人头大。

宋毅也不着急，他只是提出这个想法而已。

之后一众人又开始其他话题，但总归而言，就是合理利用大家手里的资源，一起发财。

因为宋毅第二天一早就要回东海，宋毅起身告辞时，王蓓也没多留他，只说她会考虑宋毅的提议。

经常"生病住院"的宋毅再次出现在课堂上，同学们并不觉得有多惊讶，从去年开学到现在，宋毅就不定期地生病住院，大家也算是见怪不怪，虽然平时看他并不像那种弱不禁风的样子。

宋毅在班上的朋友并不多，乔雨柔自然不用提，除了朋友之外，她和宋毅还有另外一层关系，宋毅是老板她是员工。乔雨柔可爱玲珑，小乖乖一个，几乎从不迟到早退，她待人总是温温柔柔的，人见人爱。

乔雨柔非常关心宋毅的"病情"，这不，宋毅一来上课，她就过来送关怀。

看到她，宋毅的心情又好了几分，乔雨柔就是那种能让人如沐春风的类型。

乔雨柔在他身边坐下，并向他伸出手来，微笑着说道："我听苏阿姨说了'金玉良缘'在拍卖会上拍出高价的事情，恭喜了。"

宋毅笑着握了握她的小手。

"同喜，不过我怎么发现，小柔你越来越客气了。"

乔雨柔双眼中带着兴奋和渴望，脸颊也微微红了起来。

"那套首饰的设计简直完美极了，我现在就朝着那样的目标努力。"

"只要肯努力，我敢肯定，你会做得比我还好的。"宋毅鼓励她说。

从一个初学者到现在能拿出比较优秀的作品来，乔雨柔的天赋和努力他看在眼里。她现在的水平，已经领先很多国内同行了，要说珠宝设计这块，一得有天赋，二得肯努力，还得有足够的阅历，无法想象，如果都没领略过各种宝石不同的美，又怎么可能设计出炫目的珠宝首饰来。

"我会继续努力的！"乔雨柔重重点头，自信地回答说。

"也要注意休息，也别光想着做设计，有时候灵感需要在生活中寻找，多观察，多思考。"宋毅嘱咐她说。

乔雨柔点头称是，"我会注意的，我就说这段时间有点灵感不足。"

"你也别把自己逼得太紧了，我可不希望别人说我压榨童工。"宋毅笑着解释说。

乔雨柔呵呵笑道："才不会呢！对了，香港分店那边不是马上就要正式开业了吗？"

"嗯！"宋毅点头，"过几天我也要过去，小柔要去看看不？"

乔雨柔有些意动，但犹豫了一下，还是婉言拒绝，"我还得上课。"

宋毅便以自身作则，教唆她逃课，还说："这可是我们公司奖励优秀员工才有的香港之旅，小柔好好考虑一下吧。"

"不了，现在这样我就很满足了。再说，我去了也不能帮什么忙。"

乔雨柔想了想，还是拒绝了，对她来说，做珠宝设计有钱拿，能自己挣学费、生活费就非常不错了。

乔雨柔如此说宋毅也没办法，总不能强拉着她去吧，不过她越是如此，宋毅就越觉得她品性的难能可贵。

　　乔雨柔趁着宋毅在，便又把她这些天遇到的问题拿出来向宋毅请教，宋毅也一一和她探讨，对如此上进的女孩子，宋毅哪能不尽全力帮助她。

　　末了，乔雨柔自然又是甜脆无比地谢过他，宋毅也开玩笑地夸她："真是个懂礼貌的小孩。"

　　玩笑惹得乔雨柔不满地噘着小嘴，然而配上她那娇俏秀美的容颜，却是一副可爱至极的模样，宋毅偷乐不已。

　　下午课程结束之后，林宝卿就跑过来抓壮丁，去北京的私人俱乐部参观之后，她对自己的品香俱乐部又有了新的想法，还说争取在暑假期间开业。品香研讨会的一众会员都是她的壮丁，乔雨柔自然跑不掉，乔雨柔这小丫头，丝毫没有被抓壮丁的觉悟，反而乐呵呵地和林宝卿有说有笑，听她讲去北京参加拍卖会的见闻，不时发表一下自己的看法。

　　星期六放假回到家，宋世博、宋明杰、苏雅兰、何奶奶都在大厅聊着天等他。

　　虽然在电话里听宋毅说了拍卖会的事情，但他们更愿意这样面对面地听他讲在北京发生的事情。宋毅本就是能说会道之人，这时候自然将当时的情况好好讲述了一番，没有太多夸张的言辞，也没隐瞒什么事实，因为他买的那些东西马上就要运回东海，到时候大家都看得见的。

　　苏雅兰和奶奶最喜欢听的，还是那场珠宝玉石拍卖会上的事情，听宋毅讲"金玉良缘"大受欢迎，最后以天价拍出，两人都自然流露出浓浓的自豪之情。

　　这的确是件值得开心的事情，这次拍卖又创造了一项珠宝业的纪录，也让金玉珠宝的名气拔高了不止一点。

　　宋毅知道她们听着开心，也就多花心思组织言语，将那晚的情景适当艺术加工了一下。

　　等他们高兴之后，宋世博却皱着眉头沉声说道："小毅你买这么多东西，也得分辨一下优劣啊？别像买大白菜一样，看一眼就买。"

　　在宋世博看来，宋毅明显有些败家，他看过拍卖会的拍品目录，很多

藏品根本不值得收藏，肯定是宋毅看在朋友的面子上才买下来的。再说了，宋世博并不相信宋毅有那么好的眼光，两千多件藏品，即便以前看过目录，又怎么能在短短两三天时间内挑选出其中六七百件精品，很多藏品肯定是不怎么样的。

"我知道你重朋友义气，可尺度还是要好好把握，人心隔肚皮，多点心思总是好的。小毅你很聪明，不用我们多说你也懂的……"宋明杰也跟着宋世博，语重心长地对他说道。

宋毅知道他们的心思，心底只有感动，家里人是不带任何利益真心关心自己，这浓浓的亲情让他觉得重生有了价值，又怎么会出言辩驳，忙点头道："我会注意的，这次我只是看着这些东西便宜，想着投桃报李而已，等他们拍卖公司业务上去之后，我再想像这样买'大白菜'也不行了。"

倒是一心向着她的宝贝孙子的奶奶，见不得宋世博这两父子教训他，慈祥地说道："小毅的翡翠不是卖了五千万么，他自己挣的钱，又没让你们花一分钱，想怎么花钱就让他自己去花。再说老头子你平时不是就喜欢摆弄这些东西吗？等你退休下来，这些东西还不都是交给你去打理，再说了，我可是相信我们家小毅的眼光的。"

"也罢，年轻人总是要自己经历之后才会成长。"

宋世博见宋毅态度良好，虽然不太认可老伴的话，但也不想和老伴顶牛，态度也软了下来。

宋毅开心地笑了起来，随即说道："不过这类藏品买多了也确实是个麻烦事，光是保管就是个大问题，我们家恐怕都没这么大地方放。我也是买下来之后才想到这个问题，之前很多藏品都放在林叔叔那儿，总是麻烦他也不好。奶奶的话倒给我提了个醒，我想以后干脆建个自己的博物馆，到时候还得请爷爷来帮忙。"

古玩藏品可不是像某些"收藏家"那样，几百件藏品全部藏在床底生怕被人偷，看看博物馆里藏品的保存情况就可以知道，尤其是真正的精品，该怎样保管，温度、湿度、各种环境，要求可不是一般的高。

宋毅说这话也有原因，他也怕宋世博再提什么捐赠给东海博物馆的事情，虽然此前两人就有过交锋，但没准这次宋世博见到这么多藏品又固执起来，所以，干脆主动提出来。开博物馆的目的是让更多人看到，至于这些藏品属于国家还是个人，就不要计较那么多了吧。

苏雅兰一直在旁边保持沉默，先前的情况她不好说什么，宋毅这臭小子出手是够狠的，这次拍卖会上就花掉三千多万，买了六百多件藏品。她的态度和奶奶出奇的一致，认为宋毅并不单纯只是看在朋友的情义上才买这么多东西的。

听宋毅说起如何处理这些藏品，以及开博物馆的事情，还想让宋世博帮忙的时候，苏雅兰这才找到开口的机会，斥责宋毅说："小毅你也真是的，净找些麻烦事情来做，我们自己忙忙就算了，你还不让爷爷好好休息。"

宋世博闻言呵呵笑道："你就别怪他了，小毅也是为了我好，怕我退休之后闲得慌。不过小毅你的这些藏品还是不要全部放在博物馆里的好。"

宋毅忙不迭地点头称好，他也从未想过将所有的藏品都放在博物馆展出。

"爷爷说得对，那些大众化的藏品我会找机会交流出去的，只有精品才能放在博物馆，要不然只会堕了博物馆的名气。"

宋世博对文物交流倒不反对。毕竟，有来才有往，没有藏家之间的交流买卖，也不可能收藏到各种不同的藏品，至于宋毅是不是能在其中赚到钱，这根本不在他的考虑范围之内。天下熙熙，皆为利往，没利益存在的事情很少有人去干。

宋世博的注意力还是放宋毅所说的私人博物馆上，如果筹建博物馆，怎样管理博物馆，他是最在行的，宋毅能做的只是提供所需的帮助，资金、地址、藏品、设备等等，这可不是一两年时间就能建成的。

所幸宋世博和宋毅都不着急，他们还有大把的时间，宋世博离退休也还有一段时间，宋毅这时候提出来，也是给宋世博一个准备的时间，到时候只需交给宋世博去做就成。

不管宋毅在拍卖会上干了怎样的事情，买了多少东西，拍卖会这边已经告一段落，还有一千多万的盈利。而这一千多万，宋毅打算全部投到香港那边去。

金玉珠宝香港分部的装修工作已经全部完成，过几天就要正式营业，苏眉为此在那边忙活了大半年，她也应宋毅的要求，入籍香港，准备长期在香港发展，在宋毅的战略部署中，香港的位置丝毫不比东海差，用宋毅的话来说，没个放心的人坐镇怎么行。

香港分部正式营业，宋毅自然要亲临现场，当初东海分店正式营业的时候，宋毅远在缅甸，还时常被苏雅兰、苏眉她们引为遗憾，这次他是怎么都跑不了的。

苏雅兰和宋明杰自然也是要去的，宋毅还邀请爷爷奶奶趁着这次机会一起去香港玩玩。宋世博没答应，他对商业化运作的金玉珠宝没有特别的兴趣，当初在东海开业于情于理他都得去，香港的话，他就不想奉陪了。宋世博不去，奶奶也不想去，她一方面得照顾宋世博，另一方面也怕过去给他们添麻烦。

宋明杰和苏雅兰劝说无效只好作罢，心想只有等宋世博退休之后，再请他们去玩。

宋世博和奶奶去休息之后，宋明杰、苏雅兰、宋毅几个人则讨论去香港的事宜。

苏雅兰和宋明杰对苏眉赞不绝口也是有原因的，金玉珠宝在香港的销售网络由苏眉一手经营，宋明杰和苏雅兰一直忙着巩固并拓展东海的市场，对苏眉的帮助并不大。这次过去也主要是撑场面而已，所以两人去香港的时间也就一两天。宋毅则要提前过去，不过他还要在东海再待上一两天。

香港分部的店面并没有营业，但金玉珠宝依旧取得了辉煌的成果，金玉珠宝成功打入了香港上流社会的圈子，短短几个月时间，销售额就超过了三千五百万。

金玉珠宝的品质自然不用多说，尤其出色的便是香港人钟爱的翡翠。宋毅放言，放眼香港，还没有哪家的翡翠首饰能比得过金玉珠宝，身为当

家人的苏眉自然也有这份底气和豪情。

他和苏眉在腾冲赌石时结识的翡翠商人纷纷过来捧场，知道他在缅甸有自己的翡翠矿场之后，更有不少玉石商人慕名前来。

至于进军香港的策略，则是宋毅结合他之前在其中厮混的经验，一手订制的，事实证明相当成功。

除此之外，苏眉的个人魅力也是其中的关键因素，.她本就长袖善舞，加上跟着宋毅日子久了，学足了他那套为人处世的方法，更让她在这个圈子内如鱼得水。

在金玉珠宝店面装修的时候，也有不长眼的前来捣乱，无一例外地都被宋毅特地调过去的赵飞扬给打发掉。

当然，这一切都离不开东海本部宋明杰和苏雅兰两人的大力支持，并输送了一批经验相对丰富的老员工过去。而且，珠宝首饰的设计加工全部都在东海，如果客户需要订制的话，苏眉则打电话通知这边加工之后送过去，麻烦是麻烦了一点，但也是无可奈何的事情，毕竟，在香港刚立足，根基还不稳固。

苏眉短时间能做出这样的成就，就足以让苏雅兰夫妇俩惊讶，同时也觉得宋毅的眼光实在是厉害，将心比心，换了他们过去，肯定不能取得今天这样的成就。

商议妥当之后，宋毅便让父母先去休息，苏雅兰看看时间，已经十一点半了，也叫宋毅早点睡下。

宋毅精力旺盛，这时候自然睡不着，回到自己房间后，给苏眉拨了个电话过去。

"小毅吗？"

没响两声苏眉就接了电话，声音中带着一丝朦胧，她这时候已经上床休息，不过一直没睡着。

"眉姐还没睡？可要注意休息啊。"宋毅这话纯属废话。

苏眉微微一笑，"那你还打电话过来……"

"刚和老妈他们聊眉姐你在香港这边的事情，老爸老妈一直夸你，说

163

你漂亮又有本事，我都有些嫉妒了哎。看着时间晚了，差点就没打，怕影响你休息，不过心里始终放不下。"

苏眉谦虚地回答道："哪有他们夸得那样好，还不都是你的功劳。对了，你什么时候过来?"

宋毅回答说："我要过两天才能过来，东海这边的事情得处理一下。"

"还是去学校报个到吧，感觉你念大学像过家家一样。"苏眉调侃他说。

"我们那时候念书哪像你，别说逃课了，上课从来都是认认真真学习的。"

"我可不敢和眉姐比，要是可以的话，我倒是愿意安安静静地待在学校里，享受眉姐曾经拥有的美好时光。"

"知道你忙……"

"我争取尽快处理完，后天晚上应该就可以到香港了。"宋毅听出一丝幽怨的味道，但这也是无可奈何的事情。

"别!"

苏眉忙道："你把自己的事情处理好了再过来不迟。"

宋毅言之凿凿地道："那时候也差不多了，这么久没见眉姐，想念得很。"

苏眉问他："你这次来香港也有不少的事情要办吧?"

宋毅笑笑，"眉姐在接人待物方面处理得一直很不错，我这次也会带一些香料过来，还得去问何建那小子要，听说他又从海南搞到不少野生沉香。还有普洱茶，也可以适当炒起来了。"

"每天回家闻香品茗，感觉整个人都轻松了不少，心情也会跟着沉静下来。"苏眉心底还淌着沉香那沁人心脾的芬芳。

她跟着宋毅学了不少东西，尤其在品香品茗这两件雅事上，她学得很用心，也深得其中的神韵，不用宋毅讲她也知道，这可是修身养性，提高自身品位和格调的好方法。这也让她在待客时获得了极好的评价，别的不说，光这些古香古色的品香器具摆出来就足以让人震撼不已。

因为知道她平时忙碌，宋毅建议她平时用的便是自制的最上品的香，晚上回家只需点上即可，不用太过复杂繁琐的步骤。

而宋毅所说的普洱茶的事情，苏眉自然了解，还是当初两人在腾冲的时候收购的，现在到了收获的季节了吗？

其实苏眉也有所察觉，在她的影响下，普洱茶的名气已经慢慢传了出去，被她邀请到家里来喝茶的朋友就常向她打听这是什么茶，苏眉也经常把普洱茶当做礼物送出去，接受馈赠的朋友自然会饮用。

和苏眉来往的都是名流富豪，舍得花几十上百万买珠宝的，家底都不会太薄，正是这些人，舍得在生活享受上花钱。

而早在五十年代，香港茶楼就兴起喝普洱茶的热潮，因为比起性寒的绿茶来，老普洱茶温和暖胃，不会伤身。

宋毅现在想引领的，是另一波的普洱热，而且宋毅还知道，后面大陆还有一波更大的普洱茶热，相比而言，港台这点儿只能算是小儿科。

而这段时间，苏眉也有所耳闻，香港这边的宜兴紫砂壶被人热炒，港台各行人都参与其中。

这古玩收藏业和珠宝首饰业关系紧密，翡翠就有人当做收藏品。苏眉能听到其中的消息自然不稀奇，和她来往的人当中，就有不少是古玩收藏界的大鳄，她常听他们说起又花几十万收了一件极品紫砂壶。

苏眉和宋毅在一起久了，对古玩收藏的欣赏水平和眼光自然跟着提高。宋毅待她好，给她用的，家里装饰的，无一不是个中精品。苏眉自己也觉得，没一两件精品压场，都不好意思宴请别人。每每看到来访的客人惊讶、欢喜的表情时，也让苏眉觉得开心。

事实上，这也是一种缓缓兴起的风潮，发展到后面，如果一家公司没有一两件精品古玩收藏，别人就会怀疑你的实力够不够，底蕴足不足。这才有不少企业在拍卖会上一掷千金，最不济，也会请行内人士帮忙选购古董，用来镇场，以此彰显公司的实力。

苏眉是那种不耻下问的性子，不知道的就向宋毅请教，找不到宋毅的时候，就找宋世博、林方军、林宝卿他们，他们也都乐于帮忙。

这次港台刮起的宜兴紫砂壶热，苏眉和宋毅都没有参与其中，主要是精力有限，正事都忙不过来，没时间搞这些。

还有一个原因，就是紫砂壶的利润在别人看来非常多，动辄几十万，但在宋毅和苏眉看来，真要去参与，才是舍本逐末，稍微精品一点的翡翠价值就上百万，何必自寻麻烦。

苏眉就算和香港的收藏大家们聊起紫砂壶来，也丝毫不比他们逊色。苏眉喝茶的茶具中自然少不了精品的紫砂壶，别的不说，其他人只要见过，就该知道主人的品位如何。

而这股紫砂壶热的兴起，也正好迎合了即将到来的普洱热。紫砂壶买来可不是好看的，紫砂壶的最大作用是品茶，尤其是在邀请好友时。

说得更直白一点，就是炫耀，平白花了几十万，当然得给别人瞧瞧，不过表达的时候可能会更含蓄一点，也会找各式各样的借口，但总是一个意思罢了。

说来大部分人都是盲目的动物，跟着追逐风潮，好像别人有自己没有就很没面子，即便有些人先前还能稳住，等见到周围几乎所有朋友都有而自己没有时，便会觉得格格不入。

紫砂壶热如此，将来的普洱热更会如此。

苏眉对此深信不疑。

与此同时，苏眉也对宋毅的料事如神有了更深刻的认识，当初收购普洱茶，还是她和宋毅一起在腾冲赌石的时候，那时候宋毅就不惜斥巨资，请专人收购普洱茶。

宋毅那时候收购的价格比市面上还要稍微高上一些，他更注重的是普洱茶的品质，他早就料想到会有这样一天的吧。

苏眉便提议开业晚宴上用普洱茶招待客人，这也正是宋毅所想的。

"英雄所见略同！我们要办的话，就要办一场别具一格的盛宴，让他们知道我们的文化底蕴，算是给香港这方面的文化沙漠注入一条清新的泉流。"

苏眉咯咯笑了起来。

"你这家伙还真会说大话。"

"香港的氛围确实如此，生活压力大，节奏快，烧香拜佛倒是诚心，可闻香品茗就算了，只不过是附庸风雅而已，确实需要好好引导一下。"

宋毅也只是随口说说而已，并不想上纲上线或者批评人家。如果林宝卿来了，她倒是非常可能去布道，宣扬她那番爱香品香的思想。

苏眉在香港也生活了这么久，和东海人的生活差异自然很快就能感受到。但穷人和富豪的生活差距也非常大，这个在哪里都一样，宋毅说得没错，附庸风雅的多，真正有品位的则少。

苏眉也渐渐明白了他的心思。

"小毅想将品香的风气也向这边推广？"

"眉姐真聪明……"

宋毅心说要不然收那么多香料，还专门开了一家品香俱乐部是做什么的。

"这倒是一个不小的市场，一支上品香价格可以达到上百元，习惯之后，每天一支也不是什么稀罕事。我现在就习惯每天下班回家后就点上一支。"

苏眉心底涌动着丝丝暖意，宋毅对她好，给她用的就是最上品的沉香，不过是自家生产的，燃起来不心疼。其他人想要买这样一支香，价格起码在百元以上。

"这也是弘扬香文化的一种方式吧，总不能让人以为除了烧香拜佛之外，这香就没别的用途了。"宋毅回答说。

他又把另外一些注意事宜对苏眉讲了，并说道："总之，宴会的筹备事宜就要眉姐多费点心思，但也别太过操劳了。"

苏眉却笑着说："有事情做，活得才真实，要不然，我会以为这是一场梦的。"

不知不觉间，已经过了凌晨，宋毅连忙让苏眉早点休息。

第二天上午有课，下午没课，宋毅就打算去临海村，除了去玉石厂之外，顺便还要去旁边的家具厂，这次过去还要带一些香过去。

想着，宋毅便给何建打了个电话过去，何建在朦胧中接了电话，听出是宋毅的声音后，声音当即变粗，"你小子，这次去北京玩爽了吧？听说你又大出风头……"

宋毅笑道："累就一个字，海南那边的妹子还像以前那样热情吗？有时间我也要过去瞧瞧。"

"还行吧，我这次过去倒是淘到一些好东西，到时候给你闻闻，绝对很正品。"

"我下午去临海村那边拿些东西，要不要见个面，好久都没看到你的影子了。"

"知道你忙，你先过去，我到时候给你电话，晚上一起吃个饭。"

听宋毅说有事，何建也知道他是真的有事。不用多想他也知道，香港那边的店铺即将开业，宋毅去临海村，肯定是要调些上品的珠宝首饰过去。

宋毅又和何建聊了好一会儿，这才收了电话，昔日的好朋友，现在见面的机会都不多，不过宋毅倒没忘记联系他。据林宝卿讲，他现在俨然一副成功人士的模样，据说在他们学校也非常受女孩子欢迎，这正是宋毅希望见到的。

上午下了课，宋毅和林宝卿一起吃午饭，顺便还带上了乔雨柔。

和往常一样，几个人也没去太好的饭店吃饭，就在学校附近的小吃店里，炒了几个菜，对学生们来说，这样的生活算是很高标准了。

饭店姓梁的老板娘是个四十来岁的勤快中年阿姨，把店里的桌椅碗筷都收拾得很整洁，也正是看中这点，林宝卿她们才长期在这里吃饭。

几个人进去的时候，梁阿姨还热情地向他们打招呼，说他们有些时日没来吃饭了。

像宋毅他们这样俊男美女的组合，走在路上想不引人注目都不行，更何况是饭店老板这样八面玲珑的人。通过仔细观察她也算弄清楚了几个人之间的关系，看起来如璧人的两人是一对，不过这两人显然都极宠着那如

瓷娃娃一般精致的小美女。

宋毅不用说，平时漂泊不定，吃饭也是这里一顿那里一顿；林宝卿回家吃饭的时候多，基本只有宋毅跟她一起的时候才会在这里吃饭。

坐下点好菜，等着上菜的时候，宋毅也说起他的安排。

"我下午去临海村玉器厂和家具厂看看，还有，约了何建晚上一起聚聚，到时候宝卿你过来不？我们去吃海鲜。"

"行啊，我也有段时间没和何建见面了，不知道他又淘到什么好东西了。"林宝卿很干脆地答应下来。

"嗯，到时候我打电话给你。"

宋毅很快又将话题转移到他们马上要去的品香俱乐部，在他的鼓动下，气氛很快活跃起来。乔雨柔也说了一些她自己的建议，通过在品香研讨会的学习，她对这方面也有了长足的进步。她有一颗热爱艺术的心，对美好的事物，都格外敏感。

宋毅吃相很斯文，但吃得却不少，林宝卿放下碗筷后，他还在吃，林宝卿便笑他说是猪变的。

宋毅笑着说吃得多才好做事。

说话间，几人结了帐，拦了辆出租车，去了俱乐部。

宋毅这次在北京的拍卖会上买了那么多古玩藏品，原本放在什么地方保管也是件让人头疼的事情，所幸俱乐部这边也需要相当数量的古玩文物，一则提高俱乐部的档次和品位，二来也可以彰显俱乐部的真实实力。

而宋毅马上又要去香港待上一段时间，接收拍下的那些藏品的任务自然就交给了林宝卿。

林宝卿也欣然接受了这个任务，这些藏品她都有印象，很多还是她高高举着牌子拍下来的呢。如何保管这些藏品，她也有相当的知识，不会的话还可以向长辈们请教。

林宝卿在拍卖会上拍下各式各样的香炉，这次正好用在品香俱乐部这边。像香炉这类文玩，是需要经常把玩使用的，正好物尽其用。

俱乐部的装潢工作已经全部完成，需要改变的只有小部分细节，还有

169

一些家具还没做好。整个俱乐部的风格已经定下了，就是仿古，古香古色，幽静典雅。品香品的是心情，品的是情调，在幽静的环境中能更好地做到天人合一，所以俱乐部的选址是在深巷幽静之地。

"我想这学期结束之后再开业，宋毅你觉得如何？"

林宝卿得到宋毅的建议，觉得需要改动的地方并不是特别多，但她还是想努力做到尽善尽美。

宋毅表示支持。

"那时候准备工作肯定可以全部完成，到时候你就可以专心经营这里，研讨会的学生们也可以派上用场。"

乔雨柔也在旁边表态，"需要我帮忙的话，宝卿姐姐说一声就行。"

"那小柔得学会分身术才行。"

林宝卿一脸的笑意盎然。

宋毅也开玩笑地说："也对哦，小柔已经被我征用了。"

"不会啦，我跟宝卿姐姐学品香的时候就发现，品香时灵感比平时多，不会影响珠宝设计的工作。"乔雨柔羞怯地笑笑。

林宝卿上下打量着她，惊叹道："那是小柔你厉害，我怎么就没灵感？"

"说真的，小柔我征用了。"

宋毅也说道："我下午要去玉器厂那边挑选一大批珠宝，香港那边开业需要的东西可不少，小柔也一起去吧。"

"好，我正觉得自己没做多少事情呢。"

乔雨柔忙点头表示同意，事实上，从金玉珠宝领这么多的工资让她颇为不安，总觉得她自己没做太多的贡献。

林宝卿在旁笑道："小柔真可爱，要我说，干活越少，给钱越多才好。"

"那样可不好。"乔雨柔一本正经地回答。

宋毅闻言也笑了起来。

"小柔就是这样的性格，宝卿你可别误导她。"

林宝卿笑道："小柔你可要小心了，这家伙最会压榨人的，要是他敢欺负你，你就告诉我，我来对付他。"

"不会啦，宋毅哥哥是好人。一直都很照顾我，从来没有欺负我。"

乔雨柔言之凿凿，一副我非常了解他，你别"黑"他的表情。

宋毅无语，又被这可人的小萝莉颁发好人卡一枚，是好事还是坏事？

至于林宝卿，这时候已经捧着肚子乐得不行，她可是听宋毅讲过好人卡是怎么一回事。

送林宝卿去上课，宋毅就和乔雨柔往位于临海村的玉器厂而去。

宋毅并没有被乔雨柔的好人卡打击，一路和她说笑，单看她那甜美的笑容，宋毅就觉得值了。

"小毅，小柔你们来了啊。"

两人在玉器厂门口下车，车一来，门卫陈放就出来了，看见是宋毅两人，马上热情地向他们打招呼。

宋毅是这里的大老板，乔雨柔也经常来玉器厂，陈放自然认识他们。

当初选择将玉器厂建在这里，就是出于安全方面的考虑，这里都是邻里乡亲，加上玉器厂又带活了周边的经济，关系到切身利益时，群众的眼睛都是雪亮的，想打玉器厂主意的人都逃不过群众的火眼金睛。

宋毅带着乔雨柔在玉器厂转悠了一圈，对现在厂里各方面情况都比较满意，井然有序的场面看着也比较舒服。

他现在出手的时候并不多，玉器厂招聘了一大批经验丰富的老师傅进来，不管是切石还是加工，都有着相当丰富的经验。宋毅也都一一考核过，这也让他放心把这些事情交给他们去做，要不然，还像以前一样，需要他自己切石，打磨加工，他再好的精力也顶不住。

一路走来，宋毅也明显感觉出大家对乔雨柔的喜爱。

乔雨柔这可爱玲珑的小丫头确实招人喜欢，又是大老板钦点进来的，还和自身没有利益关系，搞好关系自然在情理之中。

想要做合格的珠宝设计师，融洽的人际关系是非常有必要的。做好设

计并不是件容易的事情，设计出来做不出来也是白搭，不过这样的情况基本很少出现，更多的时候，需要珠宝设计师和厂里的老师傅一起努力。

乔雨柔就经常对宋毅说，她在这些老师傅身上获益良多，她再怎么有天赋，说到底只是个新人，需要学习的地方还很多。即便设计的珠宝再新奇也难免有疏漏，而她的态度谦逊，得到老师傅们的帮助指点，设计出来的珠宝首饰也更趋于完美。

做完这些之后，宋毅这才带着乔雨柔去挑选即将选到香港那边去的珠宝首饰。

香港的珠宝店比比皆是，竞争的激烈程度比东海高出不知多少倍，想要在其中脱颖而出，新颖的设计和过硬的质量都是最基本的。现在金玉珠宝在品质上占了优势，新颖的设计也就指望着宋毅和乔雨柔不断迸发的灵感。

而且宋毅事情越来越多，已经渐渐退出这个舞台，乔雨柔已经开始担当起更大的责任。

当然，一些经典的款式怎样都不会过时，宋毅对乔雨柔的要求就是：即便是最经典的款式，也要想方设法设计出新的东西来，哪怕仅仅只增加一点东西或者减一点东西都行。但一定要知道经典为什么会成为经典，它的精华在什么地方，哪些东西是不能舍弃的，这些方面你自己得好好考虑。

好学的乔雨柔本着好记性不如烂笔头的原则，将宋毅的话如实记录下来。宋毅也在心底坏想，假以时日，说不定能写成一本宋氏语录。

"等放了假，我带你去香港考察一圈，闭门造车可不行，见得多，视野开阔了，设计的灵感也会更多。"

乔雨柔一个幼儿地点头，在她看来，不管宋毅说得正确与否，先记下来再说，将来再慢慢验证好了。

两人正在挑选珠宝的时候，苏雅兰过来了。

"苏姨好！"

乔雨柔亲热地和她打了招呼，脸上的笑容甜美无比，微微泛起的两个

小酒窝尤其显得可爱。

"小柔真是礼貌又懂事。"

苏雅兰回给她一个笑容，乔雨柔的乖巧玲珑是所有人都知道的。苏雅兰感受特别深，不是因为她是宋毅推荐进来的，乔雨柔用她自己始终如一的言行，获得了苏雅兰的喜欢。

"在挑带去香港的珠宝吧，小毅你们选好就行，到时候我们带过去还是你自己带过去?"苏雅兰问他。

宋毅道："我一并带过去好了，还得提前布置一下，到时候你们直接过来就成。"

"那行。"

苏雅兰点头道："对了，小柔要不要一起过去瞧瞧?"

宋毅笑道："刚我还说这事呢，她现在还没证件，我想着等放暑假再带她过去参观。"

"那也行，现在小柔可是我们金玉珠宝的当家设计师哦。"苏雅兰笑望着乔雨柔说。

乔雨柔娇俏的小脸蛋马上不争气地红了起来，羞涩地回答说："苏姨过奖了，我还有很多地方要向宋毅哥哥和厂里的师傅们学习呢。"

苏雅兰笑得更开心，眼中的欢喜之情也越发浓，还伸过手去，轻拂乔雨柔的秀发。

"瞧瞧，我就喜欢小柔这谦虚性子，小毅，你可得多和她学学，别处处锋芒毕露，咄咄逼人的。"

"老妈，你偏心。我其实很低调的好不好。"

宋毅大叫冤枉，其实他很想低调，可惜要做事，光低调是不行的，别人不会认为你内敛，只会认为你没能力。

"没啊，我觉得宋毅哥哥现在这样蛮好的。"乔雨柔忙替他说好话。

"果然还是小柔好啊。我说老妈你这么喜欢小柔，干脆收她做干女儿好了，你们不是说想要给我添个妹妹吗?"

"你这臭小子乱说话，小心老娘揍你!"

173

苏雅兰老脸一红，转而考虑起他的提议来。苏雅兰本就是干脆利落的人，宋毅说得也是事实，苏雅兰一直希望有个贴心如小棉袄般的女儿。

有林宝卿在，让乔雨柔做儿媳妇是没指望了，但干女儿嘛，好处可就多了，不但于情于理都说得过去，也比较符合彼此的利益。

苏雅兰很快就做出了决定，对乔雨柔说道："不过小毅这个提议倒是不错，小柔，你愿不愿意做苏姨的干女儿啊？"

乔雨柔望着苏雅兰那热切的目光，有些茫然不知所措，小手摆了摆，却不知道该放在哪里。一时半会儿，她也不能领会到成为苏姨的干女儿有什么坏处，好处倒是非常多，而且有一点是乔雨柔可以肯定的，这样一来，和宋毅的关系就更亲近了。这不是正是她自己期待的吗？仅这一点，就值得她答应。

话一出口就没办法收回，加上心底确实很喜欢乔雨柔的乖巧，宋毅便在旁边推波助澜。

而按乔雨柔老家的习俗，拜干妈并不是什么稀罕事，尤其是那些小时候身子骨比较弱的孩子，更流行拜干妈。

苏雅兰和宋毅都比较真诚，苏雅兰对她的疼爱乔雨柔也是看在眼里，她也没有拒绝的理由，甜甜脆脆地叫了声："干妈！"

苏雅兰听得心花怒放，脸上的喜悦也越发浓郁，亲切地牵着她的小手，柔声道："小柔乖，有你这样可爱的干女儿，干妈打心底觉得开心，不过干妈还没准备什么礼物……"

宋毅闻言立刻从手边挑了一个艳绿的弥勒佛递给她，苏雅兰接过去之后，满意地对宋毅点了点头。

"都说男戴观音女戴佛，这弥勒佛就送给小柔啦，希望小柔一生都像这弥勒佛一样开心。"

乔雨柔感觉大脑反应有些迟钝，眼睛也睁得大大的，这样的翡翠佛像，市场价格起码值几十万，这样贵重的礼物，她如何能接受？

"干妈，这礼物太贵重了我不能收……"

好不容易反应过来，乔雨柔一边摆手拒绝，一边用她那楚楚可怜的目光向宋毅求助。

"小柔你现在可是我们金玉珠宝的小公主了，这样一块翡翠算什么贵重的。"苏雅兰不以为然地说道，想帮她把这块翡翠佛像戴上。

"可是……"

乔雨柔想要挣扎，望着宋毅的目光越发让人怜惜。

宋毅却笑着说："没什么可是的，这可是你干妈的一片心意，你忍心拒绝吗？再说了，小柔你也知道，这里的翡翠这么多，跟石头也差不多。你现在也要开始习惯自己的身份，试想一下，要是让人知道金玉珠宝的老总收了个干女儿，却连一块公司随处可见的翡翠也没有，别人会怎么说？这一来，丢的可是你干妈的脸，也是我们整个金玉珠宝的脸，你希望看到那样吗？"

被宋毅大帽子一盖，乔雨柔愣了愣，悄然低下头去，柔声说道："谢谢干妈！"

看苏雅兰帮她戴上佛像，宋毅正想着说几句应景的话时，乔雨柔却又抬起头来。

"我会努力做出更多更好的珠宝设计的。"

"你这傻孩子，说这傻话做什么，干妈就是单纯的喜欢你而已。"苏雅兰无奈地摇摇头，她喜欢乔雨柔，不正是因为她这种纯洁善良的性格吗？

乔雨柔呵呵笑笑，没再说什么，但却在心底下定了决心，她本来就是那种外柔内刚的性子，一旦下定决心做一件事情，就一定要做到。

苏雅兰知道她的性格，也就不和她纠缠于此，只亲热地拉着她的小手说些体己话。

宋毅把要带去香港的珠宝挑好，看两人还在说话，便对她们说："我先去家具厂那边拿点东西，晚上我约了宝卿和何建一起吃饭。我看要不叫爷爷奶奶一起，晚上大家聚一起，庆祝一下如何？"

"你去安排吧，等下我开车回市里去。"

苏雅兰对此没什么异议，这会儿她和乔雨柔母女情浓，也没那么多心思去管别的。乔雨柔本说跟宋毅一起去家具厂看看香料的，苏雅兰哪肯放她走，正打听乔雨柔的事呢。

宋毅就打电话定了家海鲜酒楼，并打电话通知了何建、林宝卿，以及爷爷、奶奶、老爹，宋毅说是晚上有大事要宣布。

宋毅身边的人已经习惯了他故作神秘，也就没怎么追问，他既然说是大事，自然就假不了。

宋毅出玉器厂时还和陈放聊了几句，夸他工作认真负责，让陈放有种受宠若惊的感觉。

不同于玉器厂，红木家具厂这边是由三方投资的，何建和林宝卿各占百分之二十，宋毅独占百分之六十，不过平时都是何建在打理，宋毅也没那么多工夫管这边。

家具厂这边地方比玉器厂更大，生产的也不仅仅是家具，实际上，家具并没有做出多少，做出来的主要都用在了林宝卿的俱乐部里。主要生产制造的还是香类，各式各样的香、盘香、柱香、线香等等都有。

宋毅这次过来，主要也是带一些高档的香料去香港，他想借机开拓一下香的市场。

品香是一种文化，更是个人素养的表现，也是一种生活品质的象征。人有钱了，就爱玩这些有格调情趣的东西。

宋毅挑了些线香，又拿了几块野生的极品沉香，稍事询问了一下厂里的情况之后，就带去了玉器厂。他准备把这些香料和要带过去的珠宝放一起，明天一起带去香港。

到玉器厂的时候，苏雅兰和乔雨柔也聊得差不多了。

宋毅也听两人做了约定，说是在外人面前，让乔雨柔仍旧叫苏雅兰苏姨。宋毅也没无聊到去干涉这些小事情，让她们去折腾好了。

回市里的时候，还是宋毅开车，苏雅兰和乔雨柔则在后面聊着什么。女人和女人之间的话题，仿佛永远都聊不完，宋毅见惯了也不以为意。

离吃饭的时间还有一会儿，宋毅先开车回家，顺便接奶奶一起过去。他让宋世博、宋明杰直接去酒楼，林宝卿和何建自然也直接过去。

奶奶听说苏雅兰收了乔雨柔这样一个干女儿，看乔雨柔娇俏可爱，惹

176

人怜爱，也为她们感到高兴。苏雅兰今天虽是临时起意，但对乔雨柔却是放了一百个心，平时在家里，她就常对奶奶提起乔雨柔这个讨人喜欢的小丫头。

林宝卿见到乔雨柔时也没在意，因为乔雨柔经常跟他们一起吃饭，可宋毅把他爷爷奶奶都叫了过来，却是她没想到的。她便拉着宋毅追问究竟有什么事情，现在她和宋毅的关系也被长辈们认可了，亲密一点儿也没什么。

宋毅却卖了个关子，"等下你就知道了。"

林宝卿对此很不屑，"哼！我去问小柔，她应该知道。"

等林宝卿噔噔跑去问乔雨柔时，乔雨柔却也支支吾吾，把小脸涨得通红，愣是没说出什么话来。

这让林宝卿越发觉得奇怪，可又不知道是什么原因。

倒是何建这个家伙，还是那副大大咧咧的样子，和宋毅在那嘻嘻哈哈，浑然不当一回事，本来也没他什么事儿。

"从今以后，小柔就是我的干女儿。小柔是个好女孩，大家以后会好好照顾你的。小毅，可不许欺负你妹妹。"

等大家在酒楼聚齐后，苏雅兰当众宣布了这个消息，被指名道姓的宋毅丝毫不以为意，反而带头鼓起掌来，热烈的掌声倒把乔雨柔羞得不行，她还不习惯这样的受人瞩目。

这是苏雅兰的决定，宋明杰他们自然不会反对，乔雨柔是个乖巧伶俐的丫头，和宋毅关系又好，这些大家都看在眼里，如此一来，可以说是皆大欢喜，没人会出来扫兴。

林宝卿这时才明白，感情乔雨柔成她小姑子了，她这姐姐也变嫂子了。难怪刚刚问她什么事情的时候，她一直不肯说。

而乔雨柔变成宋毅的干妹妹，林宝卿也觉得松了一口气，有苏雅兰罩着，宋毅胆大包天也不敢乱来。她之前不是没怀疑过宋毅是否对乔雨柔别有心思，尽管她觉得这样的怀疑对乔雨柔来说有些不合适，但现在，她已经不需要再担心这一点了。

"这么大的事情，亏你还藏着不告诉我。"林宝卿也不忘回头责备宋毅。

"老妈的主意，自然由她来宣布比较妥当。"宋毅说话间择清自己的责任。

林宝卿却轻声哼道："哼！你倒是不想吧？"

"哪有，有个这样的干妹妹我高兴还来不及呢。我只是考虑到，以后小柔该改口叫你嫂子，这份惊喜还是你亲自体验比较好。"宋毅马上解释说。

"呵呵！"

林宝卿有些羞意，讪讪地笑笑后，很快就抛开宋毅，过去和未来的小姑子搞关系去了。

乔雨柔见她过来如临大赦，被关爱的感觉是不错，可太多了也不妙，压力非常大。

两个年纪相差不大的女孩子聊起天来总是比和长辈们聊天更加轻松。而关系改变了，林宝卿觉得她对自己没了威胁，两个女孩子的关系也仿佛更近了一步。

宋毅也没冷落何建，陪着他一起胡吃海喝，两人的胃口都不错，这时候，林宝卿也不会笑他们吃得太多。

宋明杰和苏雅兰放开乔雨柔之后，也关切地问起何建的学习，以及他搞的家具厂的情况。

何建也不傻，把他去各地收购的事情讲出来，问他有什么规划打算时，他就把宋毅平时对他讲的那套拿出来讲，说什么开拓市场，进军香港之类的。

香料、家具这块儿，宋明杰和苏雅兰都不想管，金玉珠宝的事情就够两人从早忙到晚了，实在没闲暇去管别的。有何建这个他们大家都信得过的人打理香料和红木家具，倒是非常不错的。这也是锻炼人的好地方，何建就比原来成熟稳重了不少。

至于林宝卿正在弄的品香俱乐部，宋明杰他们也有所耳闻，但都没有仔细考察。借着这个难得聚在一起的机会，苏雅兰也详细向林宝卿问起品香俱乐部的情况。

能得到未来公公婆婆的重视，林宝卿也很开心，就一五一十地讲起俱乐部的规划，以及现在的进展。

通过林宝卿的叙述，苏雅兰和宋明杰都看到了其中蕴含的潜力。俱乐部一旦正式运营起来，有会员加入俱乐部，积累的人际关系将会非常惊人。所以，他们也表示大力支持，说要什么东西尽管开口，两人还督促宋毅过去帮她的忙。

苏雅兰他们也知道其中宋毅肯定出力不少，不过宋毅基本都是那种把摊子铺开，有时候甚至没有铺开他就撒手就不管，任由别人忙死忙活的人。偏偏这些人又乐在其中，这臭小子！

宋世博老爷子一贯秉承着食不言的原则，倒是很少说话，这时候他更不会去责备这些年轻人。

乔雨柔则亲热地陪着奶奶聊天，乔雨柔的亲奶奶去世得早，想这样聊天都没机会，这也让她格外珍惜这样的机会。

奶奶对这个乖巧的孙女非常满意，乔雨柔既体贴，又会关心、照顾人。

末了，苏雅兰想让乔雨柔搬出学校，乔雨柔连忙说她已经习惯了住在学校，而且上学也近。然后用她那楚楚可怜的目光向宋毅求助，她可不像宋毅那样三天打鱼两天晒网，平时待在学校的时间还是非常多的。

宋毅也觉得她的生活改变得太多并不是什么好事，表示支持她的决定。

苏雅兰也不好勉强，只让她没事的时候多到公司去，还对她说道："家里随时欢迎你！"

乔雨柔自然点头称好，她还下定决心要用她的才华来报答干妈的恩情呢。

东海国际机场离临海村不过几里路，玉器厂上空不时有飞机掠过，出行非常方便。

宋毅这次去香港，是宋明杰带着玉器厂的几个保安一起护送他上的飞机，等到香港后，苏眉也会带着赵飞扬他们来机场接机。这批珠宝价值至少在亿元以上，一点也不能疏忽。

到了香港后宋毅也没有半点疏忽，苏眉已经带着人过来接他了，名为秘书实为贴身保镖的陈梅，以及赵飞扬的保安队，分别乘两辆车过来。

赵飞扬开车载着珠宝、香料走在前面，陈梅驾车紧随其后，宋毅这才得有空儿和苏眉坐在后排聊天。

两辆车先后到了金玉珠宝店门口，赵飞扬又带着保安将珠宝、香料小心翼翼地搬进去，这时候店面已经全部装修完毕，就等着这批珠宝入驻，然后就可以开业了。

将所有的珠宝都装进保险箱锁好，宋毅这才长长地松了一口气，苏眉和赵飞扬一众人紧绷的表情也跟着放松下来。

之后宋毅请大家吃夜宵，算是慰劳他们这段时间来的努力。当时，香港金店被打劫的事情时常有发生。宋毅觉得不能全靠警察，万事还是在自己的掌握中比较好。赵飞扬这支保安力量就显得很重要了，公司内部的团结也是成功的基本条件。

吃过夜宵，和苏眉回到家中，这一天很快过去了。

第七章 品香茗闻古香看美人识珠宝，
开业庆典宴会恍如蓬莱仙境

香港金玉珠宝分店开业庆典的宴会上，供客人饮用的茶是普洱茶，席间还焚起了造型各异的上品沉香，青烟缥缈，摇荡游移，时有时无，众人在这如梦似幻的茶香、沉香中，在轻歌阵阵中，观看着曼妙的模特们佩戴着价值连城的珠宝走秀。炫目的七彩翡翠项链、动人的紫眼睛耳坠、鲜翠欲滴的蜻蜓胸针，硕大的祖母绿戒指，令人目不暇接。珠宝美人、香气氤氲，无处不是珍宝，无处不是精华。

第二天一早，苏眉就起床忙起来了。开业前的事情确实不少，香港这边算是金玉珠宝的分公司，除了晚宴的事情要筹办之外，店里的事情最多也最重要，各方面的关系还得打点平衡。

从苏眉的态度，宋毅想象得到他不在这边的时候，苏眉会有多拼命。

两人到店里的时候，店员们正各自忙碌，在这段时间内，对店员的培训工作也没停止，职业技能、业务技能都要精通才行。负责培训她们的是从东海调过来的方晓薇，二十七八岁，做事细心、不乏决断，是苏眉在这边的左膀右臂。

宋毅也认识她，她之前在东海金玉珠宝店里做得非常不错，后来香港这边缺人就把她调了过来，现在做起事来已经相当有分寸。

宋毅在店里四处看了看，准备将保险箱里的珠宝拿出来，该如何摆放，还得他亲自动手处理。

181

保险箱放在店里最深处的房间里，宋毅进去的时候，苏眉也跟了进去，其他人没有得到许可是不允许进去的。

宋毅打开保险柜，苏眉帮着他把里面的珠宝取出来，不过在珠宝店摆出来的珠宝不管是品质还是价格都不会太高，有几件真正的精品镇场就行。一方面是出于安全考虑，另一方面也得考虑到实际的消费水平。金玉珠宝各种类型的珠宝都不缺，精品、普品都非常多。宋毅赌石切出来的精品不少，但更多的还是品质一般的翡翠。

这天下午，宋毅和苏眉就在店里指导她们如何布置珠宝店，作为店长的方晓薇自然是以身作则，详细记下宋毅吩咐的注意事项。

香港珠宝行的竞争非常激烈，比拼的是公司的综合实力。

宋毅和苏眉都明白这点，像周大福这样的珠宝公司，不但能在这里脱颖而出，还能进一步拓展内地的市场，靠的可不仅仅是珠宝的品质，各种严格的规章制度，广泛的人际关系，合适的营销策略等等，都是他们成功的关键，这些都是值得金玉珠宝学习的。

这两天，宋毅除了在珠宝店帮忙外，也和苏眉一道忙些其他的事情。比如和重要的客户以及潜在客户打交道，这方面宋毅倒是轻车熟路，香港这边的名流，古玩收藏界的大佬，有些是宋毅前世有过接触的，即便没有接触，大部分也都有所耳闻，打起交道来还是非常容易的。

开业前一天，苏雅兰和宋明杰从东海赶了过来，这时候，各项准备工作已经就绪。

这次金玉珠宝香港店开业，也算是国内走出去的第一家珠宝企业。

"就算你不邀请我，我也会厚着脸皮来给你捧场的。"这之前，王名扬就对宋毅说过。

宋毅还能说什么，反正能邀请的朋友都邀请了，能不能来是他们的事情，不给请帖可是非常不礼貌的。

所以，这次过来捧场的朋友特别多，王蓓、王名扬、王名辉兄弟，徐韶清、何宏明以及他们那个小圈子内的人基本都到齐了。

用王名辉的话说，这次就当香港几日游。他们往来香港也是经常的事情，这次来给宋毅捧场的同时，也想结识一下香港这边的朋友。

和王名扬一起过来的还有王蓓，她来香港的事情也不少。

一方面为金玉珠宝庆贺，前不久的春季拍卖会上，有宋毅的帮助，形成了金玉珠宝和她的拍卖公司双赢的局面，尤其是"金玉良缘"的天价纪录，更让两人都大大地出了风头。于情于理，她都要过来表示一下。

另一方面，王蓓也想借机多认识一些古玩收藏圈内的人，拍卖公司征集拍品向来不是什么容易的事，没有足够的人脉，征集不到精品，拍卖会能取得好成绩的可能性微乎其微。

宋毅家是古玩收藏界的名人，宋世博东海博物馆馆长的名头还是非常响亮的，而宋毅不管是在内地还是香港，都认识不少收藏家。

如今遇到这样难得的机会，王蓓自然要好好把握。与此同时，她也想借鉴一下香港这边拍卖会的经验，在香港，很多收藏家一掷千金，也是他们拍卖公司的潜在客户。

徐韶清、何宏明他们在香港认识的朋友也不少，这次除了给宋毅捧场外，也想多和香港这边的朋友亲近亲近。

王蓓他们对香港非常熟悉，倒不用宋毅多费心思安排。

这时候也体现出交游广阔的好处来，王蓓、徐韶清联袂过来，这边圈子里消息灵通的人都知道，二人是过来给新开张的金玉珠宝捧场的，因此，这边的人对金玉珠宝即将举办的晚宴，也更加期待起来。

宋毅这时候可没工夫考虑这些，尽管晚上的庆典宴会才是重中之重，但白天金玉珠宝店的开业现场依旧不容忽视，毕竟，店铺营业，面对的还是大众消费者。

开业当天是星期天，正值休息的人们纷纷上街购物，金玉珠宝店前也是人潮涌动。

开业前的一个星期内，苏眉就联系香港的报纸和广播，滚动播放金玉珠宝即将盛大开业的广告。

这和王蓓不遗余力的宣传有关，但凡有关注收藏或者珠宝市场的人都

知道，前些时日，金玉珠宝一套名为"金玉良缘"的翡翠首饰，在北京一拍卖会上，拍出五千万天价的事情。

有些人觉得用已经拍卖出去的"金玉良缘"来做广告，是不是有些不合适，毕竟，那都不是自家的东西了。对于买家是不是不公平的，金玉珠宝内部就有这样的意见。

宋毅却知道，何玲只会更高兴，她那圈子的人都知道是她的，她也不可能将"金玉良缘"一直深锁在保险箱里，那样的话，买来的意义何在，"金玉良缘"的名声越显赫，就越显出她的身份地位。

宋毅就对他们解释说，不管"金玉良缘"是否卖出去，那都是金玉珠宝的产品，不会妨碍别人对金玉珠宝的认知。

而且，比起一些公司，号称价值上亿，但却始终无人问津，卖不出去最后只能称为非卖品的东西，天价出售的"金玉良缘"无疑更具有宣传意义，也更有效果。

作为早早体验到广告带来的积极效应的人，有了在东海的经验，苏眉应付起来自然是得心应手，金玉珠宝香港店还没开业，就引起了广泛的关注。

到真正开业的时候，现场的气氛更是火爆到了极点。

金玉珠宝的主打饰品依旧是各色绚丽多姿的翡翠。翡翠属于硬玉，比起软玉来，色彩更绚丽夺目，价值也普遍更高。

至于黄金饰品，不管在香港还是内地，都占有举足轻重的地位，宋毅在这方面也很用心。

宋毅在开业当天特意找了模特来佩藏金玉珠宝的饰品，其中主打产品可以算作是"金玉良缘"的多彩版。原本的"金玉良缘"基本由两种色彩组成，金黄色和翠绿色，颜色简单但却不单调，造型完美，设计精巧已经深入人心。

这多彩版的翡翠套装更是让许多人大开眼界，更谋杀了不少胶卷。

耳坠是最能打动女人心的紫眼睛，紫罗兰的颜色一向很淡，但这紫眼睛却是个例外，取自紫色翡翠最集中的地方。做出来的效果越发漂亮，在

灿灿灯光照耀下来，显出其亮晶晶、水灵灵的品质来。

而胸前的七彩项链更加诱人，鸡油黄、祖母绿、纯白、水墨、洋红、蓝水、紫罗兰，七种颜色的翡翠完美地组合在一起，比起纯绿翡翠项链，多了几分炫目的美。

当听工作人员介绍这串项链全部都是由翡翠制成时，一些见多识广的记者也由不得发出这样的感叹："原来翡翠有这么多的色彩！"

模特身上佩戴的玻璃种紫罗兰手镯也格外引人瞩目，寻常时候，能够见到带点紫色的手镯就不错了，像这样纯粹紫色的手镯，只能说是天下少有。

鲜翠欲滴的蜻蜓胸针，硕大的祖母绿戒指，也让许多人看得眼花缭乱。

因为知道很多香港人钟爱紫色翡翠，宋毅这次特地增加了紫色翡翠的出场机会。至于绿色翡翠，不用宋毅多做宣传，大家也都知道，绿色是翡翠永恒的主流。

那些专门请来的媒体和大众，现场的摄像机、照相机闪个不停，镁光灯下的珠宝美人，越发让人迷恋，等这些照片传播出去之后，更会让无数人为之痴狂。

王名扬和王蓓等人在剪彩前来到店里，等剪彩之后，在店里没待一阵就各自游玩去了。珠宝店里人多事多，他们也知道这时候主人忙碌得很，也就不跟着添乱，只说晚上在半岛酒店的晚宴他们一定会参加。

赵飞扬一众保安今天很是辛苦，要维持秩序，不能放太多人进去，要不然店里的珠宝柜台就要遭殃。里面的女店员们同样也承受了不小的压力，既要招待好客人，又得小心看管好珠宝。

所幸在这之前，苏眉和方晓薇就对她们进行了专门的培训，经历最初的手忙脚乱之后，渐渐将局面稳定下来。

重要的客人在贵宾室内接待，宋明杰和苏雅兰都见惯了这样的场面，帮着她们处理起来都显得很轻松。

宋毅和苏眉解放出来，两人专门在珠宝店的大厅里招待客人维持秩序。

珠宝店的华贵大气，彩旗气球、漂亮的花篮，吸引着逛街的人群源源不断地涌进店里来，即便不买，开开眼界也好，大部分人都存着这样的心思。

宋毅他们也没真正休息下来，人虽然累一点，心底却异常开心，火热的场面，成功的喜悦总是鼓舞人心。

苏眉自然是开心的，这说明她在香港这段时间的努力并没有白费，自身价值得到认可，让她喜笑颜开。宋毅也适时劝她休息一会儿，店里有方晓薇她们在就好，以后店里都要交给她们负责，她总不能长期守在这里。

苏眉也听从他的劝告，进了贵宾休息室，不过她并没有真正歇下来，而是亲热地和苏雅兰等人聊天。

苏雅兰很喜欢这个本家侄女，苏眉的父亲是苏雅兰的堂兄，苏眉从小聪明懂事惹人喜欢，长大后更是优秀。不过苏眉这么长时间还没男朋友，不仅让苏眉的父母担心，苏雅兰也非常关心她的感情生活。

而苏眉总是用忙事业没时间，不想考虑这些借口来打发他们的关心。还好，苏眉现在独自在香港发展，和他们见面的机会并不多，要不然，还有她烦的。

不过这些话都是私底下说说，在珠宝公司，苏雅兰还是非常有分寸的，只谈工作。她也知道苏眉的眼光很高，寻常男人肯定入不得她的法眼。

工作起来的苏眉没什么可以挑剔的，苏雅兰除了夸她之外，还像宋毅一样，劝她多注意休息，苏眉自是点头称好，但根本没往心里去。

按照他们之前的布置，这次宴会使用的茶只有普洱茶。

和金玉珠宝有过来往的都知道，金玉珠宝上下对这种茶情有独钟。他们品尝的时候，也觉得这普洱茶确实非常神奇。

加上苏眉等人不断宣传其降脂、降压、减肥、护胃、养胃、抗衰老、美容、明目、醒酒等功效，之前香港就流行过一段时间，如今重拾，受欢

迎也在情理之中。

可以说这次除了为金玉珠宝举办庆典外，另一个重要的目的就是推广这普洱茶。苏眉明白宋毅的心思，他正琢磨着将之前在云南低价采购的大批普洱茶高价脱手。

除了饮用的普洱茶外，宋毅的另一个安排便是在宴会上燃起了上品沉香，而且这些香的造型各不相同，柱香、盘香、香球，甚至成块的沉香都有，但无一例外，这些香都有一个共同的特点，香的味道都是一样的，是那种幽香，起初闻起来似乎很普通，但随着时间的流逝，香的味道会越来越好闻，但又不会太过浓郁惹人反感。

这让很多人非常有兴致，很多人除了知道烧香拜佛外，就只知道开业、开机都要燃香祭天。他们平时对品香闻香都没什么了解，更别说深入研究了，但这时又不便多问，那会显得他们很无知。但他们不会因此而吝惜他们的赞美之词。

"好香！"

"好雅致！"

"有品位！"

这样的话语不绝于耳。

这些香品，都是宋毅精选出来的，虽然这样的场合并不是品香的最佳时机，但宋毅想让更多的人了解并使用，也没有更好的选择。

王名扬兄弟、王蓓、徐韶清这些和宋毅熟悉的朋友是提前入场的，对宋毅搞的这套，王名扬他们也都有所了解。都是这个圈子里的人，管你是真懂品位还是附庸风雅，很多时候都得跟随潮流而动。

宋毅这会儿正和王明浩老先生聊天，王明浩老先生是茶道高手，在港台素有名望。见识过香道的神奇后，又和宋毅聊起了宴会上准备的普洱茶。

回忆当初香港茶楼的那些陈年旧事，他的神情中还有些唏嘘。

"当初我们就爱在茶楼喝茶，喝的正是这种普洱茶，一坐就是一整天。多少年过去了，很多人已经忘记了这普洱茶的好，可我每每闻到这茶香味时，总能回想起那段难忘的时光。倒是小宋你，怎么将这普洱茶找出来的？"

宋毅随便扯了个谎。

"我爷爷喜欢喝这种茶，后来喝普洱茶就成了我们家的习俗了。"

王明浩对此没什么怀疑，宋毅的背景并没什么秘密，宋世博的名气放在香港也不会太低。不过，王明浩更喜欢和宋毅聊普洱茶的历史，以及那些茶马古道的故事。

对普洱茶，宋毅可是做足了功课，这些典故可难不倒他，普洱茶的好处，宋毅更是烂熟于心。

王明浩惊讶地发现，不只是普洱茶，其他茶类，宋毅都能说出令人信服的观点。

"我觉得这普洱茶是被大家严重忽视的一种茶，一旦人们开始认识到它的真实价值，价格肯定会一路上扬。"宋毅如此说。

王明浩笑着说："那时候想喝就难了。"

"黄老爷子说哪里话，我手里就有不少老普洱茶饼，老爷子想喝尽管找我拿便是。别的不说，百把吨普洱茶我还是拿得出来的。"宋毅拍着胸脯对他说道。

"小宋真是豪气，真有喝不上普洱茶的时候，我可不会客气。"王明浩闻言马上就明白了宋毅的心思，并立刻冲他竖起了大拇指，他是真的佩服宋毅的勇气。

他也开始在心底寻思，虽然最近港台这边紫砂壶炒得火热，喝茶之风也开始盛行起来，但像普洱茶这样具体的茶想要炒作起来可不是那么容易的事情。

当然，因为普洱茶之前的价格比较低，真火起来的话，其中的利润也是非常惊人的。其他茶本来价格就不低，价值也早被人所熟知，即便想炒作，价格也不会高到哪里去，顶多新出的时候价格高上一些。

王明浩在港台的茶道高手中颇有威望，也很有路子，宋毅找他帮忙也算是找对人了。不过王明浩虽然说帮忙，心里却并不看好宋毅的这次冒险。

百吨的普洱茶，这可是大手笔，以前普洱茶的价格虽然不高，但起码也得十多块钱一公斤，加上收集运输存储，前期没个几百万，是不可能弄到这么多茶叶的。而且，这么多茶叶想收集起来也不是一件简单的事，没一年半载根本不可能。

如此看来，宋毅对此早有准备。

"就怕老爷子太客气。"

宋毅呵呵笑了起来，他并不觉得普洱茶火起来是很偶然的事情，人们认知程度的增加，导致需求的旺盛，加上他在后面推波助澜，想不火都难。

王明浩笑着说不会，对宋毅的手段，他又见识了几分。

正是因为金玉珠宝来到香港，这段时间香港不少社会名流已经开始喝起普洱茶来，王明浩关系宽路子广，得知源头正是从金玉珠宝苏眉这里传出来的。

可年前后的紫砂壶热，据王明浩所知，和宋毅没有什么关系，因为那时候金玉珠宝还没进军香港，参与的主要都是港台本地的人。王明浩对此印象尤其深刻，因为他自己收藏的几个紫砂壶也被几个老朋友厚着脸皮死缠烂打地借了过去，结果到现在，这些老家伙都装聋作哑，丝毫没归还的意思，有的甚至就说已经摔坏了，还开价给他，把王明浩气得不行却又无可奈何。

这也从另一个方面说明这类风潮的可怕，一旦别人有了你没有，别人喝了你没喝，那你就落伍了，就会被排斥在圈子之外，所以，大家都拼命发动关系，使尽一切手段搞到手。

至于喝普洱茶会不会成为新一波风潮，作为资深的茶道专家，王明浩自己也说不准，他虽然知道这普洱茶品质很好，也有炒作的价值和空间。货宋毅已经囤好了，但能否真正炒得起来，还得看宋毅的具体手段，光这样在小圈子内风行是肯定不行的，也赚不了什么钱。

王明浩也越发期待起宋毅的后续动作来，是请枪手在报纸上发表文

189

章，还是在电视上做广告？

王明浩也得承认，在这样的名流宴会上用普洱茶招待客人也是一个不错的手段。

像刚刚就有个倒霉鬼，抱怨金玉珠宝用这种价格低廉的普洱茶招待客人有失待客之道，他本期待着别人一起附和。

没想到，他引来的却是一片鄙视的目光。

虽然圈子内的人大部分都和和气气，但见到别人出丑，很多人还是愿意上前踩上几脚的。这里又是金玉珠宝的主场，帮主人的人自然居多，于是那个倒霉鬼就成了大家嘲笑的对象。

"真是落伍，连普洱茶能降压美容都不知道，没看见苏总那么漂亮吗？就是长期饮用普洱茶的效果。"

"你也真是的，和这样不懂品位的人说什么？"

"就是，他连紫砂壶都没一把，怎会懂得怎样品鉴茶道。"

如此一来，即便有些人心底有些不解，也不会当场表达出来，反而认真聆听这普洱茶的好处有哪些。不管怎样，能说得出普洱茶的好处，知道怎样冲泡品尝，最起码，不会像那位仁兄那样丢人现眼。

王明浩心底很明白，一旦有人做了替死鬼，可比出头鸟的效果明显多了。

这边宋毅刚去招待新进来的那对漂亮姐妹，就有人过来向他这个茶道高手请教这普洱茶的好处，同时向他学习如何冲泡鉴赏普洱茶。在他这个茶道高手面前，谦虚一点请教没什么丢面子的，狂妄自大的才会自取其辱。

王明浩这时有预感，这普洱风潮已悄然来临。

这场宴会本是为金玉珠宝开业举办的，除了提供场所给到场的人交流之外，自然少不了金玉珠宝的产品展示。

除了宴会的主人苏眉、苏雅兰身上都佩戴着全新的珠宝之外，宋毅还另外请来了几位模特佩戴着珠宝上台走秀。

这样的聚会本来就是大家各显身手的时候，男士们打扮得光鲜，女士们打扮得靓丽，名贵珠宝都戴了出来，这样的场合，正是它们发挥作用的时候，要不然，买这些珠宝做什么用？

金玉珠宝的品质自然毋庸多言，宴会上展出的珠宝更是别出心裁，不但造型新颖别致，其镶嵌用材也是其他珠宝行所无法媲美的。

宋毅并不指望这些人能当场购买，只要能给他们留下深刻的印象，树立起金玉珠宝有着雄厚实力的形象，目的就达到了。

香港珠宝行众多，竞争的激烈程度也不是东海可以比拟的，宋毅也不想一下子就把所有珠宝行都视为敌人，来参加宴会的，就有不少是同行。

其中就有很早以前，宋毅和苏眉在腾冲赌石的时候就认识的珠宝玉石商人梁元锦、陈亦鸿等人。

梁元锦、陈亦鸿此次来也是为了和金玉珠宝展开合作，宋毅自然不能忽略他们这些老交情，就端着酒杯过去和他们聊天。

当初在腾冲的时候，梁元锦和陈亦鸿等人都是宋毅赌石赌涨后接手的商人，最初宋毅赌涨后的翡翠，他们接手后，自然卖给香港这些有钱人。

他们对宋毅的发家史非常清楚，整个过程用奇迹来形容也不为过。

最让梁元锦觉得佩服的是，宋毅并没有像其他人一样，赌石赌涨就大肆挥霍，或者失去理智继续赌石直到全部赌垮。而是另辟蹊径，冒险进入局面纷乱复杂的缅甸北部翡翠原石开采区。令人难以置信地和当地的实力派打好关系，并取得了翡翠矿的开采权，还将机械化开采引进翡翠开采矿区，实力一下子就成倍地增长起来。

到现在，金玉珠宝的实力已经超过他们很多，手中的货源更是让他们这些下游商人羡慕得流口水。

这样传奇般的人物，怎么能不打好关系。

回想起当初在腾冲的时候，梁元锦就不免有些唏嘘。

"当初在腾冲的时候，我就知道，像小宋这样有眼力，又讲义气的人，肯定会取得成功的。但我没想到，这才短短一年不到，小宋取得的成就比我们这大半辈子都大。"

宋毅则笑着回答说："这还不是多亏身边有梁先生这样的朋友鼎力相

助，要不然，我当初恐怕连回家的路费都没有。"

"小宋无论什么时候都这么谦虚。"

梁元锦呵呵笑着说道："现在小宋的金玉珠宝实力强劲，进军香港后，更是尽人皆知。"

"梁先生过奖了，我们初来香港，要不是有梁先生你们帮忙，也不可能立足啊！"

宋毅和梁元锦又客套了一番，不过他说的也是实话，金玉珠宝的品质是很好，但如果香港本地的珠宝企业联合起来的话，他们遇到的麻烦会更多。所幸，宋毅在这边还是有朋友的，而且香港的珠宝行之间本来恩怨就多，竞争也大，根本不可能齐心协力对付金玉珠宝。即便如此，宋毅还是尽量多交朋友，避免恶性竞争和破坏，和气生财嘛。

"缅甸那边翡翠原石的开采情况怎样，手里的货源不少吧，要是方便的话，能不能帮帮忙，匀一些给我们？"

聊了一会儿之后，梁元锦也提出了请求，宋毅现在可以说垄断了缅甸一般的翡翠原石开采。像梁元锦这样的玉石商人，并不习惯自己去赌石，他们更多的是做下游的销售。

"当然可以，梁先生最初对我们的帮助非常大，我们投桃报李也是应该的。"

宋毅没有犹豫，很快就答应下来。

"那就这么说定了，我就知道小宋重义气，肯照顾老朋友，你放心，我们肯定不会让你吃亏的。"

梁元锦很开心，他自然知道说什么帮助的之类的都是场面话，只要宋毅肯答应出货给他，他的珠宝行就有了活路，其他什么都无所谓。

宋毅说的虽然是客套话，可是有他自己的考虑，金玉珠宝虽然现在已经将业务拓展到香港来，并取得了不小的成绩。但占据着香港主流市场的，仍旧是梁元锦和陈亦鸿这样的老牌珠宝商人，他们之前的老客户还是更信任他们，毕竟是多年的老交情，有什么问题也方便打交道。

宋毅也看得明白，光凭金玉珠宝一家，是无法独自吃下这个市场的，在东海如此，在香港更是这样。只要手里掌握了货源，宋毅就不愁赚不到钱，将手里的珠宝批发给这些珠宝商人，同样可以赚取大笔的金钱。

但金玉珠宝自己的关系网和客户还是要有的，建立直营店铺也是必需的。

宴会结束，夜已深沉，宋毅劝父母先回酒店休息，苏雅兰却说："我们又不是客人，还没老到动不了的程度。"

"我这不是怕你们累着了吗?"

没外人在，宋毅就装出一副异常委屈的样子。

苏眉也在旁忍着笑容劝说道："小毅也是一番好意，姑姑你们先去休息，这里交给我们就好，很快就能收尾了。"

苏雅兰伸出手指敲了敲宋毅的脑袋，"算你们有孝心……"

宋毅立刻笑嘻嘻地说："那是，让老妈你们辛苦我心里过意不去。"

"今天的宴会相当成功，相信我们金玉珠宝在香港的生意肯定会蒸蒸日上，苏眉和小毅你们的辛苦没有白费。还有苏眉，要注意多休息别太拼命，听小毅的，有的事情就放给下面的人去做就行，要不然怎么都忙不过来的。东海那边我们就是采取了这样的策略，要不然都抽不出时间来香港。"宋明杰最后倒是一本正经地做了番总结性发言。

宋毅已经习惯老爸的这种风格，也就老老实实地听他讲完，就差没鼓掌了。

苏雅兰也嘱咐苏眉注意休息，苏眉笑着让他们放心，苏雅兰又问她等下怎么回去，宋毅就说："等这边处理完之后，我送苏眉姐回去就是。"

"要是晚了不如就在酒店休息。"苏雅兰说。

"没事，过去没多久。只是地方太小，没办法招呼姑姑你们去住。"苏眉虽然在香港买了房子，但房子并不大，所以，苏雅兰他们来香港都是安排住酒店。

"那行，我们就先走了。"

苏雅兰表示不介意，也放心地和宋明杰回酒店房间休息。等宋明杰和苏雅兰都走了之后，宴会这边金玉珠宝的员工已经开始处理后续事宜。

宋毅和苏眉也没多耽搁，要处理的事也不少，之前宴会展示的珠宝要妥善地送回店里，清点剩余物品，和酒店办理交接等等一大堆事情。

等忙完这些乱七八糟的事情之后，时间已过凌晨，宋毅和苏眉两人才得到宝贵的休息时间。

第二天一早，宋毅直接去酒店和父母会面，他们这天中午回东海。害怕苏眉一个人忙不过来，宋毅还要在这边多待两天。

这天，在珠宝店里忙了一天的宋毅和苏眉刚下班，开着车有说有笑地往家走，手机突然响了起来，宋毅忙拿出手机来，一看号码是缅甸那边打过来的。

宋毅暗自觉得奇怪，他前两天才给那边打过电话，周益均和程大军说那边一切安好，没什么大事，这会儿这么晚了，不知道会有什么事情。

心底寻思着，宋毅接了电话，电话那边传来周益均低沉的声音。

"小宋，要出大事了！"

"周大哥，是什么事情啊？"

宋毅心思转得很快，周益均说的要出大事了，而不是已经发生大事了，看来应该是得到什么内幕消息了。缅甸那边就目前的形势而言，相对比较稳定，似乎不应该出什么大事。

周益均也没卖关子，直接对他说："我们得到可靠消息，缅甸的上层有变动，估计马上就要动手，你看我们该如何应对？"

"周大哥你认为呢？"

宋毅首先征询他的意见，作为重生者，宋毅对缅甸发生过的事情相当了解，利益总是会分配不均的，就算达到利益最大化，依旧会为地位权势之类的东西争得头破血流。

"我觉得我们干脆假装不知道，任他们自己去斗得了，反正我们要的是翡翠矿，而不是整个特区。不过话又说回来，这翡翠矿区基本就是他们的主要经济来源，只要翡翠矿场在我们手里，不管谁上位，都得卖我们的面子。"周益均回答说。

他对一行人去缅甸的定位还是相当清楚的，建立一定的势力可以，出头鸟容易招惹不必要的麻烦。

"你们几个人仔细商量一下，我也好好想想，有什么消息立刻通知我。矿场这边加紧巡逻，别让人有机可乘。"宋毅如是说，心里也变得沉重起来。

刚到家，宋毅的手机又响了。

出乎宋毅意料的，这次打电话来的是林阳。

林阳先关心地询问了一下宋毅现在的情况，并恭喜他的金玉珠宝成功登陆香港。

宋毅和他客套寒暄，寒暄一阵后，林阳这才貌似随意地说道："缅甸最近似乎有些异动，如果真有战事发生的话，希望你能尽量保证我们同胞在那边的安全。"

宋毅当即向林阳保证说："我会让护矿队提高警惕，加强巡逻，毕竟大家都是中国人，在外面讨生活也不容易，保护同胞是我们义不容辞的责任。"

"那最好了。"

林阳笑着说："你们在缅甸的翡翠矿场干得非常不错，不仅能提供很多工作机会和外汇来源，每年都能为国家带来不少的税收，绝对不能轻易放手。"

宋毅回答说："如果有机会的话，我还想再多搞几个矿场。只是丁英这边的翡翠矿场开采地都被他占得差不多了，想要再搞矿场，可能性不大。"

林阳随后又语重心长地提醒他说："不过小宋你也得多注意提防一下，眼馋翡翠矿场利益的可不少。"

宋毅连声谢过他，大家都是聪明人，林阳说到这份上已经相当不容易了。

宋毅也在心底暗自琢磨着：确实，他把缅甸翡翠矿场包下来进行机械化挖掘翡翠毛料，并包了大部分的翡翠毛料出口中国，算是断了相当大一部分人的财路。

之前很多小矿主就是想靠着雇人挖翡翠毛料发财的，也有掏洞子挖翡翠毛料的工人期盼着某天挖到翡翠发上一笔大财。当然，宋毅断财路最多的还是以前那些专门赌石的商人，现在宋毅自己开采出来的翡翠毛料基本都自己消化掉，根本没多少流出市场去，原料少了，发财的机会就更渺茫了。

宋毅最担心的不是缅甸那边的势力或者玉石商人的觊觎，有实力强劲经验丰富的护矿队在，胆敢来捣乱的基本都被解决掉了。

不管在缅甸那边投资多少，花费的精力如何，最后这些翡翠都是要销售出去才能实现盈利，而销售的主要场所却不在缅甸。最终消费还是在中国，内地的市场很大，港、澳、台也不容小觑。这其中的大部分翡翠毛料都被宋毅存储起来，准备作为最后的底牌，即便他把现有的一切赔得一干二净，以后照样有东山再起的资本。

目前销售的翡翠金额就是一个相当庞大的数字，惹人眼红也是理所当然的。所以现在的宋毅努力编织他自己的关系网，并把他的利益和他们捆绑在一起。

又和林阳聊了会儿，林阳才挂了电话。

讲完这通电话，宋毅又拨通了矿场那边周益均的电话。

"小宋，你的意思是尽最大的努力保住丁英的地位？"周益均听了之后并不觉得奇怪，毕竟还是熟悉的合作伙伴稳妥。

宋毅说："是的，你们先将准备工作悄悄做好，防范工作也要做到家，我可不希望我们的矿场和人员有什么损失，更不要表现出我们知情。等丁胖子向我们求援之后，你们再行动也不迟，到时候我会联系你们的。"

周益均点头说好，他心里也明白，主动送上门去和人家跪着求你的待遇肯定是不一样的。至于宋毅为什么在这么短的时间内就做了决定，周益均也闹不明白，不过他也不需要弄明白，有方向就好办多了。

"丁英现在知道不?"宋毅随后又问他。

周益均马上回答说:"应该是不知情的,估计他现在还在仰光那边花天酒地、醉生梦死呢。"

听不轻易开玩笑的周益均竟然讲了这样的笑话,宋毅顿时觉得好笑,同时也意识到一个问题,当下关心地问周益均:"兄弟们在矿场那边还习惯吧。我看要不这样,我们再多招些人进来,也好让大家轮流休假,长期憋在缅甸那地方,可不是什么好事。"

周益均笑着说:"没那么严重,习惯了就好,再说,他们在这边也有很多娱乐的方式,换了别的地方,想打猎可没这么容易。"

"让大家多回去和家人团聚几天也是好的。"

宋毅却坚持让他去办,他现在不在乎这些小钱,他最需要的是翡翠矿场的安全稳定,一切影响和谐安定的因素都要消灭在萌芽中。

"那我先替大伙谢过了。"

周益均有些感动,拿人钱财与人消灾,宋毅给他们的待遇本来就好,又这么为他们着想,值了。

宋毅呵呵笑道:"周大哥说这话就太见外了,跟我还这么客气做什么。矿场那边得靠大家帮忙看着,我这不也是为自己着想吗。"

宋毅随后又和周益均商量了一番具体应对的措施,护矿队这边虽然装备先进,人员素质也相当高,战斗力那是没话说的,但即便过去增援,也不能全部过去,得留下相当数量的人看守翡翠矿场,要被人趁乱端了矿场的话,可就欲哭无泪了。

宋毅说着又想起一件事情来,马上对周益均说:"我现在没办法赶过来,就要周大哥多费心了。这几天也要注意一下几方势力的动向。"

周益均连声说他会多注意的,"真有用到我们的时候,我亲自带队过去,保证不会让你失望。"

宋毅笑着夸他说:"周大哥的眼光和本领我自然是信得过的,就看丁英啥时候能收到消息,也许根本就不用打仗,害我们在这穷折腾。"

又和周益均聊了会儿,宋毅最后还让他随时留个人在电话旁,方便联系，周益均自然满口答应下来。

目前这种形势下，宋毅并没有着急往缅甸赶，估计等他到缅甸的话，一切都结束了，还不如安心在这边等消息。

在香港，除了陪陪苏眉，宋毅想清闲下来也不太可能。

知道他还留在香港没有回内地后，约他一起喝茶的人可真不少。尤其是像陈亦鸿、王汉祥这类之前宋毅刚从腾冲发迹的时候，就和他结识的玉石商人。

那天的宴会很成功，但毕竟时间太短，宋毅要招待的客人又太多，有什么生意上的事情，也往往是点到即止，谈了个初步意向，具体的事情，还得另外约时间再谈。

而陈亦鸿等消息灵通的玉石商人，也正好趁着宋毅在香港的时机，将他约出来，喝喝茶联络联络感情。

宋毅不好不给面子，毕竟大家都是老熟人，又都是照顾过他生意的人。

地点选在著名的茶楼香茗轩的包间里，宋毅如约而至，陈亦鸿和王汉祥几个原来为一块翡翠相互竞争得热火朝天的玉石商人，如今却出奇地站在了同一战线上，相处得非常融洽。

宋毅见面后开玩笑地说："实在抱歉，让几位久等了，希望没打扰几位的好兴致。"

陈亦鸿几人连忙站了起来，笑着对他说："小宋向来是神龙见首不见尾的，今天肯赏脸陪我们几个老头子喝茶，我们开心还来不及呢。"

关系一下子就拉近了，几个人聊起来的时候也随意得多了。尽管陈亦鸿和王汉祥他们这样的香港玉石商人，一个个都是上了年纪阅历经验都相当丰富的人，但宋毅有前世的经验和阅历，这辈子历练得也不少，和各色人等都打过交道，应对起来倒是相当自如，话题展开也比较愉快。

陈亦鸿等人先是恭喜金玉珠宝成功进军香港市场，之后又说了好一阵闲话，然后开始步入正题。

"小宋啊，我们有个不情之请，不知道当说不当说。"陈亦鸿等人绕了

半天，这才有了谈正事的迹象。

宋毅微微一笑，"陈老板有话直说就行。"

"我们都在想，看小宋你那边能不能帮我们匀出一些翡翠。说出来也不怕大伙笑话，我这已经好久没开张了。现在好翡翠难搞，赌石的人虽然也不少，但开出上品翡翠的几率实在不多。而香港这边的市场，对上品翡翠的需求还是相当多的。"陈亦鸿终于说出了心底的话。

王汉祥附和着说："我这边的情况也差不多，前段时间我还特意去了腾冲那边一趟，可惜一无所获。现在我们就都指望着小宋你这个大财主了，可不能把好东西都藏起来。"

宋毅当即笑着说："这事好商量，陈老板你们不说我还想找大家帮忙呢。我们金玉珠宝来到香港，也多亏了各位关照，投桃报李也是应该的。"

"哪里哪里，都没帮上什么忙。"

陈亦鸿等人嘴上谦虚着，却都是喜色满面。

"大家都太客气了，我这人历来的原则就是有钱大家一起赚。"宋毅呵呵笑着说。

他也不指望他们帮忙，只要不在背后捣乱就很不错了。从先前的情形来看，陈亦鸿等人也确实没有给金玉珠宝找麻烦，这也是他们今天有底气来寻求合作的原因。宋毅虽然不是那种睚眦必报的人，但对于胆敢在背后使坏的人，他是绝对不会放过的。

虽然金玉珠宝正式进军香港，但想要完全垄断这边的珠宝市场是绝对不可能的事情。

俗话说得好，强龙不压地头蛇。

本来金玉珠宝作为一个外来者，就有抢人饭碗的嫌疑，要再不给人家条活路的话，来个鱼死网破，大家面子上都不好看。陈亦鸿、王汉祥等人也算是通过了宋毅的考验，给他们些好处也是应该的。

香港的市场很大，像陈亦鸿、王汉祥这类老牌翡翠玉石商人手里，都有相当数量的老客户。金玉珠宝初来乍到，虽然取得了一定的成绩，销售出去了不少翡翠珠宝，可和这些本地商人硬拼显然不是什么好事。

这事说来还是和宋毅息息相关，自从他承包下缅甸那边的翡翠矿场之后，开采出来的精品翡翠毛料绝大部分都被他自己收入囊中，除了切开的部分加工后流入市场，剩下的都被他封存起来。

这样一来，宋毅无疑成了翡翠原料最多的拥有者，但却不是最多的提供者。这对于陈亦鸿这类中间的玉石商人来说，可就不是什么好事了。他们自己赌石很少，基本都是看人家擦开或者切开，赌涨之后，再接手过来，经过他们的加工之后，将这些翡翠卖给他们的客户。

自从宋毅搞起垄断之后，虽然开采翡翠的数量在增加，但流入市场的翡翠数量却没有增多，反而减少了。宋毅又放出话来，说是根据目前机械化开采的情况来看，矿场的翡翠开采殆尽也就十来年的事。这话也不假，如果按照以前落后的人工开采方式，可能要几十年才能开采完，但采用机械化开采之后，开采效率提高了很多。

埋在地下的翡翠资源有限，属于不可再生资源，珍惜程度也因此而提升。随着社会经济的日益发展，有钱人越来越多，对翡翠玉石的喜爱和跟风的情况也日益加剧，种种原因加在一起，这翡翠的价格非但没有往下跌，反而蹭蹭往上蹿。

在这样的风潮下，陈亦鸿等人也看得明白，面子什么的已经无所谓，只要能从中获得切切实实的好处，那就比什么都值。

当然，他们不敢开罪金玉珠宝也是有所顾忌的，原因就在于宋毅这个忽然崛起的家伙，现在掌握了大部分翡翠毛料的开采以及分配。宋毅的矿场采用机械化开采后，开采出来的翡翠毛料的数量最多，品质也最好。倘若谁贸然得罪金玉珠宝的话，只要他将你列入黑名单，在源头这边把你的路给堵死，不用刻意打压你，你就得乖乖退出这行。

更何况，能在短时间内获得如此权势地位的人，要说背后没什么过人的手段，傻子都不相信。单看他们能在缅甸北部拉起相当数量的人马，就知道不能轻易招惹他。

陈亦鸿、王汉祥等都是久经世故的人，自然知道什么事情该做什么事情不该做。即便金玉珠宝进军香港市场，抢占了原本属于他们的一部分市场，也不敢有什么怨言。相反，更应该利用之前和宋毅相识的关系，给金玉珠宝捧场，以期能在未来的市场中分得一杯羹。

显然，陈亦鸿几人的眼光和见识都相当不错，宋毅也没让他们失望。

一番愉悦的交流之后，宋毅当下承诺："等我过几天回东海，就去库房挑选一下，看看有没有合适的翡翠毛料给几位。不过我已经有好些时日没有动手解石了，不知道眼光退步了没。对了，还没问清楚，陈老板你们要自己解石不？"

陈亦鸿笑着说："解石太刺激，我这年纪这心脏可受不起，你看老王他们玩不玩？"

王汉祥也连忙摆手说："我就更不用了，年纪大了早不复年轻时的雄心壮志。现在倒是非常羡慕小宋年轻有干劲。"

"我们相信小宋的眼光，那可是大家有目共睹的，小宋来操刀的话，我们才心安。"

黄伟民和张大全两个玉石商人也说不赌石。

他们这几个玉石商人都有共同的特点，那就是求稳，基本都是买别人切开的翡翠回去加工然后再出售。很多时候为了稳妥起见，他们连擦开的翡翠也不买，从事翡翠这一行，风险太大，就连切开的翡翠也有可能失手，何况是情况不明的擦石，更别说全赌石了。

也正是他们的这份心态，让他们能够一直坚持到现在，尽管他们赚的钱比起赌石来少了很多。可当初和他们一起从事翡翠行业的人，尤其是那些花大价钱赌石的人，真正发大财的没几个，破产跳楼的倒是一大把。

"你们喜欢什么种，先给我说说，我回去也好提前准备下。"

宋毅也不勉强他们，赌石的风险不是人人都能承担得起的，他现在有挥霍的资本，别人可没他这么潇洒。

"小宋你放心好了，价格方面，我们绝对不会让你吃亏的。"

陈亦鸿几人欣喜地说了各自的要求，并说价格什么的大家好商量，明显是向宋毅示好，如果价格太贵的话，他们也不会接受。

说到底，陈亦鸿他们实在受够了手上没有精品翡翠的日子，在客户面

前都没有底气。只要有货，价格稍微高上一些没什么问题，大不了把售价提高一些就是，反正这些日子精品翡翠的行情也是一路往上扬。

宋毅谦虚地笑笑，还是讲大家一起发财的话，并将他们所要的类型一一记下来。

宋毅打算给陈亦鸿他们的翡翠，都不是成品，而是一些切开的翡翠毛料。这样的翡翠基本不会有太大的风险，当然，价格也相对比较透明，比起赌石要贵上很多倍。但陈亦鸿他们拿回去加工一下，再出手的话，还是有很大赚头的。

宋毅舍得让出一部分利益，也有他的考虑和苦衷。

一方面他现在需要回笼资金，需要用钱的地方还很多，不管是购买藏品还是香料、和田玉，都需要大量的资金；还有宋毅野心勃勃准备去打捞的深海宝藏，更需要巨额资金的支持，要买船买各种先进设备，还要雇专业的人员……

另一方面，宋毅也想减轻一下玉器厂里雕刻师傅们的压力。

这也是金玉珠宝现在面临的一个尴尬问题，现在光是供应东海几家店铺以及香港分店的需求，就足够他们忙得焦头烂额了，加班到深夜那是经常的事情。为这事，苏雅兰还多次跟他提起过，宋毅也只能让她多找些师傅。

可这并不是件容易的事，因为这些精品翡翠的雕刻加工不是一时半会儿能完成的。还不能着急不能催，一个失误，价值上百万的翡翠就可能废了。刚入行的雕刻师傅根本不能胜任，即便想培养自己的徒弟，也只能让他们先从价值比较低的翡翠加工做起。

而且，有经验有本领的资深师傅非常难找，有这本领的人，本身大都相当富裕，愿意自己单干，即便玉器厂开出的薪酬再高，他们也不想给人打工。

值得欣慰的是，现在玉器厂能吸引那些老师傅唯一的地方，就在于宋毅有很多其他地方根本就见不到的珍稀翡翠，用苏雅兰诱惑人的话来说，"要在其他地方，你可能一辈子都见不到这样的翡翠。"

加上有相当好的交流和工作环境，苏雅兰不枉辛苦，总算借此招来几个资深老师傅替他们加工翡翠。

但相对于金玉珠宝的扩张速度来说，玉器厂的师傅们人手还是远远不够的。

宋毅自己算是一个相当不错的雕刻师傅，可他成天忙东忙西的，根本没抽出多少时间来加工翡翠。把时间花费在加工翡翠上，对宋毅来说，也是一件相当浪费的事情。

双方各取所需，皆大欢喜，陈亦鸿还笑着恭维说："小宋你现在只需要从指尖露出一点来，就足够我们几兄弟潇洒一辈子了。"

他说这话一点也不夸张，天知道宋毅这家伙究竟藏了多少好东西，极品的翡翠可都是价值成百上千万的，开发好几个翡翠矿场，如果没亲眼所见，是想象不出其中所蕴含的巨大价值的。

"那就这样，等翡翠运到香港后我会通知你们，你们直接找苏眉拿货就行。"宋毅最后对他们说道，今天这顿下午茶也算到了尾声。

陈亦鸿、王汉祥等人自然连声称好，说到时候一定会去叨扰苏眉。他们对苏眉也相当熟悉，当初她和宋毅一起去腾冲那边赌石，见过她的人都对她印象深刻。

和陈亦鸿等人喝完下午茶，晚餐还没着落，宋毅打电话，打算约苏眉一起吃晚餐。

苏眉自然开心地说好，宋毅提议去附近的西餐厅吃饭，苏眉却回答他说："不用那么麻烦，随便吃点什么都行，现在珠宝店刚上轨道，我这边得多照看着点。"

"你都快成工作狂人了。"

宋毅颇无奈地摇摇头，苏眉就是这样的性子，做什么都想做到尽善尽美。

宋毅到金玉珠宝店，夜幕已经悄然降临，逛街的人也渐渐增多，这时候的夜晚已经热了，闷在屋子里可不是什么好选择。

分店内的客流量还算不错，逛街看热闹的不少，金玉珠宝广告做得

多，店铺内的各色珠宝也耀人眼球，即便不买，欣赏一下也是好的。

　　经过长期的培训后，分店的员工素质得到了相当大的提升，加上从东海来的老骨干的带领，这两天客流量虽多，但大家都渐渐适应了下来。

　　苏眉自然不用站在外面迎接客人，只有遇上那种前台销售员和店长都不能做决定的时候，才会出马。宋毅去接她吃晚饭的时候，她刚好没什么事，出去前和干练利落的店长方晓薇打了声招呼，说出去吃个饭等下回来，根本不用刻意吩咐她什么。

　　方晓薇这人办事还是相当靠谱的，是苏眉从东海带过来的得力干将。在香港的薪酬待遇比东海好了太多，毕竟这边消费水平太高。而珠宝店里的东西价格太高，让别的人负责珠宝也有些不放心，苏眉和宋毅一致认为，还是在东海就知根知底的人靠得住，方晓薇是东海本地人，身家清白，做事有担当，就选了她过来。

　　方晓薇能得到苏眉的赏识做到店长这位置，尤其要和不同的人打交道，为人处世的水平自然没话说，察言观色的本领更是超人一等。宋毅没来香港的时候，苏眉往往比她工作的时间还要长，这宋毅一到，她就像换了个人一样，现在这满脸微笑的模样，尤其让人艳羡。

　　出了店铺，宋毅再次问苏眉："真不去吃西餐？"

　　苏眉笑着说："不用那么麻烦，也不用去取车，陪我逛逛，等下随便吃点儿就好。"

　　"苏眉姐可不许替我省钱。"

　　宋毅也遂了她的心意，两人一直都在忙忙碌碌，貌似陪着她逛街散心的时间确实少了些。如今忙里偷闲，倒是可以好好享受这种乐趣。

　　"才不会，我要好好犒劳自己，希望等下你别大跌眼镜就好。"苏眉呵呵笑着，挽住他的手臂。出了珠宝店，苏眉整个人也变得活泼起来，不像之前那样端庄稳重。

　　宋毅笑笑说："我就怕你对自己过于苛刻，适当放松心情才是我希望看到的。"

　　苏眉点点头，开心地和他逛了起来。

　　苏眉选择不去正规的西餐厅吃饭也有她自己的思量，两人一路行来，不断品尝路边的美食。苏眉也不怕破坏她自己的形象，买了曲奇布丁蛋挞什么的，就和宋毅在街上分而食之，如热恋的情侣一般。

　　这一路逛下来，欢乐异常，两人的肚子也都填饱了。

　　第二天宋毅回东海，林宝卿早早地开车到机场等着。

　　宋毅在迎接的人群中一眼就看到了她，提着他那少得可怜的行李，快步朝她走去。

　　林宝卿虽然自己搞了个品香俱乐部，也亲自指挥改建、装修、布置之类的事情，算是经历过大事的人了。但她无论是穿着打扮还是气质面容，给人的感觉都是那种青春大学生的模样。

　　此刻的林宝卿，上面白色衣衫下面牛仔裤，简单的搭配，配着她清秀可人的面容，越发显出她青春活力的一面来。

　　见到宋毅，林宝卿开心地朝他挥挥手，等宋毅走近，林宝卿就笑着说："我可等了好一阵子了，就差没举个牌子写上你的名字了。"

　　宋毅伸手握住她的小手，感受她的热情和期盼。

　　"我也恨不得马上飞到宝卿身边，可惜机长说由于东海机场出现了一些事故，飞行降落的速度都比往常慢了许多。"

　　林宝卿连忙担心地问他："是吗？东海机场出了什么事情，我刚刚怎么没听说。你这次飞行还顺利吧？"

　　宋毅一本正经地解释说："我最初也不明白究竟出了什么事情，下飞机的时候才听空姐抱怨，说是东海机场来了个无敌美少女，从昨天就一直等在机场，影响了东海机场的正常运行，害得各地航班都延误了不少。"

　　林宝卿先前还有些疑惑，后面听他说出什么无敌美少女之后，顿时明白了他话语中的调侃之意。

　　"好啊，你这坏家伙，故意逗我玩呢！"

　　林宝卿睁大眼睛瞪着宋毅，竭力做出一副恶狠狠的样子来，可她那样子，实在和凶狠沾不上边，反倒显出她的活泼可爱来。

宋毅笑着说："现在这无敌美少女已经被我拐走了，东海机场可得好好感谢我，终于可以恢复正常了。"

"你这坏家伙，就会哄女孩子开心。在香港的时候，你是不是也经常这样逗女孩子的。听苏阿姨说，公司举办聚会的那天，可是去了不少富家千金和当红女明星，她们都争着找你跳舞了吧？"

林宝卿虽然任他牵着小手没挣开，可这语气，明显是来兴师问罪的。

宋毅满头黑线，"我老妈会和你说这个？"

林宝卿也意识到自己的口误，连忙转移话题。

"你别管是不是苏阿姨说的，只要回答我有没有这样的事就好。"

"宝卿你觉得我有这么大的魅力吗？"

宋毅反问她，他认定苏雅兰肯定不会和林宝卿说这些，肯定是她自己发挥想象力想出来的。苏雅兰要这么说的话，不是等于破坏自己儿子的感情吗？

林宝卿哼了哼。

"这个，在我看来马马虎虎，在别人看来，或许就是金龟婿了。"

两人边说边上了车。宋毅发动车子，然后笑着对林宝卿说："宝卿，坐好你主人的宝座，我们马上就要出发了。"

林宝卿嘻嘻笑，宋毅又问林宝卿打算去哪。

"听你的，我没意见。"

林宝卿没什么特别的想法，只要和宋毅在一起就行。

东海机场建在海边，最近的城镇是金沙村，和宋毅外公居住的临海村仅仅只要几分钟。宋毅当即决定，先去临海村一趟。

宋毅自己投资的玉器厂和家具厂也都建在临海村，宋毅这个大老板虽然平时不管什么事情，可他还是觉得有必要经常露个面。

林宝卿点头说好，这一带她非常熟悉。尤其是她的品香俱乐部需要香料木材家具，他们合办的红木家具厂就在临海村，林宝卿经常过来拿东西。

"你给何建打个电话，看他在什么地方，如果赶得及的话，等下可以一起吃饭。"宋毅说道。

林宝卿当下给何建拨了电话，何建很快接了，林宝卿问他在哪，何建回答说在家具厂，还问她是不是需要什么东西。

"还真是巧了，我刚接了宋毅下飞机，正往家具厂赶。你先不要离开，中午一起吃饭，我们几个人好久没在一起聚了。"

林宝卿显得很开心，她和何建经常碰面，倒是宋毅这家伙，经常这里跑那里跑的，和老朋友聚在一起的时间特别少。

何建连声说好，林宝卿还特意把手机伸到宋毅面前，让他和何建说了两句话，然后才收了电话。

等这通电话挂了之后，宋毅已经开车驶进临海村，远远地看见毗邻的家具厂和玉器厂。

因为何建在家具厂，宋毅和林宝卿就先去了家具厂。

两人到的时候，何建已经在门口等他们，现在的红木家具厂规模不算大。这也和宋毅采取的策略有关，宋毅囤积各种珍贵木材是为了将来升值，对他来说，现在的家具厂只要维持住正常运作就行。像沉香、海南黄花梨以及各种红木现在用掉太多的话，那就亏大了。

一见面，宋毅就笑何建最近白净了很多，有向小白脸进化的趋势。

何建拍拍他的肩膀说："别，这个称号我可不敢跟你抢，不过你可要对得起宝卿才行。你是不知道，你去香港的这些天，她多煎熬呢。"

林宝卿当下拿眼瞪何建，还对宋毅说："你可别听他胡说。"

何建丝毫不以为意，呵呵一笑。

"真是越来越羡慕你这小子，生活这么多姿多彩。"

宋毅打嘴仗的功夫可不比他差。

"我看你也不差，看看，把自己收拾得这么光亮照人。这一出去，肯定没少受女孩子追捧，什么时候把她们带来一起吃饭，认识认识。"

说到这个，何建挠挠脑袋说："我倒是想啊，可惜人家未必看得上我。"

宋毅就好奇了，"咦，究竟什么来头，竟然连我们年轻有为，事业有

成的何建大帅哥也瞧不上眼。"

林宝卿倒是知道其中的纠葛,何建还向她请教该如何追女孩子呢。

何建不怎么好意思开口,林宝卿就在旁边简单向宋毅做了一番说明。

何建喜欢的女孩子是他们学校的,在学校非常受欢迎,不过来头不小,好像是东海某个地产开发商的女儿,家里非常有钱。相比而言,何建那小商人出身的家境就有点不够看了,虽然何建在年轻一辈中也算相当优秀的,但他感觉距离人家的标准还是差了一些。

宋毅听了就给他出主意,并传授经验说:"要是她也喜欢你的话,其他一切都好办。何建你大可不必自惭形秽,只要确定你是真的喜欢她,那就放心大胆地去追她。我和宝卿作为你最好的朋友,有责任和义务将追女孩子的秘诀告诉你。我总结了一下,就是胆大心细,脸皮厚,嘴巴甜。"

何建听了觉得有些新鲜,宋毅的话也鼓舞了他的士气,开始向宋毅请教起来。

林宝卿看时间不早,他们这样说话也不是个办法,就提议先找个地方吃东西,大家坐下来慢慢聊,她也可以帮何建出些主意,当当红娘什么的。

两人点头表示同意,宋毅还笑着说:"有宝卿出马的话,这喜糖我们是吃定了。"

临海村原本是个渔业小村,上品海鲜自然是不缺的,对做海鲜吃海鲜也特别有讲究。宋毅也不想去麻烦外公一家,当下就选择在附近店里吃。

第八章　雄心勃勃深海打捞千年宝藏，
　　　　价廉物美海捞瓷成为海捞首选

宋毅有幸结识了学院派沉船打捞高手赵海洋，他们一拍即合，赵海洋出技术，宋毅先投资一千万，雄心勃勃，瞄准海底宝藏，到大海中去打捞千年宝藏。明清时期，中国瓷器的欧洲出口量十分巨大，有些瓷器还是欧洲皇室定制，十分精美，但是常常因为海运事故沉船，于是海捞瓷就成了一种很受欢迎的文物瓷器。海捞瓷不仅数量多，价格低廉，又能保证是真品，比起动辄几十万上百万还不能保证真品的古代瓷器来说，更加适宜收藏。

林宝卿和何建也经常在这家店里吃海鲜，姓何的老板以及他的妻子记得他们。宋毅就更不用说了，小时候在外公家时经常在临海村四处乱逛，村里没几个人不认识他。这时看几个人来就餐，何老板当即热情地和他们打招呼，并盛情招待他们几人。

"何老板最近生意很好啊。"宋毅也微笑着回礼。

"都是托小毅的福，要没有玉器厂和家具厂开在我们村，我这可没什么生意。今天想吃什么，我给你们弄最好的。"

何老板笑呵呵地说，他这里的生意，还真是沾了宋毅的光。

当然，沾光的不只他一个人，整个临海村都从中获益不小，宋毅办的玉器厂和家具厂给村里人提供了不少经济来源，地皮卖了钱，还提供了很多就业机会。而且这俩厂子都没有什么污染环境或者嘈杂噪音，不会影响

村民的正常生活，两个厂子的生活消费反而促进了村里副业的发展。

一阵寒暄过后，点好海鲜，何老板就去忙了，宋毅、林宝卿和何建三人坐下来聊天。

话题还是围绕着何建喜欢的那个女孩子展开，在宋毅面前，何建也没什么好害羞的，缓缓地将他认识方芸芸的经过一一道来。

宋毅听了后继续为他出谋划策，了解到何建对方芸芸其实就是老套的一见钟情，两人接触的机会并不太多。方芸芸还没感受到他的如火热情，这边何建就有些怯场了。

宋毅鼓励何建鼓起勇气去追求她，笑着对他说："何建你可是一表人才，最近穿着打扮言谈举止又更上一层楼，你这也是为了她做出的改变吧？看你坠入情网，我这做兄弟的，自然得好好替你谋划谋划，争取早日将她追到手。"

林宝卿也在旁边替他出主意，像偶然的相遇，再制造一些偶然事故，让她增进对何建的了解。林宝卿并不建议一开始就死缠烂打，那会让女孩子觉得反感，她个人更倾向于细水长流的感情，就像她和宋毅一样。先做朋友，等大家熟悉起来之后，再考虑将关系进一步升温。以她女生独有的细腻，林宝卿提醒何建注意细节，不能再像过去一样，大大咧咧，女生都是很敏感的。

宋毅对此表示赞同，他同样不赞成太冒进，但该把握机会的时候，也让何建绝对不要犹豫。还让何建多和她身边的人搞好关系，请人家吃吃饭啊，送点小礼物啊，有他们帮着说好话，也会对追求方芸芸有很大的帮助。

何建虽然和宋毅一起在社会上历练过，可在情场上，终究是只还没入门的菜鸟，不像宋毅这个老油条。他思前想后顾虑颇多，听两人说得天花乱坠，何建一方面用心记在心底，一方面又颇觉得头疼。

"怎么感觉像是打仗一样。"

宋毅笑道："这可不就是男女之间的战争吗？相信我们，听我们的话准没错。"

毫无恋爱理论基础的何建点点头，表示接受两人的建议，准备将其应用在具体的实践上去。

　　等美味的海鲜送上桌之后，宋毅和林宝卿已经给他出了不下数十条主意。

　　宋毅笑着让何建请客，还说等他追到方芸芸之后，还得狠狠地宰他一顿才行。

　　"这是自然，今天也算我替你接风洗尘。"何建呵呵笑着说。

　　几个人在一起吃饭的时候就没计较过这些，往常都是抢着付账的，特别说明让谁请客，往往都是有特别意义的。

　　不过何建还是有些担心，即便成功获得方芸芸的芳心，两人能否真正在一起，还是有点悬。毕竟，他们的家境相差太多，如果家里人反对的话，也是件麻烦事。

　　林宝卿对此表示理解，她虽然相信真爱能战胜一切，但具体到现实中，就不是想象中的那么简单了，弱势的一方总是会有心理压力。之前她的家庭条件和宋毅家差不多，甚至可能还要好上一些，但现在宋毅一飞冲天，宋毅家也跟着水涨船高，她家那点底子就不够看了。

　　值得庆幸的是，宋毅一家人对她一如既往的好，宋毅也没有嫌弃她的意思，依旧疼爱她，淘到什么好东西，也都往她家送，让她帮着保管。尤其之前在北京的拍卖会上，他一口气买下几千万的藏品，之后全部交给她负责，这种被信任的感觉让她觉得非常幸福。

　　至于方芸芸的家人会不会像宋毅家人一样，这个实在难以做出判断，毕竟人和人是不同的，不是人人都像宋毅家人那么好。

　　"何建，你说她家是做房地产的?"

　　宋毅本着替好兄弟分忧解难的心思，出声询问起来，他也没天真地认为门户之见不存在。

　　何建点头说："是的，她们家的地产公司最近好像把新区商业中心的一个地盘拿了下来。"

　　"这样看来，她的来头果然不小。"

宋毅沉吟着，东海市新区是开发的重点，商业中心那片地段的地价更是相当昂贵，想要拿到地的话，除了公司的经济实力要相当雄厚外，各种社会关系也必须相当到位才行。

"房地产有那么赚钱吗？我觉得还好啊，现在东海的房子价格也不高吧。"林宝卿有些不解地说。

宋毅回答说："这只是现在，将来可就说不准了。你们只要想想香港那边的房地产状况，就能大致了解情况了。像苏眉姐在那边的房子，花了上千万，也不过只买了几百平方米，还不是真正意义上的豪宅别墅。"

这个林宝卿倒是略有耳闻，不过香港和东海的情况还是有很大差别的，薪酬和消费水平都不是一个档次的。

"既然这么赚钱的话，那我们要不要也去插上一脚。"林宝卿带着调侃的语气问宋毅。

"里面水太深，不太好玩。"宋毅连忙摇摇头。

何建和林宝卿都还没意识到，这房地产行业的迅猛发展远远超乎人们的想象，宋毅知道未来东海的房产价格会高到何等让人瞠目结舌的程度，很大一部分人都为买上一套房子而奋斗终生。后来房地产成为国家经济的支柱产业可不是说着玩的。

其实从现在开始，房地产就已经开始崭露头角。房地产行业的暴利程度相当高，不过里面的争夺也相当激烈，即便有过硬的关系，栽在里面的人也不计其数。宋毅并不打算进去凑热闹，只要把他自己这一亩三分地经营好，他就非常满足了。

"何建你也别想太多，做好自己就足够了。"宋毅还是鼓励他。

"说得也是，我现在的主要目标还是应该放在自己的事业上。"

何建平时多爽朗大方的一个人，可涉及情事，也变得畏首畏尾起来。

何建现在主要掌管红木家具厂这边，他不愿意接手他父母那边的生意，而且那边的生意也没木材生意这么大，也没这么自由。

"宋毅，你看我们家具厂的生意是不是应该拓展一下，现在这样子顶多只能保证家具厂正常运作，想要真正赚大钱还是要等上好长一段时间。"

林宝卿提议，她倒是很理解何建的心情。照理说来，他这刚升入大学的学生，能够取得现在的成绩已经难能可贵了。

　　何建即便成功追求到方芸芸，恐怕也只有等何建取得更大的成绩后，才不会有心理负担。

　　作为何建的好朋友，只要林宝卿和宋毅能帮助他，就肯定会尽全力帮助他，把家具厂的生意做大就是对他最好的帮助。宋毅经营的项目很多，在家具厂这边根本没花太大的心思。林宝卿自己又忙着品香俱乐部那边的事情，没多少精力来照看家具厂。因此，家具厂这边主要就是何建在管着，他也喜欢这份工作。

　　宋毅明白她的意思，回答说："这怪我之前考虑不周，我们买来囤积的这些香料红木，起码得等个十来年价格才会真正狂飙猛进。这其中的时间确实太长，家具厂这边一向由何建负责，有什么想法没有？说出来大家商量商量。"

　　"我其实也没什么特别的想法，我简单总结了一下，做这行有两件事最重要，一是做品牌，二是要有销量。如果能做到东海第一家的话，倒也不枉费我们一番心血。"

　　何建长期在这边混迹，倒是摸索出一些道道来。

　　他接着又说道："先说做品牌，我们已经在进行了，宝卿的品香俱乐部那边，几乎集中了我们家具厂的绝大部分精品，不管放哪里，都能震住别人。等俱乐部营业之后，自然会给家具厂这边带来生意。只是这样的生意，到时候是接还是不接，这还真是个问题。"

　　宋毅和林宝卿会心地笑笑，确实，这也是让人纠结的事情，眼前利益和长远利益该如何取舍，即便做出精品来，以现在的市场价格，出售的话会觉得很吃亏，不卖的话，又没有足够的经济来源。

　　林宝卿说："我觉得可以选择性地接上一些，像这类精品家具，全部接下来肯定不现实。我们可以控制数量，争取达到一个平衡。"

　　宋毅对此表示赞同。

　　"精品家具我们就当品牌来经营好了，有机会的话，我联系一下拍卖公司那边，可以拍卖几件家具出去，提高家具厂的知名度和影响力。"

林宝卿笑着说："宋毅这主意不错，其实还可以捐赠几件家具给博物馆，也算是为公司做宣传。"

何建对此表示支持，对他们来说，难的不是建立良好的品牌形象，毕竟，手里的好东西实在太多，考虑到将来的增值情况，舍不得拿出去才是真的。

何建接着说："所以我琢磨了一下，想要提高家具厂的效益，还是应该以稍微普通，但又要比市面上的家具好的家具为主进行销售。这就需要合适的材料，像我们之前囤积的那些沉香、黄花梨、红木之类的珍稀木材肯定不能现在就拿出来。用哪种不是很常见，品质又不错的材料来作为主打产品，还需要我们仔细考察一下市场再说。"

宋毅点头表示赞同，并说道："何建你的想法非常不错，也非常符合家具厂的实际。我觉得，在挑选木材方面，倒是可以考虑缅甸那边的木材，那边木材资源丰富，倒是个不错的选择。"

仿佛看到了一丝光亮，何建当即兴奋地说："也是，缅甸的原始森林特别多，木材资源更是异常丰富，木材质量相当不错，国内这边还很少有人去缅甸那边开发他们的木材资源。如果能弄到国内销售的话，也算是稀罕物，价格也不会特别高，特别适合家具厂现在的情况。"

托宋毅的福，何建对缅甸的了解也比普通人多得多，只是以前他们只关注着缅甸那边翡翠玉石的开采，倒是忽略了缅甸也是著名的木材产地。尤其是缅甸北部，崇山峻岭中，木材资源相当丰富。

而宋毅之前之所以没有涉及缅甸的木材，还是他心高气傲，对那些普通木材的生意不怎么上心的缘故，在他看来，翡翠的利润可比木材高了不知道多少倍。

但是现在，既然决定帮助何建把家具厂这边的事业做大，宋毅便把这事给捡了起来。

林宝卿也参与到他们的讨论中，并认真思考可行性有多大。

宋毅说道："这其实怪我，我之前只想着囤积将来增值幅度特别大的

木材，倒是没认真寻思普通木材生意方面的事情。"

何建笑着说："哪能这么说，我们国家的传统文化历来便推崇红木文化，抓住关键才是最重要的。"

"缅甸那边最著名的木材当属柚木，柚木在西方国家倒是非常受欢迎和推崇的，用得也比较多，诸如轮船的甲板啊，很多大教堂和古建筑也用柚木做地板。就我们东海而言，一些老建筑也可以见到柚木的身影。柚木目前在国内虽然没有流行起来，.但我相信，假以时日，随着大家生活水平的提高，柚木也会越来越受欢迎。"

宋毅长期在缅甸那边混，对那边的木材品质、开采以及应用等方面还是相当了解的。

"那就最好不过了。"林宝卿高兴地说，"只是，那边木材的开采运输情况如何，成本应该不低吧？"

宋毅说："这个肯定在可以接受的范围内，不管什么地方的木材，不都是这么从深山老林中弄出来的？"

何建则问他："宋毅你们开采翡翠矿石的矿场附近有木材吗？"

宋毅笑着说："缅甸北部山多林深，到处都是大片大片的原始森林，可以这么说，在那边只有路不好找。只要有需求，最不缺的就是木材。等过段时间，我和那边商量一下，开发木材资源是绝对没问题的。"

何建充满憧憬地说："宋毅你下次去缅甸的时候，也带我一起去，我想亲自去看看。"

"只要你不嫌条件太艰苦，我是无所谓的。"宋毅回答他说。

"你都不怕我怕什么。"

何建咧嘴笑了起来，他这些日子没少往深山老林里跑，还不是照样过来了。何况在缅甸那边，宋毅算得上是半个主人，怎么着也不会让他吃亏。

知道何建急切，林宝卿也好奇地问宋毅："怎么要过段时间才行，现在不可以和他们联系吗？"

宋毅也没什么好隐瞒的，当下便解释说："据可靠消息，缅北那边最

近可能会有一些冲突，还是等段时间再过去比较好。"

他这么一说，林宝卿也开始担心起来。

"那我们翡翠矿场那边怎么办？不会有什么变故吧。"

"你放心好了，我已经让他们做好了万全准备。翡翠矿场可是我们在缅甸的根基所在，我们在翡翠矿场的利益不会有任何损失。"宋毅自信而笃定地说道。

宋毅的神情也感染了何建和林宝卿两人，想想也是，有什么事情难得倒宋毅的。

一旦对这件事上心之后，宋毅便开始积极谋划起来。

在宋毅的计划中，木材和玉石一样，还是得通过陆路运送回东海。虽然走海运表面看起来是最经济的选择，但是从别人的地盘路过的话，很有可能被人拦截下来。陆路就要安全得多，出了丁英的地盘后就到了国内，缴了关税之后，安全就有保障了。

发展经济是缅甸的当务之急，宋毅在缅甸开办矿场，开发林场，帮助他们发展经济，不管是对国家还是整个社会来说，都是好事。

至于何建说要去缅甸那边看看，宋毅也不拒绝，这是何建自己的选择，他管不着。当然，宋毅也琢磨着，何建把木材生意做大之后，顺便帮他把翡翠玉石一并带回来最好，那样他就不必千里迢迢跑去缅甸了。

何建倒是非常兴奋，他知道宋毅在缅北那边混得很好，即便知道不是特别安全，他也不担心，说不定这次还能让他获得更多的利益。他虽然对宋毅的翡翠矿场不太了解，但也知道，他在那边拥有一只非常强的武装力量，专门用来保护翡翠矿场。

听多了那边的故事，何建心驰神往，男人大都爱冒险，何建也不例外。

很快，宋毅就将家具厂这边的事情定了下来，并对何建说："这段时间你可以多去查找下缅甸那边的木材资料，到时候也好做宣传。缅甸木材资源非常丰富，只要家具厂这边的销售跟得上，要多少都没问题。"

何建点头说没问题，他现在对如何经营家具厂已经有了相当的心得，很多地方还学习借鉴了宋毅之前用过的手段。

林宝卿也鼓励他说："我很期待看到我们家具厂做到东海第一，乃至全国第一家。"

宋毅则笑着说："等何建将方芸芸追到手，别人从她手里买了房子后，又从何建手里挑选家具地板装修房子，珠联璧合，倒是件美事。或者，叫方芸芸家做成精装房出售，这一来，你们就更可以称得上是提供一条龙服务了。"

林宝卿听了直乐，笑着对何建说："宋毅说得非常好，何建你加把劲儿，争取把家具厂做成行业标杆，引领时尚风潮，垄断东海的家装市场自然是小事一件。我觉得其中的利润不会比造房子来得低。到时候再和方芸芸合作的话，更加完美无缺了。"

宋毅、林宝卿两人勾画出来的前景非常美好，也有非常大的把握可以实现。

"有了你们的支持，我要是再不做出成绩来的话，简直就天地不容了。"一时间，何建也是踌躇满志，他本来就有要做就做到最好的勇气和决心，有了宋毅和林宝卿的鼓励支持，他的信心更是前所未有地饱满。

宋毅和林宝卿闻言相视而笑，这顿海鲜吃下来，何建心满意足，屁颠屁颠地跑去付账，说好他请客的。

吃过饭后，宋毅还问何建要不要一起去俱乐部看看，何建嘿嘿笑着说："你们忙，我要是再不识好歹的话，某人可是会生气的，到时候我少不得又得当苦力。"

林宝卿笑着作势要去踢他，何建嗖地一下就跳开了。

"我先去家具厂转转，回头见！"

"你这家伙！"

林宝卿对他没什么话说了，看着何建往家具厂的方向溜去。

宋毅本说去俱乐部，林宝卿却劝他说："你都到这里了，不去玉器厂看看不好吧。"

宋毅则笑着说:"不是陪你要紧嘛。"

"那就陪我去玉器厂转转,我想看看有没有新做出来的珠宝。"

林宝卿聪明过人,相当识大体,寻思着弥补先前因吃醋留给宋毅的不好印象。

"有宝卿这样的免费模特,这些珠宝可真是幸运。"

宋毅当即和她一起往玉器厂走去,林宝卿说得也是,玉器厂就在附近,不过去看看于情于理都说不过去。

一路行来,林宝卿也说起,她经常和乔雨柔到玉器厂来,反正就在家具厂旁边,来拿香料的时候就可以顺便去玉器厂逛逛。

"这些老师傅手艺没话说,加工出来的翡翠真是养眼。还有,小柔妹妹做珠宝设计的天赋真好,每每看她设计出来的珠宝,都让人有眼前一亮的感觉。宋毅你的眼光还真不错,当初怎么就选中她做珠宝设计的?"林宝卿一路和宋毅说着话。

"当时看她绘画功底强,脑子也灵活,就想着让她试试,没想到她第一次做珠宝设计就相当让人满意。这样最好啊,有了小柔这般有天赋的人才加盟,至少目前不用费尽心思到处去挖什么大牌珠宝设计师了。"宋毅微笑回答说。

林宝卿点头表示同意,但也说出了她自己的看法。

"不过我觉得小柔更值得称赞的是她勤奋好学,刻苦努力的态度,都没看她有多少时间是真正闲着的。所以,我就常常带她出来玩,也算是劳逸结合。"

宋毅当下称她做得好,还对她说:"这也是你这个嫂子的职责所在。"

林宝卿嘻嘻笑着,苏雅兰认了乔雨柔做干女儿之后,林宝卿更是真心把她当自己的小妹妹对待,照顾别人的感觉还不错。

玉器厂的人不认识两人的一个都没有,比起毫无威严可言的林宝卿,宋毅的气场无疑强了许多。

即便是玉器厂里最资深的老师傅,对宋毅的态度也相当恭敬。

不仅因为他是这玉器厂的真正主人,更重要的是,他们佩服宋毅的眼

光和手艺，让他们这些浸淫此道几十年的老行家也得说一个"服"字。

如果说这世界上有天才的话，宋毅绝对可以算得上一个。

宋毅眼光毒辣，赌石少有看走眼的时候，最后挣下这偌大的家业暂且不提，就他那一手加工翡翠的本领，就让很多老师傅自叹不如。

虽然宋毅说是从小就摸着玩，后来又一直苦练技术，但推己及人，他们像宋毅这般年龄的时候，绝对无法达到宋毅的水平，哪怕是现在，说要超过宋毅的雕刻水平，也相当勉强。见过宋毅雕刻加工出来的作品后，老师傅们感受尤其深刻。

但宋毅安心待在玉器厂的时间很少，经常是来露个面就走了，也只有最早被宋毅招揽进来的师傅，见到过宋毅亲自动手加工翡翠。他那专注的态度，精准的手艺，让见过那场景的师傅都为之感叹不已。

宋毅没什么架子，在不影响正常工作的情况下，他很自然地问起玉器厂师傅们的工作生活情况，让他们有哪些不满意的地方只管提出来，只要他能做到的，他都会尽全力去做好。

不只是宋毅，苏雅兰和宋明杰夫妻俩对玉器厂里的老师傅态度都相当好。乔雨柔这乖巧玲珑的小丫头就更不用说了，她做出来的珠宝设计，都要通过厂里的师傅们才能实现，很多时候，师傅们都会给她提出更好的建议。

很大一部分来玉器厂帮忙的老师傅，都不是为钱而来的。

玉器厂的翡翠资源丰富，可以这样说，几乎世界上能够找到的翡翠，玉器厂里都有。除了被这里丰富的翡翠宝库吸引外，和同行间的切磋交流也是他们肯受聘前来的重要因素，在见识过宋毅的手艺后，他们来此帮忙的意愿更加强烈了。

这里的情况也的确没让他们失望，很多师傅都开玩笑地说这里最适合养老。

宋毅知道想要获得成功，光靠他自己一个人是不行的，就算他每天加班加点，忙死忙活都不可能加工得过来。何况，他要忙的事情还很多，还想享受生活。

　　而这次来玉器厂，除了问候这些功臣外，宋毅也把要做的事情吩咐了下去。

　　之前在香港就说好了，那边的玉石商人陈亦鸿、王汉祥等人需要一些未加工的翡翠。现在的宋毅很少亲自解石了，玉器厂里愿意亲自操刀的师傅比比皆是。

　　在精心研究翡翠的行家们眼里，翡翠玉石是有灵性的，解石也是件非常神圣的事情。要放在以前，解石之前还得提前几天沐浴更衣、焚香祈祷，之后才能解石。

　　往往只有研究透了一块翡翠毛料，才能擦石或者解石。

　　所以，现在玉器厂里的师傅们，除了加工翡翠成品锻炼手艺外，最大的乐趣就是研究库房里那一块块神秘的翡翠毛料。

　　对同一块翡翠毛料，师傅们的看法往往都不一致，为此争得面红耳赤也十分普遍。

　　可究竟谁对谁错，孰是孰非，只有将石头解开才能见分晓。

　　要是放在其他地方的话，可能永远都不会有结果，毕竟，翡翠石头的主人要考虑的事情很多。如果他觉得赌涨的可能性不大的话，肯定会将石头转手他人，让别人去承担风险。

　　但在财大气粗的宋毅这里，这些师傅不用担心这些问题，宋毅把这些石头弄回家，就没想在解开之前把它们转让出去。

　　这就等于说，玉器厂的每块翡翠毛料，里面最真实的一面都会真真切切地展示在大家面前。

　　都说神仙难断寸玉，没有仪器可以看穿包裹在翡翠外面的皮壳，大家更多是凭眼光和经验来猜测内中的情况。但真正的结果如何，只有解开来才知道，大家都想知道自己的本领究竟如何。从观看石头到解石，过程相当刺激。

　　给了大家很好的交流学习机会，如果不是进了玉器厂，在外面想看上一眼解石都相当困难。不是关系特别亲近熟悉的人，人家解石的时候根本就不会让你前去参观，你厚着脸皮想要去，反倒会自讨没趣。

对于极其热爱翡翠的行家们来说，宋毅的玉器厂无疑是他们的天堂，是世界上其他地方都找不到的乐土。

因此，听宋毅说又要解一批石头，玉器厂里的师傅们都欢呼起来。

林宝卿看到这场景也呵呵笑了起来，低声对宋毅说："看他们兴奋的样子，感觉这些老师傅就像小孩子一样。"

宋毅也笑笑，都说老小孩老小孩，人的年纪越大，很多时候就会由着性子，不会为外人眼光所羁绊，率性而为。

宋毅将要求说了出来，都是陈亦鸿、王汉祥他们定下来的。

但宋毅一如往常，没有指定由谁负责解石，而是由他们自己商量着决定。

"上次就是老王你负责解石的，这次该轮到我了。"

"是啊，老王你也别太贪心了，我们都等着呢。"

"还是以前的规矩，大家轮流着来，要解石的话，一人一块，谁也不许贪刀。"

场面越发热闹起来，厂里的老师傅一个个都是精明人，谁也不肯吃亏。亲自动手解石，尤其是那些自己看好的石头，对他们来说，意义特别重大。

不过这些事情完全不需要宋毅操心，他一点儿也不担心偌大的翡翠宝库找不出他所需要的翡翠来。

厂里的老师傅们彼此已经相当熟悉，但要说谁完全服谁，那也是不可能的事情，几人之间也在相互竞争较劲。

事实上，从事翡翠行业这么久，到他们这水平，雕刻加工出来的成品翡翠差别已经不是太大了。

但在看石头的眼光上。因为不确定性实在太大，谁也不敢说稳稳地压过谁。所以也最考验人的水平，成为大家的比试项目，也是评判眼光高低的唯一标准，更是大家最大的乐趣所在。

老人们一旦发狠较起劲来，干劲也让人刮目相看。完成了各自手头的工作之后，厂里的老师傅们都爱跑到库房去研究石头，到点下班了犹自不

肯走的更是大有人在。

碰上苏雅兰他们在玉器厂，往往只能好言相劝，让他们早点回家。他们不在的时候，这些老师傅们就更舍不得走了。用他们的话来说："这里的石头实在太多，就算把后半辈子都耗在这里都没什么。"

除了解石外，香港分店那边需要什么样的珠宝首饰，数目多少，苏眉已经记了下来，宋毅只要把文件放厂里就行。

把该做的事情交代下去之后，林宝卿陪着宋毅在玉器厂四处转了一圈。

林宝卿这时就看出宋毅的细心和耐心来，宋毅不仅关心大家工作舒适与否，对保安措施更是格外重视，还特别去四处检查了围墙的情况，还和负责玉器厂安全的保安聊了一会儿。至于这些保安的人选，一部分是临海村本地人，一些则是周益均介绍来的，都是十分靠得住的人。

林宝卿理解他的行为，这玉器厂可是他事业的重中之重，说里面的东西价值连城一点也不为过。因此他格外重视，选择的地点也是他最熟悉的临海村，他本来就和当地的村民关系密切，又给了他们很多好处，在他们的帮助下，牢牢守护住这份基业不成问题。

这天苏雅兰和宋明杰在珠宝店里忙，没到玉器厂这边来，玉器厂这边因为规章制度做得相当不错，挑选进来的人员也都是经过层层筛选的，一直都没出过什事故，倒是用不着天天过来。

乔雨柔还在上课，过不了多久就要放假，她恐怕还在认真做笔记，方便到时候给宋毅复习，免得他期末考试挂科。

至于林宝卿，自然是跟着宋毅学坏了，翘课了。

巡视完玉器厂之后，林宝卿又提醒宋毅，去外公外婆家看看。

"宝卿真不愧是我的贤内助，当真是太贤惠了。"宋毅握紧她的小手，呵呵笑着说。

"这是我应该做的。"

林宝卿脸颊微红，略有些羞涩。

宋毅外婆家距离玉器厂不远，但宋毅还是驱车过去的，因为他的行李箱在车上，他自己的行李很少，但在香港机场买了些礼物，这会儿去外婆家，总不好空手上门。

他买的都是些保健品，只能说是聊胜于无，礼轻情意重，宋毅外婆看他还带了礼物上门，显得非常开心。

宋毅身边的林宝卿也跟着宋毅，甜甜地叫外婆，她可不是第一次来了，宋毅外婆也特别喜欢这个长得漂亮，嘴巴甜，脾气又好的女孩子。

让宋毅欣慰的是，外婆一家人的身体都不错。由于苏雅兰经常到玉器厂这边来，在这边吃饭的时间也不少，爱买些东西给他们。

宋毅外公外婆有空也去玉器厂看看，宋毅两个舅舅目前的瓷器生意做得相当不错，自己的事情都忙不过来。

在他们的生意上，宋毅也帮过忙，他前世跟着爷爷宋世博走南闯北，见识了不少，比起两个舅舅现在的水平，自然高出很多。宋毅现在做出的仿制品大多可以以假乱真，当初拿仿制品骗爷爷宋世博的不肖徒弟就栽在了宋毅手上。

宋毅自然不会藏私，帮着外公和两个舅舅改进技术，让他们的生意有了很大的起色。当然，对他们只能说是从宋世博那边偷师学艺的。

知道他们中午在外面吃的饭，外婆责备他，说他到这边来都不上家里吃饭。

林宝卿帮宋毅解释，说是有朋友一起吃饭，不想麻烦外婆辛苦，好说歹说算是解释过去了。

两人在外婆家陪着外婆说了好一阵子话，知道宋毅中午才下飞机，外婆就让他们忙自己的事情去。她也知道，宋毅成天忙碌得很，对她来说，他肯带着礼物来看她，陪着她说会儿话就相当不错了。

从外婆家告辞出来后，宋毅又和林宝卿去了在外婆家后面的苏眉家。

林宝卿知道苏眉非常受宋毅和苏雅兰的信任，全权负责金玉珠宝在香港的事务，而且做得有声有色。

到苏眉家时，苏眉父亲去镇上的机械厂上班了，只有张秀云一个人在家。

宋毅和张秀云见过面，照例送上一份礼物，还说是苏眉姐让他来看望他们，并让他转交给他们的。

张秀云却笑着说："小毅你就别骗我了，苏眉刚刚才跟我打过电话，可没说这个。"

宋毅则解释说："那是苏眉姐不好意思说而已，我这人脸皮虽厚，却也不会抢别人的功劳。"

可不管是他们俩谁的心意，张秀云都有理由开心地接受。

和张秀云闲聊的时候，宋毅说起苏眉在香港那边的生活，还颇有些愧疚地说："说来也是我们的错，害苏眉姐在那边忙忙碌碌的，都没多少时间和阿姨你们聚在一起。"

张秀云说："那是她自己的选择，只要她自己觉得有意义就行，小毅你给了她这样好的舞台，我们应该感谢你才对。"

宋毅连忙说："这个我可担当不起，只要你们不怪我就好。我前些天为珠宝公司的事情去了香港一趟，感受最深的就是，苏眉姐特别想念你们，可那边的事情实在太忙，脱不开身。苏叔叔上班也很辛苦，阿姨你让他向厂里请几天假，去香港好好玩上几天放松放松，也好陪陪苏眉姐。或者干脆让苏叔叔辞了工作，一家人到香港去住都是可以的，现在苏眉姐可是香港人了。"

"去香港玩几天倒是可以，搬过去还是算了。"张秀云想都不用想，也知道让苏眉爸辞职是不可能的事情。

林宝卿清楚宋毅的心思，知道苏眉在香港相当不容易，看宋毅的策略不错。也在旁边帮忙游说，说宋毅的这个建议不错，让他们就当去香港旅游。

看张秀云点头同意下来，宋毅才松了一口气。

临海村的事情处理好了之后，宋毅和林宝卿两人这才回市里。

路上林宝卿还问去哪，宋毅说反正不可能去学校，不过晚上要回家吃饭，要不然肯定被家里人责怪。

"那先去品香俱乐部看看好了。"林宝卿提议说，宋毅表示同意，反正他现在没事情做。林宝卿也想单独和他在一起待一会儿。

宋毅和她闲聊。

"最近淘到什么好东西没有啊?"

"前两天的鬼市我去逛了逛,不过没发现什么值得收藏的东西。"

林宝卿素来有去鬼市逛的习惯,一般都是跟着她父亲林方军一起去的。东海的鬼市虽然东西很多,可品质不一,加上前去淘宝的人也多,即便像林宝卿这样的老手,也不能保证次次都碰上好东西。

宋毅笑笑说:"没什么,下回我们俩一起去,我就不信找不出好东西来,蚊子腿再细也是肉,哪怕倒手赚个几十上百块,也能吃上一顿饭不是。"

林宝卿呵呵笑着说好,他们一起逛鬼市也不是一次两次,轻车熟路。宋毅的眼光她向来非常佩服,几乎就没有看走眼的时候。

说笑间,就进了市里,宋毅把车径直朝品香俱乐部开去。这地方离两人的家不远,在俱乐部里多待一阵子,回去吃晚饭也不会迟。

虽然只有数十天没到品香俱乐部来,但宋毅还是明显感觉出和以往的不同。大厅里又添了几把复古的红木桌椅,在北京拍卖会上购买的香炉也被林宝卿摆了出来,墙上挂着的,也是从拍卖会上拍回来的近代画,品质什么的都相当不错。

宋毅将这些变化逐一指了出来,并夸林宝卿做得相当不错。

"果然是心有灵犀一点通,宝卿这些陈设布置非常符合很我的心意。"

受了他的夸奖,林宝卿嘻嘻直乐。

"我先前还害怕你会不喜欢,对了,我们要不要将齐白石的画也挂出来?"

"暂时先不用,等品香俱乐部正式营业的时候,再有选择性地挂上一段时间就好。"宋毅回答说。

看得出来,林宝卿对经营俱乐部相当上心。这对宋毅来说是非常好的事情,有事情让她忙碌,也免得她东想西想,他不在东海的时候,她也不会觉得太过无聊。

林宝卿点头说好,并提议说:"那我们以后是不是可以经常换些藏品

展览？一成不变总是会缺乏新鲜感。"

"宝卿你做主就好，但这些藏品一定要保管好，千万不要损坏，或者被人顺手牵羊，那样的话我们可就亏大了。"宋毅提醒她说。

林宝卿点点头，这个她自然知道。

"我会拿出相应的措施和规程的。"

尽管在她和宋毅的设想中，往来于品香俱乐部的人，都应当是有文化有涵养的人，不会做出这种没品的事情。但人性总是复杂的，谁也不能百分之百保证经得起诱惑，五星酒店的东西还常常被人顺手牵羊呢。

"嗯，是得有章程才好，这方面你得好好思量思量。想要把品香俱乐部办好可不是件容易的事情，宝卿你可要做好心理准备才行。"宋毅说。

林宝卿挽紧他的手臂，娇声说："我会尽自己最大的努力去做好的。再说了，不是有你在我身边吗？我可不相信有事情能难得住你。"

"我也不是万能的，但我会永远站在宝卿背后支持你的。"

宋毅笑笑，天气渐渐炎热起来，林宝卿身上的衣衫很薄，饱满的胸脯蹭在他手臂上，让他一阵心猿意马。

"就知道你最好了。"

林宝卿乐呵呵地笑，她也有些情动，现在这里就他们两个人，也不用担心别人看到。

宋毅低头在她耳边轻语，逗她说："那你打算怎么感谢我？"

"你说了算……"林宝卿的耳朵被他的气息弄得痒痒的，秀美的脸颊微微泛起了粉色的霞光，说话的声音变柔了不少。

"那我可不客气了。"

宋毅看她那娇俏的可爱模样，哪里还忍得住，嘴巴一路向下，寻找到她香甜的小嘴，先是轻轻一触，感觉林宝卿身子微微一颤，随后，灵动的双眸慢慢闭上。

宋毅并没有鲁莽冒进，尽情品尝了她香唇的美妙滋味后，这才向更深处发起进攻，以期占领更多芳香源泉。

林宝卿起初被动迎战，后面也渐渐反应过来，并不简单满足于作为防守方，小香舌翻转腾挪，和宋毅这个入侵者激烈地纠缠在一起。

这段时间短暂离别，让林宝卿感受到了很多过去没有体验过的东西，但这时，所有的思恋等待都得到了最好的回报。她用尽全身的力气去感受宋毅对她的怜爱，和他缠绵在一起，直到精疲力竭，都快呼吸不过来为止。

等她略略回过神来，脸上的红霞越发娇艳，她这才发现，宋毅这流氓不知道什么时候已经将她的内衣解开，双手也不正经起来。

虽然在北京的时候，两人已经赤诚相对，就差最后一步没做了，但这时，林宝卿还是觉得分外娇羞。

殊不知宋毅最爱看她这娇羞的模样，还恶作剧地捏了捏，害她身子一下又软了下去，惹来她娇嗔声一阵。

宋毅却没有因此而放过她，略略休息了一会儿之后，又吻上了她那香软可口的香唇。林宝卿也渐渐迷失在这种甜蜜之中，重新振作起来，激烈地回应他。

年轻人的激情总是异常饱满，时间就在这温软缠绵中渐渐流逝，直到被手机铃声打断。

宋毅在东海用的手机还在苏雅兰那里，这手机铃声自然是林宝卿的手机的。

可怜的林宝卿被宋毅欺负得全身上下都软绵绵的，连整理衣衫的力气都没有，又哪里有力气接电话。

宋毅就顺手接了电话，反正他和林宝卿之间的关系也不是什么秘密。

电话是苏雅兰打过来的，宋毅刚一出声就被她听出来了，问他在哪里。

宋毅说和林宝卿在俱乐部这边，忙着布置摆设。

"刚刚你的手机响了，是缅甸那边打过来的，说是出事了，究竟怎么回事啊?"

苏雅兰可没工夫跟他计较，他和林宝卿是不是真在整理俱乐部。

宋毅说得很简单，"有些人不满足现有的利益分配所以发生了点小摩擦，不过和我们关系不大。"

"别欺负我不懂，怎么会没关系，翡翠矿场那边不会有什么问题吧?"

227

都说关心则乱，苏雅兰也是担心自家的生意，只要涉及打仗，多少都会有些影响的，何况矿场那边还专门火急火燎地打电话过来给宋毅，怎么看都不像没事的样子。

宋毅连忙宽慰苏雅兰说："老妈你就放心好了，翡翠矿场护矿队的武装力量就是为这种事准备的，谁敢轻举妄动的话，肯定吃不了兜着走。具体的我晚上回家吃饭的时候跟你们细讲，我先给他们打个电话，问下情况。"

苏雅兰自然懂得轻重，但还是多吩咐了他两句。

"嗯，记得早点回家，还有，叫上宝卿一起，别欺负人家。"

宋毅连声说好，苏雅兰很快就挂了电话。

林宝卿在旁边听得并不是特别真切，这时候也关心地问出了什么事情。

宋毅直接用林宝卿的手机拨周益均的卫星电话，一边对林宝卿解释说："缅甸那边有动作了。还有最重要的就是，我妈叫我带你回家吃晚饭。"

缅甸那边的事情先前和何建一起吃饭的时候就说过，如今知道真正发生了，林宝卿看宋毅胸有成竹的样子，应该是有了充分的应对办法。

不过那边的事情太遥远，林宝卿更喜欢听到的是去宋毅家吃晚饭的消息。

林宝卿知道宋毅肯定要给缅甸那边打电话，商量应对的措施，就静静地依偎在宋毅旁边。

宋毅给她一个宽心微笑，电话接通后，电话那边正是周益均，宋毅也就开门见山地问他："周大哥，什么时候的事?"

"今天早上，离咱们这边挺远的，估计一时半会儿不会有什么结果。等消息传到这边来的时候已经有些晚了，我们收到消息后，马上就给你打电话过来。"周益均很快做了解释。

"我们现在该怎么做?"周益均随后又问道。

宋毅说："我们先装作不知情的样子，否则会让别人心生警惕。你们护矿队的主要任务就是全力保障矿区的安全，督促矿场的开采正常进行。

同时也要提高警惕，免得被别有用心的人钻了空子。等这事过去，我会给大家发奖金的。"

这些事情宋毅之前就有交代，但这时候还要强调一遍，因为安全问题再怎么强调都不过分。

宋毅再一次销假回到课堂上，现在同学已经开始拿宋毅林黛玉一样的身体开玩笑了，对此，宋毅一直是一笑了之。

上完课，宋毅直奔校图书馆而去。

上次在香港金玉珠宝店的宴会上，宋毅认识了郭倩蓉，她是环球船业的经理，船王的女儿，手里有着不少远洋巨轮，还有大批经验丰富的水手。

宋毅便将打捞海底宝藏提上了日程。

海捞瓷是很受欢迎的瓷器，价格低廉、数量多，又能保证是真品，比起动辄几十万上百万还不能保证一定是真品的瓷器买卖来说，简直便宜太多了。

宋毅作为圈内人，前世就非常关注这些消息，很多次都亲临现场看过。因此，宋毅知道在哪些海域有沉船，又在哪个地方打捞起过不少的瓷器，这对他开发海底宝藏大有帮助。

不过现在宋毅也只是想一想，真正想要打捞海底宝藏，需要相当的资金，以及稳定可靠的人员，这不是一时半会儿就能办妥的事。

但宋毅还是和郭倩蓉达成了协议，如果以后宋毅要出海打捞沉船，就可以向郭倩蓉借船、借人，保证都是最专业的团队。

这也得益于香港优越的地理环境，有众多优良的港口，加上香港背靠大陆，商业贸易发达，远洋运输需求旺盛，香港的船业也因此而十分兴盛。

东海大学的考古系可以算是东海大学的王牌专业，但每年招收的人并不多。宋毅前世的时候，也和东海大学考古系的几个教授打过交道，水平都相当不错。但这时，他们和宋毅还没有交集，宋毅也不方便直接找上他们。

在东海的文化圈子内，对考古最有研究的，除了宋世博博物馆那一批人马外，就要数东海大学考古系了。但宋世博那边的人博物馆的事情还忙不过来，更不要提开发海底宝藏，打捞瓷器什么的了。被他们知道的话，少不得又要把东西往博物馆里搬，那宋毅还忙活个什么劲儿。

至于隐藏在民间的高手，宋毅寻思着还是不要去找的好，一方面信不过，二来眼馋利益的人太多，真正做学问的太少。

宋毅还有一个考虑在里面，整个国内，对那些沉没海底的古代商船有特别深刻了解的人并不多，将精力放在其他考古方面的占了绝大多数。这也不能怪他们，一方面，这个研究方向还相当冷门，二来，去打捞海底沉船，可要比在内地实地考古有难度得多。先不说大海喜怒无常，汹涌风险，光这打捞工具一项，就难倒了绝大部分想研究这方面的人。租船、买设备、人员开销，还得找准沉船位置等等，根本就不是一个正常的考古单位负担得起的，更不用说个人了。

所以，宋毅的最大希望并不在于那些已经成名的教授学者，而在于能不能挖掘些有潜力，有干劲，真正热爱研究沉船历史的考古系的学生当助手，当然，阅历丰富的历史系学生也是可以的。

宋毅按图索骥，往考古资料方面的书架一路找寻过去。当然，要研究海底沉船的话，很多资料在历史类的书籍中，也有很多在地方志里，尤其是沿海地区的地方志。

宋毅选择先从考古系的资料中找起，如果能借鉴别人知道的一些东西，对他来说，相当于节约了不少时间。

但宋毅看了看，这方面的书籍确实稀少，尤其是书名和海底沉船相关的。

这也可以理解，水平见识有限的话根本写不出活灵活现的书，像这类书籍，都是需要配上插图的，想造假都难。

宋毅寻觅了好久，只找到两本书，一本是《海底沉船的打捞与保护》，这本书的写作水平一般，但收集的那些已经打捞出来的海底沉船的资料还算完备，书中也洋洋洒洒写了作者对海底沉船的态度和看法，以及如何更好地开发保护这种资源。

还有一本自传体的书：《哈德的海底宝藏》。

这个就让宋毅有些火大了，原因无它，这个哈德是长期活跃于南海那边的西方寻宝者。说是寻宝者，也就是找人投资买船买设备，搞到沉船的消息后，就去开发打捞的人。

东南亚那边的国家和保守的中国在对待海底宝藏的开发商态度是不一样的。他们一般鼓励寻宝者们进行打捞工作，事后，他们要收去打捞后收入的百分之三十左右。

当然，这和这些沉船本来就不是他们国家的缘故有关，南海这边沉没的商船，都是古时候从中国前往其他国家的，理论上，中国才是这些沉船的主人。中国虽然有人提出这些沉船应该归中国所有，但别人岂会归还，而且在人家的海域里，打捞了就打捞了，你也没办法。

更气人的是，还经常有人流窜到中国的海域来打捞沉船宝藏，这哈德就是其中一个。他干出最过分的事情就是，某一次打捞沉船，一下发现几千件瓷器，但他担心瓷器太多价格卖不上去，他就将其中的一部分砸碎，再将剩下的瓷器高价出售。

在中国自己的海域内，是不允许私人打捞沉船的，理由是那是国家的东西，和文物出土的规定差不多，大家也都心知肚明。

粗粗翻过哈德写的书，宋毅更是下定决心，等他把准备工作做好，真正进入大海打捞海底沉船后，第一个要对付的目标就是这个哈德。

宋毅在这咬牙切齿时，旁边一个人冷不丁轻轻拍了拍他的肩膀。

宋毅有些诧异，回头一看，是一个学生模样的年轻人，二十五六岁的样子，个子不算太高，皮肤有些黑，眉毛很粗，看起来很有精神的样子。

宋毅暗自琢磨，他应该是东海大学的研究生，他看人的眼光很准，这人年纪虽然比一般的学生要大上一些，但明显还带着书卷气，和那些混迹社会的人相比，还是嫩了许多。

"不好意思打扰了，我想问下，你是考古系的新生吗？"那人问宋毅。

"不是，我只是比较关心这方面的东西。你怎么会这么问？"宋毅回答说。

宋毅忽然觉得有意思起来。

"我刚刚也在这里选书，看你找的这两本书，所以就想问问。"

宋毅则说："那也让我猜猜，你应该是考古系的研究生吧？"

那学生笑笑，有点傻气。

"你的眼光倒是不错，不过你手里的这本书还是不要看了吧。"

"这书写得很不错啊，看了之后让人有去打捞海底沉船的冲动。"

宋毅开始挖坑。

那人对此嗤之以鼻。

"如果人人都像他那样打捞海底沉船的话，那可真是海底宝藏的灾难，沉船上的亡灵们死都不能瞑目。"

宋毅越发觉得有意思起来。

"这话怎么说？"

浓眉学生的态度越发激动起来，"这哈德就是个无耻的混蛋，偷偷打捞属于我们国家的沉船，不知道毁坏了多少值得研究的东西。最过分的是，他还为了自己的私利，将已经打捞出来的瓷器生生砸碎，当真是禽兽不如！"

宋毅也很激愤的样子，"照这样说，他还真该死。"

浓眉学生扼腕叹息。

"是啊，那可是上千件完整瓷器，要放在我们国家，能让多少人了解这些瓷器的历史，明白我们曾有的辉煌。可是，天杀的，这禽兽怎么就下得了手。"

"有了利益驱使，这种人什么事情都做得出来的。"

宋毅和他套近乎，"看来这位师兄对海底沉船这方面的事情比较熟悉，以后要多向师兄请教了。对了，还没问师兄尊姓大名，我叫宋毅，大一艺术系的。"

"我叫赵海洋，考古系研三的学生，主攻方向就是海底沉船的打捞与保护，属于濒临灭绝的稀有动物，我们学校就两个人研究这个方向。"赵海洋自嘲地说道。

"那还不错，起码有志同道合者，不会是赵师兄的红颜知己吧。"宋毅猜想应该不是东海大学的教授，如果有这样的教授的话，宋毅肯定有所听

闻，而且一个教授，肯定不会只带一个学生，那就太失败了。

赵海洋呵呵笑了起来，"又被你猜中了，另外一个确实是我女朋友，我和她同班，我们一致认定海底沉船是个非常值得研究的项目。"

宋毅点点头说："确实如此，连我这样的外行人也知道，海底的沉船何其多，值得研究的地方实在数不胜数。赵师兄你们选择这样的研究方向很正确啊，而且这海底沉船打捞起来也不是特别困难，据说沿海的渔民都能潜水去打捞。这一来也能有具体的项目可做，怎么会这样冷门呢？"

赵海洋有些无奈地说："你说的那些渔民打捞瓷器的事情我也知道，我和林萍的老家都在广东，那边的渔民打鱼的时候，经常可以捞上来一些瓷器。但你也知道，这终究是上不得台面的。真正想从事这方面研究的话，最起码得有一条大船，还得买齐所需的各种设备，之后才能进行研究。我和林萍现在的研究只停留在理论上，不像那些可以实地考古的。"

"赵师兄大可不必如此沮丧，即便那些可以实地考古的，停留在表面理论上的仍旧占绝大多数。比起赵师兄你们来，不会相差太多。"宋毅宽慰他说。

"可他们终究有地方可以去，我们毕业后都不知道去向何方，难道真要自己开渔船去打捞沉船？"赵海洋的表情越发无奈。

"自己去打捞海底沉船倒是个不错的选择。"宋毅说，"只要有人肯投资就好。还有，我记得我们国家好像也有这方面的部门吧？"

"是有这样的单位，但缺乏资金设备。绝大部分时间，还是在做理论方面的研究，我们可不想过那样的生活。"赵海洋说。

他是在海边长大的孩子，对其中的细节自然比其他人了解得多。越是如此，他越想改变这样的现状，只是现实确实让他觉得非常无奈。

宋毅问他："那赵师兄有什么打算，这学期马上就要结束了。"

"我和林萍跑了快一年，本想找人投资，以便进行相关的海底沉船研究，可惜始终没找到人肯花钱在他们看来比较虚无缥缈的事情上面。我也算看明白了，实在不行的话，就去吃吃闲饭得了。"赵海洋回答说。

"是不是你们的准备工作不够，所以吸引不了别人投资？"宋毅问他。

赵海洋回答说："怎么可能，我们已经准备得够充分了。"

宋毅道:"那我问问你,你觉得别人投资在这个项目上面,需要花费多少资金,能取得多少回报?"

赵海洋熟练地背了出来:"购买设备方面的钱稍微贵一些,但有些东西可以用替代品,我们计算了一下,八百万之内应该可以搞定。至于回报,打捞海底沉船的瓷器黄金之类的东西可以用来拍卖,参考西方国家的探宝者,回报应该不会低。关键在于,一旦打捞出海底沉船的话,可以好好研究,投资人也可以得到好名声。"

还是太过书生气,宋毅摇摇头对他说:"你们太含糊其辞了,很多问题你们都没有仔细考虑过,所以才会找不到投资人。我再问你,你们打算到什么地方去打捞海底沉船,我们国家海域的沉船可是不许私人打捞的。去国外海域打捞的话,遇上冲突怎么办,如何保证打捞以及研究的正常进行?还有你说的投资回报的事情,你怎么知道沉船上一定有那么多瓷器和黄金?再退一步说,即便有那么多的瓷器,你们有没有渠道将东西拍卖出去?再和你计算一下,一件海捞瓷,如果是渔民打捞起来的,一件可能就卖一两百块钱。如果你有办法将它带到拍卖会上,或者直接卖给藏家,就算一件瓷器两千元,得多少件瓷器才能收回投资?"

赵海洋被他连珠炮般的问话吓住了,但还是坚持说:"我们也分析过了,随着经济形势的好转,做藏品这方面的前景还是非常好的。"

宋毅笑笑说:"然后你们还期望投资者不计回报,全力赞助你们的研究,对吧?"

赵海洋不知道该怎么回答,只憨憨地点点头。

宋毅说:"这也难怪你们找不到投资者了,就算人家哈德,也是先拿家产去抵押,人家才肯给他投资的。这还是西方,要在我们这边,肯投资的人只能说是万中无一,要真被你碰上,这几率……而且,就算是我们国家的正规单位,也不可能投入这么多做研究的。"

听他这一分析,赵海洋整个人心都碎了,确实,如宋毅所言,即便他们再多跑几年,也不可能找到这样的投资者。

难道真要去当个理论家,浑浑噩噩过一辈子?!

猛地,赵海洋心底忽然又腾起一丝希望,这宋毅不会是专程来打击自己的。

他说这番话的意思究竟是什么？赵海洋有些闹不明白，但这并不妨碍他去试探。

"如此看来，你对这方面比我们更了解，那你有什么更好的建议呢？"

宋毅心说这赵海洋的脑袋虽然有些书呆子气，但总算不至于太笨，还是知道开窍的。

他开玩笑般地说："祈祷能遇到一个你理想中的投资者，让你们安心做研究。"

赵海洋低声说："你不说不存在这样傻的投资者吗？"

"那就只有最后一个办法了。"宋毅说。

赵海洋连忙问道："什么办法？"

"自己赚钱做研究。"宋毅一本正经地说。

"我要能赚这么多钱的话，又何愁做不成研究呢。"

赵海洋失望不已，他还以为宋毅真有什么好主意呢。

"赵师兄就这么执著于海底沉船项目的研究？"宋毅问他。

赵海洋异常坚定地说："这是我的理想，也为之奋斗了这么长时间，无论结局如何，但凡有希望我都不会抛下。林萍和我的心思是一样的，不管怎么样，哪怕再困难，也得有人去做不是？我知道这有些傻，但这才是真实的我。"

宋毅则回答他说："我相信赵师兄，也想告诉赵师兄，永远不要放弃希望。"

说话这段时间，不知不觉到了吃饭时间，宋毅邀请赵海洋说："不管怎样，饭总是要吃的。我和赵师兄一见如故，这回替你引荐一个贵人，说不定能帮赵师兄达成心愿。"

"贵人？达成心愿？"赵海洋即便反应再迟钝，心情也激动起来。

"宋毅你可别跟我开玩笑，我经不起吓的。"

赵海洋就差没捂着小心肝大叫不可能了。

宋毅看人的眼光一向很准，这赵海洋也不是那种虚伪做作的人，和他的对话中，宋毅了解到他的水平。从商业方面考虑，赵海洋根本就是一个菜鸟，也就是遇上了宋毅，换了别人，根本就不会理会他那幼稚的梦想。

但宋毅本来就有心打捞海底沉船，缺少的是有理论知识以及一定动手能力的人。如今正是踏破铁鞋无觅处，得来全不费工夫。这书呆子气的赵海洋确实是相当不错的人选，也已经通过他的初步考验。

宋毅也希望能给后世多留下点东西，而不是一味赚钱，这也是家里长辈一直教诲他的。从小接触各种藏品，喜欢它们在历史中扮演的角色，看到他们就仿佛能回到过往的历史中。宋毅也想，有那么一天，他的后辈子孙看到他留下的东西，能记得他。

宋毅在心底下定决心之后，也就不和赵海洋多绕圈子，郑重地对他说："绝对不开玩笑！对了，把你女朋友一起叫上吧，我们等下就在晓月楼吃饭，到时候我们再仔细商量相关事宜。"

赵海洋乐得不行，连声说好，这对他来说无异于天上掉馅饼，事关他和女朋友林萍的命运，自然得一起参加。

晓月楼他知道，是东海大学附近的一家小饭店，学生们请客吃饭经常去的。他这时候都忘记了，其实应该他来请客的。

赵海洋在图书馆和宋毅分开后，立刻撒腿朝林萍奔去，他要将这喜讯和她分享，尽管现在并没有定下来，但却有了希望。他没半分怀疑宋毅是在消遣他，因为从先前宋毅所说的那些话来看，他对这海底沉船以及相关的知识，甚至他之前没有留心的事情都了解得一清二楚。

他一路小跑找到林萍，然后用错乱无序的语言将刚刚发生的事情讲了一遍。

林萍听后睁大了眼睛，"简直不敢想象，真有这样的好事？"

"我起初也不相信，还差点被他给打击死，但宋毅确实说有贵人帮忙，可以帮助我们达成心愿。"

赵海洋心情无比激动，话都差点说不清楚了。

"那这贵人究竟打算如何解决他提出的那些问题呢？"林萍问道。

"所以我们才要去和他们会会面，看看他们究竟是怎么说的。"赵海洋说。

"宋毅之前已经将各种情况分析得很清楚了，一方面证明他们在这上面确实做过相当多的准备。另一方面，他既然肯答应下来，肯定有他自己的想法和考虑。"

林萍猜测说："或许，他们就是特别有钱，想寻找刺激，所以才想着去打捞海底沉船。"

"别想那么多，赶紧收拾一下，别让他们等太久。这些问题，等当面问他们就知道了。"赵海洋说。

林萍连忙收拾起来，其实也没什么好收拾的，她和赵海洋的生活本来就很简单，图书馆就是他们最好的归属，尤其在寻找投资失败之后。

但此时此刻，有如此的际遇摆在他们面前，林萍很清楚，即便只有万分之一的机会，也值得去试一试。

到最后，林萍就换了件稍微正式点的衣服，就和赵海洋一起赶往晓月楼。

晓月楼的地方算是比较宽敞的，里面还有雅间，经常在这里吃饭的人都很清楚。赵海洋和林萍没在外面看见宋毅，就直接去里面的雅间找他。

果然，宋毅已经在里面等着他们了，和宋毅在一起的还有林宝卿。

看赵海洋和林萍来了之后，正和林宝卿聊天的宋毅忙起身招呼他们。

趁着等他们来的这段时间，宋毅和林宝卿大致说了一下赵海洋他们的情况，宋毅也说了他自己的打算。

林宝卿知道宋毅对打捞海底沉船很上心，之前他就和她说起过，海捞瓷在市面上还是有些市场的。

海捞瓷一般都属于外销瓷，品质比起内地自己用的瓷器来普遍要差上一些。但这并不影响它受欢迎的程度，毕竟，海捞瓷价格不算太高，又都是绝对的真品，买着放心，其他瓷器是真是假，难以鉴别的程度可就高出太多。当然，在海捞瓷里面，也是分很多种类的，精品的和普通的价格需要大不一样，不能一概而论。

以宋毅的手段，肯定有办法将打捞出来的瓷器卖出去。即便宋毅自己不动手，交给林宝卿他们来运作也是可以的。

赵海洋他们进来之后，宋毅对他们隆重介绍他口中的贵人——林宝卿同学。

赵海洋和林萍两人并不认为宋毅是在说笑，赵海洋连声向她问好，林萍也连忙向她点头示意。

　　倒是林宝卿有些受不了，对林萍说道："海洋师兄，萍师姐你们可别听他胡说，其实他自己才是幕后的大老板，这次找我出来不过是想拉我做挡箭牌罢了。"

　　赵海洋和林萍不解地望着他们两人，不知道他们这是在闹什么。

　　林宝卿干脆将宋毅卖得彻底，笑着对两人解释说："其实宋毅早就有打捞海底沉船的想法，只是一直苦于没有得力的人手帮忙，毕竟这是件非常专业的事情，没有技术过硬的专家帮忙，只怕连沉船的位置都找不到，当然，就更谈不上打捞了。"

　　话说到这份上，宋毅也就不谦虚了，"我虽然和赵师兄今天才见面，但我看得出来，两位的专业以及对这份事业的热爱，是别人怎么都比不上的。打捞海底沉船只是我的一个计划，这个计划想要成功，需要的条件太多，最重要的就是专业人士。在国内研究这方面的人实在太少，就连需要购买什么样子的工具，很多人都不知道，更别提在妥善保护沉船的情况下，打捞里面的宝藏了。"

　　赵海洋连忙说："先前我们也聊过，我们也有考虑得不够周详的地方，我想我们更多的精力都放在了自己的研究上，而忽略了对投资者的影响。这个，我们可以慢慢协商的。"

　　林萍也说："是啊，跑了这么长时间，却没有一个人肯投资赞助，我们都已经灰心了。宋毅你肯赞助我和海洋都很开心，但我们也希望你能考虑清楚再做决定，毕竟如你所言，这里面牵涉到的东西实在太多了。"

　　宋毅说："这些方面我都仔细考虑过，我现在要说的是，我希望能在我们之间达成一个平衡。"

　　"什么平衡?"赵海洋问。

　　"我可以邀请你们去参与海底沉船的打捞，你们想做研究我也不反对，但不能影响打捞工作的正常进行，以及如何处理打捞出来的东西。"宋毅提前打好预防针。

　　"这个我们都知道，毕竟你们的钱也不是天上掉下来的。"林萍坦诚地说。

她此前屡次失败已经让她总结了相当多的经验。说句不好听的话，他们现在的情况已经坏得不能再坏，宋毅的这些要求实在不算什么。不说让他们负责，哪怕只让他们跟着前去参观一下，那也足以让他们回味一辈子了。

赵海洋也点头表示同意，"我们并不是不知道变通的书呆子，如果去国外海域打捞海底沉船的话，能给我们做研究的时间肯定不会太多。我只希望，如果宋毅你手头宽裕的话，尽量多购买一些先进的设备，录下来，拿回来做研究也是可以的。"

宋毅笑着说："这个是自然的，需要什么样的设备，你们可以先列出一个单子来，到时候我托人去买。如果一切进展顺利的话，我也会跟着一起前往，打捞海底沉船，也是我长久以来的愿望。我和宝卿从小就接触各种藏品，感受到其中的美好后，也希望尽自己最大的努力，多保留一些有历史文化意义的东西。"

"我也要去！"

林宝卿在旁边插了一句，"有这样精彩的事情，我又怎么会错过。"

林萍则提醒她说："打捞海底沉船，并不总是安全的，海上不比其他地方，还是有很大风险的。"

林宝卿就好奇地问她："那萍师姐你不害怕？"

"习惯了就好，我从小在海边渔村长大，那时候性子倔强，常常跟着父母出海，经历的风浪可不少。那时候我就想，我这辈子都是属于大海的，后来父母送我去念书，我还是在这样想，想着有一天可以重回大海。到现在，我终于可以骄傲地说，我是属于大海的。"

林萍微微笑着，眼睛里满是异样的光彩，有憧憬有期盼，更多的则是心愿达成后的满足。

"林萍师姐好浪漫。"

林宝卿有些感怀，没想到她竟然能这么多年不改初衷，为自己的理想而奋斗。

"是啊，看海洋师兄幸福的样子。"宋毅笑着说。

"至于这个海洋，是属于我的。"林萍呵呵笑着说。

赵海洋憨憨地笑了起来，"我也是吹着海风长大的，我和林萍一样喜欢大海，如果可以的话，我希望以后浩瀚迷人的大海就是我们的家。一辈子都在海上生活，对我们来说，就是最大的乐事。"

宋毅和林宝卿笑着祝福他们，林宝卿说："海洋师兄和萍师姐还真是绝配，你们打算什么时候结婚啊？"

林萍回答说："我们本来打算毕业之后就结婚的。"

林宝卿连声向他们道喜，并说到时候一定和宋毅去参加。

宋毅也说："那敢情好，我就说，可不能为我们的事情耽误了你们的婚礼。这边需要准备的事情还很多，设备什么的都还没有买，等你们结婚了，我们再向海洋进发。"

赵海洋在林萍面前一向表现得很绅士，两人的事情也都是商量着来，结婚的事情是两人早就定下来的，他也开心地说："这下可真是双喜临门了。"

等他们点的菜上来之后，宋毅又和他们说起具体的事情，林萍就问宋毅："你打算先在什么地方打捞沉船？"

宋毅就说："这得看你们了，想要找到沉船的确切位置可不是件容易的事情。"

赵海洋则说："国内这边还是不太好办。像我们老家附近的海域，有些地方的沉船我是知道的，但我们即便有了设备，但没有经过审批私自去打捞的话，还是有些不太妥当。我觉得我们可以从其他国家的海域着手，越南和菲律宾那边都还不错，海底的沉船也多。"

宋毅点头说："嗯，国内这边的海域我们先不要动，至少在相关的政策法规出来之前，我们不能轻举妄动，要不然，麻烦事情肯定会一大堆。其他国家海域的话，得先麻烦海洋师兄你们大致确定一下范围，到时候也好有目的性地去打捞。"

林萍很有自信地说："这个自然，我们之前已经做了相当多的准备工作，只要船和设备到位的话，我们就可以开始行动了。"

赵海洋笑望着她，"我们以前精心准备的可都是理论工作，虽然需要查阅的资料非常多，但两个人分工合作，比一个人来要高效很多。南海那边沉没的船只相当多，其中大部分都满载瓷器，真打捞起来的话，对我们的研究工作帮助会很大。"

赵海洋现在也算是明白了，没有利润一直亏本的话，谁都会有坐吃山空的时候。光前期这些准备工具买下来，少于千万是不行的，尤其他还要求多购买一些设备。遇上宋毅这样舍得投资的人，赵海洋也想尽量带给他一些好处，要不然他自己心里也过意不去。

林宝卿开心地说："这样就再好不过啦。海洋师兄和萍师姐的配合还真是默契，让人羡慕得很呢！"

林萍笑着看了看她和宋毅，"我看你和宋毅也不差啊。"

这样一来，宋毅担心的事情又少了一些，确实如林萍他们所言的，南海的沉船相当多。他们两人之前虽然只是理论家，但架不住人家时间充裕，查阅的资料多，想来手里掌握的地点不少。加上他们和当地渔民的关系不错，一些浅海的沉船消息也都应该掌握了。

不过宋毅这时候没去问他们具体在什么地方，他也不担心他们会跑了，这时候问反而会显得他不够信任他们。

加上宋毅自己掌握的一些沉船地点，只要不出什么大乱子，收回投资还是指日可待的。

林萍也说："要去国外的海域打捞沉船的话，就得和当地政府打好关系，这方面的事情我和赵海洋都不擅长，宋毅你看是不是另外安排人去和他们打交道，我和海洋负责打捞的事情。"

宋毅连忙回答说："这个没问题，我也不希望你们分心照顾这些事情，你们只需要做好自己的研究，指挥大家把东西打捞出来就行。"

林萍和赵海洋说好，他们也知道他们的劣势在哪里，经历了这么多事，再不懂变通的话，那可就真的是无药可救了。之前宋毅也委婉地提醒过他们，要注意平衡。

尤其在国外海域，根本不可能给你那么充裕的时间来仔细做研究，掌握其中的平衡相当重要。对他们来说，这也是天赐的机会，他们只能和宋毅一样，尽力而为。不管怎样，都比见不到沉船的面，或者见到也是人家已经肆意破坏掉的好。

赵海洋仔细想过之后，提醒宋毅说："我觉得我们也应该注意一下安全措施，在其他海域上并不是特别安全，说不定会遇见海盗什么的。"

宋毅点头，同时露出了恶魔般的微笑，"确实，这方面我们不仅要提高警惕，还得加强安全措施才行。真遇上哈德之类的，我们也不需要客气，就当他遇见海盗了。"

"这样的海盗可以有。"

赵海洋心照不宣地嘿嘿笑了起来，看来这男人的天性都是一样的。他根本就没有怀疑宋毅是否有这样的能力，他们现在讨论的事情，都不是普通人可以参与的话题，不管是买船租船还是出国去打捞沉船，没点背景和实力，根本不敢涉足。

林萍还惦记着国内海域的沉船，不过她能做的，也和宋毅一样，期待着国家政策的变化，要不然，只会白白便宜了那些盗宝者。

这方面宋毅也有他自己的打算，不过就目前而言，他还是把主要精力放在国外海域的沉船上，只有从中获得了足够的利益，才能吸引更多有能力的人参与进来。国家的政策也不是一成不变的，但要他们看到切实可行的地方才行。

至于打捞出来的瓷器之类的东西，宋毅可不愁没地方销售。林宝卿家的客户对海捞瓷的需求相当大，放到市场上，也是非常好出手的。

宋毅有他自己的打算，到时候可以让王蓓的拍卖公司办一场海底宝藏的专场拍卖会，王蓓肯定乐得不行，这对拍卖公司的声誉名望的提升相当有好处。

有了王蓓的帮助，即便在国内海域沉船的打捞上，也有可能网开一面，总比让别人私自打捞了好。将他们拉入伙的话，宋毅肯定要将大部分利益让出去，但只要能有助于他们的打捞工作，就值得宋毅花费心思去做。

正因为有了这样一层关系，宋毅才敢花大价钱投资在海底沉船的打捞上，也才能在赵海洋和林萍面前夸下海口。

宋毅也让赵海洋他们把之前四处找投资的文件给他看看，赵海洋讪笑

着说："还是算了吧。宋毅你想看更详尽的计划，我和林萍马上去做，我们现在也不需要考虑那些我们不擅长的事情了，你就让我们松口气吧。"

"那也行。"

宋毅也不勉强他们，毕竟，商业领域真不是赵海洋他们能摸得透的，只要他们将本分的事情做好，宋毅就能省下很大一部分精力。

这一顿饭吃下来之后，双方皆大欢喜，一拍即合，对此次会面都相当满意。宋毅找到了要价不高的苦力，而赵海洋他们则找到了舍得花钱的冤大头。

吃过饭后，宋毅把联系方式留给了他们，之后赵海洋就和林萍告辞回去，赶着整理相关的资料。前期的准备工作还是相当繁琐的，需要购买的东西也多，如果不抓紧时间办的话，拖上个一年半载也不是什么稀罕事情。

"会不会觉得我做这个决定很突然？"

和赵海洋两人分开后，宋毅和林宝卿都没回家，距下午上课时间也只有半个多小时了。两人便在校园散步，宋毅问起林宝卿的看法。

林宝卿回答说："不会啊，我相信你的眼光。看得出来，他们两个都是相当认真的人。说得不好听一点，就是典型的书呆子。不过往往就是像他们这样比较执著的人，才能取得优秀的成绩，对我们打捞海底沉船，也最有帮助。"

"宝卿你也认可他们就好。刚刚都忘记了，还没和他们谈薪酬方面的问题，他们居然也没提。"

林宝卿笑着说："能有机会亲自研究这些沉没海底的船只，他们也是太兴奋了，再说，你肯定不会亏待他们的。"

宋毅点头说："我们应该鼓励像他们这样的人，在有能力的情况下，给他们最优厚的待遇。如果能有更多的人学习他们这种精神就最好不过了。"

林宝卿也很有感触，"确实，大家虽然对海底宝藏很感兴趣，但现在国内真正肯花心思和精力来研究这些海底沉船的一共也没几个人。今天能找到他们，也算是我们的幸运。"

说到这些，两人也不愁没有话题，林宝卿还问宋毅打算买船还是租船，所需的设备上哪去买等等。

宋毅还是倾向于租条大船来进行打捞工作，一方面花费要小很多；另一方面，挂靠在大的船运公司旗下，能少很多麻烦。至于租船的对象，宋毅之前就已经拟定好了，就是香港船业大亨郭家，现在是由船王的女儿郭倩蓉在主事。郭倩蓉和苏眉关系比较好，是她去香港后认识的第一批朋友，金玉珠宝开业宴会时，郭倩蓉就出席了，还和宋毅一起跳过舞呢。

不过这事宋毅肯定是不会和林宝卿说的，免得她又把醋坛子打翻了。

林宝卿还嚷嚷说她也要去海上打捞宝贝，宋毅就说有机会的话，一定带她一起去。这也是非常浪漫的事情，就怕她在大海上待久了，会失去新鲜感，不过宋毅自己肯定也不会长年累月待在打捞船上，他还没有赵海洋和林萍那样执著，可以以大海为家。

不过这事还早着，最快起码也得两三个月的准备时间。

宋毅还打算让周益均和赵飞扬他们再招些人手。缅甸的翡翠矿场那边的人需要经常轮换，好给他们更多的休假时间。海上打捞更需要一些经历丰富、身手敏捷的军人坐镇，真和人冲突起来的话，可是要真刀实枪地干的。

这一桩桩事情办下来的话，又得花上不少钱。

好在现在金玉珠宝的销售业绩相当不错，加上马上就会热卖的普洱茶，又能为他带来不少收入，这钱宋毅花得起。

林宝卿不想走路，两人便在学校路旁的长椅上坐着休息，晒着太阳，两人都懒洋洋的不想动弹。

快到上课的时候，两人才分开去各自的教室上课。

第九章　鹬蚌相争渔翁得利，天下没有免费的午餐

丁英一直到此时才打电话来向宋毅求助，实在是万不得已。他一直希望依靠自己的威望和实力来解决问题，尽量避免借助护矿队去打压，然而事态的发展还是出乎他的意料。这时丁英的肠子都快悔青了，后悔没有及时拉拢宋毅，好在宋毅二话不说出手相助，关键时刻力挽狂澜，稳定了局面。一场风波总算过去了，然而丁英也为此付出了巨大的代价，天下没有免费的午餐，丁英只得按照约定将5%的翡翠矿场的股份转让给宋毅。

晚上回家，宋毅也正式跟父母提起打捞海底沉船的事情，这事情之前他就说过，但宋明杰和苏雅兰明显没往心里去，毕竟，在他们看来，这事还很遥远。

这时候宋毅正式提及，还要大量投资在上面，自然要和父母商量，所需的资金也得先从金玉珠宝这边调集。

"打捞海底沉船倒是个不错的主意，只是风险未免太大，回报也不会如你想象中那么高，小毅你可得想好了。"

苏雅兰提醒他，害怕他是一时头脑发热，或者受人蛊惑，莽撞投资在这上面。

宋毅回答她说："别的我不敢百分之百保证，至少有一点我可以肯定，投资在这上面的话，绝对不会亏本。"

宋毅接着又说道："何况，我可不是为了赚钱才想做这件事的。海底

沉船数量有限，也就那些，别人野蛮打捞的话，我们就没得玩了。换了我们自己去打捞的话，至少能保留一些有历史价值和意义的东西。今天我在图书馆就碰到两个研三的考古系研究生，都是在海边长大的，从事的正是海底沉船的研究，也非常执著于他们的研究，只是找不到可以实践的项目。我正好有这个计划，就邀请他们加入进来，这也算是为国家为社会做些贡献吧。"

"确实，现在我们国家做这方面研究的人实在太少，就是因为根本没有实地考察研究的机会。小毅你既然想做这个项目，我是绝对无条件支持你的。我们现在赚了钱，也不能一味钻进钱眼儿里，有能力了就该回馈一下社会，做些力所能及的贡献。"

宋明杰本身就是这个文化圈子里的人，对这些事情相当了解。

男人都爱冒险，即便是上了年纪的男人也一样。

宋明杰对打捞海底沉船本就颇有兴致，加上正如宋毅所说的那样，做这件事的意义非常大。做好了的话，绝对能大幅提高在圈子内的名气和地位，这比赚更多的钱更珍贵。这样的事情，哪怕是做亏本买卖，也是绝对值得的。

宋明杰这样一说，苏雅兰自然没什么反对的理由，相信即便是宋世博，也会表示赞同的。

于是，事情就这样定了下来。

但由于购买各种设备和租船之类的费用要从金玉珠宝这边支出，掌管着公司财政大权的苏雅兰就有些犯愁了。

"不当家不知柴米贵，你们这样一整，难道我们还要再向银行贷款不成？"

珠宝公司现在销售势头相当好，但之前在各处的投资不少，宋毅这家伙更是肆无忌惮地大手大脚地花钱，恨不得各行各业都涉足进去。这里几十万那里几百万的，苏雅兰表示压力很大。她也常常说，即使家里有座金山都能被他给花光。

宋毅笑着说："现在银行巴不得我们向他们贷款，其实这才是一个企业最正常地经营模式。合理地利用一切可以利用的资源。老妈你的思想还是太守旧了，就现在而言，一家企业如果想要快速发展起来，从银行借贷那是必须的。别在意那点利息，抢占市场先机才是最重要的。"

"你说得倒是轻巧，欠着银行的钱总觉得不舒服。"苏雅兰还是更喜欢那种把一切掌握在自己手里的感觉。

"所以说啊，心态得改变一下才行。你就想，反正是银行的钱，不花白不花。还有，老妈你应该感受得到，现在银行的人来找你，态度绝对比你把钱存他们那里更好。"宋毅对此倒是相当看得开。

苏雅兰就笑，"那是当然，存款的话是他们要给我们钱，贷款是我们要给他们钱，这能一样吗？"

现在金玉珠宝在东海市场火得一塌糊涂，苏雅兰也没少被各家银行的人烦，甚至还有外资银行找上门来。

这些做银行的精明得很，知道金玉珠宝实力雄厚，手里好货特别多，将来的发展不可估量。其中不少人就是金玉珠宝的客户，买了价值很高的珠宝。他们也相当清楚，现在金玉珠宝的现金流确实不太多，因为他们花钱的地方实在太多。宋毅是个什么样子的人大家也都了解，很会赚钱，也特别能花钱，属于见到好东西就要买的那种。

但现在基本很少能找到宋毅，他平时也不负责金玉珠宝的事情，他们就找上苏雅兰，都盼着他们趁着这股势头，将市场做大，再开一些分店，甚至开遍全国各地。

资金不足不是问题，我们银行可以提供，银行就是专门做这生意的。至于抵押什么的，最简单不过了，金玉珠宝的翡翠数不胜数，随便拿些放银行就行。

宋毅这家伙也乐得如此，根本不怕向银行贷款，因为他绝对不会有还不起的那天。

他也向苏雅兰讲了这其中的道理，他解释说："有件事我很早就对你们讲过，那就是将来翡翠的价值会成倍地升值。如果市场前景不明朗，我们甚至可以通过控制手里的翡翠流出量，来实现翡翠的升值。这方面的问题肯定不大，老妈你就能控制这个。"

宋毅接着说："我们现在再来看一下，我们向银行贷款，是用翡翠来做抵押的。就拿一块现在价值一百万的翡翠来讲吧，我们可以用它从银行贷出一百万来。贷款五年，最后支付给银行的利息也不过二十多万。但我们的翡翠在银行保管期间，价值却升了一倍，这块翡翠五年后可以卖到两百万，这还是按最小的增值幅度来算的。这样算来，就等于银行替我们免费保管了五年翡翠，同时，还支付我们七十多万块钱。而且现在银行还给了我们一百万的资金，解了我们的燃眉之急，这样的好事，天底下上哪去找？"

宋毅最后还笑着说："如果有可能的话，我倒是巴不得手里的翡翠都不出售，全部抵押给银行才好。"

但事实是肯定不行的，你没把它销售出去，人家怎么会认可同类翡翠的价值？

宋明杰和苏雅兰之前虽然有想过这个问题，但并没有特别深入理解。这时候，听他这么说，才觉得恍然大悟。对金玉珠宝这种手里捏着珍稀资源，同时又对这类资源未来的市场价格导向有着绝对话语权的企业来说，其实并不是销售得越多越好，反而是卖得越多越亏，利用这些翡翠，向银行贷款谋求发展，反而才是最好的选择。

苏雅兰明白过来之后，心底也有些小小的郁闷。

"那我们现在做的不都是无用功，这销售得越多越亏本嘛。"

宋明杰看得就很明确，这时候说道："话也不能完全这么讲，凡事都是有代价的，如果我们一件珠宝都没卖出去，根本就贷不了银行的款。再说，即便能贷款，那这些钱又用来做什么？真那样的话，不如现在什么事情都不做，安安心心等几年后珠宝升值。可这样一来，我们过得又有什么意义呢？小毅的意思是，向银行贷款谋求更大的发展，我们其实是稳赚不亏的。"

宋毅点头表示赞同："老爸说得对，想把好事占尽是不可能的。珠宝公司的正常销售也是非常必要的，我们必须维持这个品牌和形象，必要的

时候，也要进行扩张。至于现在销售出去的珠宝，老妈也完全不必担心，我们手里的好翡翠这么多，现在卖掉根本不算吃亏，只算是正常运营。与此同时，我们可以利用从银行借出来的资金，收集更多珍稀的、将来有升值潜力的东西，就像我之前收集香料、红木、和田玉等等。或者，我们可以利用这些资金，来做一些有社会意义的事情，就比如，通过贷款筹集资金，进行海底沉船的打捞工作。"

听他们这样解释，苏雅兰才算是放下了心，毕竟，她所做的努力并没有白费，能够得到家里人的认可是她最在乎的。

当然，换了别的企业肯定不会像他们这样一点儿都不担心。他们得在贷款期间，努力赚取比银行利息更多的钱才行。这一切都建立在他们拥有全世界最大的翡翠资源的优势上，苏雅兰对缅甸翡翠矿场的地位的认识又重新上了一个台阶。

至于宋毅所说的打捞海底沉船的事情，苏雅兰也算是见惯不惊，她也知道宋毅胸怀大志，想做的事情特别多，这一桩桩事情下来，都证明了宋毅的眼光独到狠辣。苏雅兰作为他的母亲，为他感到骄傲的同时，也想尽最大的努力帮助他。

既然决定投资在打捞海底沉船上，苏雅兰自然得关心一下，询问一下宋毅的计划，看看有没有什么是她们可以帮着查漏补缺的。

"海底沉船最多的是瓷器吧？"

宋毅点头说："瓷器最多，也有紫砂壶，黄金白银一类的，但最值钱的还是瓷器，数量应该不会少。"

"如果让你外公他们知道消息的话，少不得也要跟着去凑热闹。"苏雅兰笑着说。

她们家之前就是做瓷器的，对瓷器的研究造诣相当高，宋毅外公甚至能和宋毅公公宋世博一较高下，两人也是老冤家，只是他们的子女宋明杰和苏雅兰最后却成了欢喜冤家，这倒是两个老家伙没想到的。

宋毅当下就说："我现在就光想着打捞了，该如何保管这些出水的瓷器，回头还得向外公他老人家详细请教呢。"

　　"这样最好，这打捞出来的瓷器，小毅也不用担心如何销售出去，你外公舅舅他们就能买下一部分去做研究。"

　　苏雅兰十分清楚她们一家子人的性格脾气，说得好听点叫执著，说得难听点那叫偏执。

　　宋毅连忙说："送给他们都是应该的，我觉得以外公他们的专业技术，做出和这些遗留下来的瓷器一模一样的瓷器来也不是不可能。"

　　对瓷器爱好者来说，能够亲眼见识到各个时代的不同种类的瓷器，就是最大的满足，能够拥有的话，那更是天大的幸事。

　　苏家交游广泛，见识的瓷器自然不少，几乎各式各样的都上手过。如果宋毅真将海底沉船的瓷器打捞出来的话，带给他们的好处也是相当大的。

　　首先，海底沉船的瓷器绝对都是真品，在古玩界，即便你是行业认可的专家，依旧会有看走眼的时候，这时候就不需要担心那么多。

　　另外，海底沉船上满载的瓷器，都是批量生产的，运往其他国家进行销售的，质量自然比国内流传下来的精品瓷器要差上一些。但古时候如何批量生产瓷器，有什么诀窍，各个时代的风格如何，优缺点在哪里，都是值得后人仔细研究的。尤其像苏雅兰家人，更有十二分理由去细细揣摩。

　　苏雅兰估计，到时候宋毅去打捞海底沉船，即便宋毅外公不亲自去，宋毅舅舅也肯定会去的。这对瓷器爱好者，甚至是普通的古玩收藏者来说，都是无法抗拒的诱惑。

　　于是，苏雅兰先给宋毅打了预防针，说他到时候千万不能让宋毅外公去，他年纪大了，再去海上颠簸肯定不合适。

　　宋毅自然点头称是，但他也知道，外公是个犟脾气，一旦认定的事情，谁都劝不了。但他即便真去，宋毅也有办法保障他们的安全，只是怕大家担心罢了。

　　宋毅外公和舅舅的研究，与赵海洋、林萍他们的研究并不冲突，他们侧重在瓷器上，不会影响海底沉船的正常打捞工作。

　　而赵海洋和林萍他们的研究则更全面，需要从沉船的各个方面进行研究，船的构造布局，上面的摆设雕印，人物服饰等等，如果能还原当时的社会习俗什么的就更好了。

宋明杰问起宋毅打算在什么地方进行打捞，宋毅就说先从国外海域开始，毕竟国内还没开放这方面的政策。而在国外海域，只要和当地政府签订好协议，就可以进行打捞。

宋毅也说了他的计划，在国外海域取得成果后，再试试看能否打开国内市场。

这方面的准备工作他已经在做了，他打算和王蓓他们的拍卖公司合作，举办海底宝藏的专场拍卖会，提高行业内的影响力。而赵海洋和林萍他们的研究也是能否打开国内缺口的关键。

宋明杰对宋毅的计划持肯定态度，看得出来，宋毅考虑事情相当周到，计划也有可行性。

从银行贷款这样的事情自然不用宋毅亲自去办，苏雅兰那里就有长长的一串银行名单。苏雅兰告诉宋毅，让他好好待在学校，如果考试挂了红灯，那家里这关可过不去。

第二天，宋毅乖乖地去了学校。可惜，即便来了学校也不能全心全意地上课。刚上了一节课，宋毅的手机就响了，是缅甸那边打过来的。

宋毅接了电话，那边传来熟悉的声音，是胖子丁英。

宋毅热情地和他打招呼："丁司令吗？好久不见，最近还好吧。"

"哪比得上小宋你逍遥自在，我这边烦人的事情一大堆。"

丁英这时候自然不会打肿脸充胖子，还对宋毅解释说："我先前不是在仰光开会吗，后面家里出了事，几个兔崽子反了窝，也不怕你笑话，我当时还真是慌了手脚，仰光这边的事情都没处理好，就匆忙往回赶。这还真是屋漏偏逢连夜雨，缅甸这边的路况你也是知道的，紧赶慢赶，我今天才赶到瓦城。在路上才想起在仰光的时候忘了给你打个电话，希望还来得及，矿场那边的情况都还安好吧？"

宋毅也和他绕着圈子说："丁司令说哪里话，你千万要保重身体才行。

矿场那边没什么问题，我得到消息后，本来也是想和丁司令联系的，可惜一直联系不上。只好吩咐矿场那边做好安全措施，免得有人浑水摸鱼，辜负了丁司令一直以来的期望。丁司令现在到了瓦城，想必事情很快就能解决了，丁司令的威望可不是其他人能比的。"

丁英笑得有些勉强，"希望能承小宋的吉言，矿场那边没事我就放心多了。我们今后的合作还很多，翡翠矿场绝对不能有任何损失。我知道小宋向来一言九鼎，你也知道，我这人同样是个信守承诺的人。不像有的人，朝秦暮楚，连多年的朋友都背叛，根本没有信誉可言。我相信小宋是不会被那样的小人所欺骗的。"

宋毅点头称是，并说道："我们之前和丁司令的合作一向很愉快，也希望继续保持现在这种状况，同时也预祝丁司令早日解决麻烦。本来最近一批翡翠毛料，我是准备这段时间过来取的，现在看来，只能往后拖延一段时间了。"

"小宋你放心，等这件事一过，我会亲自将这批翡翠毛料送过去的。"在宋毅听来，丁英的声音总算有了几分喜色。

宋毅说好，并说以后和丁司令合作的地方还很多，大家关系这么好，相互理解也是应该的。

"那是那是，我这边还有一大堆事情要忙，就不打扰你了，等有了好消息，我一定第一时间通知你。"丁英松了一大口气。

这次丁英打电话过来是想试探一下宋毅的口风，不到万不得已，他不想借助宋毅那边的武装力量，想尽量争取靠自己的威望和实力解决问题。但这也是他疏忽的地方，没在第一时间拉拢宋毅，从仰光回瓦城的路上，丁英就在不停地后悔。到了瓦城，他就第一时间找到了宋毅。

好在这结果让他非常满意。丁英得意于他当初的眼光，和宋毅签订的那些合作条款也没让宋毅吃亏，否则现在的情况就很难说了。

因为马上就要正式启动海底沉船的打捞计划，赵海洋和林萍两人已经在加班加点地工作，很快就能将所需的详尽的器具设备单列出来，租船的事情也可以提上日程。

宋毅晚上给苏眉打电话，让苏眉和郭倩蓉商量好租船的事情。

苏眉得知启动计划所需的巨额资金已经经过宋明杰夫妇的首肯，并已着手从东海银行贷款后，也清楚地知道，宋毅这是准备大干一场。而她和郭倩蓉联系比较多，说起这些事情来也比较方便，价格什么也好商量。

"今天晚上我才和郭倩蓉见过面，她还托我问你需要游艇不？"苏眉的心情很好。

宋毅故作惊讶，"哟，游艇她也能搞到？"

苏眉笑着说："你可别忘了，人家是船王的女儿，家大业大，有什么搞不到的。她还说邮轮之类的根本就不符合你的身份，起码得有一艘豪华游艇，才能彰显出你的地位。"

宋毅回答道："我又不是拿这个去向别人显摆的，租邮轮还不是为了打捞海底宝藏。不过她说得也没错，香港那边的有钱人，拥有豪华游艇的应该不少，这多少也是地位的象征。在西方国家，汽车基本普及，有钱人玩游艇已经成为一种时尚。苏眉姐，你觉得我们有没有必要买上一艘游艇，香港作为全世界最优良的港口之一，游艇的停靠存放根本不用担心，用来招待重要的客人也是相当不错的。"

苏眉连声说不用。

"你一年在香港的时间都没多少，买了也是浪费。"

"我是很少在香港，可苏眉姐你不是在香港吗？用得着的地方多得是，到时候我们也可以一起出海去玩。"

宋毅对购买豪华游艇这样奢侈的事情倒不排斥，挣那么多钱，不就是为了享受生活，花钱花得开心最重要。

苏眉还是摇头，"我哪儿来那么多时间，而且这游艇的保养也相当麻烦，你还嫌我的事情不够多吗？"

宋毅笑着说："就是因为苏眉姐事情多，所以才想着补偿苏眉姐，可以多出海去散散心什么的。"

苏眉则回答说："完全没那必要，现在这样我已经很满足了。"

"这事情可由不得你，回头我到香港再和郭倩蓉仔细谈谈。再说了，真买艘游艇的话，对海底沉船的打捞工作也是有帮助的。"

宋毅购买游艇的心思却越发坚定起来。前世他虽然也积累了不少财富，但还没到购买私人豪华游艇的地步。这重活一辈子，总得做出些不一样的事情来，不让上辈子的遗憾再成为遗憾。

听了他这个牵强的理由，苏眉又是好气又是好笑。

"那下一步，你是不是打算买私人飞机了？"

宋毅笑道："这个主意倒是不错。"

苏眉知道他说笑的成份居多，但也看得出来，宋毅对她真的很好。他对花钱并不在乎，用他常对苏眉讲的话来说，有银行替我们付账，你怕什么。

至于那些从银行借款的理论以及具体的分析，宋毅早就对苏眉讲过，这段时间的经历也让苏眉明白，确实如宋毅所说的那样。而且港台这边的富豪，号称身家过亿的不少，但那是他们包括房子、公司等等在内的全部资产，倘若真让他们去银行抵押贷款的话，根本没办法和他们金玉珠宝相比。公司这么多精品翡翠，随便拿些去抵押的话，就能贷个千万出来。

宋毅动了这方面的心思后，就寻思着下次去香港时，和郭倩蓉好好谈谈。如果真有合适的游艇，倒是真的可以买一艘下来，到时候不管是自己游玩，还是用来招待客人，都相当不错。再把手续办齐全点，就可以直接从香港开回东海，不过那样的话，好像太招摇了点儿。

很快，赵海洋就打电话给宋毅，说他们将详细的计划以及所需的设备清单都做了出来，问宋毅什么时候要。

宋毅自然说越快越好，并约了赵海洋和林萍一起吃饭，边吃边谈。

赵海洋和林萍这回算是用了心，等宋毅和林宝卿到的时候，他们早就到了。

宋毅看到赵海洋他们，先和他们热情地打了招呼，并笑着说："海洋师兄，林萍师姐，你们辛苦了！"

"哪里，这是我们一直想做却没机会做的，还得感谢宋毅你给了我们这么好的机会。"林萍也笑着回应他。

　　说过客套话之后，赵海洋便将他们这几天做好的计划书递给宋毅。

　　宋毅接过去略扫了一眼，然后说："既然菜都上来了，那我们就边吃边谈。"

　　赵海洋还开了两瓶啤酒，给两个女孩子的则是饮料，觥筹交错，气氛很是热烈。

　　宋毅早就习惯了一心几用，这时候一边吃饭，一边和他们说着话，还有工夫将他们的计划书全部看完，还提出了他的意见。

　　"海洋师兄你们还是有些保守，依我看，还得添一部水下机器人才行，很多事情都要靠机器人才能完成。毕竟，很多时候，人无法潜得那么深。"

　　赵海洋讪讪地笑笑说："我这不是怕费用太高吗？现在水下机器人还属于高科技，即便想买的话，也得有途径才行。如果宋毅你那边能联系上国外的实验室，弄到水下机器人的话，我敢保证，打捞的效率肯定会成倍提高。"林萍也说确实如此，从这也看得出来，宋毅对这方面的事情了解得还真不比他们少。

　　更让他们佩服的是，宋毅舍得花这么多钱来购买设备，这在很多人眼里都是为数不小的投资。

　　宋毅对他们说道："我希望设备越齐全越好，要不然真在打捞的时候出什么状况而没有解决的方案，到时候再嫌麻烦就来不及了。这方面你们比我内行，需要什么器具和人手，你们尽管列出来，能买到的东西我都尽量去买。"

　　赵海洋就小心地问他："能买到潜水艇不？"

　　宋毅笑着说："肯定得有潜水艇才行，我们的目标可不仅仅是浅海的沉船，光靠人潜水探宝的话也太委屈海洋师兄了。我希望我们能做到的是，只要发现了海底沉船，哪怕是在海底几千米处，也能把它们打捞出来。"

　　"那这样一来，这采购名单上还得多添置一些东西才行。"林萍说。

她先前和赵海洋还是低估了宋毅在这方面的决心和投入。也是摸不准宋毅的心思，所以做的预算还是有些保守，也是为了替宋毅省钱。

　　赵海洋也说："深海打捞的话，所需的技术比浅海打捞要高得多，设备的要求也更高。如果是在海底两千米以下的沉船，那么潜水艇，水下机器人，远程控制技术，深海摄像机等缺一不可。我也说下我自己的建议，我觉得我们还是先从浅海地区的沉船打捞做起。"

　　"深海沉船的打捞，一来不容易找到，二来，即便我们买了设备回来，也需要一段时间来熟悉设备。倒不如先从浅海打捞做起，先积累经验。"

　　"我觉得海洋师兄说得很对，不能一口气就吃成胖子。我们可以先买些用于浅海打捞的设备，等技术完善，我们的操作水平提高之后，再考虑深海打捞的事情。浅海打捞还可以潜水下去，到时候我们可以亲自下海，和历史交流。"

　　林宝卿点头表示赞同，虽然宋毅野心很大，但做事情总得一步一步来。现在大家都属于理论派，都没有什么打捞的经验，还是先熟悉一下浅海地区沉船打捞的环境，有了丰富的经验之后，再去想深海打捞的事情。

　　林萍和他们的意见一致，虽然深海打捞更让她兴奋，但那也意味着责任更重，风险更大。宋毅可以不拿自己的钱当钱看，但他们还是要为投资者的利益着想的。

　　"是我心急了，只是这样一来，和别人的差距可就大了。"

　　他们三人意见一致，宋毅自然没什么话好说，想想也是，大家都是新手，还是先拿简单的来试试手。有了经验后，再向更深的海域进发。

　　"这也是没办法的事情，有的公司可是专业从事海底沉船打捞的，拥有的设备、技术、人才都不是我们现在能比的。不过我觉得我们的目光也可以放远一点，不一定非得放在南海这边的海域，我们国家自己的沉船上。要是发现有其他国家的沉船也是可以打捞的，虽然没有瓷器，但珠宝和黄金却是少不了的，尤其是当初英国、西班牙纵横海上的时候，他们的船上可是载满了黄金的。"

　　林宝卿也提出了她个人的意见，那些外国船虽然没有瓷器，但他们更注重实际。黄金这东西，即便过了几千年也不会变质，现在打捞出来，价值同样很高。

"这倒也是，我们先前还是太保守了。"

林萍立刻点头表示赞同，"他们能打捞我们的沉船，我们为什么不能打捞他们的沉船呢。"

赵海洋则说："那样的沉船基本都在深海，还是等我们有了经验，将设备购买齐全再去。"

宋毅笑笑说："说起这个我倒是想做海盗了，将人家的设备抢过来那该多好。"

林宝卿一本正经地分析说："这样做的风险太大，即便将设备抢了过来，想要说清楚来由也是件相当麻烦的事情。"

不管怎样，这也算是一个可以一试的途径。毕竟，西方一些打捞公司在设备技术上，确实已经相当先进，不承认是不行的。正因为有这样的技术和手段，他们才会肆无忌惮地跑到东南亚这边的海域来进行海底沉船的打捞。

而宋毅这边的海底沉船打捞工作，才刚刚有个计划搭个架子，什么东西都还没买，这差距可不是一般大。

但看赵海洋和林萍，却是干劲十足的样子，从浅海打捞做起并不代表着他们的理想不高远，相反，他们比那些单纯只想靠着打捞宝藏发财的人意志更坚定，遇到什么挫折的话，更不会轻易退缩。

宋毅相信自己的眼光，看好赵海洋他们必定能在海底沉船的打捞上，做出一番前所未有的贡献来。

每次和宋毅碰面，赵海洋和林萍都会有新的收获，这次也不例外。见识过宋毅的魄力和决心后，他们身上的紧迫感也越来越重，压力也越来越大，但这也让他们越发振作，这可是以前想做却做不了的事情，压力越大，动力也越大。

林宝卿和宋毅都非常佩服赵海洋林萍他们这种人，他们是幸福的，两人志趣相投，有共同的精神支柱，还有一个看得清方向的目标。接下来，

他们只需要全力以赴就是了。

吃过饭后，几个人又聊了很久，林萍和林宝卿越聊越投机，加上两人又是本家，也不师姐师妹地称呼，直接认了姐妹，这一来，大家的关系更密切了。

"先前我倒忘记跟你们提了，海洋大哥你们自己也不说，这待遇问题，该以什么样的标准给你们?"

宋毅一拍脑袋，他也是现在才想起这事来。毕竟，这也算是他请赵海洋帮忙做事。

赵海洋讪讪地笑笑，望了望林萍，她也没主意。他们的主要目的还是借着宋毅投资打捞海底沉船的机会，做他们自己的研究考察，这该给什么样子的薪酬待遇，还真没考虑过。

倒是林宝卿聪慧，说以研究生的标准来给就好，这年代的大学生研究生还没到泛滥的程度，待遇也相当好。林宝卿并没有提分红之类的事，赵海洋他们也没说。

这也是，按着宋毅这样搞下来，别说赚钱分红，能把成本收回来就该谢天谢地了，要真按分红来分配的话，估计赵海洋他们得饿死在海上。

"你们的工作性质不一样，常年待在海上，很少有时间和家人团聚，牺牲很大，给海洋大哥你们双份薪酬也不过分。"宋毅说。

成百上千万都砸出去了，宋毅自然不会在乎这些小钱。要知道，这样的小钱对赵海洋他们来说，可不算是小钱，这是他们喜欢的工作，拿的钱也不比别人少，工作起来自然会更用心。

宋毅前世倒是见过不少大老板，花大钱的时候非常舍得，但对待员工却极其抠门，这样的人最后经营失败倒闭的可不在少数。

人才最重要，宋毅对人才一直十分尊重，除了精神上的鼓励外，宋毅也毫不吝惜地在物质上奖励他们，最起码，要让他们比身边的其他人过得更好，这也有助于培养企业的向心力和凝聚力。

林宝卿马上笑着说："这怪我考虑不周，如果打捞到好东西的话，还要给林萍姐你们发奖金。"

赵海洋憨憨地说:"那怎么好,在这些沉船打捞的设备器具上,你们已经投入了这么多资金。一时半会儿,只怕连一半的成本都难以收回。"

林宝卿呵呵笑说:"你也知道宋毅投入这么多了,他又怎么会吝惜奖励你们这样的大功臣,大家通力合作好好干。等海洋大哥你们成名以后,再看这些,恐怕却微不足道了。"

赵海洋连声说不会,这可是天大的好事,谦虚一下表示无功不受禄是可以的,真拒绝的话那就是傻瓜了。赵海洋觉得他们唯一能做的,就是尽最大的努力,做好沉船的研究保护工作。宋毅花费巨资在这上面,除了打捞宝藏外,也希望看到他们取得研究成果。

赵海洋和林萍是两个比较单纯的人,宋毅看清楚这点后,越觉得对他们好些是值得的。

临上课的时候,几个人才分开,宋毅让他们好好享受最后一段校园时光,过些时日,他们就真的要踏上碧海蓝天的征途了。

赵海洋和林萍都笑着说他们巴不得那天早日来临,重归大海的怀抱。

对他们的执著,宋毅和林宝卿只有羡慕的份。

这天,放学铃声才刚响过,宋毅的手机也响了起来,是王名扬打过来的,电话那边的声音异常爽朗。

"小毅,我又到东海来叨扰你了。"

宋毅笑道:"王大哥说哪里话,平时叫你都不肯来,今天吹什么风?"

"你也知道,我也就瞎忙活。我们现在和徐韶清他们在东海饭店,你今天有空没,有空的话一起过来吃顿饭?"

宋毅道:"行啊,我刚下课,正好下午晚上都没课,也可以好好尽下地主之谊。"

"那你快点过来,等你到了我们再细聊。"王名扬说。

宋毅到的时候,王名扬和徐韶清他们已经点好了菜,等宋毅一到就可以开饭了。

"各位哥哥,我来得晚了,先自罚一杯。"

宋毅其实是有些口渴了，大夏天的就拿啤酒当水喝了。

王名扬和徐韶清等人都呵呵笑了起来，宋毅是个相当容易亲近的人，所以大家在一起的时候，也就没有那么多讲究。

宋毅自罚几杯之后，场面又变得热闹起来。

王名扬又给宋毅介绍了一个新面孔，韩东，四十来岁的样子，皮肤黝黑，一脸的刚毅，有股子军人的味道。听王名扬说了，宋毅才知道，韩东在海军任职，这次也是因为休假来东海。韩东和徐韶清的关系不错，王名扬听闻韩东来东海休假，也专程从北京飞了过来。

一番介绍之后，又喝了几杯，王名扬笑着说："小宋，你之前不是提过要组织人手打捞海底沉船的吗？那你可得小心，不要在我们国家的海域打捞，否则韩东可是不会放过你的。"

看韩东微微一笑，宋毅也就笑着说："我哪有那胆子，打捞国内海域的沉船可是违法的，这样的事我是肯定不会做的。我目前倒是准备了一笔资金，准备购买一些设备租些船只，打算去东南亚那边的海域碰碰运气。可能大家也都知道，我从小受长辈教导，特别喜欢各种古玩藏品，尤其对这类可以接触到的历史比较感兴趣。倘若真能成功打捞海底沉船的话，里面的瓷器香料之类的，一定能大大满足我的好奇心。"

徐韶清也问宋毅："这一来投资应该不会小吧？"

宋毅说："还好，在可以接受的范围之内。"

王名扬则说："我觉得这其中的利润应该不会太大，要真去东南亚那边的海域打捞的话，还得和他们当地的政府均分利益。这一来，收益就更少了，要是沉船里面的东西少或者不值钱，那亏损的可能性就更大了。"

宋毅也说："如果是在无主的海域自然最好，不需要和其他国家政府打交道。但刚起步的时候，我觉得还是稳重一点，从沉船比较多的东南亚海域开始。我打算搞海底沉船打捞，更多地是为了满足自己小时候的愿望，我出生在东海，小时候就渴望着去大海冒险，打捞海底宝藏就是其中最有意义的事情。"

韩东这时候也问宋毅："小宋现在准备得怎么样了？"

宋毅说："刚刚开始准备，设备什么的已经托人去买了，船只准备租香港那边的。估计得等上好几个月，不过主要人手我已经找到了。就是我们东海大学考古系两个主要研究海底沉船的研究生，他们正好在找这方面的项目投资，碰巧遇上我，我们一拍即合。"

韩东有些惊讶，"东海大学考古系的研究生还有研究海底沉船的吗？我本以为全国研究海底沉船的专家学者都没几个。"

宋毅笑着说："所以说啊，我运气好。他们对海底沉船比我有研究，我也觉得除了打捞宝藏之外，我们也得给社会留下点什么，有了这样的专家帮忙，我也就轻松多了。我还打算买些高清的摄像机，将沉船打捞的过程记录下来。"

几人边吃边聊，都喝了不少酒。不过几个人都很有自制力，只是微醉而已。宋毅和徐韶清都是东海人，但徐韶清手里却没有宋毅那样宽裕，这顿饭就由宋毅请，他也乐得掏这钱，略尽一下地主之谊。

宋毅问起他们下午和晚上的安排，王名扬说没什么安排，让宋毅这个地主来决定。

徐韶清这时候也问宋毅："我听说你搞了个俱乐部，现在弄得怎么样了？打算什么时候营业，到时候可得通知我们。"

宋毅回答说："品香俱乐部那边是宝卿在打理，现在已经准备得差不多了，等学校放假，再选个好日子就可以开业了。到时候肯定要拉你们来捧场的。既然下午没有安排，不如去俱乐部那边休息一下，品品香喝喝茶，放松一下心情，韩大哥你看如何？"

韩东笑着回答说："好，就怕我这大老粗做不了那些雅事，破坏了俱乐部幽雅的气氛。"

宋毅便说："怎么会，俱乐部本来就是用来给大家交流的地方，品香喝茶只是一种放松的方式，增加一些情调而已。韩大哥你们这次过去，也得帮我个忙，看看有哪些不足的地方，不要顾忌我的面子，趁着还没营业，还有时间做调整，都提出来。要是开业后才发现缺陷太多的话，可就太丢人了。"

"瞧小宋你这话说的，我相信你们肯定做得相当出色。"韩东回答他说。

这倒不是恭维话。虽然今天才和宋毅接触，但韩东之前就听王名扬他们说过很多关于他的事情，再结合今天见面的情形来看，宋毅的沉稳完全不像一个不到二十岁的青年。

"有这样的好地方还有什么好说的，我们这就出发吧。"

王名扬一直都想去品香俱乐部参观，却都没时间和机会，这次能在营业前参观，自然不会有什么反对意见。

宋毅打了个电话给林宝卿，让她先去品香俱乐部。

林宝卿答应下来，还说她肯定能在他们之前先到。

王名扬让韩东乘坐徐韶清的车，他自己则上了宋毅的车。宋毅开车在前，徐韶清紧随其后。

路上，王名扬和宋毅说："韩东和我很早之前就认识的，关系也一直不错。你要搞海底沉船打捞的事情，稍微麻烦一点。韩东这边能帮上不少忙，和他打好关系很有必要。"

"谢谢王哥了。"宋毅接着又说道，"我已经和香港那边的航运公司联系过了，轮船的事情已经定了下来，现在就考虑要不要去弄艘游艇，到时候接王哥去香港那边玩。如果王哥想要亲自去看看沉船打捞，也可以坐游艇去。"

"你这小子倒是会享受。"王名扬笑骂，"不过真买了游艇的话也不错。毕竟，那也是财富和地位的象征。到时候我还可以借你的游艇来招待客人。不过你放心好了，到时候我肯定不会说游艇是你的。"

很快到了俱乐部。

品香俱乐部平时紧锁的大门已经微微打开，显然林宝卿已经在里面等着他们了。

宋毅几人推门进去，林宝卿手里拿着香，还没来得及点上。宋毅通知她的时间太晚，她也刚刚赶到。

不过这并不打紧，徐韶清和林宝卿一起吃过饭，王名扬就更不用说了，和林宝卿熟得不行，都知道她是宋毅的正牌女友。王名扬也向她介绍了韩东。

打过招呼后，林宝卿要给他们泡茶，王名扬却说要四处看看再说。

韩东和徐韶清与他的意见一致，其实从进俱乐部起，他们的眼睛就有些不够用了。

这间品香俱乐部耗费了林宝卿太多的精力和时间，不管是选材还是风格，都让人有眼前一亮的感觉，尤其这俱乐部里的东西，全部都是精品，在其他地方很难见到。

古香古色的红木家具，高贵典雅的宋代瓷器，精致无比的各种香具、茶具，墙上还挂着各大名家的珍品手迹。

王名扬才参观了两个房间，就忍不住对宋毅说："我看你们这品香俱乐部，简直可以当成一家博物馆来经营了。"

韩东和徐韶清两人也点头，那神情也是深表赞同。两人虽然对古玩藏品没有太多的研究，可出身比寻常人好得多，家里也有些藏品，有一定的眼光，眼界也比较高。

"还有这香炉、这画，都是上次拍卖会上你拍回来的藏品。我说小宋，你这俱乐部真打算开放展览吗？"

王名扬笑着问宋毅，他混迹文化圈这么久，对古玩也有相当的研究。他认出，这其中有相当一部分都是宋毅他们在上次的拍卖会上，经他的手拍回来的。

宋毅微笑着回答他说："上次拍卖会上，还多亏了王大哥帮忙，才能拍下这些藏品。我就寻思着，放在家里的话太浪费，也对不起王哥王姐你们的一片好心，干脆就拿来放在俱乐部这边，让加入俱乐部的会员都能感受到这些藏品的魅力。等别人问起来，我也好说，这是在王姐公司举办的拍卖会上竞拍回来的。"

"在上次的拍卖会上，小宋一口气拍了几千万的藏品，那么多的藏品，放在这品香俱乐部中，轮流展览，每天都换新鲜的根本不成问题。"

王名扬这话是对着徐韶清和韩东说的，这件事不需要和他们保密。而且宋毅这样做是为王蓓的拍卖公司捧场，要说这王蓓，不管是背景还在个

人能力，绝对算得上是圈子里的大姐大。

"原来如此，我就说小宋去哪里找来这么多好东西。"

徐韶清对此只是有所耳闻，这回听王名扬亲口说出来，更加深了他对宋毅的认识，这家伙太能花钱了。

"不过这其中也有相当多的东西是小宋去其他地方收的，比如这把椅子，就是上好的海南黄花梨做的，现在的海南黄花梨已经所剩不多，假以时日，肯定得成倍升值。还有这沉香木，韩东你们经常在海上跑，听说过这类香料的名气，古时候我们出口瓷器，进口最多的就是各种香料。打捞海底沉船的时候，说不定还能打捞出一些香料来，不光是载着瓷器出国的船只可能遭遇风浪，满载而归的船只也有可能出事。"

王名扬开始秀起他的见识来。

韩东和徐韶清本就觉得这些东西不凡，再听王名扬这一解说，越发认识到这品香俱乐部里面东西的珍贵之处。

宋毅则谦虚地说："这也不都是我收集的，俱乐部这边一直都是宝卿在负责。她这人非但不假公济私，还从家里拿了很多好东西过来。她们家就是做藏品交流的，好东西不要太多。"

王名扬赞叹道："宝卿真是个好姑娘，宋毅你就偷着乐吧。品香俱乐部有她来经营管理，又有这么丰富的藏品资源，想不火都难。我说小宋，这品香俱乐部我们可是入定了。"

韩东和徐韶清也都表示一定要常来叨扰他们，别的不说，光欣赏这里精美的艺术品，就值了。

"我们求之不得。宝卿先前还担心怕没有人加入，有王大哥你这句话，她也该放心了。"宋毅笑着说。

王名扬却说："我觉得她该担心的不是这个，而是应该限制一下俱乐部的人数，提高一下准入门槛，要不然可有你们忙的。"

"是啊，俱乐部人太多的话也不是什么好事，清静优雅的环境才更符合品香俱乐部的风格。"徐韶清说。

宋毅表示会仔细斟酌这方面的问题，他自己也不想什么人都加入俱乐部，肯定要有门槛和标准的。

韩东则提醒宋毅注意安全措施，难得地开玩笑说："你这里好东西实在太多，连我看了都有些心痒。"

"韩大哥要看上哪样东西，只管拿去就好。"宋毅说。

韩东自然不会要，王名扬就问宋毅他要是看上什么的话，是不是也可以直接带走。宋毅笑着说当然可以，王名扬也只是开开玩笑，真让他拿的话，他是肯定不会拿的。

徐韶清则说他会经常过来看看，他就在东海，来品香俱乐部肯定比韩东和王名扬两人方便得多。

宋毅表示热烈欢迎，并说："像我们收集的这些藏品，能得到大家的认可，就是我们最开心的事了。"

说说笑笑间，宋毅带着几个人参观完了整个品香俱乐部，宋毅还问他们有什么更好的建议没有。

王名扬第一个说："我觉得吧，你这里的好东西数量应该减少一部分才行，要不然，很多人只怕会忘记来这里的初衷。既然叫品香俱乐部，当然是要以品香为主。"

宋毅笑着表示可以考虑，事实上，等大家都习惯了，这些也算不得什么了。

徐韶清和韩东都没特别的建议，徐韶清还说："这是我见过的俱乐部中，最有格调的。光顾着看东看西，大伙还是先坐下来喝口茶吧。"

王名扬说："所以我才说，品茗闻香，这才是俱乐部的主题嘛。"

几个人在俱乐部四下闲逛参观的时候，林宝卿这边已经将品茗闻香的准备都做好了。

这时候没那么多规矩，也没办法沐浴更衣，但在林宝卿给他们倒上香茗，准备焚香的时候，大家都十分安静。林宝卿给他们准备的还是普洱茶，现在正是大力推广的时候，如果能在内地风靡起来的话，宋毅会笑得更开心。

茶道是非常有讲究的，几个人对此都有一定的心得，在他们看来，林宝卿的表现堪称完美。也是，这本就是俱乐部的特色主题之一，没几把刷子怎么敢出来卖弄。

而林宝卿所要演示的香道，即便是见多识广的王名扬几人也没多少机会见识，宋毅这也是给他们一个先熟悉预热的机会。

单看林宝卿认真却极其自然的表情，王名扬、徐韶清、韩东就把心情放轻松下来，准备好好享受这奇异的香文化之旅。

林宝卿素手切香的时候，沉香那淡淡的清香味就传了开来，让人顿时觉得神清气爽。

而看林宝卿焚香，本身就一种美的享受，不知不觉中，几个人都陷入了同样的节奏之中。

等林宝卿将沉香块熏好之后，散发出来的香气越发馥郁芬芳，直扑人心底。

这时候，即便是一贯视自己为粗人的韩东心神也安宁下来，陷入一种空灵的境界之中。过了一会儿，韩东才回过神来，这时，他感觉自己整个灵魂都被洗涤了一遍一样。

韩东说了他自己的感悟，让他没想到的是，徐韶清和王名扬也都有相似的感受。

韩东不由得感叹说："这品香一道还真是神奇，感觉有通灵一般的力量。"

宋毅回答道："韩大哥有这样的感悟并不奇怪，这香原本就是各路神仙、佛门大能所喜欢的，给他们上香也有和他们沟通的意思。"

谈到香道、香文化的时候，林宝卿算是最有发言权的人之一，这段时日她还在写书，对其中的理论认知更是提高了一个层次，现在替韩东他们解除疑惑，是最简单不过的事情了。

韩东在品香俱乐部待了一个下午，听林宝卿将这香道、香学、香文化的历史渊源一一道来，除了身体的感悟外，他们还接受了一次精神上的洗礼。

韩东最后也感叹说这文人雅士所做的雅事倒不完全是闲着没事干，确实有陶冶人情操的功能。

其他几个人听后都笑了起来，韩东这话说得很俗，但却是这个道理，刚入门的几人虽然不能达到天人合一的境界，但闻香让人心情愉悦却是实

实在在的。

临别前，林宝卿送了他们每人一些香。都是柱香，不需要太过繁琐的操作，直接点燃就可以，她也告诉他们，这些都是纯天然的香料，晚上回家的时候，点上一支，就会给人带来不少好处。

王名扬他们自然接受下来，并谢过林宝卿，毕竟，多些能增加生活情调的东西，总是没坏处的。很多人虽然鄙视风潮中流行的事物和东西，但很多时候，却在不知不觉地受到这些风潮的影响。

晚上由徐韶清安排，宋毅也就没带林宝卿一起行动。

几个人先回东海饭店吃过晚饭，休息了一阵之后去逛酒吧。用徐韶清的话来说，高雅的事情我们可以享受，这普通人的生活我们更要过。

宋毅自然要陪他们尽兴，不过几个人都没喝太多的酒，大部分时间都在聊天。偶尔也有主动的小姑娘过来勾搭徐韶清和宋毅，韩东和王名扬自嘲他们是大叔，没人理会，比不得徐韶清和宋毅这两个朝气蓬勃的帅小伙儿。

所幸徐韶清和宋毅的意志都比较坚定，没有出卖战友，依旧和韩东、王名扬一起喝酒聊天，开开玩笑什么的，玩得还是相当尽兴的。

和徐韶清一起送王名扬、韩东两人回了酒店，等宋毅回到家的时候，都已经过了凌晨。

刚洗了澡，准备睡觉了，手机却响了，宋毅拿起来一看，是苏眉打的。

虽然已经很晚了，但苏眉的精神显然还不错，问起宋毅这天的事情。

宋毅把要买游艇的事情对苏眉说了，让她和郭倩蓉说声，帮忙留意一下。

"真要买游艇啊?"苏眉问他。

"嗯，等国内海域可以进行沉船打捞之后，游艇的用处可就更大了，方便快捷不说，还可以带人去参观。今天我和韩东他们会过面，出海打捞沉船的问题不大，所需的无非是时间罢了。"

苏眉听了也就不多说什么，只说会和船王女儿多联系的，让她多留心

267

一下。她也让宋毅将所需游艇的价位告诉她，到时候心里也好有个底。

此时，宋毅最恨的是时间不够用。

"品香俱乐部这边过不了多久要开张，到时候肯定又得忙上一阵子。缅北那边事态一旦稳定下来，我还得过去一趟，要把近期积累下来的翡翠毛料都运回国，只有放在自己的仓库里我才能完全放心。短时间之内，我没办法到香港来，苏眉姐你在那边要注意照顾好自己。"

苏眉笑着让他不必担心，说她在香港过得很好，下周父母过去，还可以多给自己放几天假。

一觉醒来天色已经明朗，这天恰值周末，宋毅不需要去学校上课。

看宋毅吃早餐的时候有些魂不守舍，苏雅兰就拿手敲了他一下。

"小毅，别发呆了，你今天没课，也该去珠宝公司转转，你这甩手掌柜做得太久，小心下面的人都把你忘了。"

宋毅嘻笑着回答说："只要他们记得老妈你就好，我是无所谓的。"

苏雅兰十分无语。

"公司到底是谁的啊？还有，今天小柔也会去公司，晚上你看能不能叫她来家里吃饭，这孩子比较害羞，可不能老这样，要不然我这干妈当得还有什么意思。"

宋毅呵呵笑了出来，看苏雅兰又作势欲敲他，宋毅又连忙举手向她保证，"我一定完成任务，小柔她要不来，我绑也要把她给绑回来。"

苏雅兰这下真的敲下去了，"就知道嬉皮笑脸的，好好的，搞得跟绑票一样。"

"你也知道小柔的性子，她一旦固执起来，谁都没办法。"宋毅解释说。

"你鬼主意那么多，还怕说服不了她？"苏雅兰表示怀疑。

宋毅就说尽量办到，可事实上，很多时候，宋毅是拿乔雨柔没办法的，她只需要楚楚可怜地望他一眼，他的态度就会软下来。但今天老妈下了死命令，宋毅说什么也得把她请到家里来。

吃过早餐，宋毅就和苏雅兰一起出发了。现在金玉珠宝在东海的分店也不少，几个大型的商圈里都有他们的分店。在这些分店中，价位一般的珠宝相对其他珠宝行来说，还是要少上很多，不过宋毅他们也没想做什么调整，毕竟，他们并不打算靠着这个混市场，走精品路线一直是金玉珠宝的主要战略。

想买最漂亮的珠宝，到金玉珠宝就行了。

当然，最贵的珠宝也在金玉珠宝。

宋毅跟着苏雅兰一起，去自家的珠宝店露露面，展示了一下大老板的威风。

然后就去完成他的第二个任务，抓乔雨柔回家吃饭去了。

乔雨柔并不常去金玉珠宝的各个分店，苏雅兰常年办公的淮海路旗舰店她去的次数也比较少。乔雨柔最喜欢去的地方是远在东海市郊临海村的玉器厂，这周末的一大早，乔雨柔早早就起了床，在食堂买了早餐吃过后，就去赶车。

宋毅将玉器厂建立在临海村，虽然省下了市区昂贵的地皮费用，同时也加强了安全措施，但带来的一个问题就是交通不便利。但他也做了相应的补救措施，给玉器厂配了班车，专门接送住在市里的员工上下班，这个当然是不收费的。

乔雨柔去玉器厂基本都是乘坐厂里的班车过去，也有玉器厂的员工住得实在太远，得转车一两次再乘坐班车。还有员工是自己开车过去上班，这并不奇怪，加入宋毅的玉器厂的师傅中，很多人相当有钱，他们也不是冲着这点工资去玉器厂的。

乔雨柔在玉器厂里混得很开，厂里的师傅都特别喜欢勤奋好学又聪明可爱的她。通过和他们的交流，乔雨柔也清楚地知道，王师傅身家过千万，李师傅身家也超过五百万，说来就乔雨柔自己最穷。

这些师傅里，大部分之前都是做翡翠生意的，算上手里掌握的翡翠，他们有这样的身家并不奇怪。但这些师傅的生活普遍比较简单，穿着打扮和普通人并没有太大的区别，可真留心的话，却能让人大吃一惊。

比如乔雨柔上了公司的班车，第一眼看见的张春良老师傅，长相普通，和经常在大街上见到的老人没什么两样，唯独他手上戴着的那枚镶着

269

苹果绿翡翠的戒指，价值数十万。不知情的人看见，肯定以为他戴的是假货。

事实上，男人戴戒指的并不算太多，尤其是戴这样的翡翠戒指，往往只有特别喜欢翡翠的人才会佩戴。

乔雨柔面带微笑，和班车上的师傅们打了招呼。

张春良看见乔雨柔，露出慈祥的笑容。

"小柔最近这段时间都没来厂里，快考试了，学校的功课也重吧？"

乔雨柔笑着说："还好，等期末考试结束了，我就有更多的时间到厂里来向各位师傅学习了。"

"最近又有什么新的设计没有，上次你设计的那个满天星可是相当考验我们的手艺啊。"张春良笑着说。

乔雨柔有些不好意思地笑笑说："这些天都忙着功课去了，我这正想着，去厂里找些灵感呢。"

张春良旁边一个叫于义的师傅说："我说老张你别太难为人家小柔，一星期一件珠宝设计你自己能做出来吗？小柔的满天星可是前两天才拿到厂里来的。"

"我这不也是心里急吗，小柔你可不要介意，继续努力就是。我们老了，很难设计什么新颖的珠宝出来了。"张春良说。

话又说回来，他心底也很清楚，比起他们加工制作珠宝，做珠宝设计更伤脑筋，也特别需要灵感。

"这也有市场因素在里面，像这戒面和手镯就是永恒不变的主流。设计得再新颖精巧的珠宝，销量都没这些经典的好。"于义也深有同感。

"被你这样一说，都要打击人家小柔做设计的信心了。"这回轮到张春良责备于义了。

乔雨柔每次看他们争论都觉得特别有趣，感觉他们就像是童心未泯的孩子。这时候她也表明态度说："我知道，经典之所以成为经典，是因为它们被人们所喜爱。我只希望自己设计出来的珠宝作品，能被人接受，就足够了。"

张春良笑着说："能过我们这关，就说明你的设计被接受了。"

乔雨柔呵呵笑着，确实如此，如果她设计出来的珠宝作品太差，连这些帮忙加工制作的师傅都不肯加工的话，无疑是失败之极的作品。

"小毅今天应该也要到厂里来吧。"于义像是自言自语地说道。

乔雨柔摇头说不清楚。

"宋毅哥哥事情一向比较多，来不来厂里也不一定。"

"小毅的眼光是我见过的人当中，最准最狠的。"于义赞叹道。

"那当然，要不然怎么会有这么多翡翠毛料供你我研究。"张春良深表赞同。

于义随后又开心地说："昨天明杰说了，这段时间要解一批翡翠毛料。前几天的解石一直没轮到我，这下可有机会一展拳脚了。"

张春良十分疑惑，"有些奇怪啊，怎么最近需要解这么多石，往常十天半个月都不见解半块毛料，小柔你知道吗？"

乔雨柔柔声回答说："我也不是太清楚，不过听宋毅提起过，说是要给香港那边的玉石商人一些翡翠，他们当初在云南的时候帮助过他。"

于义呵呵笑着说："小宋也是个仁义的人。我们只要有石头可以玩，能打发时间就成。也不知道缅甸那边的事情闹得怎么样了，可千万不要出什么问题才好。"

乔雨柔说："应该没什么问题，我听宋毅说局势已经稳定下来了，宋毅的翡翠矿还是在之前那个人的控制下，对翡翠毛料的开采不会有什么影响。新一批毛料过段时间就能运回来，到时候宋毅可能要亲自过去。"

张春良如释重负，笑着说："这样最好，我们可都指望着在玉器厂里混上一辈子。在其他地方，可是很难找到这么多不同形态的石头的。"

"也是托宋毅的福，我们才有这样的机会研究。"

于义也连声称是，翡翠的学问太深奥，即便是浸淫了一辈子的人，也不敢说完全懂翡翠这样的话。

这也正是他们佩服宋毅的地方，他的做法大胆至极，直接将翡翠开采控制起来，想要什么样的翡翠毛料都行。这也实现了绝大部分翡翠爱好者的梦想，他们的态度反映了厂里师傅们的普遍想法。

"要遇上小毅的话，得和他说说，看看有没有机会亲自去缅甸一趟。"

张春良忽然说道。

"以小毅在那边的实力，想带几个人过去还不容易，就怕你这把老骨头熬不住。"于义笑着说。

"我身体健壮着呢，去缅甸那边实地考察也是我的一个心愿，以前年轻的时候没机会，现在再不行动的话，恐怕就真的无缘再去了。"张春良很感慨地说。

这点乔雨柔表示理解，她知道，张春良之前是矿业大学的教授，现在虽然退了下来，不教书了，但对搞研究还是相当热心的。

但她还是劝张春良不要冲动，就算他想去，他的子女肯定也不希望他这么大岁数，还不远万里奔波到那样艰苦的地方去。

但张春良却像是铁了心一样，说是见到宋毅的话，一定要找他问问。

"你这不是给小毅添麻烦吗?"于义只得苦笑，乔雨柔也跟着苦笑。

这也是这些老师傅们固执起来比较可怕的一个地方。

除了这点，厂里的师傅们都相当不错，至少，乔雨柔和他们相处得很好，觉得自己能从他们身上学到很多东西。而他们本来就没把自己的手艺当成传家宝，能教给乔雨柔的，都教给她，让她在设计珠宝的时候，能够更加如鱼得水。

今天乔雨柔去玉器厂，也不是做设计的，就是去向厂里的师傅们学习的。还有更重要的，去熟悉各种珠宝玉石。

只有深刻了解各种珠宝玉石的品质和特征，才能设计出完美的珠宝作品。这话不仅厂里的师傅们对她说过，宋毅也不只一次对她提及过。宋毅还帮她提升了进出玉器厂的权限，苏雅兰更是将她认做干女儿，这一来，乔雨柔在玉器厂里完全通行无阻，连最资深的老师傅也没办法接触到她能接触的那么多东西。

第十章　大气商尊精美无比骗过众专家，修补处理弄巧成拙害人又害己

这件商尊大气磅礴，厚重又不失精巧，精美得无可挑剔。宋毅轻轻敲了敲尊身，觉得声音似乎有点浑浊，因此起了疑心。他又借助手电光亮仔细观察，顿时惊出了一身冷汗，这件商尊竟然是经过电镀补锈腐蚀处理过的。这种技术被广泛应用于青铜器的修复上，虽然并不算作伪赝品，但是经过这样处理，一件举世罕见的文物也就失去了真正的文物价值。商尊物主财迷心窍弄巧成拙，毁掉了一件真正的文物，迷惑了在场的众多专家，到头来都是鸡飞蛋打。

一路上，除了闲话聊天外，乔雨柔也不放过学习的机会。

张春良本就是教授出身，骨子里还是有替人传道授业解惑的信仰在，乔雨柔向他请教，他自是知不无言言无不尽。

这一来，不仅乔雨柔受益匪浅，张春良自己也仿佛回到风华正茂的年月。

不过到了玉器厂之后，张春良就去忙他自己的了。根据宋明杰的安排，这些天玉器厂的主要任务就是解出一批有价值的石头来，寻常的珠宝加工制作就先放一放。

这一决议得到全厂师傅们的一致赞同，对他们来说，解石就是最美好的时刻。今天是周末，大家完全可以回家好好休息，可乔雨柔到厂里时才发现，厂里人比平时还要多，其实从班车上的人数上也可以明显感觉

出来。

宋毅虽然不太在意解石的结果，对他来说，反正都是要解开的，实在表现不佳的，才会考虑转让。但对厂里这些热爱翡翠的师傅们来说，意义可就不一样了。

现在需要翡翠，他们也找最合适的石头来解开。仓库里面的石头他们平时有空就去研究，哪块石头里面会有什么样的翡翠，他们心里大致都有底。但底气并不是百分之百的，毕竟，即便是解开的石头，也是有风险的。

宋毅虽然不需要他们承担风险，但师傅们都很有责任心，觉得人家既然请他们来，就是信得过他们的水平，当然要尽力做到最好。

乔雨柔对翡翠毛料的研究比较少，相关的知识虽然有，但能派上用场的不多。要知道，如何从翡翠毛料外面判断里面的情况，一直是翡翠业界最高水平的体现，她这初学者也就在旁边看看热闹。

乔雨柔这天上午看他们解石，同时努力学些新东西。

解石的过程比较曲折，即便不是第一次看，乔雨柔依旧心惊胆战。

非常不走运的是，这天由李汉明老师傅操刀的第一块赌石就以失败告终。

以乔雨柔的眼光看来，这块赌石外在表现相当不错，有松花还有蟒带，外皮也细致结实。擦石的时候表现也相当好，但是解进去时她才发现，里面的绿并不如想象中那么多，有绿的地方都集中在蟒带和松花那里。如果仅仅是这样还好，最让人痛心疾首的是，里面的绿色翡翠还被黑色的暗点侵占，真正能用的绿根本没有多少。

这块石头解垮了。

"回头我得向小毅请罪，廖师傅已经提醒过我注意，是我自己眼力太差。"李汉明很沮丧，但也愿赌服输，承认自己水平还有待提高。

围观的师傅们并没有冷嘲热讽，李汉明能说出这样的话他们都觉得很不错了。

此时在玉器厂里，就乔雨柔的级别最高，毕竟，她是金玉珠宝的小公主。

乔雨柔也挺身站出来，好言安慰李汉明，还说换了是她的话，也会选择解这块石头。谁知天不遂人愿，出现这样的结局，大家都不愿意看到。

乔雨柔还说："我觉得我们更重要的是总结这次的经验，大家可以研究一下，以便下次再遇到类似的石头时，能采取更好的措施。"

李汉明还是觉得耿耿于怀，还真打算回头好好向宋毅请罪的。虽然他也知道就整个赌石的情况而言，解石只有一成的机会切涨。但如果他能更加谨慎一些，发现其中的问题的话，完全可以把风险转移给别人，而不用宋毅承担。要知道，这样一块石头，也是有成本的。

解石解垮在玉器厂里本不是什么稀罕事，宋毅弄了这么多翡翠毛料回来，也没指望全部能切涨，真那样的话，他肯定会兴奋得睡不着觉。

乔雨柔把大家的情绪安抚下来之后，后面的解石继续进行，总不能因噎废食。但有了这样的教训之后，解石师傅们都更加小心谨慎，都仔细求证过之后再动手。

宋毅虽然不要他们承担什么后果，可像李汉明那样搞砸的话，一方面自己无法接受失败，另一方面，心底也会觉得对不起宋毅。

中午，乔雨柔就在玉器厂的食堂吃饭，里面的伙食搞得相当不错。因为厂里不存在盈利问题。宋明杰和苏雅兰他们的原则就是尽量让大家吃饱吃好，这些小钱他们是不会省的，蔬菜、肉、海鲜之类的都可以吃到，比寻常人家家里吃得还要好，对乔雨柔来说，在玉器厂吃饭，也算是福利。

宋毅和苏雅兰是下午到的玉器厂，他们来之前还特意给乔雨柔打了电话，知道乔雨柔在玉器厂之后，宋毅就叫她等他们。

宋毅到玉器厂后，李汉明就解石失败向宋毅表示歉意，至于赔偿什么的却没提，要他来承担这个后果太勉强了。

"李师傅不必如此愧疚，解石本来就是有风险的，我搞这么多翡翠毛料回来，就是知道会有这样的情况，而且几率还相当大。"宋毅自然表示不介意，这点担当他肯定是有的。

李汉明还是觉得有些不好意思，但他也表示，绝对不会有下次。至少在同类型的石头上，他不会再犯错误。

解决掉这个问题之后，张春良也过来找宋毅，说起要去缅甸考察的事情，让宋毅下次去缅甸的时候，带他一起过去。

宋毅只得苦笑着对他说："那边的局势还没有稳定下来，短时间内我不会过去。还有张教授如果要去，你的家人会特别担心的。只要张教授家人不反对，我这边倒是没问题。"

"这可是你说的啊，可不许反悔！"张春良兴奋地说。

"当然不反悔，不过我到时候肯定会亲自和张教授家人联系的。"

宋毅很了解他的心思，阻止是肯定阻止不了的，一定要亲自去一趟，才能了结心愿。

"那就这么说定了！"

张春良开心起来的样子像个小孩子，和宋毅聊了几句后，就没再打扰他。张春良在大学任教的时候，就一直想做关于翡翠成因的调查研究，可惜一直没机会去缅甸。张春良即便在业界有些名气，但在无法保障安全之前，还是不敢轻易去缅北。

宋毅自己在玉器厂巡视了一遍，上午，他和苏雅兰去东海金玉珠宝的各个分店露了个面，查看各个分店的情况。结果还是让宋毅相当满意的，对金玉珠宝来说，东海同样是最主要的市场。

宋明杰则去忙东海珠宝玉石行业协会的事情，这涉及金玉珠宝在东海珠宝行业的话语权，肯定得认真对待。宋明杰也是其中的老手，处理起来也是轻车熟路，不会有什么问题。

乔雨柔则和苏雅兰一起，她们也有几天没见面了，能聊的话题很多。两人正说话，一堆师傅过来找宋毅，苏雅兰便问他们有什么要紧事。苏雅兰和宋明杰平时对待厂里这些老师傅很是尊敬，他们也以礼相待，彼此相处得相当不错，基本有什么话都是直接讲的。

"刚刚老张说小毅答应带他去缅甸矿场那边考察，我们想问问是不是真有这样一回事？"于义开门见山地直接问道。

"不太可能吧？"

苏雅兰弄清楚他说的是张春良之后，也不敢确定。

"张教授都这么大年纪了，这东海去缅甸千里迢迢的，要有个什么闪失的话，我们可负不起这个责任。"

"我就说嘛！老张鸭子死了嘴壳硬，愣说是小毅答应他了。"于义笑着说道。

"还是亲自问了小毅再说，老张都能去的话，我们为什么不能去。"

另一个师傅孙锦云说，他还是希望张春良不是出于炫耀的目的而吹牛。

一群师傅满口称是，苏雅兰连忙去找宋毅问个清楚，发现他正和厂里的保安聊天。

苏雅兰便问宋毅有没有这回事，宋毅如实回答说有这回事，但要争得他家人的同意。

"这张教授还真是的，他可没说还有这个条件。"苏雅兰笑着说，她这才放心下来。

先前张春良没把宋毅给他开出的条件说出来，要不然也不会有这样的误会了。这些老人，一旦固执起来，还真和小孩子没什么区别。

苏雅兰把宋毅拉了过去，和厂里的师傅解释清楚，因为闹闹嚷嚷说要去缅甸考察的人不少，十个中有九个都说要去，都可以组成一个庞大的考察团了。

一见面，厂里的老师傅们就把宋毅围了起来，询问张春良是否说的是真话。

出乎苏雅兰和乔雨柔预料，宋毅说他答应带张春良去缅甸，但需要他征得家里人同意，方能去缅甸考察的话之后，所有人都欢欣雀跃。

"大伙都听得清清楚楚，我没说谎吧，这可是小毅亲口承诺的。"

张春良尤其得意，先前一堆人还不肯相信他说的话。在张春良看来，宋毅所提的条件根本不成问题，说服家里人同意还不是轻而易举的事，他有方法对付他们。

"小毅你可不能偏心，不能只带老张过去，我们要求有同样的待遇。"

于义、孙锦云等人已经没有心思追究张春良了，这会儿让他自己得意去。他们最为关心的是，他们是否也能有同样的机会去缅甸的翡翠矿场亲自考察。虽然他们已经从宋毅嘴里听到很多关于翡翠矿场的消息，但亲临现场考察，才能让他们这些酷爱翡翠的人得到最大的满足。

群情激奋之下，苏雅兰表示压力很大，她真怕宋毅脑子一热就答应下来，真带这么多师傅去翡翠矿场的话，光照顾他们，就得花费不少心思，要出了什么问题，那就更没法向他们家里人交代了。

可宋毅却十分有担当地说："我当然不会厚此薄彼，只要各位师傅能征得家里人的同意，都是有机会去缅甸翡翠矿场实地考察的。"

"实在是太好了，要家里人同意，肯定不成问题。"

"对，不能让老张专美于前。"

"小毅你可不能骗我们，什么时候能出发，要办什么手续吗？"

"到那边是可以拍照的吧？我一直想出本关于翡翠的书，现在已经积累了一定的素材，最难写的就是翡翠开采这方面的知识，这下可好了。"

宋毅这话一出，厂里的老师傅顿时议论纷纷，他们都不会怀疑宋毅会说话不算数。围着宋毅问这问那的，大都是关于去缅甸那边的具体问题，仿佛这事情已经十拿九稳了一样。

苏雅兰和乔雨柔一看，也知道这事情就这样定下来了，只是哪些人能征得家里人同意，一起去缅甸的问题。

苏雅兰提醒他们，本着为他们负责的态度，厂里肯定会和报名要去缅甸的师傅家里人取得联系。她最担心的还是他们这些老师傅的身体能否受得了长途奔波的辛劳。

始作俑者张春良考虑得更多，他对宋毅说："我记得距离上次运石头回来已经过了好几个月了吧。现在矿场那边积攒下来的石头肯定很多，而且缅北那边的局势现在已经稳定下来。我估计过几天小毅就该动身去缅甸了，你都答应我们了，可不许一个人偷偷跑去。"

宋毅笑着回答说："等我学校这边的考试一结束我就过去，张教授你们要去的话，可得提前做好准备。"

　　这和张春良预计的时间差不多，现在他最主要的任务就是说服家里人同意。其他师傅也都打的这个主意，如果赶不上这次去缅甸的机会，下次就不知道会是什么时候了，而且越往后面拖，他们的身体就越不允许，想要实现梦想，自然得趁早。

　　宋毅想着等缅北那边的局势稳定下来，以他在缅北的实力，就算带一个考察团去翡翠矿场参观都没问题。尤其是这些醉心于研究翡翠的业内专家，亲自到翡翠产地去看看几乎是每个人的愿望，如果能让他们夙愿得尝的话，对宋毅来说可不单是做了件好事那么简单。

　　而缅甸那边，由于丁英已经控制住了局面，宋毅才敢夸下海口。

　　宋毅算算时间，等上十来天，他把这学期的课程结束后，去缅甸一趟最合适。

　　而且这次缅甸之旅肯定会很热闹，除了厂里的老师傅外，何建这家伙也在宋毅耳边唠叨了许久。何建主要是想去缅甸那边弄些木材回来，不过也不可能真去原始森林里闲逛，肯定会跟着他们到翡翠矿场附近考察。

　　宋毅又顺道去家具厂看看，何建没在，宋毅猜想他可能是去追心仪的女孩子去了，也就没去打扰他。只在家具厂四下转了转，家具厂这边所占的面积也不小，仓库里堆积的珍贵木材已经快装满仓库了，如果这趟缅甸之行顺利的话，家具厂这点地盘估计不够用了，到时候可能得进行扩展。这个问题并不大，当初建这两个厂子的时候，选的地方都在比较空旷的地里，四周可以扩张的空间很大。

　　苏雅兰叫乔雨柔晚上去家里吃饭，乔雨柔也没再推拒，再拒绝就说不过去了，点点头答应了下来。

　　几个人在玉器厂把事情都处理妥当，下班后，宋毅和苏雅兰他们还得劝厂里的师傅们不要拿着石头不肯松手，以后来研究也不迟，早点回家才是正理。

　　这天是周末，厂里的师傅们根本不用来上班的，但这些老师傅们闲不住，跑来研究仓库的翡翠毛料对他们而言也是一种休闲。宋毅也不会亏待他们，都给他们算成加班，虽然他们不在乎这点工资，但宋毅却坚持如此，这也算是表明他的态度。

和往常一样，这些酷爱翡翠的师傅们拖拖拉拉，就是不舍得走。宋毅使出大杀招，说今天是周末，如果回家晚了，和家里人相处的时间太少，怕会对同意他们去缅甸的事有影响。还说去缅甸肯定要待上十天半个月才能回来，应该珍惜现在和家里人相处的时光。

宋毅的话起到了很好的效果，厂里的师傅们一门心思都在去缅甸翡翠矿场考察研究上，其他事情都得为此让路。他们也就听从宋毅的建议，早点回家，表现好一点希望能早点争取家里人的同意。

宋毅去缅甸的日子基本已经定下来，他们也必须早日征得家人同意。等名单确定下来之后，宋毅这边才好安排办理出国手续，以及和缅甸那边联系。

等厂里的师傅们都回家后，苏雅兰和宋毅他们也才回市里。

路上苏雅兰还担心地问宋毅，带这么多人去缅甸会不会有问题，宋毅说没什么大不了的，总得帮他们了了心愿才好。拖得越久，对他们来说反而越不好。

乔雨柔这时候也表示赞同，说："厂里的师傅们在厂里做得十分开心，身体也都不错。这趟去缅甸考察一段时间的话，应该没什么问题。"

宋毅笑着说就是这个理，而且他在缅北那边保人平安的实力还是有的。

苏雅兰不怀疑他的实力，这事宋毅已经做好决定，她也就不再干涉。转而关心起乔雨柔来，问她在学校吃住什么的习惯不，她还是希望乔雨柔能够搬出来住。

但在这个问题上，乔雨柔还是坚持自己的原则，说她在学校住习惯了，上课放学什么的也都十分方便，就不用干妈费心了。

苏雅兰也无可奈何，她本想多照顾照顾乔雨柔的，但见她态度坚决，苏雅兰也只好作罢。

宋毅也没勉强乔雨柔，在他看来，这正是她难能可贵的地方。对她的决定，宋毅都持支持态度，不过他也要乔雨柔答应，尽量多来家里吃饭，

看看爷爷奶奶。

这个要求是不能不答应的，乔雨柔也就甜甜地应诺下来，还说非常期待能尝到奶奶做的美味饭菜。

快到家的时候，乔雨柔悄声问宋毅："我可不可以也跟着去缅甸那边，我也想实地考察一下翡翠矿场的开采情况。我觉得，这对我做珠宝设计会有相当大的帮助。"

宋毅闻言只有苦笑，"这个我可不敢替你拿主意，你去问你干妈吧。"

苏雅兰听后，当即投了反对票，还拿话吓唬她说："小柔你一个女孩子家家的，跑去缅北那样的地方做什么。那边条件艰苦得很，想洗个澡洗个脸什么的都不方便，而且那边蚊虫什么的特别多，小柔你受得了吗？"

"厂里的老师傅们都能去，我比他们好多了。我也不怕吃苦的，只要能去翡翠矿场考察，什么苦我都能吃的。"

乔雨柔抬起头来，挺直胸膛，鼓足勇气说道。

这心思她都藏了一下午了。她虽然不像厂里的老师傅对翡翠那样狂热，但对翡翠的热爱同样是毋庸置疑的。

每次看师傅们解石，面对着神秘莫测的翡翠，乔雨柔的心底除了期待和紧张外，都会不由自主地想象当初宋毅是以怎样的心态去赌石的。赌石的风险她也算见识过了，即便厂里那么多经验丰富的老师傅，也没办法准确预测每一块翡翠的表现。

即便玉器厂不需要他们承担风险接受损失，但乔雨柔仍旧能感觉到他们心底那份莫名的紧张情绪。

想到这些，乔雨柔就越发想知道，宋毅当初去云南赌石的勇气究竟有多大，眼光有多准。而后宋毅又深入缅甸，成功将程大军救出来，又和特区建立起了良好的关系，以至于和他们合作机械化开采翡翠矿石。这不仅需要莫大的勇气，更需要审时度势的眼光，这正是宋毅让她佩服的地方。

现在，在乔雨柔眼里，宋毅就是一个完美的人，对她又格外好，帮了她很多，不管在生活上还是在事业上。而且这种帮助还都是那种不求回报的，听她叫一声哥哥，他就心满意足了。

这让她总想着追随他的步伐，哪怕只是去他曾经待过的地方看看也好。这翡翠矿场是宋毅苦心经营的，也是他事业起步的地方，就是乔雨柔最想去的地方之一，趁着现在有这样好的机会，乔雨柔自然不想错过。

苏雅兰则语重心长地对乔雨柔说："我们也知道小柔你能吃苦，可关键在于，我们舍不得让你放着好好的生活不享受，偏生去受苦。"

"宋毅哥哥不是也要去的吗？干妈你怎么就舍得他受苦。"乔雨柔辩驳道。

"男人和女孩子不一样，他去那是责任和义务。小柔你只是脑子一时发热，等过些时日，清醒过来就好了。反正，我是不同意你去缅甸的。"苏雅兰却咬定不松口。

"干妈，我真的想去看看，这对我做珠宝设计也有好处。"乔雨柔见势不妙，就开始撒娇，企图说服苏雅兰。

"小柔你不说我倒忘记了，最近由于你们要期末考试了，我就没把要做的珠宝设计交给你，本想着等你考试结束后再告诉你的，现在看来是不行啦！"

苏雅兰的态度很坚决。

"而且，小柔你不知道，这时候缅甸的阳光最毒辣，你这细皮嫩肉的过去，要是被晒成小黑妞可就不好了。你别笑，不信你问问宋毅，他去年从缅甸回来成什么样子了。"

乔雨柔说不过她，只好把求助的目光投向宋毅，希望他能支持她的决定。

苏雅兰也把目光投向宋毅，里面还带着几分威胁，宋毅连忙叫她专心开车，并回答说确实有这样一回事，也劝乔雨柔不要去，绝对会后悔的。缅甸那边的阳光特别毒，他第一次去的时候就被晒黑了不少，还害得苏眉为此心疼不已。

乔雨柔噘起小嘴很不甘心，埋怨他说："宋毅哥哥也太偏心了，凭什么我就不能去！"

宋毅呵呵笑着回答道："我一视同仁，你也去不了，这样吧，小柔你要是能征得家里人同意，我就带你一起去缅甸如何?"

苏雅兰呵呵笑了起来，还说宋毅不能因私废公。

乔雨柔则拿眼瞪他，宋毅这不明摆着欺负人吗。

现在苏雅兰和宋毅就算她的家人，苏雅兰是肯定不会同意的，她自己的父母那边就更不用想了。

乔雨柔的目光没什么威慑力，宋毅根本没受到任何影响，只让乔雨柔不要胡思乱想，放假回家多陪陪父母。

乔雨柔说:"顶多回家待一个月，这边宝卿姐姐和我约好了，要我在俱乐部这边帮忙。"

苏雅兰就笑道:"小柔要是跟着去缅甸，这边的事情就会搁置下来。"

不管怎么说，乔雨柔想去缅甸的梦想算是破灭了，这让她有些失落，但也有值得开心的地方，因为他们都是真正关心着她。

苏雅兰开车到家后，乔雨柔更深刻地感受到这份关爱，她猜测可能是因为宋毅家没有女孩子的缘故，爷爷奶奶对她都特别好。不仅关心她的学习情况，还让她多来家里坐坐，别把自己当外人。

而宋明杰在聊起金玉珠宝的一些战略计划时，也没有避开她，甚至还让她帮着出主意。

至于乔雨柔想去缅甸的事情，不用说，大家一致表示反对，乔雨柔也就彻底死心了。

因为乔雨柔难得来家里一次，连宋毅的奶奶何玉凤都睡得很晚，一直拉着乔雨柔聊天。

晚上苏雅兰留乔雨柔在家里住，家里客房有好几间，招待乔雨柔根本不成问题。这时候已经很晚了，乔雨柔也不想麻烦宋毅他们送自己回去，也就点头答应下来。

能有这样的进步，苏雅兰显得很开心，将乔雨柔安顿好，又快过十二点了。

好在这些事情不用宋毅操心，他回自己房间，先给林宝卿打电话。

虽然只是一天没见面，但林宝卿却有种一日不见如隔三秋的感觉，在

283

电话里和宋毅说了好一阵子，还让宋毅记得早点儿起来，好陪她去逛鬼市淘宝。

宋毅满口答应，说来他也真的很久没去鬼市逛了，一直忙得脚打后脑勺，待在东海的时间都没多少。倒是林宝卿父女俩，十年如一日地坚持去鬼市。即便大部分时候都买不到什么好东西，但却十分了解市场动态。

因为都要早起，宋毅就和林宝卿说早点挂了电话去休息，林宝卿还是和他说了会儿话之后才收了电话。

第二天一早，宋毅就爬了起来，还打电话过去叫林宝卿起床，说他等下就过去接她。

林宝卿还有些迷糊，但接到电话后，也马上起床，收拾洗漱又稍事打扮一下，以最好的状态和宋毅见面。

天亮得比较早，鬼市的人摆摊开业也比冬天的时候早。鬼市的精髓就在这上面，等天色大亮了，鬼市基本就结束了。只有在黑暗里，摆摊的摊主才能占到最大的便宜，因为这时候对淘宝者的眼光要求是最高的。

很多东西在灯光下看和白天看效果完全不同，倘若手里有好东西，自然不怕没人识货，但更多时候，这些摆摊的摊主手里百分之九十九都不是什么好的东西，他们巴不得别人把这些东西当宝买。

宋世博在鬼市开张的时候也会去转转，不过宋毅没和他一起走，跟着宋世博，想出手买东西都得斟酌一下。他还是觉得和林宝卿一起最自由，看上什么就可以拿下来。

当然，如果想要在鬼市买东西的话，出门的时候身上肯定要带上足够的钱，鬼市可都是现金交易的，银行转账那套不行。当然，如果有特别贵重的东西，数额也相当大，可以先和货主约好，先交定金，再进行交易。

宋毅出门时，就把上万块现金装在背包里，以备不时之需，在鬼市上看到好东西，就得立即下手，要是钱没带够，被别人抢先的话，那可就亏大了。

宋毅先去林宝卿家接她，刚一敲门，收拾得漂漂亮亮的林宝卿就出来了。她的打扮是一贯的青春活泼路线，白色 T 恤加蓝色牛仔短裤，天气热了，秀发也没再披着而是扎成了马尾。林宝卿的脸蛋不算是宋毅认识的女生中最漂亮的，但却是最让他觉得舒服的，而且让人越看越觉得耐看。

"林叔叔今天要不要去?"宋毅问她。

"他刚起床，要等下才能出门，我们俩先去好了。"林宝卿回答道。

她出来后，顺手把门带上。

宋毅说好，他也只是出于礼貌问问，没想着真要和林宝卿父亲一起去逛鬼市。

这时候才四点不到，四下还是一片寂静，也给了两人非常好的交流环境。宋毅主动牵起林宝卿的小手，一路耳鬓厮磨，花了不少时间才到鬼市。

还没进去，两人就感受到鬼市的热烈气氛，尽管算不得灯火通明，但却已经影影绰绰，很多人已经到了。

"莫道君行早，更有早行人。"林宝卿感叹了一句，随后又开心起来，"话说好久都没和你一起来鬼市了，不知道今天能淘到什么宝贝。之前几次和我老爸来，都没有收获。"

"随便看看，只要和宝卿在一起，做什么都好。不过我可记得你说过，我可是你的幸运星。说不定就会有什么幸运的事情发生。"宋毅笑着回答说。

林宝卿微微点头，然后拉着宋毅快步向前走。

"我也希望如此，我们赶紧去瞧瞧吧。"

两人在路上浪费了一些时间，这时候林宝卿不想再浪费时间了。

她和宋毅一起，每个摊位两人都会驻足看看。尽管林宝卿很清楚，有的货主手里从来就没出过什么好东西。因为有宋毅在身边，比起她自己，林宝卿更相信宋毅的眼光，他总能发现那些别人认不清楚价值的东西。说不定普普通通的一件藏品，到了宋毅那里就化腐朽为神奇了。

两人一路转下来，宋毅看了摊位上的藏品后，就和林宝卿交流一些藏品鉴定的技巧，这也是他自己的一些心得。他现在巴不得全部倒给林宝卿，这样他在外地，林宝卿也能从鬼市里淘宝了。

林宝卿认真地听着，也不时发出些疑问来，毕竟，很多藏品的价值现在都没有完全被挖掘出来。

宋毅也一一耐心地做解释，这情景和过去他与林宝卿一起逛鬼市差不多。在这上面，两人也有共同语言，能引起共鸣。

两人一路逛过去，看前面围了很多人，便拉着宋毅一起挤进人群去看热闹。

摆摊的摊主是个熟面孔，手里也出过一些真品，大部分都是从地下挖出来的。林宝卿他们自然是不会追究的，鬼市就是这样一个地方，即便是盗墓的东西也能出手，别人也不会追究来源。事实上，整个古玩界差不多都这样，除非是公安机关亲自出马指明某件东西是非法的。

林宝卿眼尖，一下发现了他这里比上次多出的两件东西，都是青铜器。

她悄声对宋毅说："这两件青铜器我上次来的时候没看见，也不知道是不是他最近才收上来的。这摊主姓李，之前也出手过一些真品。"

宋毅点头示意知道了，这两件青铜器，正是众人所关注的焦点。

"看来识货的人可真不少。"宋毅说。

想来也不奇怪，这时候来东海鬼市淘东西，大都是圈内的人，说起眼光和见识，宋毅也不敢说比他们都强。宋毅最大的优势在于他能知道未来的市场走向，又多出数年的经验和知识。

林宝卿也有些犯愁，如果这两件青铜器真是真品的话，想从这么多人手里抢过来，难度可不小。

当然，这一切的前提是这两件青铜器是真品，至于如何鉴定是不是，还得看个人的眼光和实力。

林宝卿当下也关注起来，其中一把是青铜短剑，特别值得一提的是，这还是把鎏金的青铜剑。

以普通人的眼光来看，这青铜剑不管是造型还是别的，都太过简约以至于简陋了，根本不够时尚拉风，他们宁愿去买那些造型好，看起来又光鲜亮丽的仿古剑。

至于另外一件青铜器，就更震撼人了，是件商尊。不仅造型精美得让人无话可说，大气磅礴，厚重又不失精巧，即便是刚入行的新手，也能瞧出这件商尊的不凡来。

现在大家的主要目光都集中在商尊上，每个人脸上的表情都不太一样。

林宝卿也觉着，如果这商尊是真的，绝对算得上是国宝级的，谁要买了回去，那就真的是淘到宝了。她还没上手，但以她的经验来看，这商尊造型和特征都符合商代的青铜器的鉴定标准。至于是不是真品，还得仔细看过再说。

再看宋毅，却把主要精力放在了那把鎏金的青铜短剑上，看来他对这把鎏金剑的兴趣更大一些。至于他是不想和别人竞争商尊还是别的理由，林宝卿也说不清楚。

大家的精力都集中在商尊上，对它的意见不太一样，至于这两件青铜器的来历，大家心底都有数。

宋毅将那把青铜短剑拿在手里仔细鉴赏，这种特别简约的青铜短剑大都是春秋战国时期的，到秦汉时，青铜器渐渐退出了历史舞台。

而战国就已经有了鎏金技术。鎏金是一门古老但又相当实用的技术，自战国以来就大放异彩，其制作方法是将金与银混合熔化后，涂在铜器表面，经温烤后固著，再加以打磨即成，华贵璀璨，颜色经久不褪。

然而鎏金器流传至今的极为稀罕，主要原因是历代以来战乱损毁，再加上器物中有金，很多盗墓贼不知鎏金的艺术价值，就按重量卖给打金匠，熔炼为金块或金元宝，所以被破坏的鎏金器物不可胜数。

正是因为含有黄金，被破坏的鎏金器物太多，能留传下来的鎏金物品不多。像这样的鎏金青铜短剑，越发珍贵起来。

亲自上手后，宋毅用手电细致地观察了鎏金青铜剑的各处细节，并掂量了一下重量，以估算是否是真品。

鉴定结果很快就出来了，以宋毅的经验来看，这把战国鎏金青铜短剑

属于真品的概率在百分之九十以上。虽然现在的鎏金技术比过去更加成熟，但宋毅没见过多少人做成这样的鎏金青铜剑。

这鎏金的部分是否是真正的黄金，倒是非常好分辨的。尤其是做成这种青铜剑的，鎏金的技术本会让黄金紧密地贴在铜器上而不脱落。但经历了几千年，再完美的技术也不能让黄金全部存在，总会有脱落和生锈的地方，就有迹可循了。

专门研究青铜器的行家往往很容易分辨出来，所以，如果造假搞得不好的话，反而会偷鸡不成蚀把米。卖不出去的话，肯定要亏本的。

宋毅把青铜剑拿在手里，鉴定出是真品，肯定不会轻易放回去。要让别人抢了去，那他可就真的得欲哭无泪了。他现在要考虑的是，以最小的代价拿下来。

他正想向那摊主询问时，却发现那个五十来岁的摊主的注意力完全被众人吸引过去了，当然，目标还是那个商尊。

林宝卿这时贴近宋毅，悄声问他这把青铜短剑是不是真的，宋毅点点头，让她帮忙配合一下，争取迅速拿下来。

眼下正是好机会，他正考虑着如何将这鎏金青铜剑拿下，那尊商尊倒是给他帮了大忙，吸引了众人的注意，也降低了这把鎏金剑的关注程度。这也不怪别人没眼光，确实是那尊商尊太扎眼也太吸引人眼球了。

林宝卿和宋毅都很清楚，八十年代曾经流行过一段时间的鎏金热，但这股热潮现在已经渐渐退了下来，刚入行的新手可能还没意识到鎏金器具的价值。宋毅既然想拿下来，那就肯定有拿下的必要。

林宝卿和姓李的货主也打过几次交道，当然知道如何能在他手里讨到好处。

林宝卿是冰雪聪明的人，哪会不抓住这样的好机会，趁着大家的心思都在商尊上，连李老板都一门心思在琢磨商尊该卖多少价格的时候。林宝卿先夸了一下他那商尊，然后才和他商量起这相对而言并不太起眼的鎏金青铜短剑的价格。

李老板狮子大开口，张口就是一万块，林宝卿就地还钱，给他还到两千块。她之前和他打过交道，也看得清楚，李老板并不是那种不懂行的人，不好忽悠。用宋毅的话来说，就只好欺负他不懂这类东西将来的价值了。

完全靠捡漏，在鬼市这里根本不可行，尤其是这些久经此道的老手，想骗过他们还是相当有难度的。

两人交涉的同时，也有不少人向他询问商尊的价格，这也让林宝卿有机可乘。

即便如此，她最后还是出到四千三百块钱，才将这柄鎏金的战国青铜剑拿了下来。

宋毅表示可以接受，林宝卿也圆满完成任务，她唯一觉得好奇的是，这商尊到底是不是真的？

等宋毅心满意足地付钱将那把鎏金的青铜短剑收入囊中之后，林宝卿就忍不住好奇地悄声问他："你怎么看那个商尊，是真的可能性有多大？"

由于围观商尊的人太多，宋毅并没有真正上手，心下也拿不准主意，不好做出判断。当下就和林宝卿窃窃私语。

"这个我还真说不明白，必须得亲自上手才能做出最后的判断。如果单从外面的造型和表现来看，确实很有可能是真品。"

"那你怎么先将这青铜剑拿下了呢？"林宝卿问道。

宋毅便微笑着回答说："这时候大家的注意力都在商尊上，很少有人关注这把鎏金青铜剑，是拿下这鎏金青铜剑的最佳时机，为什么不马上行动？那商尊就算是真的，大伙争起来的话，价格肯定不会低，我们也不一定能拿到手。比起虚无缥缈的东西，我更喜欢把主动权掌握在手里，先把握住能抓住的东西。"

"也是，现在别人想看这鎏金青铜剑的机会都没有了，我们现在是去别的地方逛逛，还是先看看这商尊的情况再做决定？"

林宝卿很佩服宋毅的果决，此时征询他的意见。两人把鎏金青铜短剑拿下之后，这短剑所占空间不大，包好装在宋毅背出来的背包里。宋毅巴不得别人不知道才好，根本没半分要炫耀的意思。

说来这也是两人早早赶到鬼市的优势所在，要真让识货的行家见到这柄鎏金青铜短剑的话，肯定早就买走了。在这鬼市，以极低的价格淘到特别好的宝贝的几率很小，能买得物有所值就不错了。眼光不好的花了大价钱买了假货，刚入行的新手打眼缴了昂贵的学费，这样的事情经常发生。

　　"能收获这样一把鎏金青铜剑，今天这趟鬼市就不算白来。"

　　宋毅说："既然这么多人都看好这个商尊，我们没理由不仔细瞧瞧，至少也得上手摸摸。"

　　林宝卿也正有此意，她逛鬼市的次数多，空手而归也是经常的事。像她们家这种专门做古玩藏品生意的，买东西花钱更是特别谨慎，如果不是十拿九稳的东西，根本不会出手，相比而言，宋毅出手就要阔绰得多。

　　于是，宋毅和林宝卿两人一边说着悄悄话，一边关注着场上的形势。两人都是察言观色的高手，尤其擅长通过别人的表现揣摩他们的心思。

　　这时，他们也都感觉得出，认为这件商尊是真品的占了半数以上，毕竟就外在表现而言，这件商尊的表现确实堪称完美，大家又从货主李兴民的口里探得口风，是最近才出土的，至于是不是盗墓的，这个大家都心知肚明。

　　货主李兴民是做惯生意的人，看了众人的表情后，虽然表面掩饰得还算不错，但有心人却不难发现他心底的得意之色。

　　宋毅虽然也感觉得到，但这并不能作为鉴定商尊真伪的标准。作为货主，看到自己的东西被人认可，而且有可能卖到超高的价格，有些得意也是正常的。想要鉴别真伪，最好的方法还是亲自上手，只是现在排在前面的人比较多，宋毅和林宝卿只好先等着。

　　没一会儿，林宝卿的父亲林方军也赶了过来，看宋毅两人也在这里等着，便问他们是什么情况。林方军也是看这里人多，肯定是有好东西才来的。

　　林宝卿简单地对他说明了一下情况，林方军对这商尊的兴趣也相当大，如果是真品，买回家放在店里的，保管能让店里客流量增加不少。

　　前边看货的人不少，但真正敢做决定的人却没几个。李兴民见势头不错，开价就相当高，说是要十五万以上才考虑，这样的价格也让很多人望而却步，这年头虽然搞收藏的基本都很有钱，但钱来得也不容易，不会随随便便就花出去的。

这也给了后面人机会，就要轮到宋毅时，宋世博也闻讯赶了过来。宋世博虽然身为东海博物馆馆长，但依然喜欢在鬼市转，而且几乎是风雨无阻。

久在鬼市的人也都习惯了宋世博的风格，他也就是看看而已，一般都不发表意见，更没见他买过什么东西，他来逛鬼市纯属研究考察，与此同时，这也可以保证他不与市场过于疏离。

林宝卿见宋世博也赶了过来，心底的情绪顿时变得复杂起来。这和宋世博只看不买的习惯有关，但宋世博的专业知识是没话说的，尤其是在青铜器的鉴定上，整个东海也找不出几个比他水平更高的。

宋世博一出马，这件商尊是真是假就可以揭晓了，虽然宋世博不会对其他人讲，但他肯定会和宋毅说的。林宝卿也在心底思量着，如果是真品的话，宋世博不出手，她这边倒是可以考虑将其拿下来。

宋毅见宋世博赶到，心下也有底了，这时候他想的不是能否将商尊收入囊中，而是鉴定出这商尊的真伪。

前面一个青铜器爱好者又被李兴民开出的价格吓走了，轮到宋毅入手鉴定的时候，宋毅将机会让给了爷爷宋世博。

宋世博自然不会跟自己的孙子客气，他来得比较晚，先前只是略略看了下，觉得异常惊艳。研究青铜器这么多年，宋世博自然明白各个时代青铜器的风格，尤其对商周的青铜器很有研究和心得。

宋世博为人正直但也有些偏执，虽然此前被徒弟背叛的时候有所改变，但他在鬼市上的表现却和以往没什么区别。他将商尊拿在手里，仔仔细细鉴定过之后，然后面无表情地递给宋毅。

宋毅已经习惯了爷爷宋世博的这种态度，只要他不阻止自己买东西就好。而且现在人多嘴杂，宋世博肯定不会告诉他鉴定结果。对宋世博来说，这也是考验宋毅水平的最佳时机，宋世博还是希望能将他一身的鉴定

经验和知识传下去。

在宋世博的亲身言教和长久以来的熏陶下，宋毅很小就将各个时代的青铜器特征和细节背得滚瓜烂熟。

这件商尊的外在表现可谓完美，宋毅根本找不到丝毫破绽。可以这样说，即便这是一件高仿品，那仿制的人肯定也是见过真品的。否则，他根本不可能做到这样的程度。

但宋毅经验丰富，不会以此就作为判断的依据，要不然，还要亲自上手做什么。

宋毅现在所做的，就是仔细甄别每个细节，看看有没有什么露出破绽的地方，是青铜器他都想弄到手，但前提得是真品。

宋毅用手指轻轻敲了敲，听了听声音，并不是特别清脆，反而有些浑浊的味道。宋毅顿时提高了警惕，随后又试验了几次，这下他听得越发真切，确实不像是完整的。说明这商尊极有可能经过修复，但光听声音根本不能准确判断它的真伪，还得从多方面做鉴定。

宋毅便借着手中手电的光亮，仔仔细细考究起这商尊的细节来。

宋毅眼光异常毒辣，凝神端详之后，很快就发现了几处有疑点的地方。首先是口足都有修补的痕迹，尽管手法相当专业，但却瞒不过见多识广的宋毅。其次是他先前听着声音有些不对劲的腰身部位，有断焊重补的可能。

宋毅最后又从头打量了一遍，差点没大声叫出来。难怪他会觉得似曾相识，这不是经过电镀补锈腐蚀处理过的吗？这种技术后来被广泛应用在青铜器上，倒不是作伪，而是用于青铜器的修复，尤其是一些矿化比较严重的青铜器的修复。

只是这对青铜器的修复技术要求相当高，青铜器的焊接要细致，不能出半点差错，在青铜器表面喷上非常坚硬细致的石墨粉，用以代替青铜器应有的"黑漆古"皮壳。

除非是专业的人士，其他人想要分辨出其中的真伪，难度还真不是一般大。

当然，这样的商尊本身还是以真品为原型的，尽管动过手术进行过修补，但在严格来说并不算是赝品，那种完全仿制的才是赝品。

只是这样一来，这件商尊也就失去了很大价值，至少，不能再把它的真正价值和它所表现出来的价值等同。

宋毅为人特别谨慎，又回头仔细研究了一阵，先前他找出问题的地方依旧存在，而且这次得出的结论更加明确，也坚定了自己的判断。

宋毅认定，这只能算是一件非常有教育意义的青铜器修补作品，拿来当教材可以，真正收藏的话，还是太勉强，何况是以这样昂贵的价格。

但宋毅并没有将他的看法第一时间告诉林宝卿父女，甚至对宋世博也没有说，而是先让他们自己鉴定，之后大家再做交流。这样的话，他们的鉴定技巧和技术才能得到更好的锻炼。

林宝卿和林方军也没开口问宋毅，而是在宋毅将商尊交给他们后，仔细观察起来。对他们来说，这是相当不错的实战机会。

等林方军他们仔细鉴定过之后，几个人这才凑在一块低声商量。

林方军问宋毅："小毅，你看这件商尊值不值十五万？"

李兴民之前就把价格报了出来，即便看过商尊的人，也会仔细斟酌一阵，再做决定。

宋毅却把目光转向林宝卿，"还是先听听宝卿的意见吧。"

林宝卿已经习惯了这样的套路，也没感觉到什么压力，很自然地回答说："这件商尊我没看出有什么不妥的地方，但是我觉得十五万的价格还是高了一些，不是很值得入手。"

"我也没看出什么端倪，感觉这件商尊倒是真品。要真是仿品的话，那也做得太逼真了。"

林方军点头表示同意，也说了他自己的看法，又把目光投向宋毅，宋世博那边林方军不指望，基本不会说出什么消息。

宋毅看看宋世博，他好像不打算开口，宋毅就回答说："我起初也和你们有同样的看法，认为这是一件真品，理由就不多说了，和你们鉴定的原因一致。但后面我又仔细观察了它的口足以及腰身，倒是发现了一些端倪。不知道你们注意到没有，这件青铜商尊虽然表面看起来完整无缺，简直可以当成艺术品来欣赏。但是，仔细观察就可以发现，商尊表面有修补痕迹，只是修复的技术相当高明，稍不注意，就会被忽略。"

林宝卿显得有些惊讶，"真修补过？我就没看出来。"

林方军也持同样的意见，宋毅解释说："这样的修复技术和之前的可能不大一样，是用电镀的方法给青铜器的表面补锈，然后做腐蚀处理。这样的修复手段虽然相当高明，但仍会留下一些痕迹。比如这件商尊，上面黑漆的颜色以及表面的处理还是有些许破绽的，尤其和保存完整的青铜器对比，就能清楚地分辨出来。除了这些，这件商尊的外戟有重做的可能，腰身部分也极有可能是断口重焊的。我估计这是件腐蚀氧化严重的青铜器，经过这一番修复之后，就变成了现在这样光鲜亮丽的模样。修复者的水平还是相当高的，不知道算不算是挽救了这件青铜器，这样的人，该请到博物馆去做青铜器的修复工作才对。"

宋世博开始面无表情，听过宋毅这番详细的解释后，虽然没说什么，却不由得微微点头，脸上也带上了一丝赞赏的微笑。

林宝卿父女俩这时也都明白过来，宋世博和宋毅的意见一致。尤其是宋世博，可谓是这方面的权威专家，在青铜器的修复上，有很多别人无法比拟的经验。

这一来，他们就不考虑拿下这件青铜器了，尽管绝大部分人都会和他们一样看走眼，如果买回去的话还是有很大机会脱手并小赚一笔的。但知道事情真相之后，林方军肯定不会冒这样的风险，那李兴民看起来也不会轻易松口，他们就干脆利落地选择放弃。

林宝卿这时说起宋毅之前在李兴民手里买了柄鎏金的青铜短剑。

林方军便让宋毅拿出来瞧瞧，这时尘埃落定，宋毅自然不用担心被人抢走，也就将那柄鎏金的青铜短剑拿出来给他们欣赏。

宋世博仔细看过后，面带微笑，难得地夸了宋毅一回。

"的确是战国时期的鎏金青铜剑，保存得如此完整实属不易。小毅你现在的水平不错，可也不要骄傲自满。"

宋毅连忙点头称是，并说还有很多地方要向宋世博学习。

林方军则对宋毅的果敢决断表示赞赏，"也亏得是小毅先将这青铜剑拿下来，要不然我们晚来一步，怕是见不到这样的好东西了。"

林宝卿开心地说："那时候大家的注意力的都在那商尊上，就连货主李兴民都没在意这柄青铜剑，才让我们顺利得手。话说，他那件商尊应该还是可以卖出去的。"

"应该没什么问题，说不定我们以后还有机会见到，或许是在拍卖会上或许是在藏家手里。不过相信以后会有更多人认清它的真正价值。"宋毅回答说。

不是人人都有他这样的眼光的，看着心动就买下来，这样的人大有人在。

"不知道他们知道真相后会是什么表情，会不会失落至极从而开始怀疑人生。"林宝卿俏皮地说。

宋毅呵呵笑着回答说："没那么严重，知道真相后，或当成教材提醒自己，或者转手给其他人就是了。"

"也是。"

林宝卿表示同意，毕竟绝大部分人都没有宋毅这样的眼光，也不会有她这样的幸运。买回家时，可能还做着捡了大漏，收藏了国宝级的宝贝的美梦。

很快，林方军就将鎏金的青铜短剑递给宋毅，说要再去转转。

宋毅自然没什么意见，这时正是鬼市人气最旺的时候，错过了也可惜。宋毅自己和林宝卿一起逛，宋世博和林方军各自去鬼市四处看看。

本来林宝卿还想再接再厉，再淘几件宝贝，可惜这一路逛来，她自己看入眼的东西都没有几个，更何况是眼界更高的宋毅。她看上的两件自认有潜力的藏品都被宋毅给否决掉了，一件是赝品犀角杯，一件是价格高于实际价值的书画。

但林宝卿并不气馁，反而玩得相当开心，和宋毅在一起的时间，过得也相当快。

鬼市结束后，宋毅将早上的唯一收获鎏金青铜短剑交给林宝卿保管。这是历来的习惯，把东西放在林宝卿那儿，一方面省去了他自己保管的麻烦，又可以给林宝卿家的店铺增加一些人气。当他们的聚宝斋店藏的精品多了，在业界的名气自然会更加响亮，林方军他们做起生意来也会更加顺畅容易。

在林宝卿家门前分别时，林宝卿显得依依不舍，并让宋毅等下过来接她去学校。

宋毅则对她说："你先回去好好睡个回笼觉才是正事，三更半夜就起床，对女孩子来说可不是什么好事。学校那边就先不要管啦，反正到期末了，不会讲什么新的内容，都是自习，在家学习也一样。"

林宝卿就问他："你今天不打算去学校了？"

宋毅点点头，"我估计今天玉器厂那边就该忙碌起来了。说来也是我多嘴惹来的麻烦，答应厂里的师傅，等我这边考试结束，就带他们去缅甸翡翠矿场那边实地考察，好满足他们的夙愿。"

林宝卿闻言当即缠着宋毅，饱满而富有弹性的胸部也紧紧挤压着他的手臂，眼神变得异常温柔。

"我也想去。"

宋毅马上表示反对，"他们都是老头子不怕被晒黑，但宝卿你这冰肌玉骨的，可不能和我们一样。我可不想到时候看你变成黑珍珠。"

"黑珍珠？"

林宝卿表示疑惑，可很快就明白过来，"其实黑珍珠也不错啊，瞧你这样念念不忘的，要不要去非洲多找几个黑珍珠？"

林宝卿说着自己都忍不住笑了出来，宋毅则轻搂住她细软的腰身，感受她的青春动人，低头吻了下去。

林宝卿头一偏想要躲开，可宋毅哪里容得她躲闪，跟着追了过去，林宝卿略作反抗后就缴械投降。很快，她也激烈地回应起来，她只是想追随宋毅的步伐，去他去过的地方看看。可惜宋毅这家伙大男子主义，根本不给她机会。

两人正甜蜜呢，耳边传来一声咳嗽声，声音不大，但却把两人吓了一大跳。红着脸蛋，羞涩的林宝卿没了一贯的大气，也亏得宋毅没有更大胆的举动，要不然她现在想死的心都有了。她连忙从宋毅怀中挣脱出来，头也不回，逃也似的奔进屋子里去了。

林宝卿很不仗义地留下宋毅一人面对刚从鬼市回家的林方军，好在宋毅这家伙脸皮够厚，但也不能表现得太过无动于衷，要不然，这未来的泰山大人会有意见的。

宋毅当下讪讪一笑，半解释半问候地说："林叔叔现在才回家，是不是淘到什么好宝贝了啊？"

"遇上几个朋友，就多聊了会儿，小毅进屋坐坐吧。"林方军听明白了他话里的意思。

"不了，家里还有客人，我也要早点回家，林叔叔，我就先告辞了。"
宋毅可不想这时候进屋，那会更尴尬。

"年轻人还是要注意影响。"林方军最后还是忍不住说了一句。

"林叔叔说得极是，我会注意的。"

宋毅一副受教的态度，毕竟刚刚在人家面前非礼他的女儿，总不能当做什么事都没发生过。

林方军也没为难他，宋毅和林宝卿从小青梅竹马，现在也到这年纪了，有些事情是注定会发生的，只要注意场合，他们做长辈的也没有意见。

回到家，宋毅暗自庆幸逃过一劫，他和林宝卿慢悠悠地回家，就是想多相处一会儿，却没想到会有这样的事情发生。

不过这也算是好事，至少林宝卿不会缠着他去缅甸了，也省了他费劲解释，昨天才刚劝服了一个乔雨柔呢。

缅甸又不是什么风景秀丽的好地方，为什么林宝卿和乔雨柔都嚷着要去？至于这个原因，宋毅自然是明白的，要不是为了他，她们肯定是不会想去的。所以在劝服她们时，虽然很是为难的样子，但心底还是十分开心的。

宋毅到家的时候，乔雨柔已经起床了，看宋毅从外面进屋，乔雨柔微笑着和他打了声招呼。

"小柔起得好早，怎么不多睡会儿，你不是择床吧？"宋毅关心地问她。

乔雨柔甜甜地笑，脸蛋上两个小酒窝显得越发可爱。

"我才没那么娇贵，昨天晚上睡得很好。宋毅哥哥你这是去哪了？"

宋毅回答说去鬼市转了一圈回来，乔雨柔的小嘴当下就翘了起来，"真偏心，都不叫我一起去。"

宋毅笑道："我们半夜就起来了，真叫小柔的话，你的睡眠就更不足了。而且鬼市黑灯瞎火的，里面什么东西都有，我还怕吓坏了小柔妹妹呢。"

"我才不怕呢！"乔雨柔嘻嘻一笑。

"有宋毅哥哥在啊，宝卿姐姐和你一起去的？"

宋毅说是，乔雨柔就笑，"难怪你不肯叫我一起去。"

"小柔你想太多了，根本没那回事。"宋毅解释说。

"没有才怪。"

乔雨柔似乎是认定了如此，感觉她对昨天晚上被拒绝去缅甸的事情还有些耿耿于怀。

"只要你不害怕，下次有机会，我再带你一起去鬼市逛逛。"

宋毅看明白她的心思，越发觉得她可爱无比，像这样偶尔逗逗乔雨柔还真是相当有趣的一件事情。

"这可是你说的，到时候可不许反悔。"乔雨柔乐呵起来。

宋毅笑道："当然，你看我什么时候说话不算话的。"

"还真没有呢。"

乔雨柔本来心底没有疑惑，可还是仔细回想了一下，宋毅的确说到做到。

"去之前我会提前通知你的，也好让你早点做好准备，免得睡眠不足，白天无精打采的。"

宋世博在宋毅之前就回到家中，等早餐做好后，大家一起吃早餐。

苏雅兰也问起宋毅今天的安排，宋毅说要去玉器厂那边看看厂里师傅们的报名情况。

宋明杰也听说了这件事，就让宋毅千万要把好关才行，要是哪位师傅出了什么事，这个责任可就大了。

这方面的事宋毅特别慎重，所以他才会征询他们家里人的意见。因为时间比较紧迫，名单也要尽快确定下来才行，否则办手续的时间都没有，这点他昨天已经和厂里的师傅们说得很清楚，相信昨天晚上回去，他们就会和家里人商量，能不能去，今天也应该有结果来了。

苏雅兰还担心宋毅一个人忙不过来，说去玉器厂那边帮忙。和厂里师傅的家人联系，苏雅兰作为女性，在这方面也是有优势的。珠宝公司的事情也不是每天都那么忙碌，在没有进一步的扩张计划之前，按部就班地进行是最好的。

至于乔雨柔，被宋毅送回学校去了，免得她再闹嚷着要去缅甸。林宝卿那边宋毅想要打发也简单，让她自己把写书的事情和俱乐部的事情都办妥了再说。

开车送乔雨柔去学校后，宋毅和苏雅兰还是先去淮海路的金玉珠宝总店露了个面，然后才开车去玉器厂。

半路上，宋毅的手机就响了起来。宋毅在开车，没办法接电话，就由苏雅兰来接了。

接了电话之后，苏雅兰差点忍不住笑出声来，宋毅也相当无语，原来是玉器厂的张春良打过来的。

张春良问他们在什么地方，还高兴地说他已经成功说服家里人让他去缅甸实地考察了。

苏雅兰还是那个态度，要和他家人通过电话后才能确定。

张春良胸有成竹，径直将号码报给了苏雅兰，还说他肯定是第一个成功报名的人。

"这张教授性子怎么跟个小孩子似的。"苏雅兰收了电话后，呵呵笑着说。

"都说是老小孩嘛。而且像他这种疯狂热爱翡翠的人的，对翡翠产地的向往之情是旁人很难理解的，不过我倒是很好奇，他是怎么说服家里人的。"宋毅回答说。

"打个电话问问不就知道了。"苏雅兰说着就开始拨电话，张春良和厂里很多师傅一样，家庭条件非常富裕，有手机也不奇怪，他们根本不是为那点工资来玉器厂上班的。

张春良告诉苏雅兰的是他们家的固定电话，电话拨通之后，那边是张春良的老伴接的电话，苏雅兰直接说明了来意。

"我是金玉珠宝的苏雅兰，我想问下，张教授有没有和你们说起他想要去缅甸翡翠矿场进行实地考察的事情？本着为厂里师傅负责的态度，是要求他们必须先征得家人同意的。所以我想问问你们的态度。"

"你说这事啊，我也正想和你们提呢。老张昨天晚上回来就跟我们提起过这事，非常激动的样子。他都这么大年纪了，我们自然不放心他千里迢迢去缅甸。可他说去缅甸翡翠矿场实地考察，是他这辈子最想做的事情之一，叫我们不要妨碍他实现梦想。缅甸那边的形势我们也不太清楚，只是听人说不太好，会不会有安全问题？"

张春良的老伴说起这事也是头疼不已，张春良退休了不肯好好休息，跑去金玉珠宝上班他们还勉强可以接受。可他这回还要去缅甸矿区搞什么实地考察，这在他们看来，就有些过分了，要是有什么差池的话，是会让人抱憾终身的。

"我们金玉珠宝在那边有自己的翡翠矿场，如果路上不出什么问题，安全方面基本是不用担心的。但风险肯定也是有的，我们也考虑到师傅们的身体状况，所以才想征求你们的意见。本来这次只是按常规过去取翡翠毛料，昨天厂里的师傅们都说要去那边看看，进行一番实地研究考察，这也让我们比较为难，但也不能这样拒绝，所以才想和你们一起商量商量。"苏雅兰回答说，也表明她的立场和态度，并不是金玉珠宝组织去实地考察，而是厂里的师傅们主动要求去，这一来苏雅兰他们可以占据主动权。

张春良的老伴也很为难地说："这个老张跟我们说过，我们也知道你们很为难。但我还是想问问，有没有办法取消这次行动，如果你们不去的话，那老张他不也没办法跟着一起去了。"

苏雅兰苦笑着说："我们都好几个月没去缅甸取翡翠毛料了，矿场的管理也都托付给别人，要是再不去的话，肯定是不行。但我们也和张教授说好了，如果你们那边不同意的话，我们是肯定不会带他一起过去的。"

"老张的性子相当倔强，一旦认定的事情，九头牛也拉不回头。昨天晚上他跟我们说的时候，我们当然反对，他就说我们这是拖他的后腿，阻拦他实现梦想，让他毕生的希望成为遗憾。他一直惦记着出版翡翠的书，之前准备的资料就不少，可他总觉得缺少些东西，说是要亲自去缅甸的翡翠矿区实地考察才能写好这本书。老张最后还跟我们说，要是我们不同意的话，他就一直住在玉器厂不回家，这叫什么事儿，以他的脾气，真闹将起来，还真能说到做到。"张春良老伴苦笑着说。

苏雅兰连忙说："这也是我们工作做得不好的缘故，给你们添麻烦了，当初把张教授招进玉器厂来，就给你们造成了太多的困扰。"

"这不怪你们，我跟着老张这么多年，也清楚他的脾气，进玉器厂工作的这段时间，是他这辈子最开心的日子。这次要去缅甸，我们也是担心他的身体。既然他打定主意要去，我们也只有全力支持他。对了，你们这次去缅甸要待多久，那边的生活条件怎么样？"

张春良老伴这时也表明了他们的态度，转而问起了相关的细节问题。

苏雅兰也就她提出来的问题逐一做了解答，说实话，这还真是件费力不讨好的事。倘若是宋毅自己一个人去的话，根本就不会有这么多的麻烦。

但从另一个角度来说，这些麻烦也是值得的，能让玉器厂更有凝聚力，也实现了苏雅兰当初对受聘进厂的师傅们的承诺，帮他们完成心愿实现梦想。

第十一章 组织专家考察缅甸翡翠矿区，
维护市场建立规范翡翠鉴定标准

宋毅带着考察团的一众专家教授远赴缅甸考察。老专家们历尽艰辛终于得偿所愿，铆足了劲儿要出版几本关于翡翠鉴定标准的好书。这正是宋毅此行的目的，给他们提供最好的考察环境，充足的翡翠原石，翔实的第一手资料，再加以适当的引导……宋毅希望借助专家们建立一套规范化的翡翠鉴定标准，防止坏人利用翡翠市场没有具体标准而浑水摸鱼，以假乱真，鱼目混珠，欺骗消费者，进而搅乱整个翡翠市场。

和张春良老伴这通电话打下来之后，宋毅都快把车开到了玉器厂。

苏雅兰的这通电话，他都听得清清楚楚。在答应厂里的师傅带他们去缅甸时，他就料到会有这样的场景。无论对他们自己还是对他们的家人来说，这都是一个相当重要的决定，有些冲突和矛盾也是在所难免的。但大家的出发点都是好的，只是理想和现实本来就有很多冲突的地方。

苏雅兰挂了电话，半带埋怨地责备宋毅说："看看，都是你闹出来的事情，都影响别人家庭和睦了，要是张教授真离家出走的话，我们可是得负责任的。"

宋毅却呵呵笑着说："为了实现梦想，离家出走算什么。"

"真不知道除了离家出走这样的套路，还会不会有别的花样，比如绝食、关自己禁闭之类的。"

苏雅兰又好气又好笑，她也只是说说而已，这事情怎么都怪不到宋毅

头上来。真要怪的话，也只能怪他们对翡翠太热爱，但这也没什么错。

"这可说不准，不过很快我们就能知道了。"

宋毅对此倒是很期待，不知道这些老小孩们又会闹出什么花样来。

苏雅兰拿宋毅没辙，更对这些老师傅们没办法，她现在也只能祈祷这次的翡翠矿场实地考察研究顺利进行。

宋毅也看出了她的担忧，笑着说："老妈你也不要太担心，你什么时候看我做过没把握的事情。而且人都得为自己的行为负责任，把什么都往自己身上揽可不是好习惯。"

"有你说得这么轻松就好了。"

苏雅兰白了他一眼，心想等下玉器厂肯定会更热闹。也亏得她有先见之明，跟着过来帮忙沟通处理，要不然宋毅一个人还真忙不过来。当初也是她把厂里的师傅们招聘进来的，她觉得有必要为他们多考虑。

说话间，宋毅开车进了玉器厂，下车进去之后，张春良就迫不及待地走了过来。

"小毅你打过电话没，我可真没说谎，我家里人都同意我去缅甸实地考察了。"

张春良红光满面，表达他坚决的态度。

"我们打电话和他们沟通过了，张教授这次算通过了。不过在去缅甸之前，我希望张教授能做好充分的准备，如果张教授想写书的话，相关的资料最好也要先准备好。我也要提醒您一下，这趟考察会相当辛苦，不管是身体上还是心理上都是如此，希望张教授能够坚持下来。"

宋毅点点头，虽然张春良用的手法很老套，但在斗争的时候，这样的手段往往很管用。宋毅当初去缅甸，采用的就是先斩后奏的办法，管用就行。

"这个自然。"

张春良一听宋毅这边通过之后，顿时开心起来，转头得意地对身边的于师傅说："就跟你说我没吹牛，怎么样，见识了吧。"

"老张你用的什么手段说服家里人的，也教我两招。我昨天跟他们一

提，一个个坚决摇头反对，任我怎么说都不行。"

于义又是羡慕又是沮丧地说。他也清楚，宋毅说话一向算数，他不可能带上一个家人不同意的去缅甸，那样他得负更多的责任。

"天机不可泄露。"张春良得意地说。

最主要的是，他用的方法不怎么光彩，不好意思说出口。张春良得意也不无理由，昨天是他第一个提起要去缅甸翡翠矿场考察的事情，今天也是他第一个获得家人同意，并成功获得去缅甸资格的。

"老张你不要藏私，说说嘛，让我们也分享一下，你一个人去缅甸考察也没什么意思不是？"

厂里另外一名老师傅王汉民也对他说道，不用想也知道，他也没征得家里人同意。

张春良越发得意起来，也卖足了关子，大谈自己家里人思想开放之类的废话。

听得苏雅兰和宋毅只想笑，这些老师傅也太好玩了。

宋毅也敏锐地发现，今天到玉器厂的人还没昨天本应休息的人多，不过原因也不难猜，估计都在和家里人纠缠呢。

除了张春良外，厂里还有几位师傅征得家里人同意了，兴高采烈地来向宋毅报告。要说宋毅这招相当奏效，家人是否同意，打个电话就能清楚，想蒙混过关基本是不可能的。

本着为他们也为自己负责的态度，苏雅兰也和他们的家人逐一进行了沟通。几个说是征得家里人同意的师傅都没说谎，说谎也毫无意义。

不过他们和家里人的斗争手段也真如苏雅兰预料的那样，非常多姿多彩，有说要绝食的，有不肯睡觉的，有说离家出走的，还有威胁说要放火烧家的。

听得苏雅兰目瞪口呆，她也算见识到了这些狂热的翡翠爱好者疯狂的一面。为了实现心底的梦想，去他们心目中的圣地进行考察，真是什么事情都做得出来。

但除了这些事情外，他们的表现都相当优秀，尤其是他们精湛的手艺，为金玉珠宝打造了许多堪称经典的珠宝作品，为金玉珠宝的发展做出了巨大的贡献。

而后，一些师傅也陆续开车赶到玉器厂，基本都是来向宋毅告捷的，他们在和家人的斗争中占了上风，成功获得他们的同意，有资格去缅甸的翡翠矿场进行实地研究考察，这可是很多人想但没机会去的。

也亏得他们进了玉器厂，有宋毅这个翡翠矿场老板在，否则，想去缅甸一趟都是奢望，更别提进入翡翠矿区这样的重要地区了。

对通过考核的师傅，宋毅一一吩咐他们先做好各方面的准备。虽然这时候再锻炼身体已经为时过晚，但提前准备好一些应对措施总是好的。尤其是一些身体有些小毛病的师傅，更要把常用的药品器具之类的提前准备好。

他们报了名还不算，宋毅这边要忙的事情还很多，要帮他们办理出国的证件，等全部人数统计下来之后，还要和丁英那边提前打声招呼。不声不响地带这么多人过去，即便宋毅在那边的面子大，也总是会有不便。

至于那些还没来上班的师傅，不出宋毅的预料，都还在家里和家人纠缠。

来厂里上班的师傅，有资格去缅甸的自是开心不已，不能去的则寻思着再找机会说服家人。这天玉器厂的主题依旧是看石头、解石头。

昨天，厂里的师傅们都没动手解石。一方面昨天李汉明解石失败给了他们警告。他们自己也意识到这些天有些心思浮躁，不适合解石，干脆就没有动手，多研究研究，仔细观察之后再来解石，谨慎一点，什么时候都不会错的。

苏雅兰则一直忙着给厂里师傅们的家人打电话，她一个人还忙不过来，有些电话则由宋毅来打。得向他们详细讲解去缅甸的事情，宋毅还不得不将他的底细说了出来。当然，这其实已经不是什么秘密了，他在缅甸的翡翠矿场已经经营得相当稳固。

等核对完之后，把初步的名单拟定下来，宋毅也寻思着，是不是先给丁英打个电话过去通通气。

考察团去缅甸翡翠产区实地考察的日子定在考试结束后第三天，宋毅把学校的事情结束后，留了一天时间处理东海的事宜。

　　至于缅甸那边，宋毅早就和丁英打好了招呼，而且几个翡翠原石矿场一直都比较稳定，不用担心什么。

　　丁英也表示，热情欢迎他们的考察团前去翡翠矿区做实地考察。丁英现在越发珍惜手中的权利，对待宋毅也越发客气。加上宋毅这次过去，又会带给他更多的经济利益，虽然丁英很不想承认，可缅北这边，也只有资源可卖，要真搞其他的，别人是肯定不会去他那么偏僻的地方的。

　　宋毅就和何建一起，带着考察团的一众老师傅们，远赴缅甸进行考察。

　　算上宋毅和何建两人，整只考察团一共有十五人，除了他们两个小伙子外，其他的十三个人都是五十岁以上的老人。只是他们年岁虽然不小，可精神却异常饱满，一个个眉开眼笑的，心情相当愉快。

　　想来也是，在说服家人的斗争中，考察团的这些老师傅们都战斗到了最后，才有了这次出国考察的机会。都说越难得到的机会，大家越会珍惜和重视，真是一点都不假。

　　临出发前，宋明杰和苏雅兰也是千叮咛万嘱咐，要宋毅和何建两个年轻小伙子承担起照顾考察团众多老师傅的责任，还说要是他们出了什么问题，回来就拿他们俩是问。

　　除了他们两人外，机场送行的人中还有很多老师傅的家人，他们虽然被说服了，可还是十分担心他们的身体和安全。

　　宋毅和何建自然不敢懈怠，上机前又是当苦力又是当导游的。好在金玉珠宝的这些老师傅都是经验丰富的老手，素质也都比较高，像张春良他们，原来还是大学的教授，根本不会给他们添不必要的麻烦。只是他们年岁大了，行动和手脚自然比不得年轻人，很多事情都要宋毅和何建帮衬着。

　　宋毅也深感责任重大，但对他来说，组织老师傅去缅甸的翡翠产地考

察，是件非常有意义的事。

像张春良等几个老教授，一直都有写书的计划，热爱翡翠的他们都想亲自去翡翠矿场实地考察，可惜以前缅甸的翡翠矿区根本不对外开放，对外人来说，那里就是一块神秘的地方。而宋毅提供了这样的好机会，不管是做研究，还是圆梦，对这些老师傅们来说，都是件莫大的功德。

何建的感觉还好，反正大事有宋毅扛着，他跟着帮帮忙就行。

他此行去缅甸，主要是想开发缅甸那边的珍贵木材市场，为家具厂增添新业务。现在几人合资的家具厂完全是由何建在负责，宋毅和林宝卿自己的事情都忙不过来，根本顾不上家具厂这边，这就给了何建大展拳脚的机会。

他寻思着将家具厂做大做强，进而向家装市场进军，这也得到宋毅和林宝卿两人的支持，还表态说，只要何建有能力去做，他们都会无条件地支持他。

开发缅甸的木材这事，宋毅之前就和缅甸那边的丁英谈过，丁英也是欢喜不已，缅北这边的自然资源相当丰富，还保留着各种原始森林，如果能将木材市场开发出来，对他来说，又将是相当大的一笔收入，比单纯只卖翡翠资源要好得多。

宋毅和何建两人忙着将考察团一行人安置下来，由于人太多，买的都是经济舱，大家的座位都连在一起。班机是从东海飞往昆明，然后再乘车去缅甸，宋毅轻车熟路，一切安排得十分妥当。

直到飞机起飞，宋毅这才稍稍缓了一口气，但他还是担心老师傅们适应不适应坐飞机，晕机药之类的东西早就准备好了。好在没有出什么异常，第一次乘飞机的王师傅等人，除了兴奋还是兴奋。

过了海关，就正式进入缅甸境内。

缅甸那边接到丁英的命令，对待宋毅和考察团一行人，都特别客气。

这让何建他们感觉到特别提气，宋毅却是一脸的淡定和习以为常。

"欢迎欢迎，你们可算来了！"

到了地方，丁英亲自出来迎接他们，场面也被他搞得相当热闹。

"丁司令的气色不错啊，这几天一定睡得很好。"

宋毅也热情地和他打招呼，这些礼节上的东西，他从来不会缺。不过宋毅没说出来的是，明显看得出来，这胖子比过去憔悴了很多，看来这阵子没少操心。他心里腹诽，这也是减肥的好方法，多来几次的话，说不定他就能减肥成功了。

丁英开心地说："是啊，多亏小宋你的护矿队帮忙，这次来缅甸，可要多待一段时间，我们好好叙叙。"

宋毅笑道："那我就多叨扰丁司令了。"

"说哪里的话，我可是求之不得呢。"

丁英脸上的笑容很诚恳，他这话倒是出自真心，这次冲突事件让丁英大伤元气，要没有宋毅护矿队的帮忙，他这次就要倒霉了。这宋毅，简直就是他的大贵人，他怎么着也不能得罪他的。

"丁司令太客气了。这次我们的考察团来翡翠矿区进行实地考察，还要丁司令行个方便。"

"好说好说。"

丁英也相当干脆，马上吩咐下去，让下面的人制作牌子，可以让考察团在境内自由出入，还会受到保护。

宋毅又给丁英介绍了同来的专家，顺便把何建介绍给丁英。

"这是和我从小一起玩到大的好兄弟何建，现在做木材家具生意。不光是东海，整个中国对木材，尤其是柚木这类珍贵木材的需求量都相当大。我知道特区这边有很多未开发的森林，里面的木材数量相当丰富，丁司令又是如此热情好客，所以就介绍何建过来了，丁司令以后可要多照顾照顾啊。"

丁英又热情地和何建握手。

"小宋的兄弟就是我丁英的兄弟，我们特区这边别的东西不多，但这木材，绝对多到无法想象，等下我们仔细商量，看看该如何开发木材市场。"

何建一脸笑容地说道："宋毅早就跟我说起丁司令豪爽仗义，今日一见，果然名不虚传，我想我们以后的合作会相当愉快的。"

场面话人人都会说，何建和人打交道的经验也相当丰富，这时候和丁英应对起来一点也不虚，有宋毅在他身后，何建当然不畏对方的地位。

他做木材生意，和宋毅做翡翠生意其实差不多，都是建立在双方互惠互利的基础上的，何建现在做生意的风格也受到宋毅的影响，大局观特别好，不会在小细节上斤斤计较。

何建此次来缅甸就是为了开发这边的木材市场，这也需要进行实地考察，因此他不可能跟着翡翠矿区的考察团一起行动。知道他是宋毅的好兄弟，又关系到特区经济的又一大来源，丁英自然会特别招待他，他打算派手下一个经验丰富的当地人和他一起去考察。

宋毅也特别嘱咐何建，让他自己注意安全，倒不是说害怕丁英会使坏，而是要到那些没开发过的原始森林，需要特别注意，饮水住宿，防虫防蛇，方方面面都得考虑到。

何建来之前就有准备，他也表示会格外小心，叫宋毅不用担心他，管好他自己和考察团就成了。

考察团一行人也对这边的风俗习惯特别感兴趣，比如穿着看起来是裙子其实是裤笼的男人，他们都喜欢嚼槟榔；女人们脸上涂抹得白花花的，脖子上戴着金圈，喜欢用头顶着食物，林林总总，和国内的差别很大。

来过几次的宋毅现场当起了解说员，说道："女人脸上涂抹的东西，是种叫做坦纳卡的东西，还有个好听的名字叫做香木粉，是用坦纳卡树的树皮制作的一种米色糊状粉液，缅甸的女人不管老幼美丑，未婚还是已婚，都喜欢用来涂抹在身上。有的男人也爱涂。"

"缅甸这边紫外线强，她们相信，这种香木粉既可以防晒，又可以防蚊虫，还有美容养颜的功效。她们虽然买不起价格高昂的防晒霜，但可以用这种廉价的天然有机的东西来替代。"

用过餐之后，丁英又拉着宋毅，两人私底下去商量些事情，宋毅就叫考察团的师傅们先休整一阵子。

本来丁英之前是不想宋毅太多介入他们特区的事情的，后来，迫于无

奈要护矿队来帮忙，丁英也付出了代价，他主动放弃了翡翠矿场百分之五的利益。这时就是兑现他的承诺的时候。

宋毅看出丁英的不情愿，但是自己也不可能放弃那百分之五的利润，所以又给丁英指了条新的发财之路。

"翡翠矿场这边由于是采用机械化开采，为此节省出来很多人力物力。我觉得，特区的经济想要进一步发展壮大，这些节省出来的人力物力就要尽可能利用起来。不管是用来采伐木材，还是挖掘其他的宝石都是相当不错的。特区的资源相当丰富，光宝石就有很多种，红宝石和蓝宝石在国际上都很受欢迎，还有碧玺和琥珀，都是非常有市场前景的。除了翡翠，其他宝石的开采并不太适合机械化开采，简单说来，投入和产出不成正比。丁司令也知道，我们金玉珠宝规模日益壮大，对各类宝石的需求都很大。这些宝石都需要我们去采购，大家都这么熟了，特区这边的宝石，只要符合要求，我们金玉珠宝会全部收购，丁司令大可放心派人手去开采，价格你也知道，我们的收购价格一直相当公道。"

丁英也很清楚，宋毅说的都是实情，这次他虽然损失了一部分利益，但宋毅又给他指出了新的发展途径，也算是对得起他了。

宋毅又强调了一遍，让丁英多关照他的好兄弟何建，丁英自是满口答应，在他看来，这何建就是另一个财神爷。缅甸的木材资源丰富得很，可惜一直以来都没得到很好的开发，尤其是大规模地开发，小打小闹的生意丁英也看不上眼。现在和何建合作，将木材直接销往中国的话，赚头肯定不小。

考察团的老师傅们此次来缅甸的主要目的，就是考察翡翠产地的情况，他们自然不想在丁英的老巢浪费时间。这边也确实没啥好玩的，和东海的繁华热闹根本没法比。

在大家的一致要求下，和丁英协商完，宋毅就带着他的专家团连夜出发，去翡翠矿场考察去了。

何建留在这边，宋毅也不用担心他，何建胆子本来就大，这些日子又走南闯北收集珍贵木材，这点阵仗他还是应付得了的。

路况的糟糕程度并不在大家的预料之中，尽管宋毅已经尽他所能，找来了最好的车辆，可大家还是不习惯，得牢牢抓住身边的东西才行，要不然，真担心会被震下车去。

他安慰大家说："忍忍就好，等到了矿场大家再好好休息。其实这已经好很多了，我们开采翡翠矿场后，还对这道路进行过维修，虽然颠簸了些，但起码能顺利到达。最初我们来的时候，这条路更不堪，经常走着走着车子就陷在泥坑里，哪怕是深更半夜大雨滂沱，都要下车去推车，弄得一身跟泥猴似的。要不然就只能步行过去，那才真叫苦不堪言。"

大家听了，都惊讶地张大眼睛，想想国内走到哪通到哪的水泥路，实在想象不出宋毅曾经吃过的苦。

他们倒是特别佩服这边的司机，水平可不是一般的好，即便在这大晚上的，在这颠簸的路上开车也如履平地，大有一往无前的气势，一直平稳地操作着，根本不畏惧任何颠簸。

好不容易熬到快天亮了，才到了离得最近的一座翡翠矿场。

这一路行来，速度还是相当快的，只是苦了车上的一众人等，到了地头，大家这才觉得解脱了，感觉整个身子骨都快被震散架了。

好在宋毅早有安排，翡翠矿场这边的条件虽然简陋了点儿，但基本的设备还是有的。听说宋毅和考察团的一众师傅要来，周益均他们早就做好了准备，休息的床位、烧好的热水、水果，应有尽有。

休息其实很简单，因为这是夏天，有张凉席躺下就行，至于风扇空调之类的东西，在这地方想都别想，有把扇子就不错了。

宋毅先安排考察团的老师傅们休息下来，并对他们表示报歉，大家一把年纪，还要受这种颠簸之苦，实在有些对不起他们。

老师傅们马上表示没什么，还说不让他们来，他们才是真的要声讨宋毅，这次他们来考察，就是为了圆梦，这点苦根本算不得什么。

老师傅们的精力都比较好，略略休息了一阵，就迫不及待地催着宋毅出发。

宋毅对翡翠矿场很熟悉，且不说他前世就经常来往于这一带，重生之后，他更是把大部分精力都放在经营这翡翠矿场上。由于有着先知先觉的优势，在翡翠矿场的开发上，宋毅也可以少走很多弯路，直接往翡翠矿石最多的地方去挖就行。

　　当然，这话宋毅是没办法说出口的，他请这些老师傅们来，也有拿他们来混淆视听的考虑在里面。

　　缅甸的翡翠矿场很多，考察团的老师傅们都知道这点，所以他们才会催着宋毅，要早点进行考察。

　　由于宋毅这边的几个翡翠矿场都采用了机械化开采，而且在安全性上面做得相当不错，宋毅也不用担心老师傅们在矿场的安全问题。他在安全问题上非常上心，谁叫他前一世就是因为这边矿场的安全问题，被埋在地下的呢。

　　张春良一众老行家如今得偿所愿，他们都是喜爱翡翠的人，这次能亲自看到翡翠开采的情况，他们都带了相机来，难得有这样的机会，自然要把第一手的资料带回去，尤其是张春良回去准备出书的，翔实的第一手资料可是相当必要的。

　　一行人在摩西砂翡翠矿场待了两天，考察团的老师傅们自行去实地考察，宋毅也把这段时间积累下来的事情处理好。比如最新一批要运往东海的翡翠毛料，现在已经形成了一个制度，这边也有丁英的人参与评估每块翡翠毛料的价格，然后宋毅挑选出一部分，计算好价格后，给丁英五分之一，再将这些好一些的翡翠毛料，一股脑地运往东海。

　　至于那些白色的和无色透明的翡翠，一直是被宋毅以捡垃圾的形势，大批量运往东海。再过数十年，别的不说，光这些被当做垃圾运回东海的翡翠，价值百亿以上不成问题。

　　宋毅虽然在这边做了很多的安排，但他也清楚，把翡翠毛料放在这里，终究不安全，还是全部运回东海，更让他安心。

　　期间，宋毅也检查了矿场各个方面的运作情况，他最重视的，除了翡翠毛料的开采外，就是护矿队的建设了。

在周益均这些退伍老兵的介绍下，越来越多的退伍军人被征召过来，宋毅给他们开出的待遇也相当优厚。护矿队除了保护矿场的安全外，还有对外的威慑力。

护矿队的人数已经超标了，这也是宋毅的授意，等香港那边苏眉将打捞船的事情搞定之后，他要从这边抽调一部分人去保驾护航。人数充足的话，也便于大家轮换，长年累月待在缅甸，大家也会觉得没意思。

在一众老师傅们的强烈要求下，他们前往下一处矿场依然是晚上启程，为的就是节约时间。

到了下一个翡翠矿，考察团的老师傅们稍事休息，吃点儿东西喝点儿水之后，便又兴致勃勃地去做他们的实地考察了。

宋毅则继续听听下面的汇报，把翡翠矿场的事情处理妥当。

这边的矿场装有卫星电话，晚上宋毅打电话回东海，向家人报平安。宋明杰夫妇最担心的不是宋毅，而且是考察团的这些老师傅能否适应缅甸这边的生活。宋毅把这边的情况也跟他们说了，由于来缅甸之前大家就做了充足的准备，矿场这边也提前做了安排，没什么意外发生，这才让宋明杰夫妇放心下来。

除了宋毅之外，考察团的老师傅们也纷纷给家里打电话，报平安，不过他们都知道这边的电话费贵得吓死人，基本都是说了没几句就挂电话了。当然，他们之所以把电话挂这么快，也是担心，害怕家里人催着他们早点回家。

对这些热爱翡翠的老师傅们来说，这里无疑就是他们心中的天堂，一个个巴不得多在这里待上一段时间，又怎么舍得轻易回去。尤其是张春良和王汉斌，他们这类做学术研究的，更是恨不得多搜集一些珍贵的资料，好为他们的书籍和理论做参考。

宋毅也有意做这方面的研究，不过他自己懒得动手，有张春良和王汉斌他们这样的专业人士在，他也可以省心不少。宋毅只需要提供给他们最好的调查研究环境，再适时指引一下就好，毕竟，宋毅对这方面的东西懂得也挺多的，还有他们所不具备的超前眼光。

宋毅想借他们的手，建立一个比较规范的翡翠标准，防止一些家伙浑水摸鱼，拿假货欺骗消费者，搅乱整个翡翠市场。宋毅对这类人可谓是深恶痛绝，可在没有建立起一定的标准之前，这类奸商是绝对不会退出市场的。

　　现在，宋毅是最大的翡翠原料供货商，将来的幸福生活也就指望着翡翠市场，自然不允许有人坏了规矩，让广大消费者对翡翠产生不好的，甚至是抵制的情绪。

　　建立自己的一套标准，可以最大限度地遏制这类现象的发生，虽然不能做到完全防范，但起码能减少负面影响，也能让消费者们明明白白地进行消费。

　　如果以宋毅自己的名义出书或者制定行业标准的话，别人可能会不服，也容易受人指责，但让张春良和王汉斌这样的知名教授来做的话，效果就会大不一样，起码更具说服力。

　　宋毅为此也是大费苦心，光接待安排考察团，就花费了他相当大的精力。

　　宋毅正在矿场的办公室里查看最近矿场的报表，张春良和王汉斌过来找他。

　　"张师傅，王师傅，你们这么晚还不休息，找我有什么要紧事吗？"

　　看他们过来，宋毅有些诧异。

　　张春良就说："是这样的，我们这不刚打了电话回家嘛，家里人问我们什么时候回去？"

　　宋毅问："张师傅想提前回去吗？大家早点回东海也好。"

　　王汉斌笑着说："小宋真会说笑，我们哪里是想早点回去，大家都巴不得能在这边多待一段时间呢。"

　　"是的，我们这把老骨头，恐怕以后没机会再来这边了。"张春良跟着说。

　　"所以啊，我们就商量着，能不能把考察的时间延长一些。真是不来不知道，这边的宝贵资料太多了，这么短的时间之内，还真难以全部收

集好。"

"这……我看大家的身体都很健康，以后还是有机会再来的。"宋毅宽慰他们说。

"小宋你就别安慰我们了，我们自己还能不了解自己吗？如果小宋有事要忙的话，尽管先回东海，我们大家能照顾好自己的。"王汉斌一副很理解的样子。

宋毅就说："您说哪里的话，临行前大家可是把你们都交给我的。我觉得，大家在这边也不宜待得过久，要不然家里人又该担心了，多个两三天倒是无所谓。"

张春良王汉斌两人顿时喜上眉梢，这一来，他们有了充裕的时间搜集资料，做更详尽的调查。

"那就好了，对了，我们还有个不情之请，不过这事有些为难。"

"跟我还客气什么，张师傅你有话直说就行。"宋毅笑着说道。

"是这样的，缅甸这边有很多翡翠矿场，各个矿场生产的翡翠毛料也不一样，我们想去每个矿场都看看，不知道小宋能不能想想办法。毕竟，我们过去对这些翡翠矿场以及产出的翡翠的认知，都停留在口口相传或者纸上，没有亲眼见识过，即便是写在书上，我们自己心里也没底气。"

张春良这才说出他们的真正用意。

王汉斌马上补充说："要是不好办的话就算了，毕竟，其他翡翠矿场小宋也不能做主。"

宋毅马上回答说："大家先在我们的翡翠矿场考察，其他矿场我想想办法，试试看能不能和他们谈谈。但这个我可不敢保证，你们也知道，在我们来之前，矿场的护矿队还和他们有过冲突。"

张春良和王汉斌自是点头，他们其实也不抱太大的希望，只是这次是他们来缅甸的唯一机会，错过就实在太可惜了，宋毅肯答应去试试已经很不错了。

宋毅对其他势力了解不是很多，他常年不在缅北，出面打交道的一直是周益均和程大军他们这些负责矿场的人。

315

　　他就把周益均和程大军两人叫了过来，问他们能否和那边联系上，这些老师傅来一趟缅甸不容易，绝大部分人确实也没第二次机会来这边了。

　　见宋毅这样问，程大军马上回答说："对方现在可能不乐意理我们，毕竟我们才刚刚教训过他们，让他们损失不小。不过，我听说宋毅你的熟人金灵在他们的矿场，联系上她的话，还是有点儿机会的。"

　　周益均嘿嘿笑着说："老程这个主意不错，女人总是比较好说话一点儿，何况宋毅你魅力这么大，只要你肯出马，百分之百能搞定。"

　　宋毅就笑道："我要是真那么有魅力就好了，不管怎样，试试总是好的。那就麻烦程大哥和周大哥派人过去联系一下，约个时间大家见面谈谈。"

　　程大军和周益均忙点头答应下来，他们都很清楚，金灵的背景不小，要不然，也不可能做那边的翡翠原石生意，加上之前宋毅和金灵也有来往，由于双方的立场等方面的原因，交情虽然不深，可不管怎样，谈谈还是可以的。

　　"他们那边的几个矿场好毛料不少，就是开采方式太落后，产量跟我们的机械化开采根本没法比。"

　　程大军介绍着情况，当初虽然被对方抓了过去，还差点送命，可也没有特别憎恨他们，要消灭他们而后快的心理，现在以他金玉珠宝矿场经理的身份，在这边没人敢动他一根毫毛。

　　"实力不济的缘故呗，本来就没有太多的经济来源，翡翠的销路也没我们广，凑不出钱来使用机械化开采也不奇怪。"周益均分析道。

　　"如果他们能让我们去开采的话，产量和收入都会提高，可惜，我不觉得他们有这样的胆量。"

　　"虽然事在人为，但有些事情确实不能勉强，等我和金灵谈过再说。"

　　宋毅也是抱着无所谓的态度，光丁英这边的几个翡翠矿场，就足够他赚个盆满钵满，当然，如果别的地方有好处，他也不介意自己的收入多一些。

　　周益均连夜把联络人派了出去，金玉珠宝从成立以来，一直致力于保护自己的势力，同时为弱势的中国商人撑腰。再有，经过此前的一战，护矿队在这边的实力彻底显示出来，已经没有任何势力敢得罪金玉珠宝了。

第二天晚上，宋毅就收到了金灵的答复，要他去那边的矿场详谈。

程大军有些担心她会耍花样，宋毅却不惧，周益均也不觉得他们有这胆子，但为了保险起见，宋毅他们还是做了充足的准备，周益均也会跟着宋毅一起过去。

宋毅带着周益均和另外两个身手最好的护矿队队员一起去见金灵，周益均拍着胸脯保证，就算是龙潭虎穴，也会保证宋毅的安全。

几个人一路通行无阻。

再次相见，宋毅发现，以前那个还有些青涩的金灵明显成熟多了，看来人都是锻炼出来的。

金灵的皮肤在缅甸女人中算是不错的，她脸上同样也抹着香木粉，实在是这边的阳光太毒，晒得人难受，女人都是爱美的，金灵也不例外。

不过这次，金灵并没表现出她热情好客的一面，即便两人把手下散开单独会面的时候，她的表情依然很冷。

"宋老板，这次是来示威的吗？"

宋毅却笑道："金灵小姐还真是会开玩笑，我们还是朋友不是？"

"真是朋友的话就不该在背后偷袭我们。"金灵仍然没给他好脸色。

宋毅却不在意，只说道："都说亲兄弟明算账，朋友有些利益纠纷也不奇怪。话又说回来，这次可是你们先不厚道，不和我们打声招呼就动手。"

金灵冷冷地说："这是我们和丁英之间的事情，为什么要通知你们。"

宋毅也不着急，"这就是你们的不对了，谁知道你们打败了丁英，会不会顺势将我们的矿场一起接收。我们只好出手维护自己的利益，本来丁英还想让我们乘胜追击的，但我念着和金灵小姐还有些交情，毅然拒绝了。如今听金灵小姐这样讲，感觉我真是枉做好人。不过这事既然已经过去了，大家也就不要追究了，我希望将来大家能够和平相处，不要让这样的事情重演。"

金灵也知道，这里是实力至上，嘴上说得再漂亮再占理都没用，何况，她还不占理。

正如宋毅说的那样，这事就这样过去，大家相安无事就好，这点几方也都达成了共识。

"那宋老板这次来找我所为何事？"

金灵脸色稍微缓和了些，但还是冷冷地问。

宋毅很诚恳地说："现在的时代，和平发展是主流，我这次过来，就是想和金灵小姐谈谈大家合作的事情。我记得金灵小姐当初可是相当关心民生的，我觉得，只有把经济搞上去，让大家的生活水平提高，才有基础谈其他的。"

金灵被他说到痛处，想当初，她也是满腔热血，甚至有为改善族人的生活奉献一生的念头，可惜随着见识的增长，经历的事情越来越多，她已经不复当时的年少轻狂。

"你想做什么就直说吧，我虽然做不了主，但帮你传下话还是可以的。"

宋毅也就不客气地说："我觉得，你们特区的自然资源还是相当丰富的，只是开采手段比较落后，产量也比较低，这可不利于经济的发展。如果大家能携手合作，充分利用相互的资源，我敢保证，发展的步伐会更快的。"

金灵冷笑道："这一来，对你的好处只怕更多吧？"

宋毅笑道："别把我想得那么坏，我虽然是个商人，是为了追逐利益而来的。但你也该知道，这个世界没有白吃的午餐，有付出才有收获，我这人做人做事都讲信誉，有好处也是大家共享，绝对不会亏待合作伙伴，这些你该清楚的。"

"我们可不能仅靠出售资源来促进经济发展，如果像你现在这样开采，只怕过不了多少年，资源就耗尽了。"

金灵不愧是受过西方高等教育的，眼光还是有的。

"这就不是我的问题，而是看你们自己如何处理，不管你愿不愿意承认，你们现在还不是靠出卖资源为生？照这样下去，又能有什么改观。如果你们真为族人着想的话，为何不利用这些资源，做出一些经济方向的调整。我也知道，这事你也做不了主，可不管怎样，手里有资金总是好的。"

这些道理其实金灵都懂，只是她对此也无能为力，只能尽力而为。和宋毅合作开发各种资源的事情，她也做不了主，只答应向上传达一下他的意思。

宋毅也耍了些心机，他就没指望合作的事情能成，所以先抛出这个最不可能实现事情，最后再讲她能做主的事情，让考察团来参观矿场，做些学术研究。

这一来，金灵也没了拒绝的理由，这事是她能做主的，不知不觉陷入宋毅陷阱的她只好点头答应下来。

金灵虽然答应可以让考察团的人员来他们的翡翠矿区进行考察，但也和宋毅约法三章。

第一就是只能去他们指定的地方，到时候会由金灵的人带领，她害怕考察团借机刺探他们的商业机密。宋毅点头答应，他前世对缅甸的翡翠矿场烂熟于心，根本用不着在这方面做什么手脚，何况考察团的时间也很紧张，不可能所有地方都去到。

金灵还要求考察团不能拍照片，在这点上宋毅和她讨价还价，金灵最后也放宽要求，允许他们在一部分地方拍摄照片。

除此之外，金灵还要求考察团自行负担此次考察的费用，这个宋毅满口答应下来。

他也对金灵的大气和超前眼光表示了赞赏，虽然知道宋毅是在拍马屁捡好话说，金灵心底还是觉得很开心，只是表面上并没有表现出来，反而一副忧心忡忡的样子。

"我这回答应让你们来考察，还不知道族里的人将来会怎么说我呢。"

宋毅连忙说："你绝对是民族英雄。像金灵你这样为族里着想的人，放眼全世界都找不到多少。这可是为翡翠正名的时候，有了详尽的资料，出版的书籍更能让人信服，消费者购买起来也更放心，这对你们族人来

说，可是件天大的好事。"

"这我可担当不起，我只希望族人生活过得好一些罢了。"

金灵也是有自知之明的，好话听听就算了，宋毅的刻意吹捧她并不会放在心上。

宋毅笑着说："我说的合作，自然是在金灵小姐的权力范围内的合作，就像这次考察团过来进行实地考察的事情。你给了我这么大的人情，我怎么着也该投桃报李吧。"

金灵对他却不怎么放心，盯着他的眼睛，疑惑地说："你这人太狡猾，我不得不小心一些。"

"金灵小姐你想太多了，我可是诚信做生意的典范。"宋毅忙为自己正名。

他也不卖关子了，直接就开门见山地讲："金灵小姐手中有翡翠原料销售的权力对吧，最近生意如何，有没有兴趣合作？"

金灵本能地提高警惕，她闹不明白宋毅究竟打的什么主意。

"你什么意思？哪方面的合作？"

"你也知道，我来这边开采翡翠矿场的目的就是获得翡翠毛料，本来想和你们一起开发翡翠矿场的，可惜……不过大家的合作机会还是有很多的，你们开采出来的翡翠毛料总要对外销售吧？卖给别人和卖给我没什么两样，对不对。何况，现在大家都这么熟了，做起生意来，也知根知底的，你也知道我这人最讲信誉，一手交钱一手交货，绝不拖拖拉拉。"

宋毅侃侃而谈，他的目的很明确，就是获得尽可能多的翡翠毛料，如果能垄断所有的翡翠毛料就最好不过了。这样一来，他的子孙都不愁将来没钱花了。

金灵脸上顿时有了喜色，但她很快就压了下去，因为在她的印象中，宋毅可不是什么好相与的角色。

金灵自己现在负责很大一部分翡翠的销售，在缅甸几个大城市乃至泰国都有销售点，她是做生意的人，自然知道现在的翡翠生意也不好做，要不是宋毅这边垄断了他自己矿区几乎所有的高档翡翠毛料，她的生意会更难做。

"让我想想……"

看宋毅不像在说笑，金灵也开始认真考虑他的提议，确实，对于金灵来说，翡翠卖给谁都一样，只要能为族里赚到钱就行。

宋毅自然不会过分逼迫她，给了她充分的考虑时间。

金灵思量了一阵，觉得宋毅不可能在这方面玩出花样，毕竟，金灵对自己和下面的老师傅也是相当信任的。唯一需要担心的是，宋毅会不会在获得足够的翡翠之后，转过头来打压她的价格。

当然，金灵做惯了生意，也有她自己的想法。

她试探性地问宋毅："你说的合作是指翡翠毛料还是翡翠成品？"

宋毅也是谈判老手，通过观察她的言行举止就知道她有合作的意向，当然，他更相信他这样的条件金灵无法拒绝。

宋毅当即回答道："当然是翡翠毛料，尤其是高档翡翠毛料，越多越好。"

金灵追问："那翡翠成品呢？我更希望大家能在这方面有更多的合作。"

宋毅马上拒绝了，"翡翠成品就算了，两地的习惯和风格还是有些差别的，我们更喜欢自己亲手做出来的翡翠饰品。"

金灵听了宋毅的话，脸上也有些发烧，宋毅这家伙虽然说得很委婉，但意思却明显不过，他看不起缅甸这边加工出来的翡翠成品。

金灵就是做这方面生意的，她知道两地工艺的巨大差距，她也曾亲自仔细比较过他们族人加工出来的翡翠饰品和中国师傅们加工出来的翡翠饰品，很客观地说，根本不是一个档次的，尤其放在一起的时候对比更明显。

用中国生意人的话来讲，用途最广的用作翡翠戒指上的戒面，中国的师傅加工出来的光滑圆润浑然天成，戴出去更添光彩。而缅甸这边师傅加工出来的，粗糙不堪就像是狗啃过的一样，卖给缅甸自己人和东南亚还可以。中国来的玉石商人，很少有人会买这边的翡翠成品，因为根本拿不出手，加工粗糙的翡翠成品戴在身上会被人笑话的。

偏偏在翡翠毛料加工成翡翠成品的过程中，利润是相当高，可惜缅甸师傅技不如人，别人看不上眼。这也怪不得他们，谁叫缅甸人并不看重翡翠，他们最爱的是黄金。

他这么一说，金灵自己都不好意思再提翡翠成品的事了，还是谈翡翠毛料的事情比较靠谱。金灵一直关注她最大的竞争对手宋毅的情况，也知道他的习惯和爱好，尤其是在收购翡翠毛料上。感觉他似乎有收集精品翡翠毛料的强迫症，与此同时，他对一些别人不喜欢不看好的翡翠也有着巨大的兴趣。

当然，宋毅的这些嗜好，对金灵的生意也大有帮助。首先是同在缅甸的竞争对手丁英那边的出货量急剧下降，对金灵的翡翠销售几乎构不成威胁。其次，丁英地盘上的精品翡翠大都被宋毅搜刮走了，不会出现和她竞争的情况，这也使得她能够趁机涨价。

金灵也把她的担心讲了出来，如果精品翡翠毛料都被宋毅买走了的话，她拿什么做生意。

宋毅就笑着解释说："不是还有很多普通的翡翠毛料吗？你放心好了，我们两人的销售群体不同，大可不必担心竞争问题。这点从以往的销售情况就可以看出来，金灵小姐的翡翠在我入驻翡翠矿场后翡翠的价格增长了几乎一倍，对吧？再说了，没了精品翡翠，就算是普通的翡翠，哪怕你趁机涨点价，那些没翡翠可买的人也只能乖乖接受。"

金灵对他的情报并不惊讶，就像她会刺探宋毅的情况一样，宋毅同样在他们这边有消息来源，只要不形成恶性竞争，大家相互合作也是可以的。哪怕不久之前大家还刀枪相对。没有永恒的朋友也没有永恒的对手，唯有永恒的利益。

这一来，金灵也没了后顾之忧，答应和宋毅展开合作，不过她是绝对不会在价格上让步的。翡翠销售在她的职责范围之内，只要开采权还在她们族人的手里，一旦势头不好，可以随时中止和宋毅的合作，不至于酿成不可挽回的损失。

宋毅也不指望他自己有这么大的魅力，对他来说，只要有精品翡翠毛料就行，哪怕价格稍微高一些都无所谓，他就是要垄断高档翡翠毛料，到时候不管是港台的玉石商人，还是国内尚未兴起的广东玉石商人，都只能落在他后面。

和金灵谈妥之后，宋毅就派人回去通知考察团的师傅们过来，时间紧张，他们也不可能在缅甸待得太久，要不然家里人都该杀过来了。醉心于翡翠的师傅们得知这个消息都很开心，对宋毅在这片地区的影响力也有了更深刻的理解。

宋毅没有回去，而要金灵带他去看他们最近开采出来的翡翠毛料。不用他多讲，金灵也知道，他每年能在缅北待的时间不长，能让他自己亲自挑选翡翠毛料的机会也不多，以后的合作，还是要靠金玉珠宝在缅北这边的代理人来完成。

金灵没有像防贼一样防着他们，可她手底下矿场的人却不这么看，不管怎么说，让原本最大的竞争对手在眼皮子底下活动，总觉得有些怪怪的，也会格外给他们一些关注。

好在宋毅和周益均他们都是脸皮比城墙还厚的人，这样的小场面自然不会让他们为难，一个个从容自若。在缅甸的翡翠矿场待久了，即便是周益均这样的原本不懂翡翠毛料的人，也能辨识一些特征明显的翡翠毛料。

金灵更是做惯了翡翠玉石生意的人，对自己的矿场开采出的翡翠毛料的价值自然了如指掌。她手下也有一大批得力干将，他们都是辨别翡翠毛料方面的老行家，这些老师傅基本都是从小就在翡翠矿场，摸着翡翠毛料长大的。

一般而言，每每开采出一块有潜力的翡翠毛料，都会经过数十个老行家的联合评估，然后给出对外销售的大致价格。谁都知道，赌石是有相当大的风险的，可能会上天堂也可能会下地狱。

他们要做的，就是做出合理的评估，让翡翠矿场主获得最大的利益，同时，将赌石的风险转嫁给前来赌石的玉石商人。他们一般不会轻易切开翡翠毛料，不过他们经常会选择开窗，也就是擦出或者切开一些表现好的地方，这样可以让他们的翡翠毛料卖出更好的价格，同时，将他们自己的风险降到最低。

这时，要承担赌石巨大风险的玉石商人就是宋毅。

但宋毅的神经早就锻炼得粗大无比，他自己是翡翠矿场的老板，对其中的把戏最熟悉不过。而且宋毅在辨别翡翠毛料上的本领比起这些老师傅也不遑多让，他当初就是靠赌石起家的。

而且，作为收藏翡翠毛料最多的金主，现在的宋毅有足够的资本赌石，哪怕十块石头里他赌垮了九块，只要一块赌涨了，他都是赚的。因为他走了别人的路，让别人无路可走。

于是就出现了这样一幅奇怪的场景，在别的玉石商人琢磨十天半个月都拿不定主意的时候，宋毅却像买大白菜一样，一旦看上哪块翡翠毛料，就直接点出来。剩下的，无非就是和金灵讨价还价，两人都是做生意的老手，深知这些翡翠毛料的价值以及妥协的艺术，即便每每都有争执，但往往很快就能定下一块翡翠毛料的买卖价格，倒是爽快得很。

金灵想卖出更多的翡翠毛料，宋毅则想挑选更多的精品毛料，两人的想法虽然不同，但目标却一致，达成交易。于是，两人都不想耽误时间，宋毅要不是亲自来，而是他那些手下来的话，不知道要磨叽多长时间才能交易成功。

在这个过程中，金灵也算见识了什么叫财大气粗，宋毅这家伙简直不拿钱当钱。但这家伙也狡猾得很，一旦她报出过高的价格，他马上甩手不要，说是干脆留给她去宰那些冤大头。同时，她也不得不佩服宋毅的眼光和魄力，确实是她见过的第一人。

随后几天，金灵一直全程陪着宋毅，在他挑选好翡翠毛料后，双方又是一阵唇枪舌剑般的讨价还价。金灵的小本子上，早就密密麻麻地记下了每块宋毅看上的翡翠毛料的价格、特征等等。宋毅却不用，所有的东西都清楚无比地记在他脑子里。

两人都顾不上照顾前来矿区考察的考察团一众老师傅，金灵只派了她手下的得力干将去监督他们，只要保证他们不会将矿场的商业机密泄露出去就行。

考察团的老师傅这次来缅甸可谓是得偿所愿，在宋毅的翡翠矿场他们可以随意做调研，在这边矿场虽然不能面面俱到，但那些真正需要考察的地方，他们还是可以去的。只要不涉及到特别机密的地方，也允许他们进行拍照。

这对张春良和王汉斌这样的资深教授来说，是最好不过的，他们每天的日程都排得满满的。这时，他们也顾不得身体的疲惫与劳累，尽可能多进行实地考察，研究分析第一手原石，为将来出书立说获得宝贵的资料和数据。

这趟缅甸之旅，带给这些老师傅们的，有惊喜，有震撼，有感动，还有更多的感怀。震撼于大自然的神奇，创造出七彩斑斓，让人心醉神迷的翡翠。同时，他们也见识到了这边的恶劣环境，最美的翡翠经过人们千辛万苦的劳动才开采出来。

怀着这些复杂的情绪，在考察结束，要离开缅甸回国时，大家心里都十分不舍。

宋毅此行收获也很大，他在金灵这边挑选了价值将近三个亿的翡翠毛料。

这些翡翠毛料大都是他们以前从老坑挖出来的，品质自然没话说，老坑的翡翠，一向受人追捧。以宋毅现在的资本和实力，已经不会拘泥于每块石头的具体价值，赌涨或者赌垮之类的事情，而是着眼于整体的情况。就这批翡翠毛料的整体价值而言，他收购回家，价值立刻就会倍成增长，毫不夸张地说，想亏本都难。

等把宋毅挑选的翡翠毛料全部统计出来之后，金灵也被宋毅的大手笔给吓了一大跳。要知道，单单宋毅这次购买翡翠毛料的金额，就足以抵得上她过去三四年的全部销售额。

别的不说，光是如何交接，就让她颇费了一番脑筋。

让金灵惊讶的是，之前她都没看宋毅有做过记录，更不像她一样还写在小本子上。宋毅却能准确地指出他曾经挑好的每块翡翠毛料，以及当时谈妥的价格。金灵就暗自奇怪，宋毅这家伙有这样的本领，还来缅甸这边抢生意，简直不让其他人活了。

宋毅可没带那么多现金过来，好在金灵之前的生意做得比较广，在香港那边也有账户，这一来就好办多了。宋毅便让金玉珠香港部的苏眉直接转账到金灵的账户。当然，金玉珠宝这时候也拿不出这么多现金来，苏眉也是向银行贷款的。

现在，金玉珠宝的发展势头前所未有的好，还有那么多翡翠可以做抵押。金玉珠宝用来做抵押的不是未经开窗的赌石，而是切开来货真价实的有色高品质翡翠，只要银行的负责人不傻，就清楚这些翡翠的真正价值，金玉珠宝就不愁贷不到款。事实上，银行也是乐于贷款给金玉珠宝的，这些银行家个个都精明得很，也经常出席各种社交场合，怎么会不明白这种品质的翡翠的价值。

金灵看过宋毅他们过来接收翡翠毛料的阵容，名字上说是护矿队，其实就是一支从头武装到脚的雇佣军。据可靠消息，这些护矿队的成员都是中国那边的退伍军人，他们的待遇特别好，相应的训练也相当刻苦。想在他们手底下讨到好处，实在是太困难了，光精神面貌上，就差了一大截，更别说装备的巨大差距了。

和宋毅以及考察团道别的时候，金灵还得摆出一副欢送的笑脸，也希望宋毅以后来多照顾他们的生意。金灵现在对当下的形势更加明确，只要能筹备到族里发展所需的资金，将翡翠卖给谁不是卖。

宋毅表现得比她还要好，不厌其烦地感谢金灵给予考察团的大力支持，让考察得以顺利完成。并一再声明双方的友好合作关系，希望以后能长久保持双方的这段友谊，愿意为促进彼此的交流发展而携手合作，共同进步云云。

他还热情地邀请金灵去他的翡翠矿区以及中国做客，可惜被金灵婉言拒绝了，宋毅表示很遗憾，但他并不放弃，说随时欢迎她来。

双方分别后，宋毅也带着考察团一行人以及好几卡车的翡翠毛料踏上归程。

虽然护矿队声名显赫，但一路上，他们还是尽心尽责地做好各种安保措施。这世上从来就不缺少亡命徒，要是阴沟里翻了船，那可就丢脸了。所以，根本不用宋毅吩咐，周益均他们就将安全措施做到了极致。

好在一路上没出什么乱子，平安到达了宋毅的翡翠矿区。

回国前，一众人在丁英的司令部做了短暂的停歇。

宋毅和丁英还有些事情要协商，尤其是最近的一批账目要结清才行，宋毅这次过来，在丁英地盘上挖掘出来的，马上将要运回国的一批翡翠毛料，还得付钱给丁英。不过这笔钱比起宋毅付给金灵的三个亿来说，就少太多了，毕竟，他在这边的翡翠矿场开采上，就投入了相当的资金。

宋毅也向他再次重申了他的立场，他无意介入纷争，只想安安分分做生意，不过他做生意不分人。他也指出，现在发展经济，获得经济利益才是时代的潮流。

丁英的野心一向不大，对于能保住现有的局面，就很满足了。

宋毅也对丁英这段时间对何建的照顾表示了感谢。

丁英自然不会居功，只说何建在这边的时日，和他的合作相当愉快，他还要感谢宋毅，给他带来何建这样一位财神爷。

特区的木材资源相当丰富，比起各种宝石玉石来，丝毫不逊色。而且这些木材，都是丁英自己可以开采的，不像翡翠开采需要的设备那么先进。他完全可以组织人力进行开采，无非是人工的开支，以及一些简单机械的维护使用罢了。

在缅甸，人力资源丰富得很，伐木用的机械也没有太大的操作难度。总之，丁英自己完全可以搞定。

不过木材的深度加工，对他来说就困难了。一是不知道中国这边的消费者的喜好习惯；二来，这边也没有那么多的技术工人。但这样也好，只要将各种木材卖给何建就行，加工什么的，就由何建去弄好了。

何建也表示，他这段时间在丁英这边玩得相当开心。

舞刀弄枪一直是男人的最爱，丁英这边有真刀实枪，对何建的吸引力可是相当大的。

缅北这边未开发的森林很多，想要打猎也有的是去处。何建在考察这边的木材，穿越原始森林，欣赏林海风光，感受异样的民族风情之余，最大的乐趣就是带着猎狗，扛着枪去打猎。何建玩得不亦乐乎。

何建还向宋毅他们展示了他打猎的成果，比如他们这顿吃到的野猪肉，就是何建打来的，当然，少不得丁英手下那些经验丰富的士兵的帮助。

而且这边充满了不一样的具有民族特色的东西，住帐篷，乳猪烧烤，香米酒，各种特色茶点竹筒饭更不少，何建这家伙简直是来享受的。

相比较而言，宋毅和考察团一行人就比较苦了，绝大部分时间都花在工作上。

何建还表示，以后要常来叨扰，丁英对此表示热烈欢迎。和宋毅一样，何建也是个热情外向的人，而且比起宋毅来，他的心机和城府都没那么深，丁英和他达成了一系列合作，都相当愉快。只要特区这边的木材开采出来，何建这边就可以接收过去，以中国的庞大的消费市场，这边的木材数量再多也只能塞塞牙缝。

至于和宋毅的其他合作，诸如红蓝宝石，琥珀、碧玺之类的，丁英也很上心。不管怎么说，聊胜于无嘛。

宋毅做生意厚道有目共睹，卖给别的玉石商人，还不见得能卖出好价钱来。他只需要多花那么一点心思，就可以赚到更多钱，何乐而不为。

在丁英的司令部短暂歇息后，宋毅就告辞回国了。

不过他并没有直接回东海，而是带队去了和顺古镇。

用宋毅的话说，大家在缅甸这段时间辛苦了，还是先调整一下状态再回东海，要不然让家里人看见，还以为我虐待大家了。

一行人哈哈大笑，跨越国界线，看什么都感觉特别亲切，别的不说，光道路看着就爽多了，也不用屁股经常离座，再受颠簸之苦了。再坐十几个小时的汽车的话，还得考虑这些老爷子的身体受不受得了。

和顺古镇虽然在全国范围内还没什么太大的名气，但宋毅却去过好些回了，自然知道它的好处。

对考察团的老师傅们来说，免费旅游，歇歇脚，缓缓步伐，自然是最好不过的。

第十二章　走进品香俱乐部仿佛进了博物馆，
弘扬传统文化永远不倦不怠

　　进了品香俱乐部的大门，仿佛穿越到了古代，古典、幽静、优雅的氛围，就像到了一座奇特的博物馆：古香古色的红木家具，高贵典雅的宋代瓷器，精妙绝伦的香具、茶具，处处是名家字画真迹，红袖添香神态隽永，氤氲香气馥郁芬芳，暗香袭人若有若无，让人陷入空灵缥缈之中，感觉自己的灵魂都像被洗涤了一番。大家终于悟到，宋毅所做的一切，并不是仅仅是做生意那样简单，而是把品香俱乐部当成事业来做，是为了弘扬中华民族的传统文化。

　　到了古镇，随行的考察团老师傅们对这里也非常喜欢，在这平静安详，充满古韵余风的古镇里，他们仿佛回到了童年时光。他们对这里的建筑品头论足，还有的老师傅说希望能在这里颐养天年。
　　宋毅自己来过和顺古镇几次了，也就没和他们一起行动，宋毅和大家约好，晚上集合，乘车去昆明，大概明天一早就可以抵达昆明然后直飞东海。
　　他过来这里，也是为了顺路看望一下老朋友。
　　这里有帮他收购普洱茶的陈立军，当初他本想招他来当保镖的，但陈立军要照顾家里的老母亲不能长期远行，向他推荐了周益均和赵飞扬等人。
　　大家都保持着联系，陈立军一直帮他在云南各地收购普洱茶，不仅和

各个产地的茶商都混得烂熟，而且他现在也成了普洱茶方面的专家。

宋毅前去看望陈立军和他的母亲，人和人的关系就是这样，需要经常走动，才能更加紧密。

现在的陈立军因为帮着宋毅收购普洱茶，已经小有身家，家庭条件也改善了很多。对于宋毅在百忙之中能抽空过来看看他们，还带着礼物，陈立军和母亲都表示欢迎，宋毅和他们聊了会儿家常。

当陈立军问起宋毅普洱茶以后是不是还要继续收购时，宋毅立刻点头说继续，他要的是长久的经济效益，普洱茶不像翡翠毛料能垄断，此时能多收集一些总是好的。

这段时间港澳台那边的普洱茶热如火如荼，而且可以预见，短时间之内，这种热潮不会退却，能否影响到大陆这边姑且不论，但这阵热潮就足够宋毅大赚特赚了。

陈立军母亲去休息后，宋毅和陈立军一起去拜访段生旭一家。

在没遇到宋毅之前，老段为了收藏滇缅战争遗物的事情，弄得欠了一屁股债。想搞收藏，没钱万万不行，钱少了也不行。

后来宋毅得知情况后，赞助他收藏，不仅帮他还清了债务，还鼓励他继续收藏，争取以后建立相关的纪念博物馆。宋毅甚至在缅甸丁英那边给段生旭弄到了通行证，让他可以放心地在缅甸那边搞收藏。

遗憾的是段生旭并不在家，听他的妻儿讲，他又到乡下去收集各种战争遗物去了。她们也对宋毅的来访表示感谢，说是等段生旭回来，一定告诉他这件事。

对老段如此尽心竭力地做收藏，宋毅和陈立军都表示敬佩，滇缅抗战这段历史确实值得纪念，后辈能做的，就是还原历史，并争取让更多的人知道。

至于建立滇缅抗战博物馆的事情，不光宋毅清楚，陈立军和段生旭都很清楚，此事不急于一时，一切都得看时局的变化，先将那些能代表战争的东西收藏起来才是当前需要做的事情。随着时间的流逝，越来越多的痕迹只怕会湮没在历史的洪流中。

宋毅又和陈立军聊了聊将来的打算，以及陈立军那些战友们的近况，陈立军对没能去缅甸还是有些遗憾的。

做好安排后，宋毅和他告别，去和大部队汇合，大家吃过晚餐后，向昆明进发。

回到东海，前来接机的人很多，毕竟这次赴缅考察团的成员太多，而且这些成员还都是上了年纪的老头子。即便此前给家里人打了电话报了平安，可家人仍然不放心，不亲自确认他们的健康状况，他们寝食难安。

宋毅也暗自庆幸，好在这次考察团没闹出什么乱子来，要不然他更头疼。

苏雅兰两夫妇也相当关心这次考察团的行动，他们早早地到了机场，由于这次考察是由金玉珠宝组织的，出了什么事的话，他们也得承担一部分责任，由不得他们不关心。

一行人总算是平安地回到东海，宋毅也跟着父母回了家。

吃晚饭时，宋明杰、宋毅两父子窃窃私语，本来按着家里老爷子宋世博的规矩，吃饭的时候是不许大家多说话的，可今天不知道为什么，父子俩有那么多话说。

宋世博还是很少说话，自从当初的危机解决之后，他在东海博物馆的工作一直都很顺利。他也看得清楚，别人之所以越来越尊敬他，除了他自身的专业素养和品格外，还有金玉珠宝日渐兴旺发达，影响力与日俱增的因素在里面。

如果只有博物馆馆长的虚名的话，很多人根本不会理睬他，可有了金玉珠宝这个背景，情形就大不一样了。

宋毅也是相当识趣的人，他平素在家里的时间不多，有机会回家吃饭自然就会多和爷爷奶奶交流。和奶奶聊聊天，和爷爷探讨一些收藏方面的知识，他的一身本领大都是前世跟着宋世博一起走南闯北历练出来的。

现在宋世博没有失去博物馆馆长的职务，也就被束缚在东海，没有那样的经历了。但宋毅却有这方面的知识，这能给宋世博不少启发，尤其是

在各种收藏品的鉴定上。

因此，宋世博也喜欢和宋毅交流，祖孙俩相处得也很和谐。

而奶奶何玉芬心疼宋毅，一个劲儿给他夹菜吃，说是让他补补身子，去缅甸这趟又瘦了黑了云云。要不是宋毅执意要去赚钱，她才舍不得宋毅去吃苦呢。

吃过晚饭后，宋毅才在大家面前说起金玉珠宝的事情来。

事情的起因还是宋毅的这趟缅甸之旅，虽然他又成功收购了一大批精品翡翠毛料，可这也导致金玉珠宝向银行抵押贷款的数目又上升了一个台阶，又多背上了三亿贷款。

尽管宋毅之前对他们讲过用银行贷款来发展自己，是最佳的选择。

但这么大一笔贷款压在他们心上，总觉得沉甸甸的，让人很不舒服。同时，他们也担心，万一哪天银行突然追款，公司周转不开拿不出来该怎么办，说不定到时候人家直接就把公司给封了。

宋毅倒是不怕这些。

"都说欠账的是爷爷，讨债的是孙子。现在我们都贷到款了，你们还担心那么多做什么。何况，我们又不是没有抵押的东西，光保存在银行保险柜里的翡翠，就足以支付这些贷款。"

"世事变化万千，谁也说不准将来会发生什么事。反正，我和你妈的意见是，以后向银行的贷款数目还是要尽量减少才行。"

宋明杰有些担忧。

"也不是说债多不用愁，我们是担心，如果有人想整我们的话，和银行那边联合起来做些手脚的话，我们会很难办。这样的事情，以前也不是没发生过。反正，鸡蛋不能放在同一个篮子里面。"

"我同意，宋毅你花钱也该节省点，别每到一个地方都大手大脚地花。我们年纪都大了，心脏可经不起折腾。"苏雅兰也出言附和。

"我这不都是为了投资吗？现在负债经营不算什么，没银行给贷款才叫悲哀呢。"

宋毅有不同的看法，想要发展壮大，仅仅凭借自己的力量会很慢，借助一切可借助的东西，才能攫取最多的资源，收获更多的利益。

宋明杰则提醒他："风险和机遇是并存的，负债经营是不算什么事，可一旦出事就是万劫不复。树大招风，我们现在的根基还不稳，谁都能保证以后也会像现在这样顺利？"

一贯很少插话的宋世博也表示赞同。

"小心一点总是没错的，扩张并不急于一时，打好自己的基础，并经营好才是目前最重要，最应该做的事情。"

苏雅兰还提醒他说："我们大家都商量过了，觉得去北京开分店的事情可以先缓一缓，没必要这么早就把自己置于众人瞩目的地方。我们知道，你在北京那边也有些朋友，但他们也有帮不了的忙。东海这边的水没那么深，可现在我们都感受到来自各方面的压力了。"

宋明杰很理性地分析说："我们和福祥银楼不一样，他们没有自己稳定的珠宝饰品来源，在外人看来，可以制约他们的地方很多，比较而言，这是他们的劣势，也是他们的优势。因为他们的弱点明显，所以很好拿捏，又因为利润不多名气又大，所冒的风险和收获的利益不成正比。我们金玉珠宝就不一样了，手里的好东西太多，所以，更不能给别人借口和机会。"

在东海，觊觎金玉珠宝的人不少，这个宋毅是知道的，真正发展壮大以后，这样的人还不知道有多少，到时候，所谓的朋友也不见得就能靠得住。

"让我仔细想想。"

家人的提醒让宋毅开始反思，重生后的这段日子，一直都过得太顺利，让他少了很多警惕。

没错，他在缅甸那边取得了骄人的成果，也收集了相当数量的翡翠毛料，但这些，并不足以保证他收集的这些东西能稳稳地传给下一辈。

莫说社会经验丰富的宋世博等人，就是宋毅自己，前世也见过太多成功后被众人打压的事情。

想到这些，宋毅又觉得很欣慰，长辈们有这样的忧患意识会让他们的

路走得更稳。

宋毅好歹也是经历过大风大浪的人，这时候，他得给父母鼓劲儿。

"一味追求低调也是不可行的，该发展的时候，还是尽量发展，扩大影响力有时候也是好事，不能因为害怕摔跤就不学走路。就像爷爷的博物馆馆长、著名的玉石青铜器鉴赏专家这样的头衔，在东海也是赫赫有名的，别人想要动什么歪脑筋，也得先掂量掂量再说。当然，你们说的，打好各路关系，等基础稳定些再向北京进军也是有道理的。我们现在需要做的就是尽量把握好其中平衡。另外，我觉得把所有翡翠毛料都放在东海的话，也过于冒险了，我们得做出些调整。"

宋明杰和苏雅兰点头表示赞同，他们想对宋毅讲的，也是这个道理。

只是，苏雅兰有些疑虑，"不放在东海的话，又能放到哪里去？我们的亲戚朋友都在东海，临海村就算是偏僻的渔村了。"

宋明杰则说："可以转移一部分去香港，现在苏眉在香港已经经营得相当不错了，我们以后还要继续在香港扩大投资。如果有必要的话，可以在那边买几块地，别墅也成，苏眉住的地方我们上次去看过，说是别墅真有点寒碜。"

宋毅笑道："香港那边寸土千金，又在市中心，价格高些也是必然的。不过老爸的想法我比较喜欢，香港其实也有偏僻的地方，不管是买地建厂还是用作别的用途，价格都不太贵，只是香港的人工价格有点高。"

苏雅兰也算计着说："如果只是用来存储翡翠毛料的话，买地或者租仓库都行，偏僻些倒不要紧，关键要安全保密。加工的话，还是东海比较好，这边有经验丰富的老师傅，工资也不太高，管理起来也比香港那边方便。苏眉现在已经很辛苦了，再把这么多事情交到她肩上也有些不合适。"

"是这个道理，等新买的这批翡翠毛料运到东海之后，我们仔细清点一下，把那些大概在十年之内不会用到的翡翠毛料挑选出来，然后找寻合适的机会，分批从海上运往香港。以后缅甸那边出产的翡翠毛料，也可以直接运往香港。真有需要的话，再从香港运回来加工也是可以的。"宋明杰建议。

他也看到这样做的巨大好处，即便在东海这边发展不顺利，以后也能有个退路。当然，并不是他一个人有这样的想法，所有有安全意识的人，都在做类似的事情，宋明杰他们不是第一个，也不会是最后一个。

"那我和苏眉姐打声招呼，让她留意一下。"

宋毅对此表示赞同，他也不放心将翡翠毛料一直留在缅甸的矿区，虽然他现在已经控制住了局势，但未来的事情，谁能说得清楚。

苏雅兰一直很疼爱坚强懂事的苏眉，这时主动请缨。

"我和苏眉讲好了，她现在一个人在那边也不容易，一年都难得回东海两次。以我看，大可将她父母都接过去住，也好照顾她的生活，免得她每天忙于工作，把身体累坏了。买幢独立的大别墅，住起来更舒心，也能存放翡翠。"

宋毅自然没有拒绝的理由，反正在他看来，这些产业以及准备工作，迟早都是要做的。

只是没想到，苏雅兰他们现在就开始着手了。

宋毅再往深处一想，也就不觉得奇怪了。实在是因为这次贷款三个多亿，购买了这么多翡翠毛料给了他们太大的刺激，过去的那些担心全部爆发出来了。

之前一穷二白的时候还好说，短短一年时间拥有了这么多东西，要是凭白失去的话，没人会乐意。所以，哪怕一丝一毫的风险，也会让他们担心起来。

事实确实如此，苏雅兰对此认识得相当深刻，别的不说，光宋毅存下的这些翡翠，说价值上百亿乃至千亿都不为过，足够一家子下半辈子无忧无虑地生活并将财产传给下一辈了。

眼下，尽力保住这些东西才是最重要的，要知道，这些翡翠放得越久，价值就会越高。所以，他们才会对快速向外扩张不感冒。与其树大招风，惹来不必要的风险和麻烦，还不如低调地闷声发大财呢。

所以他们今天专门把宋毅叫回家，商量这事。

宋毅和几个长辈又商量了一阵子，先把大致的方向敲定，然后又就具体细节的东西做了探讨。诸如什么样的翡翠毛料适合存放个十年八年再拿出来，又有什么样的翡翠适合当传家宝，祖祖辈辈传下去。

这方面，宋毅很有发言权，宋世博他们也发表了不同的意见，为了家族的传承，这些工作都是要做的，不可能将所有的翡翠全部卖出去。

就拿珠宝界的巨头，经营钻石的戴比尔斯来说，他们的策略就十分正确，在储备了相当多的钻石之后，并不急于将所有钻石都投放市场，而是精心计算并控制投放市场的数量，并通过一系列的营销宣传手段，给大家营造出钻石相当稀罕，相当珍贵这样的概念。用数十年的时间，高价销售他们所掌握的钻石。

现在，金玉珠宝在翡翠界的地位可以说比戴比尔斯在钻石界的地位还要高，他们这种成功的销售策略，就值得宋毅他们好好学习。

作为一种不可再生的资源，翡翠的产量是有限的，而且高档翡翠造假也不像钻石那么容易，在行家手里鉴定起来更容易。不用别人指点，宋毅也能做出翡翠资源开采殆尽的宣传。这一来，无疑能为提升翡翠的价格造势。

越是稀少珍贵的东西，追捧的人会越多。作为世界上拥有翡翠数量最多的金玉珠宝，宋毅如果刻意控制翡翠流向市场的数量的话，绝对可以将自己的利益最大化。

在他们商定的家族百年大计中，高档翡翠，也就是有色有种的翡翠，现在就应该开始控制销售，低档的翡翠则无所谓。

因为低档的翡翠价值不高，宋毅早就对此做好了预案，这些低档的翡翠，也是可以发挥出它们的作用来的。

经过这些时日的搜刮，宋毅差不多将缅甸那边的翡翠矿场几十年积攒下来的无色翡翠一网打尽。他自己的翡翠矿场就不用说了，早早就当做垃圾毛料，被宋毅说成是用来铺地砖的，运回东海来了。

控制高档翡翠出货数量的同时，就到了这些低档翡翠以及无色翡翠出场的时候了。

当然，这之前的准备工作也相当多。

首先，要将这些翡翠加工出来，这方面的工作宋毅根本不用亲自去做，厂里的师傅们自然会去做。

乔雨柔也将在其中担当重要的角色。

宋毅对乔雨柔说："今后相当长的一段时间内，作为我们金玉珠宝的首席珠宝设计师，小柔妹妹你的工作重心要放在这种无色的翡翠上面，主要针对这种翡翠，设计出一系列的饰品。"

乔雨柔乖巧地点点头。

"有什么具体的要求吗？"

"这种无色翡翠的品质其实相当不错，基本都是冰种、玻璃种的，和其他高档的翡翠相比，差别就在颜色上。白色一贯不太受翡翠行家喜欢，这才让我们得以用大白菜的价格全部拿下来。现在，我们金玉珠宝要做的，就是提高这种无色翡翠的地位和档次，虽然不能和有色品种抗衡，但也将是以后销售的主力产品。此外，这种无色翡翠的销售对象也和以往有区别，主要针对喜欢翡翠的新人，因此，有别于传统翡翠，我们设计的关键就在于，时尚、活泼、新鲜。这就到了考验小柔你设计功底的时候，平时要多琢磨琢磨，怎样更好地将这样的主题表现出来，从而吸引更多的新人和年轻人。"

宋毅缓了缓，接着说道："对于这类无色的翡翠，我们不指望像高档翡翠一样高价，主要是用来作为入门级的珠宝，面向大众销售。到时候我们会让宣传部门做好相应的准备工作，争取做到一炮而红，制定行业的新标准。"

"我会尽自己最大的努力，设计出独树一帜的饰品来，一定不会辜负大家的期望。"

乔雨柔努力点点头，她也知道，真正到了考验她的时候。像她以前做珠宝设计的那些有色的翡翠，色彩鲜艳多变，供她设计发挥的空间相当大，这无色的翡翠，外表看起来就像玻璃一样，要设计出让人眼前一亮的作品来，还真需要花费一番心思才行。

乔雨柔感到身上责任重大，因为她对金玉珠宝存储的翡翠种类数量相当清楚，明白宋毅以白菜价格捡回来的这些无色翡翠到底有多少。

他之前就说过，这些翡翠将会大大增值，但当这一刻真正来临时，乔雨柔光想想那堆得满满的仓库，就觉得激动万分。

她仅仅是激动，宋明杰、苏雅兰他们则看到了其中巨大的经济价值，这些别人看不上眼的翡翠，宋毅当初以极低的价格拿了过来，经过金玉珠宝的精心设计包装之后，正如宋毅所言，价值翻个千倍相当正常。

如果一切顺利的话，这种无色翡翠，有极大的可能会成为市场上销售的主流产品之一。

这对他们家族的百年大计来说，也有相当重要的意义。

只是，苏雅兰他们也有疑虑，从事翡翠行业这么久了，他们看问题的方式和眼光也更深入。

苏雅兰问宋毅："如何保证这种无色翡翠不被模仿，毕竟，表面看起来和玻璃差不多。而且，还有很多翡翠，比如你说的水沫子，就和这种无色翡翠非常相似。"

因为具体的操作都由宋明杰他们负责，宋毅首先要为他们解惑，所以他笑着解释道："这就是我刚刚所说的，制定行业新标准的事情了，在做宣传营销的时候，以及顾客到珠宝店里购买翡翠的时候，我们的销售服务人员都要积极给顾客介绍相关的知识，并普及翡翠鉴定的方法。具体的方法多种多样，还可以用市面上最常见的各类造假物品来做对比，一来提醒他们不要上当购买假货；二来，也能让他们知道买这些翡翠，是真的物有所值。"

"制定这样的标准，是一个长期的过程。现在的翡翠市场很混乱，顾客被骗，买了作假的翡翠和类似翡翠的其他东西的事情屡见不鲜，在风景区上当受骗那些贪图小便宜就不用说了，一些不正规的珠宝店也会弄虚作假。想解决这个并不容易，但也有几个行之有效的途径。比如出版一些专业的书籍，给翡翠合理地分类，帮助消费者正确地认识翡翠，学会鉴定翡翠真假的方法等等。这次张春良教授和王汉斌教授他们去缅甸考察，收获相当大，回来后，相关的书籍很快就可以面世。别的地方我们可能管不着，但在东海，我们可以通过东海珠宝玉石协会，联合珠宝界同仁共同制定这方面的行业标准，同时和有关部门合作，对弄虚作假的商户进行严厉打击，整肃珠宝玉石的销售环境，给消费者营造一个放心购物的环境。"

宋明杰点点头，说："这做法不错，市场越是混乱，对我们越是不利。想要做得长久，市场就必须越规范越好。等我们准备妥当，我会在珠宝玉石协会上提出来的。"

品香俱乐部正式营业的前一天，王名扬兄弟和王蓓特意赶了过来，他们倒是说不用麻烦宋毅，让他去忙自己的事情，可宋毅又怎么会真放着他们不管，还是亲自去机场接了他们。东海的会员不用提前赶过来，他也有工夫招待一下王蓓他们。

让宋毅没料想的是，除了原定的王蓓以及王名扬、王名辉两兄弟外，他们还带了两位朋友同行。两人都是男性，三十岁左右，气质稳重大气。

王蓓向宋毅介绍了他们，瘦高个的叫古卫华，胖一点的叫肖明国，他们和王名扬一样，都是从小在一个大院里长大的。

"早知道我就多弄辆车过来接你们了。"

宋毅笑着招呼他们，有道是朋友多了路好走，他一向喜欢交朋友，招待起来十分热情。

王蓓笑道："他们也是临时起意，听说我们要到东海来玩，就跟着过来看看。"

"不知道古大哥和肖大哥是做什么工作的？"宋毅打听道。

这俩人看起来跟王蓓关系不错，应该都有些来头。不过现在这年头，想要混得好，也要自己有能力。

肖明国一看就知道是外向型的，笑着说："现在失业中，正好出来散散心，透透气。"

王蓓则向他解释说："他们都是刚刚从单位辞职的，打算下海搏一搏，可是又找不到什么好项目。我知道宋毅你主意挺多的，帮忙出个主意如何？"

宋毅笑道："王姐你也太看得起小弟了，我现在也缺钱花，不如大家一起合计合计，看看什么行业有搞头。"

王名扬拍拍他的肩膀，"你就别寒碜我们了，你那金玉珠宝可是发展得如火如荼，要是你还缺钱花的话，你让我们情何以堪。"

宋毅回答说："真没骗你，我这人花钱大手大脚的，在拍卖会上看到什么好东西都想买，又爱到处做些乱七八糟的事情，家里人都这么说我。所以手头一直没多少资金，得想办法努力赚钱才行。"

"照你这花法，再多的钱也不够！"王蓓笑着说。

她相当清楚宋毅这人的花钱能力，钱要够花的话，她才会觉得奇怪。

宋毅道："所以我要努力赚钱，本来我挺看好计算机网络发展的，可惜还要等过好些年才能真正发展起来。"

这点王蓓他们也经常听宋毅讲，可以，现在最关键的还是找到近期就能赚钱的项目。

闲聊几句，宋毅就说请大家一起去俱乐部坐坐。

王蓓他们自然不会有什么意见，由于人太多，宋毅只开了一辆车过来，王名扬兄弟就主动打的过去，让王蓓和另外两人坐宋毅的车过去。

"那就只好委屈你们了。"宋毅抱歉地说。

王名扬知道品香俱乐部的地址，打的过去没什么问题。

王名扬甩甩手说："有什么委屈不委屈的，我们是打的去，又不是走着去。"

"可是你们打的过去，不怕丢了面子?"宋毅开玩笑道。

"宋毅这小子就知道调侃我们，小心我这次把你吃穷。"

"就怕你们胃口太小，吃不了多少。"

在打闹中，宋毅先送两兄弟上车，然后才和王蓓等人上车，直奔俱乐部而去。

"小毅，你前些天去缅甸收获如何?"

王蓓坐在副驾驶座上，和宋毅闲话家常。

"还不错，不仅圆满地完成了考察任务，又弄了批翡翠回来。只是问题依旧，想要变现的话，恐怕要等个四五年时间，现在等于是在负债经营。"

王蓓笑道："等四五年之后，你的资产该翻上好几倍了！"

"关键是现在日子难过啊，我也迫切希望找些赚钱的好路子。其实在国内，我最看好的是房地产市场的发展，可惜门槛太高，资金回笼速度也慢。"

"确实如此，房地产市场是很大，如果继续按这样的情况发展下去的话，将来成为国民经济的支柱产业也说不准。"

古卫华点头表示同意他的看法，这个行业不是所有人都有资格做的。

"对，古大哥和肖大哥为什么放着好好的工作不做，要下海经商？你们以前的待遇不错吧？"宋毅问道。

肖明国笑着回答说："瞧你说的，我那工作啊，不过是混口饭吃罢了，前途无望，还不如下海经商，赚点钱来得实在。"

王蓓也对宋毅说："小毅有什么好项目，可不要藏私哦，大家一起赚钱嘛。"

"王姐也一起来？"宋毅问王蓓。

不管怎样，金玉珠宝这边宋毅肯定是要独家经营的，现在已经经营得相当好了，别人也插不上手。

明白他话里的意思，王蓓立刻回答说："我可没什么钱，如果你们看得起我，投资的项目中不介意多我一份的话，那自然是最好不过的。"

"有王姐这句话就成，多少其实并不要紧，不管怎样，都能找到合适的项目。"宋毅笑着回答。

宋毅要王蓓加入进来也是基于这方面的考虑，王蓓的拍卖公司他可以去捧场，参与送拍和竞拍，但入股之类的就免了。如果有项目大家可以合作的话，倒是能把大家紧密联系起来。

古卫华也说："我们手里可以拿出来的资金也不多，太大的项目恐怕是上不了的。"

王蓓则道："也不要投资回报周期太长的，要是十年八年的，大家也

341

等不了。"

"王姐你觉得什么项目的回报最快?"宋毅问她。

"金融市场吗?还是做保险?"

王蓓对此并不是特别了解,反正她自己开的拍卖公司,也是马马虎虎,只是充当中介,抽取佣金,并不需要她们自己掏太多的资金出来。

保险这个行业准入门槛也很高,宋毅对此也不感冒,而王蓓之所以提到这点,是因为她的朋友中就有开保险公司的。

"金融市场一般人进去的话,运气好能赚些小钱,但要说赚大钱的话,就不那么容易了。纽约华尔街那帮外国佬在金融市场上玩得太精,简直就是组团到处坑人,别看他们说得天花乱坠,帮你投资理财,还整出一揽子的可行性计划之类的,可目的就是掏光你口袋里的钱。和这些老奸巨猾的资本家较劲,吃亏的时候总比占便宜的时候多。"宋毅情不自禁地说。

"小毅的想法倒是挺独特的。"王蓓对此不太明了,只觉得这观点有些新奇。

"简单说来,他们资金充裕,可以随便玩死你。"宋毅解释说。

"如果能有机会浑水摸鱼的话,倒是可以赚上一笔,不过风险也不小。这不符合我们现在的投资要求。"

古卫华和周明国却对他的话格外留心,虽然他们没有发表什么看法,但心底已经认定宋毅,确实如王蓓所说的那样,绝对不是浪得虚名之辈。年纪轻轻就白手起家,挣下亿万家产的人,能是普通角色?

"不跟他们玩就是了,我们做我们自己的。"王蓓回答说。

她也不喜欢在自己不擅长的领域投资,亏死人没商量。

"小毅你还没说到底有什么项目是适合我们现在做的?"

"我要上学,人又懒,没那么多时间做。"宋毅无奈地说。

"要做的话,也只能交给你们来做,我顶多帮忙出出主意啥的。"

宋毅也不再卖关子,径直说道:"我是觉得,满足人们基本生活需要,生产大家每天都要消费的东西,一旦做大做强,收益将会相当可观。而且前期投资也不大,很适合我们现在联手做。"

"满足基本生活需要？衣食住行？"古卫华好奇地问道。

宋毅侃侃而谈："嗯，就是衣食住行，住的话，房地产无疑是一个新兴产业，而且规模会越来越大。行方面，铁路系统一直是老大，其他诸如飞机汽车，也都相当有赚头，别的不说，光修路一条，就能盘活经济。可惜这住行方面的投资都不小，而且不容易进去。剩下的就是衣食了，我觉得在这二者上面，倒是大有可为。看看发达国家，都是做品牌的，而我们国家在这两方面，还没有特别知名的品牌，品牌树立得越早，越容易建立起优势来。"

古卫华陷入思考，这显然和他当初想要下海经商的初衷有很大差异。

肖明国则说道："就拿饮食行业来说吧，就算是市中心的一家餐厅，前期投入也不小，房租、装修、各种设备、人工等等，如果人气不佳，生意不好的话，也许做个几年都收不回成本都有可能的。"

王蓓则说："如果发展成像外国的肯德基、麦当劳那样，做连锁经营，弄成具有我们国家和民族特色的中式快餐的话，前景倒是相当不错的，也能快速扩张。"

肖明国摇摇头，"只是在这上面，我们都不熟悉啊。"

宋毅这时也说："我说的食方面，并不是单纯指饮食，而是所有可以吃的东西。比如零食副食之类的，我觉得最可行的就是方便面和干脆面。办个这样的厂子，机械设备并不复杂，生产流程也很简单，只要控制好成本和质量，我们再在宣传上做得好一点，扩大影响，把销量提升上去，想不赚钱都难。"

古卫华很是疑惑，"方便面、干脆面之类的，吃的人会很多吗？"

王蓓就笑着解释说："卫华你这当爹的都不知道关心孩子，不知道现在小孩子和学生最喜欢这类东西吗？我家那小子的零用钱都花在买这些零食上了，怎么说都不听，还要担心这些东西的品质问题，真是让人头疼。做这个，确实不愁没市场，前期投入的资金也不是特别多，只要把销路打开了，后面发展起来就会相当顺利。"

肖明国点头同意。

"我觉得可以仔细考虑考虑，小毅，还有什么好的想法，可以一并讲

出来，大家听听。"

"还有就是饮料和矿泉水，我觉得这个也是相当不错的投资项目。生产工序也不复杂，只是饮料的配方得来不易，还要考虑到哪里寻找无污染的水源。"宋毅继续说。

"矿泉水倒是好办，饮料的话，可能花费的功夫要多一些，我们再向长辈打听打听。这个项目前期投资不算大，可以考虑。"

肖明国记了下来，他也打听过各种信息，就是拿不定主意做什么好。

王蓓则说："有真正的山泉最好。"

宋毅则笑着说："不是自来水就行。"

古卫华考虑问题比较全面，为人也比较稳重，他也提出了自己的想法。

"现在的饮料市场上，健力宝、娃哈哈一类的比较火，我们如果要做的话，就得拿出些特别的东西来。"

"这个我倒是有些想法，不过在这之前，还得先仔细斟酌一下才行。"

宋毅打算抄袭后世流行的饮料品种，知道方向就好，配方倒是可以慢慢试验出来。

他试着提道："其实，我们还可以搞保健品。"

"保健品？"

"骗人的吧。我就没见过多少真正有保健效果的东西，包括那些吹得神乎其神的人参之类的。"

王蓓对这个倒是有些研究，这也难怪，基本上各种珍贵的药材都有人送过她，她还真没看出有多少效果。

想起铺天盖地宣传的脑白金，宋毅不由得笑了起来。

"说骗人也不准确，保健品嘛，大家都知道，其实就是那么回事，不过是用来寻求心理上的安慰，效果肯定是有的，只是不像宣传的那样明显罢了。重要的是，如果我来做的话，宣传时就要突出它的风格。比如作为高档礼物送人。"

"这主意倒是不错！"肖明国赞道。

"我只是随便说说，保健品这方面的东西，其实我是不打算做的。还有，我并不擅长管理，但出出主意，当当狗头军师，出些营销方案倒不是什么难事。"

王蓓笑道："大家都知道你是大忙人，成天脚不沾地的。如果大家真能合作的话，管理方面的事情，我看就交给卫华和明国就行，我的拍卖行那边也脱不开身。"

古卫华和肖明国都铆足了劲，想要下海大捞一笔，自然不希望有人在旁边指手画脚。他们正是看宋毅有钱，想让他投资才和他谈合作的事情。

虽然王名扬兄弟乘出租先出发，可当他们到俱乐部时，负责招待他们的林宝卿却告诉他们，宋毅他们已经到了一会儿了，还说等他们俩一到，就请他们过去。

"好的。"

王名扬也没跟她客气，看看俱乐部夸奖说："宝卿这俱乐部越来越有特色了，这服务员的素质都相当不错，真的有种俱乐部的感觉了。"

林宝卿微笑着点头，谢过他的夸奖。

"我们这也是摸着石头过河，努力想要营造这样一种氛围，如果有什么不足的地方，王大哥可要不吝赐教，以便我们更好地为大家服务。"

王名扬呵呵笑着说："我可没看到什么不足的地方，我能想到的宋毅都想得到，我想不到的他也想得到，这家伙，仿佛天生就比别人厉害似的。"

旁边王名辉也笑着说："就是，真不知道他那脑袋是怎么长的。"

笑过一阵，林宝卿带他们去见宋毅，她走起路来，脚步轻盈，让王名扬觉得，她和整间俱乐部仿佛组成了一幅唯美的画卷。

现在的俱乐部已经装修完毕，宋毅和林宝卿想要营造的那种意境也完美地表现了出来。

古典、幽静、优雅，不管是门窗还是墙壁，家具还是陈设，墙上挂着的字画抑或是使用的器具，都给人一种完美和谐的感觉。

进了俱乐部大门，就仿佛穿越回古代，体会那时豪门家族的生活方式，静坐品茗，红袖添香夜读书，不仅给人视觉上的冲击，更让人有种心

灵上的升华。

在喧闹无比的大城市，能找到这样一处所在，实在是幸事。

王名扬心底流转过百般心思，明天俱乐部就正式营业了，他这回是真正从一个参观者的角度来看的。明显感觉得出来，林宝卿真的把这当成一份事业在经营，不是做生意，而是弘扬传统文化，底蕴丰厚的他们也有这个资本和能力做这样的事情。

王名扬两人到的时候，古卫华和宋毅正聊得火热，王名扬很快加入其中，王蓓还让王名扬兄弟也抽出些资金来，不用太多，占些股份就当是捧个场。

王名扬兄弟表示支持，不过他们和宋毅一样，是分不出身来参与管理的，占点股份，等着分红就是了。

不过大家对能否竞争得过现在市面上的同类产品，并没有太大的信心。

就拿饮料市场来说吧，别看当初健力宝风光得很，可结局却不怎么美妙，不能不说是一件让人惋惜的事。有了重生前的经历，宋毅自己的事业就可以减少这些没必要的折腾，以更快更好的速度发展。

如果真要做的话，宋毅也可以提前将冰红茶、健康绿茶之类的饮料搞出来，只要经营得当，在抢占先机的情况下，不想赚钱都难。

展望未来，大家都相当兴奋，古卫华和肖明国也觉得这趟来得不亏。

宋毅的想法和其他人不一样，像古卫华的同龄人，大部分都是利用各种关系，正儿八经想要做实业的可谓寥寥无几。

经宋毅一提，他们也发现，他们面前的机会相当多，光满足国内市场就能兴旺发达。而且这些行业虽然和大家的生活息息相关，但并不是真正意义上的支柱产业。不像钢铁、石油、电力、房地产等为国家所重视的产业，早就有人已经抢先占领，想进去分杯羹的话相当困难，也容易惹人眼馋。

宋毅提的这些行业则不同，如果他们经营得好，做大做强的话，凭借他们的社会关系，别人休想从他们手里摘桃子。

"等以后做大上市的话，别的不说，光凭这原始股份，大家就都发达了。"宋毅笑呵呵地说。

王名扬笑道："有了宋毅这句话，我相信，我们一定能达成目标的。"

展望未来，大家都信心满满，古卫华和肖明国也都摩拳擦掌，期望好好奋斗一回，他们都清楚，不经过努力想取得丰硕的成果是不现实的。

作为狗头军师出主意的宋毅，不过是想借着这个机会，跟着发点财赚些钱，还不至于被人惦记。

午餐是在俱乐部解决的，因为宋毅买下的这座园林式建筑占地面积特别大，相应的各种设施也相当完善。各色菜肴十分精致，今天宋毅做东，厨房的大师傅将拿手好菜都端了上来，地道的东海风味。

精致、考究、丰盛、色香味俱全，让吃惯了美食的王蓓等人都赞不绝口，吃得十分舒爽。

值得一提的是，这里不能点菜，而是有什么吃什么，因为宋毅不想把这当成真正的私房菜来经营，那也太俗了。他也不希望林宝卿把时间浪费在这上面，所以就演变成现在这样子，每天买到什么就吃什么。宋毅还开心地说，这也是俱乐部的特点之一。

对能来俱乐部的会员来说，只要物有所值，钱不是问题，重要的是要有品味。就跟大家去星级酒店请客吃饭一个道理。在俱乐部吃饭，更有情调，也更私密。

吃饱喝足之后，王蓓等人这才仔细参观起俱乐部来。宋毅这家伙舍得投入，林宝卿也敢于创新，活脱脱把这里变成了类似收藏品博物馆一般。让大家在品香交流的同时，接受传统文化的洗礼，升华自己的灵魂。

王蓓认得，这里摆设的很多藏品，都是宋毅在他们的拍卖会上拍下来的。有些藏品当时看着不怎么样，可宋毅拿来放在这里，感觉十分合适。

王蓓赞叹道："宋毅你可是为这些藏品安排了最好的去处，使他们有了真正的价值。"

宋毅表示这都是托王蓓的福气，没有她的拍卖行帮忙征集拍卖品，他怎么可能买到这么多好东西。他也衷心祝福她的拍卖行能更加兴旺发达，征集到更多的藏品，这次举办的夏季拍卖会，他也会过去竞拍，希望能淘到更多更好的物件。

王蓓自然不会拒绝这样的好事，欢迎宋毅前去，金玉珠宝的翡翠饰品，现在也成为她们拍卖会一道靓丽的风景线，在她的调查中，光冲着她们宣传册中那些流光溢彩的翡翠，就决定前来参加拍卖会的人相当多。

　　走出俱乐部时，王名扬还感慨地对王蓓等人说："进去待了几个小时，感觉自己真成文化人了，品位都提高了不少。"

　　王蓓呵呵笑着点头，深以为然。

　　"品茗闻香，雅事也！所以我说这是品香俱乐部的成功，因为它真的对大家有吸引力，让人情不自禁地想要来这里，哪怕只是感受这里的气息也好。"

　　"以后倦了，累了，都会想着到俱乐部来坐坐，出来后，精神面貌绝对会大不一样。"

　　一贯比较挑剔的古卫华也对品香俱乐部营造的氛围特别满意，并给与了十分高的评价。

　　肖明国对此表示赞同，因为他去过国内几家同类型的俱乐部，感觉他们虽然建立的时间早一点，可不管是服务，还是环境氛围，都不如宋毅他们做得好。在这里，你完全没有任何负担，也许有一天，他也能达到宋毅所说的天人合一的境界。

　　林宝卿则谦虚地表示，他们会继续努力，争取把俱乐部做得更好。

　　她也确实是这样做的，有宋毅在背后全力支持，林宝卿有十足的信心，应付即将到来的各种局面。

　　不光林宝卿对此相当重视，家里的长辈们也都为此做好了准备。

　　林方军夫妇打算停业一天，聚宝斋在城隍庙古玩街的名气相当响亮，因为他们店里的好东西特别多，宋毅把他收集来的藏品几乎都交给了林宝卿，她自然会好好利用这样的机会，宣传聚宝斋。林方军和林宝卿受宋毅的影响，在收集各类古玩文物的时候，不光水平提高得很快，连长远的规划都做得相当详细。

　　聚宝斋名噪一时也是情理之中的事，在打出歇业一天的招牌后，很多人表示不解，但真正的圈内人都知道，这是因为林方军要去给林宝卿的品香俱乐部捧场。

很多人获得了邀请，有去参观的机会，这其实就是变相承认，他们有加入俱乐部，成为俱乐部会员的资格。没被邀请的，自然就没这个资格了。

　　为这个，林方军他们十分伤脑筋，但宋毅并不是特别在乎，这个本来就要有一定的门槛。并不是加入的人越多越好，俱乐部的接待量有限，而且资格和优越感这种东西，都是比较出来的。总有人因为实力不济，会沦为背景或者配角。

　　林宝卿的《香道》一书，还没有正式发行，但已经赶在俱乐部营业前印了出来，并在这天下午送了过来。

　　宋毅翻了翻，这本书印刷的质量还不错。

　　林宝卿则欢喜得不得了，这可是她好不容易才写出来的。花费了她相当多的心思，光里面那些照片的拍摄，就花了她很多时间，宋毅在其中出力不少，这些照片，都可以当成经典教材来使用了。

　　对这些书的处理，林宝卿早就有计划，所有来俱乐部捧场的人，林宝卿都将免费赠送一本，作为最基础的教材使用，书中图文并茂，让大家以最快的速度熟悉香文化的知识，不至于来到这里还搞得一头雾水。

　　宋毅这边，宋世博和宋明杰他们也利用各自的影响力，将邀请函散发了出去，这是一种实力的象征，接到邀请函的人，都觉得特别有面子。尤其是在那些没有收到邀请函的同行面前提及时，心里别提有多爽了。

　　为这个，宋明杰夫妇也提前做好了安排，保证金玉珠宝离开他们一天，也不会出什么问题。和聚宝斋不同，金玉珠宝要敢停业一天，损失不知道得有多少，他们可承担不起这种损失。

　　为品香俱乐部开业这事，除了博物馆的必要场合外，一贯不爱出席活动的宋世博破天荒地放下手头的工作，亲自到场为俱乐部造势。

　　宋世博在东海文化圈，乃至国内都赫赫有名，他的影响力自然是没话说的。林宝卿甚至有些受宠若惊，生怕什么地方做得还不够好。

　　宋毅倒是早就习惯了，反正他也经常沾爷爷的光，他握着林宝卿的手，让她把心情放轻松。

　　林宝卿给了他一个灿烂的笑容，对她来说，今天俱乐部正式营业可是个大日子，绝对值得纪念，为这天她准备了好久，激动、紧张、兴奋，各式各样的情绪交织在一起。但只要有宋毅在身边，她就觉得特别安心，天大的事情她都不怕。

林宝卿并没有准备什么特别的开业仪式，俱乐部的正式营业也不需要大肆宣扬，只要该知道的人知道就成。

受邀来的人加不加入俱乐部暂且不说，但是肯定要给宋世博面子来捧场，别的不说，光冲着这里的园林，就值得前来一观。

要知道，俱乐部的所在地本来就是东海为数不多，保存完好的园林建筑之一，由于是私家院子，平时根本没机会欣赏。被宋毅买下来之后，更不对外人开放，关系不到位，即便你厚脸皮敲门，人家都不见得理会你。

更何况，品香俱乐部还有相当数量的古玩文物藏品，这可是增长见识的机会。大家都知道林宝卿家的聚宝斋在业界的地位，宋毅家就更不用说了，他们都是这行的佼佼者。

即便有些人不是从事这行的，也想过来学习些相关的知识，别人谈起时，你却一问三不知，自己都会觉得丢脸。收藏文物古玩，已经成为一种时尚，手里没几件真品，都不好意思说自己是文化人。

做收藏，本来就是一件雅事。

而现在，林宝卿他们又提出一种新的时尚雅事——品香，并将其提升到香道的程度。

人都是有攀比心理的，谁都不希望自己落伍，就像如果你不懂得品茶，和别人交流时，听别人高谈阔论，什么茶好，品茶的种种意境，该用几分火候冲茶，使用什么样的瓷器最合适等等，你肯定会觉得自惭形秽的。

品香也是如此，茶有茶道，香也有香道。

这不是宋毅他们杜撰出来的，古代的文人雅事中，就有种种对此的描述，但凡对此有所了解的，无不对其浪漫隽永心神向往。

而林宝卿向大家免费赠送的《香道》一书，更是一本相当好的入门级读物。

这也让很多人感慨不已。

都说没那金刚钻，别揽瓷器活。

在来之前，绝大部分人都认为，宋毅和林宝卿他们不过是借着品香的由头，挂羊头卖狗肉，其实就是想搞私人俱乐部。至于品香，不过是个噱头而已，这样的事情，他们并不觉得奇怪，这年头，这样做的人太多了。

可他们到俱乐部的时候，收到林宝卿的这本尚未出现在市场上的《香道》，一下就改变了看法。

来的人都是东海文化圈内的名人，各方面的素养都相当高。

很多人和林宝卿家差不多，都是做古玩文物藏品生意的。想要在这行做得长久，可不是仅凭一些胡编乱造的故事就可以混得下去的，需要的是深厚的历史文化造诣。

比如一件古物，要弄清楚它的来源，鉴定它是否属于正品，就必须对相关的年代的各种特征都了然于胸，最好还是在史上有记录的，这需要查阅大量的历史资料，不能只空口说白话。

《香道》一书，不仅有数量众多而且翔实的资料，对香文化的研究相当透彻，而且有林宝卿独特的见解。

书上还配以精彩的图片，有各种实物的，也有品香步骤的，还有各种和香有关的有趣的小故事，即便此前对传统香文化没有任何研究的人，也能体会其中的优雅和浪漫。

尤其让一些平时自诩风流雅士的人觉得惊讶和羞愧的是，《香道》一书的专业性，实在超乎他们的想象。

正如林宝卿在书里讲的那样，她写这书是为了弘扬香文化，办品香俱乐部也是为了这个目标。

在日本，香道和茶道、花道一样，都有固定的形势，这固然有局限性，但也保证了其延续性。而作为香道的起源国家，我们有责任和义务将其发扬光大。

日本香道传人曾遍访中国，希望找到能与之平等交流的人，最后却空手而归。听宋毅说起这事情，林宝卿把这当成是件耻辱的事情，对传播香文化也越发有热情。

著书立说，在古人看来，是十分荣耀的一件事，即便在现在，说出去

351

也是相当有面子的。

　　林宝卿年纪虽然不大，可她的《香道》一书一面世，大家对她的评价立刻提高了一层，现在，说她是东海香道的领军人物，大家也不会反对。

　　宋世博早就看过林宝卿的原稿，也给予了相当高的评价。在他看来，这种弘扬传统文化的行为，是值得鼓励和表扬的，如果有能力和机会，还要全力推广。

　　不只宋世博一个人有这样的想法，但凡任何一个有识之士，都会有同样的想法，让中华民族这种灿烂辉煌的文化继续流传下去，是每个后辈义不容辞的责任。

　　粗粗浏览过《香道》一书，大家对接下来的活动更加期待了，谁也没办法在这么短的时间内就全部领悟其中的奥妙。

　　作为品香俱乐部的招牌，品香活动自然是不会少的。

　　理论不管说得怎样动听，终究要落到实践中才行。

　　品香，这也是大家最想见识的。

　　今天来的客人太多，林宝卿身上的任务相当重，宋毅也很难脱身，他们也就不能亲身示范了。

　　但他们已经为此做好了准备，俱乐部的服务员经过相关的培训，各方面的业务都相当熟练，宋毅要求她们把俱乐部的每样东西都要熟记于心。更别说这重中之重的品香活动了，即便俱乐部还有些临时的服务员，但他们也都是东海大学的学生。

　　在学校就是香学研讨会的成员，对品香的各个流程和步骤相当熟悉，在别人面前演示品香自然不是什么难事。

　　今年五十二岁的王胜利是东海小有名气的收藏家，平时自诩为风流雅士，蒙祖上余荫，经营着一家颇有实力的百货公司，除此之外，还有几家做其他生意的公司，资产上亿。

　　他喜欢收藏，倒不是附庸风雅，而是对享受生活有他自己独特的一套，平时除了生意上必须的来往外，他把更多的时间和精力花在收藏上，和东海著名的藏家关系都很好。林方军是和他关系比较密切的一位，他也经常去聚宝斋赏玩各种藏品，遇到特别喜欢的，还会要求林方军忍痛割爱。

这次，他收到聚宝斋林方军的邀请，参加品香俱乐部的开业庆典。

林宝卿筹建品香俱乐部，这事他早有耳闻，不过他并不是特别感兴趣。虽然品香是难得的雅事，但他并不认为林宝卿那小丫头能折腾出什么花样来。

王胜利此次前来，只是想见识一下放在品香俱乐部的藏品。对于宋毅，他并不陌生，也知道聚宝斋的很多藏品，都是这个一手创立金玉珠宝的年轻人收集来的。

对年纪轻轻就取得如此成绩的宋毅，王胜利只能表示佩服，到他这种程度，才知道白手起家打下偌大产业，不仅需要过人的智慧，还要有相当好的运气才行。

但刚到品香俱乐部，林宝卿就给了他一个惊喜，看到包装精美的《香道》一书，王胜利就意识到了自己的错误，他太小看林宝卿了，尽管这小丫头几乎算是他看着长大的，可她的成长速度实在太快了，快得超乎他们老一辈人的想象，仿佛忽然之间，就变得成熟起来了，成了整个东海圈子内不可忽视的一股力量。

王胜利平时也没少读书，如何在短时间内判断一本书的好坏，他很有心得。

以他专业的眼光来看，《香道》一书堪称完美，即便是他这个对香道并不了解的门外汉，还没翻开书页，仅仅是封面上，古装仕女素手调香，袅袅轻烟的画面，就一下子抓住了他的眼球，他仿佛嗅到了那若有若无的香气。

而且光封面这幅画，就向大家展示了相当多的信息。

最让他觉得震撼的是，这幅画的意境，不仅真实再现了红袖添香的经典场景，让人不知不觉代入其中，心生向往。更重要的是，他营造出了一种特别的感觉，就像这本书的书名一样，一种近乎道的意境。

其次，各种品香用的香具、香囊、香盘、香炉、香勺等等，精致、特别、专业。即便是最难以描绘出来的香气，也在美人的轻轻呼吸，一颦一笑之间，显现得淋漓尽致。所谓红袖添香，是品香过程中很有意思的一部分，当香气减弱的时候，敏感于香气变化的佳人就会轻轻调试，让香气始终馥郁动人。

别的不说，光封面这幅画，就有着相当高的艺术性。

王胜利拿到书之后，就情不自禁地追问林宝卿，这画是谁画的。

林宝卿微笑着回答他，是宋毅专门为这本书画的，还说书中的插画也是他画的。

当着她的面，王胜利没敢说宋毅是在浪费他的天赋，竟然把时间浪费在这上面。要知道，以宋毅这样的艺术水平，作出来的画，要放到市场上的话，绝对会大受欢迎。王胜利敢用他这么多年的经验做保证，他又联想到宋毅本来就具有商业眼光，不可能看不到这一点，可他还是这样做了。

除了他对林宝卿的一片深情外，王胜利想的更多的是，宋毅这家伙可能早就有所谋划，在某个时候推出自己的作品。

王胜利相信自己的眼光，也相信，只要宋毅愿意的话，他绝对可以成为当代著名的艺术家之一。

也许，等宋毅真正开始向市场推广他的画作时，他应该提前抢购一些。王胜利脑子里不自觉地转过这样的想法。

这样的想法一闪而过，王胜利没有忘记他来此的初衷，欣赏这里的众多藏品。可还没来得及开始，他就被勾起了品香的欲望。

和王胜利有相同感触的人还有很多，来到品香俱乐部之后，在不知不觉中，他们的期望值也提高了很多。

随后，王胜利如愿见识了俱乐部的收藏，这对他来说，简直就是一场视觉盛宴。而俱乐部的环境氛围又营造得特别有韵味，使他仿佛置身另外一个时空，感受博大精深的传统文化传递给他的无穷力量。

"这才是收藏应该做到的境界！"

王胜利自认和宋毅有差距，但这并不妨碍他欣赏俱乐部的种种奇珍异品。

同时他也看到了墙上宋毅的一些作品。这也让他更加确信，宋毅确实有跻身当代艺术家的实力，也不缺乏头脑和关系，成功是必然的。王胜利也下定决心，只要机会合适，无论如何都要搞几幅宋毅的作品回去收藏，

354

先不说增值不增值的问题，光是画作的艺术性，就值得他收藏。

像王胜利一样，专程为俱乐部的收藏而来的不在少数，可他们在见识过俱乐部完全复古风格的香道之后，想法就完全不一样了。

王胜利之前对香道没什么深入的了解，在品香俱乐部，他一直谦虚低调，起码不能出丑。看人家怎么做，他就跟着学。

在服务员的指引下，王胜利跟着一起进入香气萦绕的世界，用心去品味袅袅香气。

这其实是一段心路历程，借助于空气中散发出来的沉香味，人们更容易集中精神，这些香料本身就有提神静心的效果。

精致小巧的瓷香炉在围坐众人手里传递，每个品香的人都是一脸的满足与沉醉，说不清楚是不是他们的真实感受，但俱乐部的香料都特别好闻，在别的地方，根本就闻不到这样的香味。

做引导的服务生说得很清楚，品香之后，大家还要在古色古香的书签上写下各自品香的感受。

说来这种将各自感受写在书签上的行为，并不是俱乐部的首创，而是古人常见的一种做法，他们觉得，这样比亲口说出来更有意思，他们也害怕开口说话破坏了意境。当然，借此展示自己的才华只是顺便的事。

品香俱乐部的会费年费不算特别贵，十来万对受邀而来的来说只是九牛一毛，买一两件收藏品也就这个价格。难得的是，俱乐部提供了大家交流的空间和机会。

加入俱乐部，成为会员，还有相当多的福利。

其中最不吸引人，但事后证明却是最能体现会员价值的一条，就是会员能以内部价格，购买俱乐部出品的各种香料。极品的沉香比如奇楠香，都是论克卖的，给会员的内部价格和同等的黄金价格差不多，这让大家隐隐觉得肉疼，这可真是烧钱的雅事。

还别嫌贵，俱乐部对这样的沉香还实行限量购买，宋毅和林宝卿可不希望给自己培养竞争对手，让会员拿出去倒卖。一旦发现有这样的情况，立刻取消他们的会员资格。

这点粗看起来没什么，可等大家了解到内部价格和对外价格的巨大落差之后，顿时吓了一跳。

因为对外销售的话，价格起码在十倍以上，还是有价无市。

俱乐部的人可不是在危言耸听，沉香确实稀少，上品沉香更是如此，价格不贵才怪。

俱乐部也有很多便宜的香料，他们在这方面做得相当出色，分级特别严格，价格也各不一样。俱乐部也建议会员从低价格的香料试起，等有了经验，以及一定的阅历之后，再去尝试高档的沉香，不要凭白浪费了这些珍贵的香料。

对于懒人和时间紧张的会员，俱乐部也提供了相应的解决方案，成品香有很多，只需点燃即可，不需要经过繁琐复杂的品香过程。

这对很多人来说，都是首选，不是每个人都有那么多空闲时间来细细切香品香的。下班回家，睡觉前点上一支，实在是放松心情，舒缓情绪的绝佳选择。

值得一提的是，俱乐部也出售各种品香用品，比如造型精致有特色的香勺，古朴的香盘，典雅复古的瓷香炉，刻有雕花的香铲，造型各异的香筒。

甚至是香炭和香灰，他们都有提供，而且还分不同的档次。

服务员对大家解释说，品香是件雅事，更是个细致活，香灰和香炭都需要经过特殊的处理，不能让它们喧宾夺主，影响香料的香味。

这世上不乏有钱的人，尤其是一些本来就对品香有兴趣的有钱人。在感受过俱乐部的强大实力和人性化服务后，他们不仅立刻加入品香俱乐部，还如获至宝地购买了一批高档沉香。

经历过博大精深的香文化洗礼后，看着在品香俱乐部流连忘返的人们，宋毅和林宝卿漾起了自豪而幸福的笑容。

全国古玩市场地址

北京古玩城：北京市朝阳区东三环南路 21 号

北京潘家园旧货市场：北京市朝阳区华威里 18 号

永乐华拍（北京）文物有限公司：东三环中路财富中心 31 层 3106A 室

上海国际收藏品市场：上海市江西中路 457 号

天津古物市场：天津市南开区东马路水阁大街 30 号

天津古玩城：天津市南开区古文化街

重庆市综合类收藏品市场：重庆市渝中区较场口 82 号

重庆市民间收藏品市场：重庆市渝中区枇杷山正街 72 号

广东省深圳市古玩城：广东省深圳市乐园路 13 号

广东省深圳华之萃古玩世界：广东省深圳市红岭路荔景大厦

广东省珠海市收藏品市场：广东省珠海市迎宾南路

广东省广州带河路古玩市场：广东省广州市荔湾区带河路

江苏省南京夫子庙市场：江苏省南京市夫子庙东市

江苏省南京金陵收藏品市场：江苏省南京市清凉山公园

江苏省苏州市藏品交易市场：江苏省苏州市人民路市文化宫

江苏省常州市表场收藏品市场：江苏省常州市罗汉路

浙江省杭州市民间收藏品交易市场：浙江省杭州市湖墅南路

浙江省绍兴市古玩市场：浙江省绍兴市绍兴府河街 41 号

福建省白鹭洲古玩城：福建省厦门市湖滨中路

福建省泉州市涂门街古玩市场：福建省泉州市状元街、文化街及钟楼附近

河南省郑州市古玩城：河南省郑州市金海大道 49 号

河南省洛阳市西工古玩市场：河南省洛阳市洛阳中州路

河南省洛阳市潞泽文物古玩市场：河南省洛阳市九都东路 133 号

河南省洛阳市古玩城：河南省洛阳市民俗博物馆大门东
河南省平顶山市古玩市场：河南省平顶山市开源路
湖北省武昌市古玩城：湖北省武昌市东湖中南路
湖北武汉市收藏品市场：湖北省武汉市扬子街
四川省成都市文物古玩市场：四川省成都市青华路36号
辽宁省大连市古玩城：辽宁省大连市港湾街1号
辽宁省沈阳市古玩城：辽宁省沈阳市沈阳故宫附近
辽宁省锦州市古文物市场：辽宁省锦州市牡丹北街
黑龙江省哈尔滨市马家街古玩市场：黑龙江省哈尔滨市南岗区马家街西头
吉林省长春市吉发古玩城：吉林省长春市清明街74号
山东省青岛市古玩市场：山东省青岛市昌乐路
河北省石家庄市古玩城：河北省石家庄市西大街1号
河北省霸州市文物市场：河北省霸州市香港街
河北省保定市文物市场：河北省保定市 新北街207号
山西省平遥古物市场：山西省平遥县明清街
山西省太原南宫收藏品市场：山西省太原市迎泽路
陕西省西安市古玩城：陕西省西安市朱雀大街中段2号
安徽省合肥市城隍庙古玩城：安徽省合肥市城隍庙
安徽省蚌埠市古玩城：安徽省蚌埠市南山路
甘肃省兰州古玩城：甘肃省兰州市白塔山公园
云南省昆明市古玩城：云南省昆明市桃园街119号
江西省南昌市滕王阁古玩市场：江西省南昌市滕王阁
贵州省贵阳市花鸟古玩市场：贵州省贵阳市阳明路
湖南省长沙市博物馆古玩一条街：湖南省长沙市清水塘路
湖南省郴州市古玩一条街：湖南省郴州市兴隆步行街